دلباختگان بی نام شهر من

(رمان)

اسماعیل یوردشاهیان

(اورمیا)

پائیز ۱۳۹۳

سریال کتاب: P2245240068

سرشناسه: YRD 2022

عنوان: دلباختگان بی‌نام شهر من

زیر شاخه عنوان: رمان

پدیدآورنده: اسمائیل یوردشاهیان مخلص به اورمیا

ویراستار: KPH

طراح جلد: KPH Design

شابک کانادا: ISBN: 978-1-989880-76-0

موضوع: داستانی/ رمانس/ درام

متا دیتا: Fiction, Dram, Romance

مشخصات کتاب: جلد صحافی مقوایی ,وزیری

تعداد صفحات: 333

تاریخ نشر در کانادا: فوریه ۲۰۲۲

تاریخ و مکان نشر اولیه: 1393 ایران

Kidsocado Publishing House

خانه انتشارات کیدزوکادو

ونکوور، کانادا

تلفن : +1 (833) 633 8654

واتس آپ: +1 (236) 333 7248

ایمیل : info@kidsocado.com

وبسایت انتشارات: https://kidsocadopublishinghouse.com

وبسایت فروشگاه: https://kphclub.com

سلام هم زبان

دستیابی ایرانیان مقیم خارج از کشور به کتاب‌های بسیار متنوع و جدیدی که به تازگی در ایران نگاشته و چاپ می‌شوند، محدود است. ما قصد داریم این خدمت را به فارسی زبانان دنیا هدیه دهیم تا آنها بتوانند مانند شما با یک کلیک کتاب‌هایی در زمینه های مختلف را خریداری کنند و درب منزل تحویل بگیرند.

گروه KPH و یا خانه انتشارات کیدزوکادو تحت حمایت گروه کیدزوکادو این افتخار را دارد تا برای اولین بار کتاب‌های با ارزش تألیفی فارسی را در اختیار ایرانیان مقیم خارج از ایران قرار دهد.

از اینکه توانستیم کتابهای جدید و با ارزشی که به قلم عالی نویسنده‌گان و نخبگان خوب ایرانی نگاشته شده است را در اختیار شما قرار دهیم و در هر چه بیشتر معرفی کردن ایران و ایرانیان و فارسی زبانان قدم برداریم، بسیار احساس رضایتمندی داریم.

این کتاب‌ها تحت اجازه مستقیم نویسنده و یا انتشارات کتاب صورت گرفته و سود حاصله بعد از کسر هزینه‌ها، به نویسنده پرداخته می شود.

خانه انتشارات کیدزوکادو در قبال مطالب داخل کتاب هیچگونه مسئولیتی ندارد و صرفاً به عنوان یک انتشار دهنده می‌باشد. و شما خواننده عزیز ما را با گذاشتن نظرات در وب سایتی که کتاب را تهیه کرده‌اید به این کار فرهنگی دلگرمتر کنید. از کامنتی که در برگیرنده نظرتان نسبت به کتاب است عکس بگیرید و برای ما به این ایمیل بفرستید از هر ۴ نفری که برایمان کامنت می‌فرستند، یک نفر یک کتاب رایگان دریافت می‌کند.

ایمیل :   info@kidsocado.com

فهرست فصل ها

به جای مقدمه

بخشی از نامه نویسنده به ناشر

(دلباختگان بی‌نام شهر من) رمانیست متفاوت. من الگوی نوشتن و فرم روایت آن را از آثار کلاسیک ایران بخصوص از کلیله ودمنه گرفته و دگرگون کرده وبه طرز نوینی ارائه داده ام. هدفم این بود که سبک وفرمی مستقل بنام رمان ایرانی ارائه دهم. اگر توجه کنید هر فصل آن حکایتی متفاوت ومستقل است. مثل نمایشگاه نقاشی ست که هر یک از تابلوها موضوع، سبک وزبان خاص خود را دارد اما با پیوستن موضوع آنها کل موضوع نمایشگاه شکل می گیرد. دلباختگان بی نام شهرمن چنین ساختاری دارد ... رمانی چند صدایی و چند زمانیست. چون مینیاتوریست که در آن هم دیالوگ هست هم شعر، هم آواز، هم موسیقی و هم حکایت لایه به لایه با لحن وزبان متفاوت و سوژه وداستانهای متفاوت. گاه رئال است گاه سورئال ونهایتا رمانی ست منسجم از حکایت یک شهر بعنوان سنبل یک سرزمین در طول یک قرن و تغییر وتکامل خانواده و جامعه و عشق و دلباختگی.

یکی ازویژگیهای مهم این رمان این است که خواننده از هرقسمت آن شروع کند به حقیقت رمان دست خواهد یاقت. بخصوص از فصل چهارده به بعد که موضوع رمان از میان حکایتهای متعدد که در فصل فصل رمان نقل شده خودرا عیان می کند. تلاش من از ارائه یک اثر متفاوت ون با سبک متفاوت بود امیدوارم خوانندگان از مطالعه آن لذت ببرند ...

اسماعیل یوردشاهیان اورمیا

‫۱‬

آواز دختری که با اسب ها می آمد

صبح یکی از روزهای اول بهار بود که مادرم با شنیدن صدای آواز او چون دیگر اهالی شهر، پنجره را گشود . همراه با پدرم سر به بیرون برد و بشنیدن صدای آواز او ایستاد. من هم که هشت یا نه سال بیشتر نداشتم. ازسر کنجکاوی کنارآنها رفتم. مادرم که مرا با دست گرفته بود. کمک کرد تا سر به بیرون برده، نگاه کنم و دختر آواز خوان را از دور ببینم. قامتی نازک وبلند وچهره ای بسیار زیبا داشت، پیراهنش به رنگ آبی نیلگون بود. روسریش به رنگ بنفش، همراه باچند دختروپسر جوان پیاده در هدایت اسبها بود. مادرم ودیگران می گفتند او همیشه با اسبها می آید وبا اسبها می رود.

از آن زمان هرشب وقتی دربستر خوابم درازمیکشم و به گذشته فکر می کنم. یاد آن روزها می افتم... از خیابانها و کوچه های باریک و سنگچین و مردمی که می شناختم . یاد آواز دختری که با اسبها می آمد و با اسبها می رفت. اسب های مردم پیشه زار پای کوه ، اسب هایی سفید ، قهوه ای ، سرخ ، خاکستری. اسب هایی با یالهای بلند. ستون پاهای باریک ومحکم و چشمهایی بی نهایت مهربان و زیبا .

یاد و تصویرحوادث تلخ وشیرین آن سالها. هنوز هم مقابل چشمانم است. انگار همین دیروز صبح بودکه اسبها با دمیدن آفتاب از جانب کوهستان از بیشه زار پای کوه در می آمدند.از خیابانهای مرکزی شهر گذشته بعد از رسیدن به میدان اصلی شهر رو به سمت دروازه شرقی نهاده از میان کوچه باغهای باریک به سمت مراتع سبز پائین تپه های ساحل دریاچه می رفتند. آنها در گروه های سه ویا چهار راسی می گذشتند . بعضی از آنهادر پشتشان چیزی شبیه سبد حمل می کردند.که نمی شد خوب دید و تشخیص داد ؟آمیخته با صدای نعل اسبها که هنگام گذر از سنگفرش خیابانها وکوچه ها انعکاس می یافت .آواز موثر ودل انگیز دختر جوان که همراه با دیگر دختران و پسران جوان پیاده در هدایت اسبها بود به گوش می رسید .صدایی که با حزن درونش در اعماق کوچه ها و خانه های شهر می پیچید و همه را متاثر می کرد. همانطور که قبلا گفتم. بسیاری از اهالی شهر با شنیدن صدای آواز دخترزیبا و صدای پای اسبها به دم در خانه هاشان می آمدند ویا پنجرها راگشوده وبه تماشا وگوش می ایستادند. اگر چه ساختمان خانه ما مشرف بر خیابان نبود . با این همه مادرم چون دیگر اهالی شهر همراه با پدرم پنجره را می گشود واز دور به تماشا وگوش می ایستاد.

اسبها وقتی از میدان سه گوش شرقی شهر گذشته .به خیابان باریک سمت دروازه رو می نهادند. الیاس آهنگر ونعل بند برآستانه پیش درگاهی کارگاهش می آمدوباحسرت ولذت اسبها را برانداز می کرد . انگار آرزو داشت تمام آنها را نعل زند . شاید هم برای گوش ودل سپردن به آواز دختر آواز خوان می آمد . چون بعد از تماشای اسبها وشنیدن آواز دخترآوازخوان ، حسی از شادی ولذت ورضایت در چهره پوشیده از لبخندش دیده می شد

الیاس معمـولا هـر روز صبح زود در چـوبی بـزرگ کارگـاهش را مـی گشود. جلوخان آن را که ایوان چوبی خانه اش بالای آن را پوشانده بـود آب وجـارو مـی کـرد. بعـد کـوره کارگـاهش را روشـن مـی کـرد و جلو کارگـاهش دستهای چاق وپهـن و قـویش را بر کمـرش مـی زد و به تماشای خیابان و رهگذران می ایستاد و در صبح روزی که از قبـل خبـر آمدن اسبها را شنیده بود.به انتظار اسبها می ماند . همیشـه بعـداز گذشـتن اسبهـا که گاه کمی طول می کشید. صدای زن بداخلاق وغرغرویش که آن هم مثل الیاس چاق وتنومند بود و درتمام فصول سال پیراهنی بلند با کت بافتنی قهوه ای تیـره بـه تـن داشت . بلنـد مـی شـد کـه از بالاخانـهٔ منزلش بدون این که دم پنجره ویا ایوان بیاید. با صـدای بلنـد الیـاس را صدا می زد:

— الیاس ، الیاس کجایی ؟ بیا صبحانه ات را کوفت کن.

و الیاس با اشتیاق و لذت حاکی از تماشای اسبها که بعد از گذشـتن آنهـا همچنان با نگاه دنبالشان می کرد. دستهایش را بهم می مالید .برمی گشت و می رفت .

۲

عاشقی که با اسب ها رفت

خبر آمدن اسبها را عاشق* مراد که به عاشق تنها معروف بود می آورد. دیر می آمد. هر چند سال یک بار. از لحظه ورودش به شهر درگذر از هر کوچه وخیابان، خبر آمدن اسبهارا می داد و روز بعد رفتن اسبها به دنبال آنها وشاید هم به دنبال آواز دختر آواز خوان می رفت. هر وقت که می آمد. نخست گشتی درشهر می زد و به آواز همه را خبر می کرد. عصر نزدیک غروب به میدان اصلی شهر می رفت. درست در ضلع غربی میدان زیر درخت نارون بلند و کهنسالی که بلندی وگستردگی شاخه هایش از هر جای شهر پیدا بود. روی سنگ سیاه صاف مستطیل شکلی که می گفتند از گذشته از همان روز بنای شهر آنجا بوده می نشست. غم دلش را به ظرافت در زخمه هایی مکرر در نوای سازش می ریخت. می زد ومی خواند. اهالی شهر که همه اورا می شناختند وسرگذشت او را میدانستند واز عشق شورانگیز او به یک دختر مسیحی ارمنی با خبر بودند . درکلاه و یا در جعبه ء سازش با سخاوت سکه ای واسکناسی می انداختند.

----

* — عاشق و یا آشیق در جامعه وفرهنگ مردم آذربایجان به سازنان دورگرد می گویند . اینان داستانسرایان و شاعران و موسیقدانان نغمه پردازی هستند که میان مردم از شان و احترام خاصی برخوردارند

بعدازساعتی که هوا تاریک می شد.عاشق مراد لب از آواز می بست . بلند می شد. مقدار کمی از پولها را بر می داشت . بقیه را که حجم بیشتر سکه ها واسکناسها بود. میان فقرا بخصوص زنان و کودکان فقیـری که در اطراف اوبه انتظار نشسته بودنـد. تقسـیم مـی کـرد و لنگـان بـه سمت میدان شرقی شهر از همان مسیری که اسبها رفته بودنـد . بـه طـرف مراتع وجنگل نزدیک دریاچه راه می افتاد. در چهار راه نزدیک دروازه ، رو به سمت ساحل دریاچه به جانبی می پیچید. که کارگاه ودکان آهنگری الیاس آهنگر قرار داشت. در نزدیکی حـوالی آن بـه قهـوه خانـه ای کـه محل مراجعه واستراحتگاه همیشگیش بود. می رفت . شامکی می خـورد. با دیگر مشتریان به گفتگو می نشست واگر حالی می داشـت سـازی مـی زد . به چند استکان چای گلو را تر می کرد وخبر آمدن اسبها را می داد. الیاس شـیفته آواز ونـوای سـاز وحکایتهـای او بـود و همیشـه خـرج جا وخورد وخواب اورا در قهوه خانه می پرداخت.

عاشق مراد ، عاشقی بود که با اسبها مـی آمد واز اسـبها وحکایـت سـرما وگذر آنها از جنگل وآب و گفت. از داستانهایی که در رابطه با آنها می دانست. گاه که دلش بسیار می گرفت اگر رفیقـی ویا فـرد معتمـد خوش شانسی همراه وهم پای صحبتش می شد. راز دل مـی گشـود واز عشق خـود و غمهای دلگزای عمرش می گفت. او اگرچه مـردی خـوش قـد وقامـت بـود امـا نمـی توانسـت خـوب راه بـرود. بعلـت سـوختگی وشکستگی ، لنگی درپاها و کمـر داشـت و نمـی توانسـت دستانش را از آرنج خوب تا کند. نیمی از صورتش سالم و زیبا ونیمی دیگر یعنی نیم رخ چپش سوخته با پوست سفید کشیده و با چشـم از حدقـه در آمـده بسیار ترسناک وزشت بود. به حدی که کمتر کسـی مـی توانسـت بـه آن قسمت سوخته صورت او نگاه کنـد و دچار ناراحتی وترحم و چنـدش نشود. عاشق مراد همیشه آن قسـمت از صورتش را بـا ریختن موهـای

بلندسرش و شال دور گردنش وگاه با لبه کلاهی که به سر می نهاد . می پوشاند. در کل اگر نگاهش می کردی، نیمی از تن و وجود او سالم وزیبا و نیمی دیگر شکسته و سوخته وعلیل بود ..

عاشق مراد یک شب که دلش بسیار گرفته بود . داستان زندگی و دلدادگیش را به الیاس آهنگر و چند تن دیگر چنین نقل کرده بود:

-   من در تبریز بدنیا آمده ام. پدرم اهل شهر سراب بود . با مادرم که ازدواج کرده بود به تبریز آمده وساکن تبریز شده بود . مرد مهربان وخانواده دوست و خوش مشربی بود. کارش تجارت بود..فرش وپارچه وابریشم تبریز واسکو را به ایروان وباکو می برد واز آنجاها چیزهای دیگر می آورد . دوستان زیادی در ایراوان وباکو ودیگر شهرها داشت و بسیار علاقمند بودکه من کمی که بزرگ شدم کمکش باشم. برای همین همیشه پی گیر درس ومدرسه من بود و من هم خوب درس می خواندم. اما بیشتر از درس علاقه به شعر وموسیقی داشتم و کار عاشیقی را با سازی که در نوجوانی ساختم شروع کردم. سیزده و یاچهارده سالم بود. تابستان تازه شروع شده بود که با کوبیدن میغ ها وکشیدن تارها روی تخته ای که ازدم اسبهای پدرم چیده بودم برای خودم سازی ساخته بودم وعصرها که فرصت می کردم. برای خودم می نواختم و می خواندم. مادرم صدایم را دوست داشت اما به سازی که ساخته بودم می خندید. به پدرم داستان سازم را گفته بود. یک روز عصر پدرم که در ایوان نشسته ومشغول استراحت ونوشیدن چای بود مرا صدا کردو گفت:

-   مراد می گند تو آواز می خوانی. سازی ساخته ای و می زنی!؟

گفتم

- بله بابا

با خنده گفت: عجب. پس بیار برای من هم بزن

و من شادان رفتم و سازم را که بی شباهت به اسباب بازی نبود. آوردم وشروع بنواختن کردم ... پدرم که صدای ساز و طرز نواختن مرا دید. زد زیر خنده . قاه قاه خندید و گفت:

- این سازه که تو می زنی ؟

گفتم: بله

باز قاه قاه خندید. بعد با قیافه جدی اما به شوخی گفت:

- پس مواظب باش قورباغه ها نشنوند .چون اگر قورباغه های جوی سر کوچه بشنوند. می ریزند این جا. تو این خونه آن وقت من و تو امان نخواهیم داشت. بهتره بری در آهنگرخانه بنوازی پسرم

همه اهل خانه زدند زیر خنده. من که فکر میکردم کارم فوق العاده است و پدرم خوشش خواهد آمد. همانطور مات و شرمگین ماندم . پدرم که حال مرا دید دستی به شانه ام زد و گفت:

- ناراحت نشوبابا شوخی کردم ... تو پسر با ذوقی هستی ، ساز خوبی ساخته ای ، خوب هم نواختی ، بارک الله

کمی بعد. بلند شد ، لباسش را پوشید و از من خواست که سازم را بر دارم وهمراه او بروم. اومرا نزد استاد موسیقی شهبازخان که در آن زمان در تمام تبریز معروف بود. برد . شهبازخان خانه بزرگی داشت در کوچه درویشها. کلاسش را در پیش درگاهی ساختمان خانه اش که دواطاق بزرگ تو در تو با پنجره های مشبک چوبی مشرف به کوچه بود دایر کرده بود. به خانه اش که رسیدیم. مقابل در اصلی خانه اش ایستادیم از اطاق که پنجره هایش باز بود صدای انواع ساز می آمد . دایره و کمانچه و تار و....غیره پدرم نگاهی به اطراف و پنجره های باز که صدای موسیقی می آمد انداخت و بعد در را زد . چند لحظه بعد پیرمردی که انگار پیش خدمت شهباز خان بود آمد . پدرم سلامی کرد و گفت که برای دیدن شهبازخان آمده ایم . پیرمرد که صورتی لاغر واستخوانی با

چشمان بر آمده داشت . نگاهی به پدرم ومن کرد. رفت وکمی بعد برگشت و گفت بفرمائید. در پی پیرمرد وارد دالان گرد کوچکی شدیم و از چهار ویا پنج پله که در دست راست بود بالا رفتیم. پیرمرد یک لنگه در چوبی آبی رنگی را گشود. وارد اطاقی بزرگی شدیم که چند شاگرد و کارآموز شهباز خان روی نیمکت و تشکچه نشسته مشغول تمرین بودند. با ورود ما نگاه کنجکاوشان را به ما دوختند . پیرمرد همانطور مستقیم رفت و در انتهای اطاق لنگه در آبی دیگری را که اطاق شهباز خان بود گشود و به پدرم ومن گفت بفرمائید. شهبازخان در انتهای اطاق روی تشکچه ای نشسته به پشتی پهنی تکیه داده و مشغول کشیدن سیگار و صحبت با یکی از شاگردانش بود. مرد لاغر اندام . با سبیلهای دراز و چهره ای مهتابی ونگاهی مهربان بود. به احترام پدرم از جایش بلند شد و دست داد و احوال پرسی کرد و سلام مرا با محبت گرفت و گفت خوش آمدید. پدرم در روی تشکچه ای در سمت چپ رو به پنجره با تعارف شهبازخان نشست ومرا کنارش نشاند و بعد از احوال پرسی وتعارف بسیار. علاقه مرا به موسیقی و ذوق شعر و جریان ساز ساختن مرا به شهباز خان تعریف کرد . شهباز خان که جریان را شنید. از شور وعلاقه من به موسیقی خوشش آمد و با لبخندی از سر تشویق در حالی که نگاهش را به من دوخته بود. گفت: بارک الله، بارک الله. بعد ساز ساخته مرا گرفت و با دقت نگاه کرد وبعد نگاهش را که پراز سوال بود تو صورت من دوخت وگفت:

-      اگر بغیر از ساز خودت ساز دیگر بدهم می نوازی ؟

گفتم : بله

از شاگردی که در حضورش بود .خواست که سازی کوچک در حد سن وجسه من بیاورد . شاگرد رفت . سازی کوچک آورد و به من داد. شهباز خان گفت بنواز و من ساز را گرفتم و شروع بنواختن

کردم...شهباز خان از طرز گرفتن ساز و نواختن من در اولین جلسه در شگفت شد. لحظاتی بدقت در چهره من نگاه کرد و برگشت به پدرم گفت. این پسر تو استعداد ذاتی فوق العاده ای دارد. اگر تعلیم ببیند. عاشیق و موسیقدانی بر جسته می شود

پدرم که مردی روشنفکر و علاقمند به هنر بود از شنیدن نظر شهباز بسیار خوشحال شد وبا احساس غرور و تفاخر خاصی گفت:

-   این از نظر لطف شماست. البته اگر به شاگردی بپذیرید بی شک همانطور خواهد بود که می فرمائید.

صحبتش را قطع کرد ونگاهی به من واطراف انداخت و بعد ادامه داد:

-   مستحضرید که من گرفتار کار تجارتم اما مشتاقم که پسرم در کنار درس مدرسه به هنرودیگر علایقش هم برسد و آن چه را که دوست دارد یاد بگیرد. ممنون می شوم که او را بشاگردی بپذیرید.

شهباز خان سری به علامت پذیرش تکان داد وگفت:

-   به روی چشم . هر آن چه که در توانم باشد به ایشان یاد خواهم داد ومن مدت سه سال علاوه بر درس مدرسه در خدمت شهبازخان بودم. طرز نواختن ساز وتمام اصول ودستگاه ها وردیفهای موسیقی را از او یاد گرفتم و چون شعر خوب می سرودم وصدای خوش داشتم . با تسلطی که به نواختن ساز و ردیفهای و گوشه های موسیقی یافته بودم.کم کم شروع کردم به تصنیف ساختن وترانه سرودن و بداهه نواختن. بیست سالم نشده بود که در همه جا به استادی موسیقی و بداهه نواز چیره دست معروف شده بودم ... اما پدرم دوست داشت که من کمک و وردستش باشم. می گفت:

-   حالا که درس و مشق را تمام کرده ای. برای خودت مردی شده ای، بهتره که شغل مناسبی داشته باشی. تجارت شغل نان وآب داریست پسرم . بهتره که مدتی کمک وهمراه من باشی

ومن بنا خواست پدرم در تجارت خانه او مشغول شدم و در سفرهای تجاری همراهیش می کردم . در یکی از این سفر تجاری بود که با آرداشس پیر استاد موسیقی و دودوک نواز معروف ارمنستان در ایراوان آشنا شدم. آشنایی من با او اتفاقی بود . شبی در خانه آقاجان اردوخانیان تاجر معروف و معتبر ایروان همراه پدرم مهمان بودیم . آرداشس پیر هم آن جابود . او دودک نواخت ومن با اجازه پدرم با سازم بداهه نواختم . آرداشس بسیار پسندید وقتی ذوق شعر وهنر موسیقی مرا دید خواست که مدتی مهمان او باشم. پدرم که با کلی بار تجاری راهی باکو بود. و از خستگی وتنگ حوصلگی من از درازی سفر باکالسکه با خبر بود. از پیشنهاد آرداشس خوش حال شد و از من خواست که قبول کنم ودر ایروان تا بازگشت او بمانم و من قبول کردم و مدتی در خدمت آردشس پیر بودم واز او بسیار آموختم وگوشه های موسیقی ارمنی را یاد گرفتم . یک شب بهاری. آرداشس پیر را به جشنی در بیرون از ایروانی در حوالی دهی که بیشتر به قصر شباهت داشت دعوت کرده بودند . او از من خواست که همراه او در این جشن باشم ومن خوشحال با درشکه ای که برای رفت وآمدمان تهیه کرده بودم. همراه او به آن جشن رفتم ... آرداشس آن شب با همکارانش بسیار نواخت و مجلس را به شور آورد .در آخرهای مجلس . بلند شد و مرا بعنوان شاعر وهنرمندی موسیقدان مهمان از تبریز معرفی و بسیار از شعر و آواز وبداهه نوازی من تعرف کرد. مهمانان که از تعریفهای آرداشس پیر به ذوق آمده و کنجکاو شده بودند از من به اصرار خواستند که شعری بخوانم و سازی بنوازم ومن شرم زده اما خوش حال با حال دگرگون شعری خواندم ونغمه ای در ملودی بسیار نرم ولطیف بصورت بداهه نواختم که بسیار بر مجلس تاثیر گذاشت وهمه به تشویق بر خاستند . مجلس که تمام شد عده ای از مهمانان برای آشنایی و تشکر

ستایش من می آمدند اما تشویق و تعریف او چیزی دیگر بود. وقتی مقابلم ایستادو چشم در چشمم دوخت. دلم فروریخت. یک آن احساس کردم او انسان نیست ، فرشته است که مقابلم ایستاده. قامتی نازک وبلند . مـویی طلایی و زرد و رویـی چـون مهتـاب داشت . دستش را بطرفم دراز کرد ،ساز و شعر مرا ستود و نگاه زیبایش را که یک محبت و ونور بهشتی در آن بود در نگاهم دوخت. از نگاهش دلم لرزید ،پشتم تیر کشید. حالی دیگر یافتم. او با احترام دستم را فشرد و تشکر کرد .امـا دل و روحم را گرفت و با خود برد. بعد از دیدار بـا او حـالم دگرگـون بود. احساس دیگری یافته بودم انگار طلسـم شـده بـودم. یـک نیرویـی تمام وجودم را گرفته بود.دیگر نفهمیدم بقیه لحظه ها چگونـه گذشـت . نزدیک نیمه شب مجلس که تمام شد وهمه رفتند. بلند شدم وراه افتادم . هر چه صاحب مجلـس و آرادشـس پیـر اصرار کردنـد و گفتنـد کـه دیروقت است. نرو. بمان. قبول نکردم . نمی دانم چرا، انگار تقـدیرم این بود. حقیقت را بخواهید همانطور که گفتم حالی دیگر داشتم.می خواستم تنها باشم. به جایی دنج بروم بسرایم و بنوازم.

مست با حالی دگرگون. شبانه سوار کالسکه شدم و عنـان کشـیدم وبه سرعت به طرف ایروان راندم. اما چون راه را خوب نمی شناختم. بعد از طی مسافتی در دوراهی به اشتباه بطرف کوهستان و دهکـده و کلیسا ودیری که در آن نزدیکی بود راندم . راه کوهستانی باریک و خـاکی بود با دره هایی عمیق. از گردنه بالا رفتـم. هنگـام پـائین آمـدن نزدیک دهکده. ناگهان اسبها شیهه ای کشیدند و رم کردند ومن نتوانستم آنهارا کنترل کنم.کالسکه واژگون شد و در دره ی نه چندان عمیق کنار جـاده سقوط کرد و من دیگر چیزی نفهمیـدم . وقتی چشـم بازکردم در دیر زخمی وسوخته در بستر بودم . گویـا در اثر سقوط کالسکه بـه دره و شکستن وریختن نفت فانوس بالای کالسکه ، کالسکه آتش می گیرد و

من که زخمی وبی هوش زیر کالسکه افتاده بودم. دچارسوختگی می
شوم.اهالی ده ودیرکه متوجه شعله های آتش و شهه های مکرر اسبها
می شوند. می آیند و تن بیهوش و زخمی مرا به دیر می برند.روز بعد
استادم آرداشس و پدرم که از موضوع و حادثه ای که بر مـن افتـاد بـود
باخبر شده بودند به دیر آمدندو دکتـر بـرای مـداوایم آوردند. اما من
رنجور و بیمار از شکستگی و سوختگی بدنم در حال خود نبودم . دکتـر
بعداز معالجه وتجویز دوا . پرستاری ودرمان راهبان وخـواهران دیـر را
تائید کرد وستود ومصلحت دانست که من هم چنان که بهبـودی در دیـر
بمانم.

روزها گذشت کم کم با گذشت روزها حالم رو به بهبودی بود. که
یک صبح صدای ماندلینی را با آواز دلنشین دختری شنیدم. به زحمت
بلند شدم و از پنجره نگریستم. او بـود .رویـی چون مهتاب ، مویی زرد
وطلایـی چـون امـواج نـور خورشیـد وقـامتی بلنـد وبـاریک چـون سرو
وآوازی که مست می کرد. پیـراهن نـازک وبلنـدآبیش از حریر بـودو
نگاهش چون رود روان که آدم را با خود می برد و بی خود می کرد. با
چند پسر ودختر هم سن وسال خـود در شـادی و رقـص بـود. وقتی مـرا
پشت پنجره دید لبخند زد ودست تکان داد. با دیدن او زخم وسوختگی
وشستکی تن وپا وصورتم از یادم رفت. درونم آتـش گرفت . روز بعـد
متوجه شدم که او یکی از آن چند دختر پسر جوان است که هـر روز
صبح همراه با خواهران روحانی کنار بسترم می آید . آنها با کمک هـم.
مرا بلنـد مـی کردنـد تـا خـواهران روحانی ملافه هـایم را عـوض کنند.
زخمهایم را به شـویند وبـاز مـرحم نهنـد و ببندند. در هنگام بـاز بستن
زخمها که بسیار دردنـاک بود. او بالای سرم می نشست و بـا دستمالی
تمیز به مهربانی عرق پیشانیم راپـاک مـی کرد و مـرا دلـداری مـی داد.
همیشه لبخند به لب داشت و نگاهش پراز عشق ومهربانی بود. نگاهی که

۱۶

می دانم دریارا هم عاشق وآرام می کرد .در آن روزها من از وضع خودم خبر نداشتم. نمی دانستم که بیشتر از دست و تن وپا نیمی از صورتم هم سوخته وبسیار بدشکل وهرسناك شده ام.اما او ودیگران به صورت سوخته وزخمی من با مهربانی می نگریستند . هر روز صبح بعد از باز وبستن زخمهای من، او و دیگر دختران وپسران جوان با آواز اسبهای دیر را به مزارع اطراف برای چرا وسواری می بردند. هنگام گذر بیشتر از همه صدای او و در همه جا طنین می انداخت . او آوازی سحرانگیزداشت و موسیقی خوب می دانست و ساز ماندلین را خوب می نواخت .یك روز تحت تاثیر صدا و آواز او ترانه ای سرودم و روز بعد که او کنار بسترم برای صحبت با من آمده بود برایش خواندم . شعر را که شنید به وجد آمد . شادمانه از من گرفت وتشکر کرد. روز بعد آن را با ماندلین نواخت و خواند. آن ترانه وشعر این بود :

سحر قالخب هوا بتون ایشخده (صبح بر آمده و هوا پر از روشنی ست)
بلبل گلب غنجه للرده گوریشده(بلبل آمده در میان غنچه ها دیداراست)
سو آخب چشمه للردن سوزل الب (آب جاری شده از چشمه سارها پیام گرفته)
یل سازننان بیر سوزه وریب سوز آلب (باد با سازش پیامی داده . پیامی گرفته)
اوخور بلبل چو له دیر او گلده (بلبل می خواند وبه دشت میگوید او آمد)

ساز چالان ، شعر اوخویان ملکده (ساززن ، شعرخوان فرشته است)
امان یارم گوزل یارم چال سازین بیزلو (امان یارم . زیبا یارم بنواز سازت را برای ما)
۱۷

گوزدده، آه، اتو ورمی سان بیزلر (اما مراقب باش آه ،آتش نزنی بر ما)

دده مراد بو عشقنده شعرلری (گفت مراد این شعر ها را ازسر عشق)

گنه دییر اورکده سوزلر (بازهم خواهد گفت حرفهای مانده در دل را)

بعد از چند هفته که حالم نسبتا خوب شده بود ومی توانستم بلند شوم .عصر روزی او با سبدکوچکی از میوه ها کنار بسترم آمد و حالم را پرسید و نشست و از شعر و موسیقی و خیلی از مسائل دیگر با من صحبت کرد. خوشحال بود که حالم رو به بهبودیست .اما نگاهش حالت دیگری داشت . غمگین بود و من ندانستم که آن آخرین دیدار من با اوست ومن اورا دیگر نخواهم دید. چون پدرم همراه با آرداشس پیر آمده بود تامرا ببرند ومن ناگزیر بودم که دیر را ترک کنم .. هنگام خداحافظ نمی توانستم احساسم را کنترل کنم ونمی دانستم که چه بگویم. من باید از دیر می رفتم و برای تکمیل معالجه سوختگی صورتم و جراحی شکستگی دست وپایم باید در بیمارستان بستری می شدم . از همه با اشک واحساس خداحافظی کردم .به او که رسیدم گفتم که حالم که خوب شد. حتما بدیدنش خواهم آمد واو گفت که منتظر خواهد ماند. چند ماهی در بیمارستانی بستری بودم و در اثر جراحی و درمان پزشگان حالم خوب شد و توانستم که روی پایم بایستم وراه بروم و چون گذشته ساز بنوازم اما پزشگان نتوانستند لنگی پا وآرنج و سوختگی صورتم را درمان وچون سابقه کنند. همراه پدرم به تبریز برگشتم و مدتی در تبریز در استراحت بودم اما عشق او و آرامم نگذاشت . به ایروان برگشتم وبرای دیدن او به دیر رفتم وسراغ اورا گرفتم .اما اورا نیافتم. روز بعد و دیگر روز هم رفتم

راهب جوانی که هنگام بستری بودن من در دیر . رفیق وهم صحبت من بود و از احساس من به او گویی خبر داشت ویا حس کرده بود . گفت که او از آن جا رفته . پرسیدم کجا ؟ گفت نمی داند . ولی حدث می زند که نزد خانواده اش برگشته . چو او ودیگر دختران وپسران جوان در فصل تابستان به مدت کوتاهی برای کار وکمک به دیر می آیند وبعد به شهر خود نزد خانوادشان برمی گردند . بعد گفت : مراد او دختری از خانواده ای محترم وتحصیلکرده است. بر اساس اعتقاد وایمانش را برای خدمت وکمک به دیر آمده بود. اکنون در دیر نیست برگشته تا به تحصیلش ادامه دهد و زندگیش را آن طور که می خواهد بسازد . از حرفهای او فهمیدم که او رفته ویافتن او برای من دیگر خیلی سخت است. از آن راهب جوان وخواهران روحانی تشکر کردم . بلند شدم که برگردم. یکی از خواهران روحانی، همانی که از من پرستاری و زخمها وسوختگیهای مرا مرهم می نهاد. صدایم کرد و دستمالی بنفش با قطعه شعری برایم داد که نوشته او بود . کاغذ شعر را لای دستمال گذاشته بود. لای دستمال را که باز کردم کاغذ را دیدم . متن شعر آوازی بود که هر روز صبح می خواند . وقتی دستمال وکاغذ شعر را می گرفتم خواهر روحانی گفت:

- این را او داده بود که اگر آمدی بتو بدهم . عشق هم مثل شعره پسرم . خودت را اسیر عشق نکن . چون پایانی نداره و در بندش می مانی

این را گفت و با دلسوزی اما با تحسین نگاهم کرد . از نگاه و گفته اش فهمیدم که سرنوشتم با عشق ریخته شده ودر بند او هستم و او از عشق من خبر داشته . تشکر کردم ونزد استادم آرداشس برگشتم. مدتی مهمان او بودم . اما نتوانستم بمانم. تصمیم گرفتم بگردم و شاید اورا بیابم .. وقتی از آرداشس پیر خدافظی می کردم گفت:

- مراد می دانم برای چه می روی. دوست داشتم جلـوت را بگیـرم و نگذارم بروی اما نمی توانم. چـون توبایـد بـروی . یـادت بـاشـد تـا عاشق از عشق نسوزد. عاشیق واقعی نمی شود.

از آرداشس پیر بخاطر استادی و مهربانیش تشکر کـردم وراه افتـادم .از آن زمان گاه در تبریز و گاه در ایروان بسر می برم و هر چند وقت میان شهرها ودیرها دیگر می گردم . شاید خبـری از او بگیـرم .آرزو دارم یکبار فقط یکبار دیگر او را باز ببینم.

بعداز رفتن عاشق مراد و اسبها شهر ما دوباره آرامش و سکون وسـکوت همیشگی خود را باز می یافت اما عاشقی هم چنان ادامه داشت

۳

شهری که باید عاشق بود

شهر ما شهر کوچک آرامی بود اما رسم ورسوم عجیبی داشت . یکی ازمهمترین رسمها در آن این بود که اهالی آن وهر کسی که می خواست آن جا بماند و زندگی کند. باید عاشق باشد ویا عاشق شود. برکسی هم معلوم نبود که کی و از چه زمانی این رسم و قانون گذاشته شده بود.از هر کسی هم که می پرسیدی چیزی نمی دانست اما همه توافق داشتند که این رسم وقانون از گذشته از همان زمانی که شهر را بنا نهاده اند مرسوم شده و جز فرهنگ و زندگی اهالی آن است و جالب این که هر غریبه ای که به شهر ما می آمد وساکن می شد یا عاشق بود ویا دیری نمی گذشت که عاشق می شد وجالبتر از آن هم این که تا یکی در شهر عاشق می شد همه متوجه می شدند ومی فهمیدند . انگار این عشق و عاشقی رنگی بود که برچهره هر کس از لحظه ای که عاشق می می نشست . چهره اش کبود ویا سرخ ویا برنگی می شد که همه می فهمیدند که او هم عاشق شده است .

رسم و عادت دیگری که در شهر ما مرسوم ومتداول بود. با خبر بودن اهالی شهر از مسائل یکدیگر بود.. هیچ مسئله پنهان و راز ناگفته ا ی وجود نداشت که اهالی شهر ندانند .همه .همدیگررا خوب می شناختند. از مسائل و راز هم باخبر بودند و کنار هم به خوبی وخوشی زندگی می کردند

شهر ما شهر کوچک آرامی بود.معماری زیبایی داشت . ساختمان خانه های آن اغلب یک یا دو طبقه بود. با نمای آجری سرخ رنگ و سقفهای شیروانی برنگ نقره ای وگاه قزمز قهوه ای سوخته . خیابانهایش عریض بودند با انواع مغازه ها و بازاری سرپوشیده وتاریخی کهن داشت با طاقهای آجری زیبا. کوچه باغهایش سنگفرش بودند با دیوارهای کوتاه و ردیف درختان بید واقاقیا و طاق گلهای سرخ و یاسمن ویاس که عطر آنها در بهار شهر را می پوشاند و هوارا وفضا را عطرآگین می کرد. عطرآگین از الوان عطر گلهاکه هر لحظه با وزش نسیم به هر سوپاشیده می شد.

شهرما هر روز در حال گسترش بود ..کشت وزرع و تجارت در آن رونقی دوچندان داشت .آموزش و پرورش وهنر و فرهنگ در حال شکفتن بودو هر روز نوسازتر وبزرگتر می شد. ساختمان استانداری وفرمانداری در میدان مرکزی نزدیک ساختمان بزرگ و قدیمی شهرداری که المانیها با نقشه و نمای بسیار زیبایی ساخته بودند. قرار داشت و عمو سعید برادر کوچک پدرم که بعداز خاتمه تحصیلاتش از انگلستان برگشته و چند سالی در تهران در وزارت کشور مشغول خدمت بود به تازگی به فرمانداری شهر منصوب شده بود .همیشه اول صبح هر شنبه قبل از رفتن به سرکار به خانه ما می آمد. فنجانی قهوه می نوشید و با پدر ومادرم در خصوص مسائل شهر وغیره بگفتگو ومشورت می نشست. باگذر سالها و با وجود بزرگ وگسترده تر شدن شهر ارتباط و دوستی در میان تمام طبقات از هر قوم و طایفه ودین ومذهب. ترک ، کرد ارمنی ، آشوری ، کلیمی ، گرجی ، فارس بیشتر وبیشتر می شد . انگار مجموعه ای از آدمها با قوم و آئین متفاوت ومختلف کنار هم جمع شده و شهری را ساخته بودند. تا بدوستی برسند. بطوری که همه با هم آشنا و دوست بودند

شهر ما آدمهای جالب ومهمی داشت .

علاوه بر این ها شهرما شاکر شعاعی شاعر و غزال سرای معروف را داشت که تمام ثروتش را در راه عشق وعاشقی وشعر گذاشته بود و همین طور نویسنده معروف دکتر ربیع انصاری متخلص به خامه نویسنده رمان معروف آدم فروشان قرن بیستم را داشت که هرگز از گذشته وعشق وخاطره جوانیش با کسی سخن نگفته بود . همیشه در انزوا وخلوت خود بود و در سکوت خود بسر می برد . اما معروفتراز همه اینها. شاعر جوانی بود بنام ارسلان مهریاری که بعد ها به دزد شاعر معروف شد و در شهرما با وجود کنجکاوی اهالی در زندگی هم ، کسی نمی دانست که کار وشغل او دزدیست. چون همیشه با اندامی لاغر وقیافه ای متفکر وشاعرانه در لباسی تمیز ومرتب درکتابخانه ویا مکانهای فرهنگی حضور داشت ومشغول مطالعه وگاه بحث وگفتگو در مسائل هنر وادبیات بود. همگان از او بعنوان جوانی فرهیخته ، سربزیر وآرام وشاعریاد می کردند. اما نمی دانستند که او دزد است .ارسلان عادتش فقط دزدی طلا وپول و اشیاء قیمتی وعتیقه بود .بعدازهر دزدی هنگام رفتن شعری شیوا ودلگزا به خط خوش کنار پنجره ویاآئینه ویا روی میز از عشق ماهرویی درخواب بجا می گذاشت. علتش هم این بود که در روزهای نخستین کار دزدی. یک شب که برای دزدی به خانه ای بزرگ در وسط باغی در حوالی شهر می رود.بعد از گشتن تمام اطاقها و بر داشتن طلا وجواهرات در آخر به اطاق خوابی می رود که دختر زیبارویی در آن در خواب بوده . هنگام بر داشتن سینه ریز طلا دختر خانم از میز کنار تختخواب. دختر زیبا بیدار می شود اما با وجودخواب آلودگی بی هیچ هراسی نگاهش را در نگاه او می دوزد.. بطوریکه دست ارسلان می

لرزد و سینه ریز را سرجایش می گذارد و در حالیکه مسحور ازنگاه دختر زیبا بوده با گفتن یک کلمه :

– شرمنده ام

از پنجره خارج می شود . وبه جای سینه ریز، شانه طلایی دخترزیبا را با تارهایی از موی او با خودمی برد. بعداز آن شب ارسلان که دلباخته نگاه و آرامش دخترزیبا شده بود. چندین بار به آن خانه مجلل نه برای دزدی بلکه برای دیدن آن دختر زیبا می رود. اما موفق بدیدن او نمی شود . از آن به بعد در پی او بود.به هر جا وخانه ای که به دزدی می رفت. شعری در ستایش چشم و عطر گیسوی یار و شب همه تلخ از غم عشق می سرود واز خود برجای می گذاشت که شاید پیام عشقش با شعرش بگوش دلبندش برسد .اما چیزی که برای مردم کنجکاو وعاشق شهر ما مهم بود نه دزدی انجام شده و طلا وجواهر بدزدی رفته . بلکه شعر عاشقانه دزد شاعر بود.چون روز بعد هر دزدی ارسلان ، شعراو میان مردم زبانزد می شد .همه از شوق عشق وشیدایی دزد شاعر می گفتند و تا مدتی یعنی تا سرقت بعد شعردزد شاعر نقل محافل بود .همگان شعر وقریحه شاعری اورا می ستودند و افسوس می خوردند که با این استعداد خوب چرا دزدشده وچرا دزدی می کند؟ بی آن که دلشان به حال مالباختگان و خانه های دزد زده سوخته باشد ویا نگران امنیت آسیب دیده شهر وخلاف انجام شده باشند وبه این بیاندیشند که چرا دزدی انجام گرفته وچرا هست ؟و علت آن چیست ؟ اندک کسانی هم که به این مسائل می اندیشیدند.اکثرا دولت ومقامات حکومتی را مقصر می دانستند که بفکر رفاه و تحصیل و آینده جوانان نیست . اما مقامات شهر بخصوص دادستان ورئیس پلیس ودیگر مسئولان که می دانستند با مورد و وضعیت خاصی روبرو هستند .بی توجه به افکار وعقیده مردم در حالی که شعر وشوق وذوق دزد شاعر را می ستودند .در پی دستگیری او

بودند. تا این که بعد از گذشت چندین ماه ، یک روز در شهر خبر پیچید که دزد شاعر را دستگیر کرده اند . در پی آن خبر دیگری هم در شهر پیچید و مثل بمب ترکید که دزد ارسلان مهریاری شاعر محجوب شهر است و شب گذشته نزدیک سحرهنگام خروج از خانه جناب اصلان خان ارباب برادر جناب استاندار دستگیر شده است . اما ماهرخ دختر اصلان خان منکر دزد بودن او شده است . با شنیدن انکار دزد بودن ارسلان توسط ماهرخ ، همه لبخندی می زدند و در گوش هم زمزمه می کردند که :

-      بابا قضیه عشق وعاشقی و دلباختگیه

اما داستان دستگیری ارسلان ازاین قرار بود که ارسلان بعد از مدتها دزدی و قراردادن شعرکه دیگر کاملا ناامید شده بود و کمتر به دزدی می رفت . هر چندگاه برحسب نیاز . یک شب که بر حسب اتفاق برای دزدی بیک خانه قدیمی در وسط شهر می رود. هنگام گذر دریکی از اطاقها با ماهرخ همان دختر زیبا که ماه ها پیش دیده و دل در گرو عشقش نهاده بوده روبرو می شود. با دیدن او ناتوان وبی اراده مثل طلسم شده ها وسط اطاق می ایستد.باورش نمی شود و نمی تواند بپذیردکه عشقش را. دختری را که ماه ها پیش دل در گرو عشقش نهاده است. اکنون مقابلش می بیند . دختر زیبا یعنی ماهرخ خانم وقتی اورا با آن حال می بیند . گویا در این مدت از حال و روز دزدی وشعرهای او با خبر ودلبسته ارسلان گردیده بوده . آرام در اطاق را می بندد و از ارسلان می خواهد که کمی بنشیند و حال خود را باز یابد و بگوید که آن جا چه می کند ؟ ارسلان به عشق وعلاقه اش نسبت به او وتمام کارها و دزدی و شعرهایی که در بعداز هر دزدی از عشق خود قرار داده بوده اعتراف می کند . می گوید که بارها وبارها چه روز وچه شب به آن خانه مجلل میان باغ برای دوبار دیدن وپیدا کردن او رفته است. اما اورا آن جا نیافته

واکنون متعجب است و نمی تواند باور کند که اورا این جا در این خانه
یافته است . ماهرخ می گوید که او آن شب در آن خانه مهمان بوده و
در این مدت می دانسته که او یعنی ارسلان بدنبال اوست و تمام
شعرهای ارسلان را می خوانده اما دوست داشته که ارسلان اورا پیدا
بکند و می دانسته که بالاخر یک شب به خانه آنها خواهد آمد واعتراف
می کند که او هم دلبسته ارسلان است . بعد از ارسلان می خواهد که
طلا وجواهراتی را که از خانه آنها برداشته بر جای خود قرار دهد
وشعری را هم که برای آن شب سروده است به او بدهد. ارسلان
خواسته او را انجام می دهد. ماهرخ بعد از خواندن شعر از ارسلان شانه
ی طلائی رنگش را می خواهد که چند ماه پیش برده است . ارسلان می
گوید که آن تنها و گرانبهاترین چیزیست که دارد واکنون هم همراهش
نیست واگر بخواهد می رود ومی آورد . اما ماهرخ راضی نمی شود واز
او می خواهد که کمی بماند وبا او در خصوص علت دزدیش صحبت
کند واز عشق بگوید . صحبت و گفتگوی آن دو در نهایت به شور
عشق می انجامد وتا سپیده دم به درازا می کشد . سحرگاه هنگام خروج
ارسلان از خانه ، خدمتکار خانه که بیدار شده بود. اورا می بیند. ترسیده
وسروصدا راه می اندازد وارسلان رادستگیر می کنند. اما بدون هر گونه
جواهر ویا چیزی که دزدیده باشد . فقط در بازرسی جیبهای او چند شعر
در جیب کتش می یابند وارسلان راکه در برابر سوال و تهدید
وبازخواست اصلان خان وماموران پلیس سکوت کرده وسر به زیر
افکنده وچیزی نمی گفت به اداره پلیس می برند. بعداز ساعتی با بالا
آمدن آفتاب خبر دستگیری دزد شاعر در همه جا پیچید ودهان به دهان
گشت و اداره پلیس شلوغ شد. اما همه وقتی فهمیدند که دزد شاعر
ارسلان است. نخست نپذیرفتند و بعد که تائید پلیس و شاهدان را می
دیدند . تاسف می خوردند اما باز با درنگی کوتاه می گفتند :

- نه ، غیر ممکن است آقا، اشتباه است او جوان پاک و مودب
وسربزیر است. نمی تواند دزد باشد

اصلان خان هم که هیچ چیز از خانه اش بـدزدی نرفتـه بـود و دخـترش ماهرخ هم منکر دزد بودن ارسلان بود. مانـده بودکه چـه بکنـد ؟ اما مشکل عمده پلیس مسئله دزدی جواهرات دیگر خانه هـابود و سـند دزد بودن او شعرهای یافته شده در جیب کت ارسلان بودکه ثابت مـی کـرد. سراینده شعرها یک نفر است و دزد شاعر ارسلان است. نـوعی بهت و بلاتکلیفی در همـه بـود. نزدیـک ظهـر همـان روزکـه مامـوران مشغول بررسی مسئله و بازجویی از ارسلان بودنـد . ماهرخ خانـم بـه اداره پلیس رفته واعلام می کند که ارسلان واو دلباخته هم هستند و ارسلان آن شب نه برای دزدی کـه بـرای دیـدار بـا او آمده بود. بازخبر در شهر پیچید وهمـه در بیخ گوش هم زمزمه کردند

- دیدید مسئله عشق وعاشقی ودلباختگیه

دیگر نمی شد کاری کرد .خانواده اصلان خـان نـاگزیر بـا اعمـال نفـوذ پرونده را بستند . تنها این خبر در شهر پیچید کـه مـاهرخ خانـم وارسـلان مهریاری کـه دلباختـه هـم بـوده انـد. توسـط خانـواده اصـلان خـان بـرای تحصیل به خارج فرستاده شده اند و از آن پس دیگر نـه دزدی جـواهری روی داد ونه شعری هنگام دزدی نوشته شد وهمه پذیرفته بودند کـه کـار دستگیری ارسلان اشتباه بوده واو برای دیدار یار رفته بوده .

۴

خاطرات کودکی من

خانه ما درخیابانی بنام زنگنه قرارداشت که انتهای آن به باغ ملی و پل باریک رودخانه شهرچای می رسید. درآن طرف پل جاده باریکی بودکه به تپه شیخ می رفت که در زبان ترکی وبیان مردم محل واهالی شهر به آن (شیخ تپه) می گفتند.شیخ تپه با باغها وتک توک کلبه ها وخانه های بزرگ وکوچک محو درمیان شاخه وبرگ درختان اطرافش درذهن و باورکودکانه من تپه ای بودبلند. با باغهای مه گرفته و خانه هایی چون قلعه های اسرارآمیزکه رفتن به آن جا رفتن به جهان و سرزمین اسرارآمیز باآدمهای غریب بسیارترس آور وخطرناک بود. وشایداین تصور وخیال را ازداستانهایی داشتم که مادرم برایم گفته و خوانده بود.داستانهایی چون جزیره اسرارآمیز، جزیره گنجو غیره. هنوز هم خانه ها و درختان بلند وکهنسال باغهای اطراف شیخ تپه و هم چنین باغ ملی کنار رودخانه با چرخ فلک و دکه های بستنی وشیرینی و شکلات و اسباب بازی فروشیهایش در یادم است . من هر وقت خاطرات کودکیم را مرور می کنم. یاد آنها می افتم.

ساختمان خانه ما وسط حیاط قرار داشت . حیاطی بزرگ به انداز یک باغ . مقابل ساختمان خانه حوض بزرگ مستطیل شکلی بود.مشرف برپله های ایوان ودر ورودی ساختمان خانه . کف و دیوارهای حوض ازکاشیهای آبی رنگ بود. من ماهی های سرخ وسفید وخاکستری و فواره ی وسط آن را که در طول بهار وتابستان ، هر روزصبح وعصر

حیدر آقا سرایدار و باغبان خانه می گشود . دوست داشتم . هر چندگاه کنار حوض می رفتم وچشم برگردش گروهی ماهیها می دوختم . با هر بار رفتن من از کنار حوض ، حیدرآقا به سفارش مادرم دست از کار می کشید . می آمد وکنار من می ایستاد و مراقب من می بود که توی حوض نیفتم. دربعضی ازاین مواقع بمبی گربه پشمالوی خواهرم که بسیارملوس وشیطان بود وهمیشه کنارحوض ول می خورد، می خوابید و حمام آفتاب می گرفت . گاه هم که فرصتی می یافت به سروقت ماهیها می رفت. تا مرا کنار حوض می دید . ترسش از حضور حیدر آقا و هشدارهای او می ریخت. کنار من می آمد و روی لبه حوض می نشست وچشم بر آب و گردش ماهیها می دوخت . منتظر می ماند که یکی از آنها بالا بیاید . این بمبی گربه بسیار زیبایی بود به رنگ سفید و سیاه مایل به خاکستری . گردن و سینه و شکم وپاهایش یک دست سفید و سر وپشت و دمش برنگی سیاه مایل به خاکستری تیره و چشمانی به غایت زیبا داشت و مویی لطیف . چون بسیار ملوس وشیطان بود به همان خاطر اورا بمبی وبعدا به خلاصه بوبی صدایش می کردند. البته علاوه بر بوبی، سگ پشمالوی زیبایی هم در خانه مابود. برنگ سفید وخاکستری بنام گموش (نقره) که در انتهای حیاط نزدیک اصطبل اسب پدرم لانه داشت و نگهبان حیاط وخانه بود. این گموش سگی با قامتی متوسط و بسیار مهربان بود اما از دست بمبی گربه خواهرم که در حین زیبایی و ملوسی بسیار بدجنس بود ودائم به دور وبرگموش می گشت و مزاحم او می شد. بسیار ناراحت بود. بمبی تا به حیاط می آمد از هر فرصتی برای سر به سر گذاشتن و بازی واذیت کردن گموش استفاده می کرد. همیشه در جایی کمین می کرد وناگهان به سروقت غذا واستخوانهای محبوب گموش می رفت. غذایش را می ریخت و یا یکی از استخوانها را برمی داشت و فرار می کرد.گیموش هم که با این کار و بازی اوآشنا بود

دنبال او راه می افتد ومیان باغچه ها غوغایی بپا می شد. درپی بازی و شلوغی آنها صدا اعتراض و عصبانیت وفریادهای بلند حیدرآقا بر می خواست که وای باز باغچه هارا بهم ریختند. گلهارا شکستند. مطابق آن فریادها با چوب ویا شاخه باریک درخت ویا جارو به سراغشان می رفت در این مواقع بمبی که آمدن حیدر آقا را می دید یا بالای درخت می رفت ویا مطابق معمول در می رفت و داخل ساختمان می شد. وخود را در جایی پنهان می کرد ویا نزد خواهرم می رفت. بیچاره گموش می ماند و خشم حیدرآقا باغبان. البته این را هم باید بگویم که حیدر آقا همیشه از دست بمبی شاکی و ناراحت بود. مدام به مادرم از بهم ریخته شدن خاک گوشه ای از باغچه و شکسته شدن گلها توسط بمبی شکایت می برد. اما پاسخ مادر لبخند بود واین که:

- حیدرآقا گربه است دیگه

من گموش سگ مهربان خانه مان را خیلی دوست داشتم. بسیار وقتها نزدیک لانه اش می رفتم و مقابلش می نشستم. اوهم حس وعاطفه وعلاقه مرا می فهمید. همیشه تا مرا می دید با تکان دادن دم وپارسهایی از شادی به استقبالم می آمد. من تا می ایستادم ویا می نشستم او هم ساکت می ایستاد ویا می نشست و نگاه مهربانش را به من می دوخت. البته علاوه بر گموش، شبق اسب پیر پدرم محبوبترین حیوان زندگی من بود. همیشه آرزو داشتم که چنان اسبی می داشتم. اغلب در سواری همراه پدرم بودم. گاه وقتها بخصوص قبل از ظهرهاکه به تنهایی به اصطبل شبق که در انتهای حیاط قرار داشت می رفتم. حیدرآقا برای مراقبت همراه من می آمد. اما من دوست داشتم که با شبق تنها باشم. دلم می خواست می توانستم با دست پوزه و پیشانیش را لمس کنم. انگار شبق این را فهمیده و درک کرده بود که من دستم به پوزه و پیشانیش نمی رسد. برای همین به مقابلش که می رسیدم. هورتی می

کشید و سرش را پائین وپیش می آورد و من اغلب به توصیه مادرم حبه قندی در کف دستم می گذاشتم و به او می دادم وگاه تقلب هم می کردم یعنی بجای یک حبه قند . چند حبه قند به او می دادم. چون دلم می خواست که شبق حبه قند بیشتری بخورد . اما مادرم وبیشتر از مادرم حیدرآقا مخالف بود .می گفت :

- خوب نیست آقا عادت می کند.

گفتم اصطبل شبق در گوشه سمت چپ انتهای حیاط بود و من همیشه از خیابان اصلی که در وسط حیاط قرار داشت به اصطبل شبق می رفتم. اما بغیر از خیابان اصلی از خیابانها باریک حاشیه حیاط هم می شد به اصطبل شبق رفت. پدرم قدم زدن در خلوت آنها را که دور تا دور حیاط بزرگ خانه در سایه سار درختان ودیوارهای بلند حیاط قرار داشتند وبسیار دنج بودند دوست داشت وهمیشه عصرها در مواقعی که در خانه بود. ساعتی در خلوت آنها قدم می زد و هرچند گاه من هم به تشویق وخواست مادرم همپای اومی شدم و او دست مرا با محبت ومهربانی می گرفت .گامهایش را کند و کوتاه می کرد. تا هم پای من قدم بر دارد. من هنوز هم بعداز این همه سال نگاه و رفتار پر از محبت و مهربان او را فراموش نکرده ام . هم چنین اشکهای اورا روزی که اسب پیر و بیمارش شبق را می بردند .پدرم اگر چه اتومبیل داشت آن هم ستروئن سواری مشکی. اماسواری با اسبش شبق راخیلی دوست داشت و با همه غر زدنهای مادرم که می گفت دیگر دوره اسب ودرشکه تمام شده ؛ بهتره پدرم اسب و درشکه اش را به ده ببرد وآن جا بگذارد.پدرم قبول نمی کرد .هرچندگاه بخصوص روزهای تعطیل اسبش شبق را زین وبرگ می نهاد وسوار می شد وگشتی در حوالی خانه و یا بیرون از شهر می زد وگاه به درشکه تک اسبش می بست وبه ده می رفت. او شبق را از دوره جوانی داشت . با او مسافرتها و حوادث وخاطره های بسیاری

۳۱

گذرانده بود . شبق برای او نه یک اسب بلکه یک دوست ویک همراه قدیمی بود. اگر چه در گذشته وسالهای دور همیشه با شبق گاه سواره وگاه با بستن به درشکه و به ده برای سرکشی به آسیاب وباغها ودیگر املاکش می رفت و برمی گشت واز این کار بسیار لذت می برد. اما چندی بود که شبق دیگر آن توان را نداشت وپدرم هم دیگر نه اورا به درشکه می بست ونه سوار بر او به ده می رفت . فقط هرچندگاه در روزهای تعطیل صبح زود یعنی در سپیده دمان زین وبرگش می نهاد وساعتی با او درحاشیه خیابان حیاط خانه ویاخیابانهای اطراف منزلمان گشتی می زد. اما با گذشت ایام پیری کار خود را کرده و شبق توان خود را را از دست داده بود . دیگر چشمانش خوب نمی دید و با پیدا شدن غده ای در کشاله رانش به زحمت راه می رفت. تا این که یک روزظهر حیدرخبرداد که شبق حالش بداست ونمی تواندسرپا به ایستد خوابیده و سرش به سویی افتاده ودیگر بلند نمی شود . پدرم هراسان به اصطبل شبق رفت .در را بست ولحظه ها با او تنها نشست . بعد که بیرون آمد چشمانش سرخ و تربود .به حیدر چیزی گفت وبه ده فرستاد وخودش هم بدنبال دکتر زمانی دامپزشک شبق رفت . ساعتی بعد با دکتر زمانی دامپزشک برگشت. دکتر زمانی که مرد میانسال وخوش رویی بود وشبق را می شناخت و سالها بود که دامپزشک شبق بود .بعداز معاینه شبق به پدرچیزی گفت که پدرم با عصبانیت وصدایی نسبتا بلند رد کرد

- نه . دکتر نه. لطفا کاری کن که رو پاهایش بایستد

.دکتر زمانی وقتی خواسته واصرار پدرم را دید. پذیرفت وآمپولی در پائین گردن شبق تزریق کرد وهنگام رفتن با پدربسیار صحبت کرد . من که کناری ایستاده و کنجکاو ونگران حال شبق بودم. تاسف اورا بسیار شنیدم . بعداز رفتن دکتر زمانی. مادرم که نگران حال شبق بود و آمده

نزدیک اصطبل ایستاده بود. حال شبق و نظر دامپزشک را از پدرم پرسید . پدرم گفت :

- شبق دیگر توان زندگی را از دست داده . دکتر زمانی نظرش این بود که بهتر است با تزریق آمپولی راحتش کنیم تا زیاد زجر نکشد. اما من قبول نکردم . ازش خواستم آمپول تقویتی بزند که برای مدتی روی پاهایش به ایستد. او هم این کار را کرد اگرچه چندانی امیدی نداشت .حالامنتظرم کدخدا ودیگران بیایند که به ده ببرندش . شاید آن جا با مراقبت بیشتر حالش خوب شد. من هم به ده می روم .می روم کنارش باشم تا ببینم چه می شود. ؟

عصر نزدیک شامگاه کدخدا با چند مرد روستایی دیگر با کامیون کوچکی برای بردن شبق آمدند. کامیون را توی حیاط آورده و نزدیک دراصطبل نگهداشتند.هنگامی که شبق رابلندکردندومی خواستند ببرند. شبق انگار فهمیده بودکه لحظه های آخراست واو برای همیشه می رود. در نگاهش چیز دیگری بود.به اطراف وحیاط و ماها را تور دیگری نگاه می کرد. انگار گریه می کرد. من با گذشت این همه سال هنوز هم غم درون نگاه اشک گرفته اورا فراموش نکرده ام .پدرم نتوانست تحمل کند رفت و گردن اورا بغل کرد وسر درگوش او نهاد وحرفهایی را زمزمه کرد. وچیزهایی گفت وگریست .بعد که سر برداشت من چشمان خیس و صورت پوشیده از اشک پدرم را دیدم . پدرم به تلخی به کدخدا گفت :

- ببریدش من هم پشت سر شما می آیم

بعد برای پوشیدن کتش به طرف خانه رفت. مادرم که ناراحت وغمگین در ایوان بر بالای پله ها ایستاده بود. پدرم را در آغوش گرفت و تسلی داد وبعد همراه او رفت. اما من هم چنان نگاه بر رفتن شبق

داشتم.شبق را که می لنگید وبه زحمت راه می رفت به سختی سوار پشت کامیون کردند . یکی از مردها کنارش نشست تا مراقبش باشد . وقتی کامیون می خواست حرکت کند. گموش سگ مهربان که کنار من ایستاده وناراحت ناظر رفتن شبق یود .پارس کنان دنبال کامیون دوید هرچه ما تلاش کردیم. نتوانستیم جلوش را بگیریم .کامیون رفت وگموش هم دنبال او .بعداز دقایقی برگشت انگار شبق از او خواسته بودکه برگردد .رفت توی لانه اش ساکت وغمگین نشست و تا صبح روز بعد نه چیزی خورد ونه بیرون آمد . پدرم که همان شامگاه در پی شبق به ده رفته بود روز بعد نزدیک ظهر با حال خراب واندوهگین برگشت وخبر در گذشت شبق را داد . مادرم بسیار دلداریش داد وعموسعید که برای دیدار ودلداری پدرم آمد بود. پیشنهاد کردکه پدرم اسب دیگری تهیه کند. اما پدرم نپذیرفت و بعداز مدتی اصطبل شبق را خراب وتبدیل به انبار کردند .

٥

زندگی تلخ حیدر

"حیدر ناگزیر بودیم . نان نداشتیم . جا کم بود . مجبور بودیم تورا به آنها بسپاریم. خدا به همرات . یک روز خواستی برگرد. خدا کند روزی باز تورا ببینیم . ببخش ما را برو خدا به همرات "

اینها آخرین جملاتی بود که حیدر از پدرش بیاد داشت وبه همراه این جملات،گریه ونگاه غم گرفته مادرش راکه قادربه صحبت کردن نبوده. فقط درآخرین لحظه او را درآغوش فشرده و پنهان از چشم همه یک سکه یک ریالی درکف دست اوگذاشته بود .که معلوم نبود .آن را از کجا یافته ویا ازکی پس انداز داشته .حیدرکه ترسیده و ناراحت بود ونمی خواست برود به زور پشت درشکه ای نشانده شد و توسط آن دومرد نه چندان قوی هیکل اما عبوس برده شد .تنها خاطره حیدر از پدر ومادرش و چهار ویا پنج خواهرو برادر کوچک وخانه تک اطاقه گلی فقیرشان همین بود وجز آن هیچ . از آن زمان دیگر نه پدر ومادرش را دیده بود ونه می دانست که بر آنها چه رفته وچه شده اند ؟احتا نام آبادی که درحاشیه آن خانه داشتند هم از خاطرش رفته بود. اما آن سکه یک ریالی راکه مادرش به او داده بود. هنوز هم داشت وهرگز هم از خودش

۳۵

دور نکرده بود. البته به غیر از اینها، بعد ازجدایی از خانه وخانواده اش دوچیز دیگر یافته بود وهمراه داشت . یکی جای زخم طناب بر مچ پای راستش ودیگری معیوبی بیضه هایش که همیشه وهمه وقت از آن رنج می برد و درد و اندوه آن را باخودداشت. حتا هنگام سرایداری درخانه ما بعد از ازدواج با زن مهربانش زیور باجی . حیدر به کداخدا وبعدها به یکی از خدمتکارها داستان زندگی وغمهای عمرش را چنین نقل کرده بود :

نام روستایمان یادم نیست امانام آبادی وقصبه ای راکه روستایمان نزدیک آن بود بیاد دارم . یعنی بعدها دانستم وبخاطر سپردم. نامش ملکان بود. خانه ما در حاشیه دهی درحوالی ملکان قرارداشت. پدرم مردضعیف ورنجوری بود که هر چندگاه به کارگری و چوپانی روزمزدی می رفت و بعداز چند روز کارمریض می شد ودرخانه می خوابید.من هنوز هم سرفه های خونین او را بیاد دارم. با هر سرفه رنگش مثل کچ سفید می شد. نمی دانم حالا زنده است ویا نه. من دیگر اورا هرگز ندیدم اما هیچ گله وشکایتی هم از اوندارم . مادرم اما زن بسیار مهربانی بود. اوکه وضع پدرم را می دید. برای کمک بگذران خانواده به کارگری مزارع می رفت ودرعوض مزدکارش گندم وجووآردوکشمش می گرفت .من این مسائل وفداکاری مادرم را حالا می فهمم .آن زمان کوچک بودم . نمی فهمیدم ودرک نمی کردم که موضوع چیست و جریان از چه قراره ؟ روزگار سختی داشتیم. خوب یادم نیست فکر می کنم بغیر از من چهار یاپنج بچه دیگر هم بودند. نمی دانم چند خواهر و برادر داشتم. من بزرگترینشان بودم. فکر می کنم یازده ویا دوازده ساله بودم که مرا به گله بان ده بالا سپردند. یعنی بهتره بگویم به ارباب روستاهای منطقه فروختند ودرعوضش یک گونی گندم وبیست تومان پول گرفتند. روزهای سختی بود. پدرم چند روزی بود که سخت مریض بود وبه زحمت روی پا قرار

داشت .مادرم به کارگری می رفت و امور خانه را می گرداند. که یک بعدازظهر گله بان به همراه یک مرد با گاری آمد. من با دیگر خواهر وبرادرانم بیرون از خانه مشغول بازی بودیم .گاری را نزدیک خانه مان نگه داشت و آمد من و برادران وخواهرانم را بدقت نگاه کرد و دستی به شانه من کشید وبازوانم را گرفت و خوب وراندازم کرد. که من هنوز خاطره نگاه تلخ اورا بیاد دارم .نگاهش بد و ترس آور بود . قیافه زشتی داشت با دندانهای زرد وچروکیده. بوی بد سیگار می داد. بعدبرگشت ورفت به درخانه کوبید . پدرم راخواست. من وبرادران وخواهرانم ترسیده دوان رفتیم و دورتر ایستادیم. امامن ازدور نگاهم با آنها بود.لحظاتی باپدرم صحبت کرد و چند اسکناس که شنیدم بیست تومان است. به پدرم داد . پدرم که پول را گرفت. مرا صدا زد . من نمی دانستم برای چی . وقتی نزد آنها رسیدم. مرد همراه گله بان که درشکه را می راند به اشاره او ازتوی گاری، گونی بزرگ آرد را برداشت وآورد و مقابل در خانه نزدیک پای مادرم گذاشت. اما مادر توجهی نکرد. فقط نگاهش به من بود. وقتی رسیدم. مقابل پدرم ایستادم. پدرم گفت :

-    بله اینه . نمی خواستم اما مجبورم مریضم وکلی قرض دارم .
     ولی شمارا بخدا مواظبش باشید زیاد به کار نگیرید.

گله بان گفت :

-    نگران نباش اگر خوب کار بکنه ، چندی بعد می فرستیمش به
     خانه ارباب

مادرم که گریه اش گرفته بود. دوید وبغلم کرد ودر حالی که گریه می کرد ومرا می بوسید آرام یک سکه یک ریالی در کف دستم گذاشت. وبعدگریان برگشت وبطرف در خانه رفت .مرد گله بان که قبلا دست به سر وشانه من کشیده بود. بازوی مرا گرفت وگفت : بیا برویم

من که بی خبر از قرار و مدار آنها بودم . شروع به گریه وزاری کردم . خواستم که فرار کنم اما آن دو مرد مرا محکم گرفته ، بلند کردند و پشت گاری گذاشتند . یکی از آنها یعنی همان مرد همراه گله بان کنارم پشت گاری نشست ومچ دستم را محکم گرفت. گله بان گاری را راه انداخت. من هر چه تلاش کردم . نتوانستم از دستان پر زور آن مرد خودم را خلاص کنم. فقط حرفهای پدرم را شنیدم و نگاه اشک آلود مادرم و نگاه های دزدانه برادران وخواهرانم راکه از دور هراسان شاهد رفتن ویا بهتراست بگویم برده شدن من بودند. در تمام طول را بی قرار ناله کردم وگریستم . خیلی هم ترسیده بودم. شامگاه که به ده بالا ویا بهتر بگویم به ده اربابی رسیدیم. مرا به طویله گاو وگوسفنده ها بردند . طناب کلفت وکوتاهی راکه به تیرک ستون وسط طویله بسته بودند. به مچ پای راست من بستند و رفتند و من ترسیده میان گاو وگوسفتدها روی کاه ها وعلوفه ها نشستم. طویله تاریک و هوایش مرطوب وبد بو بود .از تاریکی فضای طویله و تنهایی می ترسیدم . دلم از غصه وبیکسی می ترکید . می گریستم و تلاش می کردم که پایم را آزاد کنم و بروم .ساعتی هر چه تلاش کردم . نتوانستم پایم را آزاد کنم. می خواستم پایم را آزاد کنم و به خانمان بر گردم اما نتوانستم . عاقبت از خستگی وگریه همان جا خوابم برد .هیچ چیز بدتر و سنگین تر از غم غربت و ترس از تنهایی وبی کسی در آن روز وروزهای بعد مرا اذیت نکرد .از آن روز به بعد یعنی ازهمان کودکی واسارت آن غم سیاه همواره وهمیشه با من بوده و همین طور باخودم ودر دلم دارم . می دانید دلم از آن غم زخمه . خون ریخته ، پوسیده ،دیگر هیچ نمی فهمم .

چند روزی درهمان طویله بی قرار بسته به تیردرآه وزاری وگریه بودم. غذا که می آوردند نمی خوردم . هر چه تلاش کرده بودم نتوانسته بودم طناب را باز کنم در اثر جنب جوش و فشار برای در آوردن پایم حلقه

طناب پوست پایم را برده و پایم را زخم کرده بود که چند روز بعد عفونت کرد ومن هم از بی قراری و گریه تب کردم و مریض شدم تا این که آمدند   طناب را باز کردند و مرا از طویله بیرون بردند. چند روزی در خانه یکی از کارگران برای درمان پایم بستری بودم . بعد از آن که حالم خوب شد گله بان مرا با خود بالای کوه برد. پیش چوپانهای کوهستان. آن جا درکوهستان مرا به چوپان پیری سپردکه گویاسرنوشتی چون من داشت. درکوهستان هم من بی قرار بودم. دلم می خواست که به خانه مان بر گردم . چوپان پیر نخست برای پیشگیری از فرارمرا با طنابی که یک سرش به کمر من وسر دیگرش به درخت بلوطی که کنارکلبه چوپانان وآخورسنگی گوسفندان قرارداشت، بست. اما برخلاف گله بان با من بسیارمهربان بود. چند روز که گذشت .یک روز ظهر آمد کنار من نشست و گفت :

-     می دانم غمت چیه ؟ من هم یک روزی مثل تو بودم . مرا هم مثل تو فروخته بودند. من هم روزهای اول بی قرار بودم. اما فایده نداشت. چون آنهای که مرا فروخته بودند. نمی خواستند ویا چطور بگویم نمی توانستند مرا نگهداری کنند .پدر ومادر تو هم اگر می خواستند تورا نگه می داشتند. نمی توانستند. برای همین تو را فروخته اند. بجای گریه وبی قراری واز این نوع کارها ، بهتره بفکرکار و آینده ات باشی. پسر خوبی باش حرف مراگوش کن. تو دیگرتنها و بیکسی ، هیچ کس را نداری . نه پدر ومادرت را و نه کس دیگری را، هیچ کس را . می دانی . بیا . بیا آرام باش وکار یاد بگیر، شاید روزی از این جا رفتی .اگر رفتی مثل من نباشی ، کاری بلدباشی ،اگر کاری بلد باشی می توانی روی پای خودت بایستی و بروی وآزاد برای

خودت کسی باشی و کسب وکاری راه بیاندازی . بیا و کار
و کمی خواندن ونوشتن یاد بگیر واین جا نمان . بیا
حرفها و محبتهای چوپان پیر که غم ودلتنگی مرا فهمیده بود در من بسیار
تاثیر گذاشت و روحیه ام را عوض کرد . من کم کم آرام شدم و گوش
به حرف و نصیحت او دادم . فهمیدم وقبول کردم که پدر ومادرم مرا
فروخته اند. چون فقیر بودند و نمی توانستند مرا نگه دارند. همان روزها
به این فکر می کردم که شاید خواهر وبرادرانم را هم خواهند فروخت .
دلم برایشان می سوخت . از غم سرنوشتشان خیلی گریه می کردم. مدتی
در آن بالای کوهستان کنار آن چوپان پیر ودیگر چوپانها گله بانی و
تیمار دام. بخصوص اسب و قاطررا یادگرفتم. روزهای سخت و سرد
زمستان که هوا صاف و آفتابی بود گله را بیرون می بردیم اما با شروع
برف وسرما گله ها درآخورها می ماندند و ما ناگزیر به آنهاکنار آخور
ویا در پیش درگاهی آخورها علوفه می ریختیم. البته این کار برای
گوسفندها بود.برای اسبها و قاطرها باید در همان اصطبلشان می رسیدیم .
رسیدگی به آنها هم خیلی سخت بود. هر روز باید آنها را شانه می
کردیم و به سرو وضعشان می رسیدیم . این را هم بگویم در آن بالای
کوه در آن خانه سنگی چوپانی ، چند جلدکتاب قدیمی با جلد های
کهنه ورنگ ورو رفته بود. چوپان پیر که سواد ابتدایی داشت. آنها را با
خود آورده بود. یعنی تنها داراییش از سواد و درس ومشق همانها بود .
ظهرها وشب ها که حوصله داشت. از یکی از کتاب ها که گویا هزار
یک شب بود. برای ما قصه ها می خواند . وقتی علاقه مرا به داشتن سواد
وخواندن ونوشتن دید . درآن چند ماه با جدیت وعلاقه به من حروف
الفبا وخواندن ونوشتن وحساب وجمع وتفریق را یاد داد . من این سواد
ابتدایی،همین اندک خواندن ونوشتن رااز او دارم. خداحفظش کند و
اگر هم مرده خدا بیامرزدش هرگز خوبی ومحبت اورا فراموش نمی

کنم . روزها می گذشت ومن با گذشت روزها به وضع وحال و روز خودم عادت می کردم. زمستان تمام شده و اوایل بهار بودکه یک روزگله بان آمد وخواست که من و دونفر دیگر از چوپانان جوان همراه او برویم .هنگام رفتن وخدا حافظی باز چوپان پیر به من توصیه کرد که به فکر یادگرفتن فن کاری وحرفه ای باشم تا خودم را آزاد کنم و اگر هم توانستم سوادم را زیاد کنم . گله بان من و دوتن دیگر را که از من بزرگتر بودند .به خانه ارباب برد و ما را موظف نمود که زیر نظر باغبان خانه ارباب که من بعد ها فهمیدم که شاهزاده فخیم السطنه سرداراست. باشیم و بیل زنی و خاک برداری و جابجایی گیاهان ،کاشت تخم گل و ریشه گلها را انجام دهیم .کار بیل زنی و خاک برداری سنگین بود . من توان آن کار را نداشتم . باغبان پیر که دلش به حال و نوجوانی من سوخته بود. مرا زیر دست و کمکی خود قرار داد . من موظف بودم جعبه لوازم و تخم گلها را کنار او حمل کنم . در پاشیدن تخم گلها و جابه جایی وکاشت ریشه و نشاهای تازه به او کمک کنم. مدت دو ماه زیر دست باغبان پیر مشغول کار بودم که یک روز صبح ارباب شاهزاده فخیم سلطنه سردار که چندی بود که همراه باخانواده و خدمه ومباشران به عمارت تابستانی باغ آمده بودند . برای سرکشی و گردش در باغ عمارتش آمد .مرا که کنار باغبان پیر دید از مباشر وباغبان پیر مرا پرسید .باغبان پیر از من بسیار گفت وتعریف کرد .ارباب بعد از شنیدن حرفهای باغبان در خصوص من که گفتم بیشتر تعریف از من بود . به باغبان چیزی گفت و باغبان پیر برگشت و مرا نزدیکتر خواند . نزدیک که رفتم ارباب که مرد چاق وکوتاه قد و میانسالی بود نگاهی به سراپای من انداخت و پرسید.

- اسمت چیه پسر ؟

با شرم و لکنت گفتم :

-      حیدر

باغبان پیر نگاهی به من کرد و بعد که گویی می خواست به من یاد بدهد
گفت:

-      غلام شما اسمش حیدر است آقا

-      چند ساله

-      دوازده آقا

-      بارک الله سن وسالش را هم که می دونه

باغبان پیر با احترام وخضوع گفت:

-      عرض کردم بچه با هوشیه مختصر خواندن ونوشتن هم بلده

ارباب که با دست راست آستین چپ کتش را پاک می کرد چیزی به
مباشرش که کنارش ایستاده بودگفت . مباشر هم نگاهی به من کرد و
گفت : چشم قربان

ارباب رفت وکمی بعدمباشر آمد و به باغبان پیرگفت :

-      فرموده اند این پسردر کوشک به کارگرفته شود و پیشخدمت
       خانم وبچه ها باشند

باغبان پیر با شنیدن حرفهای مباشر رنگ رخسار و حالت چهره اش تغییر
کرد یک نوع نگرانی وناراحتی بر چهره اش نشست . گفت :

-      هرچه بفرمائید . ولی او کمک من است

-      می دانم ولی تصمیم سردار اینه

-      ولی من پیرم به کمک او احتیاج دارم . او کنارمن باشه بهتره
       کارها را یاد می گیره باغبان خوبی برای ارباب میشه

مباشر با بی حوصلگی جواب داد :

-      می دونم چه میگی ؟ منظورت را می فهمم. ولی کارش نمیشه
       کرد . امر اینه . مدتها بود که بدنبال پیشخدمت درون خانه
       بودند

بعد برگشت و گفت :

- حالا تا عصر هر کمکی لازم داری برایت انجام بده. عصر
بفرستش به کوشک ویا خودم عصر می آیم .می برمش
بعدازرفتن مباشر باغبان پیر متغییر رفت کنار باغچه زیر درختی
نشست و چپقش را در آورد وآتش زد . من هم نا آگاه ونا آشنا به
همه چیز نزدیک او ایستادم نمی دانستم موضوع چیست ؟بحث
برسرچیه؟کمی بعد باغبان پیر که حال خود را یافته بود. بلند شد و به
من گفت :

- شنیدی که چه گفتند تو باید به کوشک بروی

پرسیدم: کوشک چیه کجاست ؟

گفت :

- کوشک همان عمارت اربابیه . خواسته اند تو پیشخدمت خانم
وبچه هایش باشی و در اندرونی خدمت بکنی. برو کمی
استراحت بکن چون بعد ازظهر باید بروی

گفتم: ولی من پیشخدمتی بلد نیستم

- یادت می دهند . ولی ای کاش می توانستی از این جا از این
کوشک بروی. ای کاش

بعد زیر لب زمزمه ای کرد و سرش را تکان داد . من که نگرانی اورا
دیدم گفتم :

- من نمی خواهم این جا بمانم من می خواهم بروم به خانه مان
ولی نمی توانم

گفت :

- می دانم اما رفتی آن جا مواظب باش . اگر خواستند با تو کاری
بکنند نگذار .سعی کن فرار بکنی . فرار هم کردی . بیا زیر آن
بوته های پشت گاری مخفی شو.تا بعدا بتوانی از این جا بروی ؟

من که از نگرانی او بسیار نگران شده بودم . عصرکه مباشر آمد . مرا
صدا زد و همراه خود می برد. بسیار مظطرب بودم .کوشک اربابی
اطاقهای تو در تو داشت با درها وپنجره های بلند . پرده ها وفرشها و
صندلیها و وسایلی که من هر گز ندیده بودم. اگرچه همراه مباشر رفته
بودم اما احساس غریبی وگمشدگی می کردم. بعد از گذشتن از
سرسرا و بالا رفتن از پله های عریض چوبی مفروش با فرش در طبقه
دوم کوشک مستخدم پیری پیش آمد و ما را نزد خانم ارباب برد.
خانم ارباب که زنی لاغر اندام و جوان با چهره ای گشاد وبسیار
مهربان بود با دیدن من گفت:

-   اینه

مباشر گفت:

-   بله خانم

-   این که بچه است ؟ خیلی کوچکه ،

-   ولی بچه زیریکیه خانم

-   کاری بلده

-   نه یاد می گیره . چند روز بگذره آماده اش می کنیم که تا آخر
عمر خدمت کنه

خانم ارباب ، شاهزاده خانم با تندی گفت :

-   نه کارش نداشته باشید. عفت خودش یادش می ده
بعد روکرد به زن پیری که گویا مستخدم نزدیک ومخصوص خانم
بود وگفت :

-   عفت باجی این را ببر حمام بکنه، لباسهای تمیز بپوشان وکارش
را یادش بده
بعد روکرد به مباشر وگفت : می تونی بری

مباشر تعظیم کرد و رفت . عفت باجی اگر چه زن عبوسی بود اما بسیار مهربان بود. مرا همراه خود برد. به حمام طبقه پائین رفتیم برای اولین باربودکه در عمرم حمام می دیدم. چون مادرم مارا همیشه با آبی که روی اجاق داغ می کرد در تشتی وسط اطاق می شست . وقتی وارد حمام شدم. نمی دانستم که چه بایدبکنم .عفت باجی یادم داد و باکمک او خودم را شستم .بعد لباسهای تمیزی که تهیه کرده بودند. پوشیدم.گرچه برایم گشاد بودند اما خیلی خوب بودند. احساس تازگی می کردم. چندی گذشت. من کنار عفت باجی بعنوان کمک و وردست اوکار می کردم .هرچه می گفت. انجام می دادم. پیرزن هم ازداشتن کمکی چون من خوشحال بود .مرتب به من یاد می دادکه مقابل ارباب وخانم وبچه ها چطور رفتار کنم. البته او هم نگران بود. می گفت که مراقب باش و با مباشر جایی نروی واگر یک موقعی مباشر آمد وخواست که با او جایی بروی بگو از عفت باجی باید اجازه بگیرم . چند ماهی گذشته بود که یک روزشامگاه هوا تازه تاریک شده بود که مباشر همراه یکی از مستخدمها که مرد قوی هیکلی بود آمد . مرا خواست وگفت :

-     بیا برویم باتو کار دارم

گفتم : ولی عفت باجی گفته بدون اطلاع او جایی نروم

گفت: نمی خواهد به او بگی ،جایی نمی رویم . می رویم زیرزمین عمارت آن جا کار داریم .

بعددست مراگرفت وکشید وگفت: بیا برویم زود برمی گردیم. خواستم مقاومت کنم ونروم که مستخدم همراه مباشردست دیگرم را گرفت وکشان کشان مرا با خود بردند.بسیار ترسیده بودم. نگرانی عجیبی بر دلم نشسته بود. احساس می کردم که اتفاقی خواهد افتاد ودارندمی برند تا بلایی بسرم آورند. اگر چه در راه پله ها عفت

باچی را دیدیم اما مباشر به سوال واعتراض او که در این وقت شامگاه اورا کجا وبرای چی می برید؟ پاسخی نداد. فقط یک جمله گفت :

–   دستور اربابه

بعد از پائین رفتن از پله ها در انتهای سرسرا از پله های دیگر به پائین به زیر زمین عمارت رفتیم . بعد از گشودن در چوبی نسبتا بزرگی وارد اطاقی شدیم که دومرد باقدی کوتاه تقریبا شبیه هم وسط اطاق ایستاده ومنتظر بودند. یکی که نسبت بدیگری کمی پیرتر بود. وسائل و ابزار وآلاتی مانندسیخ و انبور و غیره با چند شیشه دارو و یک چراغ روشن شبیه شمع کنار دستش روی میز چوبی چیده بود.تا مرا دید. نگاهش رابه سراپای من دوخت و کامل مرا وراندازکرد وسری برای تائید تکان داد .بعد کتش را در آورد و در حالی که باحرکت دست وسر آمادگیش را اعلام می کرد گفت:

–   بیارید اینجا .

از ترس داشتم از حال می رفتم می لرزیدم . قلبم بشدت می زد. مثل گنجشگی در قفس بودم . نمی دانستم که می خواهند چه بکنند و چه خواهد شد.؟ مباشر و مستخدم محکم مرا میان خود گرفته بودند. وقتی وردست جوان آن مرد پیش آمد وباکمک مستخدم و مباشر دست و پای مراگرفتند که پیش ببرند شروع به گریه و تقلا کردم اما فایده نداشت . توان خلاص خودم را نداشتم. مرا نزدیک آن مرد برده وبلند کردند و روی میز خواباندند و آن مرد دست برد و بند شلوار مرا باز کرد و پائین کشید و بعد با دست بیضه هایم را معاینه کرد ومن همچنان جیغ می کشیدم و گریه وناله می کردم .نخست چیزی مالید که من سردی آن را احساس کردم .کمی بعد آن مرد با انبوری داغ بیضه های مرا گرفت پیچاند .درد وحشتناکی که درعمرم

تا به حال هم ندیده ام از پائین از بیضه هایم برخاست و تمام وجودم را گرفت .من که از درد تقلا و گریه می کردم و جیغ و فریاد می کشیدم. توان ونفسم را از دست دادم . فقط دیدم که در باز شد وعفت باجی و خانم ارباب با اعتراض وارد شدند. دیگر چیزی را نفهمیدم و از شدت درد از حال رفتم . ساعتی بعد که به هوش آمدم در طبقه بالا بودم . عفت باجی بالای سرم بود. پیرزن از غم وتنهای من و بلایی را که بر سرم آورده بودند .گریه می کرد . شکمم درد می کرد و پائین تنه ام را حس نمی کردم . عفت باجی در حالی که دستی به نوازش به سر من می کشید   گفت :

- اگر چه دیر آمدیم اما نگذاشتیم کارشان را کامل انجام دهند. خانم گفته که مراقبت باشم. انشالله تا چند روز آینده حالت خوب میشه . خدا مسببش را بکشد. ای کاش زیاد صدمه ندیده باشی

من چند روزی مریض حال در بستر بودم و با گذشت روزها کم کم حالم خوب شد اما قسمتی از وجودم آسیب دیده بود. هم چنان درد داشتم وهنوز هم دارم و می بینید که خوب نمی توانم راه بروم. در تمام آن سالها که در کوشک و خدمت خانم ارباب بودم . بعضی از روزها نزد باغبان پیر می رفتم و او که دلش بحال من می سوخت هم صحبت خوبی برایم بود . تمام فنون باغبانی را او یادم داد . چهار پنج سال که گذشت اوضاع مملکت هم عوض شد. این ها که میگم مربوط به چهل ، پنجاه سال پیشه . سردار سپه شاه شده بود و قشون منظم تشکیل داده بود و مردان جوان را به خدمت می خواندند. ارباب شاهزاده فخیم السلطنه سردار هم مرا به جای پسرش برای خدمت سربازی معرفی کرده بود. یک روز صبح آخرهای تابستان بود که یک امنیه به دم در کوشک آمد ومرا که دیگر بزرگ شده و ریش وسبیل داشتم خواست وگفت که باید

خودم را برای خدمت نظام معرفی کنم .عفت باجی وسائل اندکی از لباس وجوراب وغیره در بقچه ای برایم فراهم کرد. روزی که به سربازخانه رفتم. هیچ مدرکی جز یک کاغذ کوچک نوشته ارباب که مرا معرفی می کرد چیزدیگری نداشتم. درکاغذ ارباب هم فقط اسم من نوشته شده بود. نه چیزدیگر. گفتند باید بروی وسجل بگیری . نمی دانستم سجل چیست ؟گفتند که شناسنامه . اما تنها من نبودم. اکثر جوانهای روستایی آن زمان سجل نداشتند . بعد قرار شد که ماموری بیاید ودر همان پادگان شناسنامه صادر کند . روزی که مرا خواستند نام خودم و پدر ومادرم را پرسیدند . اسم خودم ومادرم گل رخسار را گفتم اما اسم پدرم یادم نبود . مامور چند بار پرسید :

- اسم پدرت چیه ؟

هر چه فکر کردم بیاد نیاوردم . ازآونی که کنارم ایستاده بود نام پدرش را پرسید گفت . یحیی

دوبار رو کرد به من و گفت یادت آمد . اسم پدرت چیه ؟

گفتم : یحیی

مامور خندید و غرزنان گفت : انگار نام همه پدرها یحیاست

برای من شناسنامه صادر کردند و دوسال واندی درخدمت بودم وبعد چون سواد داشتم. چند سالی هم با درجه سرجوخگی خدمت کردم اما نقص بیضه ومشکل راه رفتن مانع از خدمت من در نظام شد .بیرون آمدم وچون نمی خواستم نزد ارباب و کوشک او برگردم . دنبال کار دیگر در جای دیگر بودم. دردوران سرجوخگی سربازی داشتم که با من دوست و بسیار صمیمی شده بود. از اهالی این شهر و روستای شما بود. منظورم رحمان است . خدا بیامرزدش زود رفت . عمرش به این دنیا کم بود. او که به شهر ودیارش بر می گشت .وضعیتم را گفتم . او گفت اگر چوپانی وباعبانی بلدم با او به شهر وآبادیشان بیایم و من هم آمدم . کدخدا

محسن خدا سلامتش بداره حالا پیر شده ودیگر کدخدا نیست. پسرش جایش را گرفته . وقتی تعریف و شرح حال مرا از خدا بیامرز رحمان شنید .مرا به چوپانی وتیمار اسبهای آقا بکار گرفت. بعد از مدتی تازه با زیور عروسی کرده بودم . آقا وقتی فهمیدند که باغبانی بلدم وچون می خواستند شبق را در شهر نزد خود داشته باشند. فرمودند که بیایم این جا، حالا سالهاست که این جا هستم وباغبان وسریدار این خانه ام.

خاطره وداستان غم انگیز زندگی حیدر سرایدر خانه ما این بود. .او مرد درستکار وپاک ومهربانی بود. اما با غم گزنده وسیاهی که از کودکی از سرنوشت بد وتلخش همراه داشت. زندگی خوبی نگذراند . همیشه یک غم و حزنی در درون چشمان ونگاهش بود . کنارش که می نشستی آن را از صدا و حرف و نفسهایش حس می کردی . در تمام طول عمرش با وجود آسیبی که به جسمش وارد کرده بودند از دوچیز بسیار رنج برد. از یاد و خاطره پدرش که هرگز اسمش را بیاد نیاورد و اشک واندوه مادرش هنگام وداع. می دانست وقبول کرده بودکه در جامعه روستایی مرد سالار قرن پیش ، زن هیچ اختیاری نداشته وهمیشه آن سکه یک ریالی را که مادرش درآخرین لحظه در کف دستش گذاشته بود. همراهش داشت ودرکیسه کوچک قرمزی که مخصوص آن دوخته بود در جیب جلیقه اش گذاشته بود و هر چندگاه در می آورد ، نگاهش می کرد . انگار اثر دست وبوی مادرش را حس می کرد وآه های طولانی وسرد غمش را می کشید و سری به افسوس و حسرت تکان می داد. حیدر سالها در خانه ما سریدار وباغبان بود . پدر ومادرم با او به حرمت واحترام رفتار می کردند.من درکودکی لحظه های خوبی کنار او هنگام رسیدگی به گلها گذراندم. اما فوت اورا ندیدم . در پاریس بودم که

۴۹

مادرم خبر در گذشت اورا داد و بعد ها وقتی از پدرم از سکه یک ریالی او پرسیدم . پدرم به نیکی از او یاد کرد و گفت :

-   خدا بیامرزدش مرد پاک خوبی بود. اما از دنیا خیری ندید وسرنوشت خوبی نداشت . سکه یک ریالی او را در همان کیسه هنگام خاکسپاری در کف دستش گذاشتیم . انگار مزد زیستن او همان بود و از دنیا همان را داشت وبا خود برد . روحش شاد.

٦

مادرم زنی زیبا بود

خانه ما درخیابانی قرارداشت که انتهای آن به باغ ملی و پل باریک
رودخانه شهرچای می رسید. درآن طرف پل جاده باریکی بودکه به تپه
شیخ می رفت که در زبان ترکی وبیان مردم محل واهالی شهر به آن
(شیخ تپه) می گفتند.شیخ تپه با باغها وتک توک کلبه ها وخانه های
بزرگ وکوچک محو درمیان شاخه وبرگ درختان اطرافش درذهن و
باورکودکانه من تپه ای بودبلند. با باغهای مه گرفته و خانه هایی چون
قلعه های اسرارآمیزکه رفتن به آن جا رفتن به جهان و سرزمین اسرارآمیز
باآدمهای غریب بسیارترس آور وخطرناک بود. وشایداین تصور وخیال
را ازداستانهایی داشتم که مادرم برایم گفته و خوانده بود.داستانهایی
چون جزیره اسرارآمیز، جزیره گنج و غیره . هنوز هم خانه ها و
درختان بلند وکهنسال باغهای اطراف شیخ تپه و هم چنین باغ ملی کنار
رودخانه با چرخ فلک و دکه های بستنی وشیرینی و شکلات و اسباب
بازی فروشیهایش در یادم است . من هر وقت خاطرات کودکیم را مرور
می کنم. یاد آنها می افتم.

ساختمان خانه ما وسط حیاط قرار داشت . حیاطی بزرگ به انداز یک باغ
با خیابانی سنگرفش و ردیف درختان بید و چنار که در سمت خیابان

کاشته شده بود و. در بهار و تابستان سایه ساری زیبا و بسیار خنک وروح
افزا داشت . مقابل ساختمان خانه حوض بزرگ مستطیل شکلی
بود.مشرف برپله های ایوان ودر ورودی ساختمان خانه . کف و
دیوارهای حوض ازکاشیهای آبی رنگ بود . هر سال بهار که می رسد
با انتخاب و نظارت مادرم .حیدر آقا باغبان وسرایدار پیر خانه . گلهای
متنوع وزیبایی در باغچه های اطراف حوض و مقابل ایوان می کاشت.
مادر به گل وگیاه بسیار علاقه داشت و زنی بسیار مهربان و خیر بود

اگر بگویم مادرم زنی بسیار زیبا بود . دروغ نگفته ام . زیبا بود باقامتی
نسبتا باریک وبلند. صورتی گرد داشت ، موهای قهوه ای روشن و
چشمانی سبز به رنگ برگ . همیشه وقتی به چیزی دقیق می شد ویا
نگاهش را به صورتت می دوخت. حقیقت رنگ سبزتیره چشمانش را
می فهمیدی و غم کهنه وپنهانی را که در درون آنها موج می زد . من
این را عصر روزی فهمیدم که با من وخواهرم از گذشته ، از خاطرات
کودکیش می گفت از برادر و خواهرانش و از کوچه وخانه شان در
محله بی اوغلوی استانبول
باید به این نکته هم اشاره کنم که علاوه بر چشمانش من همیشه اورا با
آوازهایش به خاطر دارم . آواز وترانه هایی که هروقت تنها و دلتنگ
می شد و بیاد گذشته ، ایام کودکی ونوجوانیش در زادگاهش استانبول
می افتاد. به طرز وبا صوت غم انگیزی زمزمه می کرد . اما همیشه
اشکهایش را پنهان می کرد .او عاشق پدرم بود وپدرم عاشق او و
زندگی بسیارراحت وخوشبختی کنارهم با فرزندان ودوستانشان داشتند .

مادرم سومین دختر از زن دوم پدرش ساری قیز بود . اما هرگز مادرش
را ندیده بود . چون مادرش هنگام زایمان او درگذشته بود . اورا خواهر

بزرگترش طاووس که از زن اول پدرش بود. بزرگ کرده بود. حبیب پدر مادرم که مردی دمی دمی مزاج و هوسباز اما تاجری موفق بود . هرگز در فکر فرزندان ودر بند خانواده و مسئولیتهایش بعنوان پدر نبود . برای همین مسئولیت نگهداری و مراقبت مادرم و دیگر خواهر وبرادرش به عهده طاووس دختر بزرگ خانواده افتاده بود و طاووس باوجود زیبایی ولیاقت به خاطرمسئولیت نگهداری برادر وخواهران کوچکش وحفظ کیان خانواده تن به ازدواج نداده و تا آخر عمر هم ازدواج نکرده بود . بعداز مرگ پدرش هم علاوه بر مسئولیت خانواده ناگزیر اداره تجارتخانه پدرش را بعهده گرفته و بالیاقت کار آن جا را پیش برده بود تنها یاد و خاطره مادرم از پدرش بوی توتون و انفیه و چپق نقره کاری شده و سرفه های طولانی و دیر آمدن شبانه و بد خلقیهایش بود. البته خاطره چند بارهمراه پدرش تا تجارتخانه او در بازارمصر رفتن از محله بی اوغلی تا میدان استقلال گذشتن وسواری بر ترامو ا و گذر از خیابانهای ساحلی استانبول که پر از آواز وحرکت بود . همیشه با او و زمزمه تنهاییش شده بود .

مادرم آن چنان که از دوران کودکی و جوانی و خانه و زادگاهش استانبول نقل می کرد .بسیار مهیج وشیرین و چیزی فراتر از خاطره کودکی بود. می توان گفت یک دوره مهیج از زندگی بود. همیشه می گفت : .

- دریا وماهی و بوی ادویه و توتون وسوار شدن بر ترامو ا شیرنترین خاطره من از کودکیم و استانبول است .

او دوران کودکی و جوانیش را این چنین برای من وخواهرم نقل کرده بود:

در استانبول از هرکس بپرسی محله بی اوغلی رامی شناسد. بی اوغلی محله بزرگیست . خانه ما در انتهای کوچه ششم محله بی اوغلی بود. درست آن جا که خیابان اصلی محله با شیب ملایمی به سمت ساحل واسکله قایقها می رسید و می شد نور چراغهای روشن کاخ دولما باغچاسی را از آن جا دید . ساختمان خانه ما دو طبقه بود. با پنجره های چوبی آبی رنگ. بالکنی کوچک داشت. مشرف به کوچه که از اول بهار تا اوایل پائیز محل گلدانهای میخک وشمعدانی که همیشه پوشیده از گل بودند . همچنین محل نشستن پدرم برای هواخوری وآفتابگیری و روزنامه خوانی در روزهای تعطیل آخر هر هفته بود. مقابل خانه ی ما منزل زوبیدا خانم بود . زوبیدا زن مجرد نسبتا جوان و زیبا و خوش آب ورنگی بود. با موهای طلایی مجعد . اما یک چشمش معیوب بود . یعنی بر روی مردمک چشم چپش سفیدی بزرگی قرار داشت . اگر چه خودش نقل می کرد که ناراحتی و سفیدی روی مردمک چشمش از ضربه سخت و سنگین سیلی شوهر جوان مرگ شده اش ایجاد شده که در همان اویل ازدواجشان برای تنبیه او نواخته بودو زوبیدا خانم برای همین همیشه و هر وقت که صحبت از چشمش می شد . یاد شوهر جوانمرگ شده اش می افتاد. علاوه بر اشکی که به زور بر گونه می راند. نفرین پشت سر نفرین نثار او می کرد. اما بسیاری از همسایه ها بخصوص خانمهای پیر محله می گفتند که او این ناراحتی وسفیدی روی مردمک چشمش را از همان دوران کودکی داشته و چیزی مادر زادیست که او با خود داشته ودارد . هم چنان که در چشم چپ تنها دخترش دریا هم بود ولی زوبیدا خانم اصلا به روی خود نمی آورد و آن را نادیده و نادیدنی می گرفت . زوبیدا خانم همیشه و هر وقت کنار پنجره خانه اش که مشرف بر کوچه و پنجره های خانه ما بود می نشست . همه ، تمام رهگذران ، آیند و روندگان را می پایید و هر چند گاه نیم نگاهی هم به

پنجره های خانه ما می داشت . خواهرم طاووس از آن زن و حرکات
و کردارش متنفر وبیزار بود . من و برادرم و خواهرانم را قدغن کرده بود
که با زوبیدا ودخترش سلام واحوالپرسی و ارتباط نداشته باشیم .زوبیدا
خانم که همیشه چشم ونگاهی بر خانه ما داشت تا پدرم را می دید.
پنجره خانه اش را می گشود و در کار دلبری می شدوپدرم هم به بهانه
روزنامه خوانی به بالکن می رفت و گاه گه نیم نگاهی به او می داشت و
هر از چند گاه که شب هنگام در بازگشت دیر می کرد. به جای آمدن به
خانه نزد ما ، نزد زوبیدا خانم می رفت و فردای آن شب که به خانه می
آمد سرو صدا و غرولند واعتراض خواهرم طاووس بلند می شد . آن
روزها تنها زمانی بود که پدرم بی هیچ پاسخی برای گریز از عصبانیت و
اعتراض و غرولند خواهرم یک راست به اطاقش می رفت و دررا می
بست اما خواهرم طاووس دست بر دارنبود. به اطاق پدرم می رفت. او را
از رختخوابش بیرون می کشید. مجبورش می کرد که به حمام برود.
وتمام لباسهایش را بکند و بعد ازحمام گرفتن به رختخوابش برگردد .
پدرم با لبخندی شرمگین و درمانده در سکوت خود بی هیچ اعتراضی
خواسته خواهرم طاووس را انجام می داد وبعد از حمام به اطاقش می
رفت ودر را می بست . ازآن لحظه صبح لحظه آزادی و تفریح وبازی ما
در کوچه فرامی رسید. ماشادمان از فرصت پیش آمده در آن چند ساعت
از روز تعطیلی چه در بهار وچه در پائیز برای بازی به کوچه می رفتیم.
علاوه بربازیهای گروهی مختلف با بچه های هم محله . گاه از سر
شیطنت سر به سر بعضی از اهالی بخصوص پیران محله می گذاشتیم و در
این بین مادر پیر گالوش مرد جوان و لوطی محله بیشتر از همه در
دسترس و مورد شطنت ما بود .

گالوش جوان قوی هیکل و لوطی مسلکی بود که چند خانه پائینتر از
خانه ما خانه ای کوچک با پنجره های مشرف بر کوچه داشت و با مادر

بسیار پیرش زندگی آرامی داشتند .بسیاری از دختران دم بخت محله که در انتظار شوهر بودند . چشم و دلی بر گالوش قوی هیکل و لوطی محله داشتند . تمام اهل محل هم با وجود این که گالوش جوانی بسیار مودب و سر بزیر و آرام بود. اما از هیبت و هیکل و بازوان قوی او حساب می بردند . گالوش دکان آهنگری داشت و آن طور که می گفتند آهنگری چیره دست بود . هر روز صبح زود بعد از انجام کارهای امور خانه و فراهم نمودن خواسته و راحتی مادرش روانه کارش می شد. در بسیاری از روزهای آفتابی بعد از رفتن گالوش، مادر پیرش کنار پنجره می نشست و چشم بر کوچه می نهاد و در حین تماشای کوچه ولذت گرمای آفتاب ماه های پائیزی استانبول مرطوب. همان جا خوابش می برد و پاهایش از کناره پنجره ای که نشسته بود. آویزان می شد. در این زمان بود که ما بچه ها از سر شیطنت با سر شاخه های نرم که از درخت بید کهنسال سر کوچه می چیدیم. به زیر پنجره اش می رفتیم و زیر پای او را قلقلک می دادیم .پیر زن بیچاره که بسیار پیر و ضعیف بود. نخست پاهایش را جمع می کرد. وقتی پاهایش را جمع می کرد. ما می پریدیم آرام بر پایش می زدیم و او ناگزیر باز پاهایش را می آویخت و ما باز قلقلک را از نو شروع می کردیم .. پیرزن که بیدار می شد در حالی که پاهایش را جمع می کرد و از کنار پنجره بلند می شد. نفرین پشت سر نفرین نثار ما می کرد .تهدید می کرد که شامگاه وقتی گالوش بیاد. به او خواهد گفت. تا خدمت ما برسد. اما اکثرا فراموش می کرد و هر وقت هم به گالوش می گفت گالوش روز بعد با متانت وادب از همه ی بچه ها می خواست که رعایت حال مادر پیرش را بکنند. ولی این تهدید و خواسته همیشه و هم چنان ادامه داشت و شیطنت و خنده وشلوغی ما بچه ها هم همینطور. تا این که در یکی از روز های تعطیل که مشغول بازی بودیم . باز مثل سابق برای قلقلک پای مادر گالوش رفتیم و بی آن که

۵۶

توجه کنیم که آن پاها پاهای مادر گالوش است و یا خود گالوش ، شروع به شینطت خود وغلغلك پاهای آویخته از پنجره نمودیم. اما نمی دانسیم ومتوجه نبودیم که کسی که کنار پنجره نشسته و خوابش برده . خود گالوش است .وقتی بدون توجه به صاحب پاها با سر نازك و ترد ونرم شاخه بیدی که چیده بودیم شروع به قلقلك پاهای آویخته شده از پنجره نمودیم .گالوش خواب آلود خواست پاهایش را جمع کند که یکی از بچه ها پرید با شاخه ی درختی که در دست داشت بر پاهای گالوش زد . ضربه نا خواسته درد آور بود و گالوش که خواب بود. از شدت درد از خواب پرید. اما نتوانست کنار پنجره تعادل خودش را حفظ کند واز بالای پنجره به پائین کف سنگفرش کوچه افتاد وفریاد دردآلودی کشید. بطوری که از فریاد او بعضی از همسایه ها بیرون آمدند. و ما پا به فرار گذاشتیم . گالوش خواست که بلند شود نتوانست . از ناله های دردگین گالوش همسایه ها آمدند. بلندش کردند و به درمانگاه بردند . بیچاره گالوش در اثر افتادن از پنجره پایش شکسته و پهلویش ضرب دیده بود . نزدیك ظهر گالوش را که پایش را گچ گرفته بودند. با چوب زیر بغل آوردند و ما بچه های محله که همگی از ترس وشرم به خانه هامان رفته و پنهان شده بودیم. از گوشه ی پنجره ها ناظر و تماشاگر باز گشت گالوش با پای شکسته ی گچ گرفته و چوبهای زیر بغل بودیم . روز بعد خواهرم طاووس چون دیگر بزرگان و والدین محله که از کار و بازیگوشی ما بچه ها و حادثه پیش آمده بر گالوش بسیار ناراحت بود. ما را به صف کرد و با کیکی که پخته بود و دسته گلی که تهیه کرده و به دست خواهرم زینب که بزرگتر از همه ی ما بود داده بود برای عیادت وپوزش خواهی همراه خود و همراه با دیگر خانمها و بچه های محله به خانه گالوش برد. گالوش در همان اطاقی که پنجره اش به کوچه باز می شد. روی تخت یک نفره چوبی خوابیده بود . پای

۵۷

گچ گرفته اش را روی تخت بر روی بالشی گذاشته بود. وقتی وارد شدیم به احترام خواهرم با همه دردی که داشت نیمه خیز شد و بعد دست بر سینه نهاد و تشکر کرد . خواهرم طاووس از حادثه پیش آمده اظهار تاسف کرد . گفت که اینها برای معذرت خواهی آمده اند و شما باید اینها را مثل سایر بچه های کوچه ببخشید . بعد به خواهرم زینب و ما اشاره کرد که معذرت بخواهید . ما هم همراه زینب که دسته گل را می داد با سرهای افکنده به پائین گفتیم که معذرت می خواهیم . گالوش با چشم ذغالی درشتش نگاهی به تک تک ما انداخت و گفت :

- باشه اتفاقیست که افتاده . می دانم که شما ها قصد این کار را نداشته اید . می خواستید کمی شوخی وتفریح کنید . اما خواهش می کنم دیگر از این کارها نکنید . پای مرا شکستید ، پای مادرم را نشکنید .

و ما همه با سرهای به زیر افکنده همانطور ساکت ایستاده بودیم . من آن روز از رفتار و نگاه شرمگین خواهرم که نوعی بر افروختگی بر صورتش نشسته بود. احساس و تعلق خواهرم طاووس را به گالوش فهمیدم و این احساس هم چنان با او و گالوش بودو تا آخر عمرش هم ماند.

روزها گذشت .تابستان تمام شد . با شروع مدرسه خواهرم طاووس هر روز صبح زود. همه را بیدار می کرد . به سر و وضع همه می رسید . موها باید شانه زده ، چهره و تمام تن باید آراسته می بودیم . او همیشه کلاه برادرم شاهین را که به رنگ طوسی روشن دلنشنی بود. روی سرش مرتب می کرد و بر موی سرما با روبانی سفید پاپیونی کوچک وگاه بزرگ می زد و دستمالی سفید با چند عدد بیسکویت در کیف مدرسه همه می گذاشت. بعد از صرف صبحانه و راه انداختن پدر . ما را به خط می کرد و راه می انداخت . نخست در ایستگاه تراموا ، من وخواهرم زینب را سوار تراموا می کرد و به تاکید به ما می گفت وبه راننند تراموا

هم می سپرد که در ایستگاه چهارم نزدیک مکتب خانه باید پیاده شوند .
بعد با برادرم شاهین و خواهر کوچکم نوریه روانه مدرسه آنها می شد
وبعـد از روانـه کـردن آنهـا بـه مدرسـه. بـه تجارتخانـه پـدرم مـی
رفت .کارهای دفتر و حسابهای او را انجام می داد .کمی مانده به ظهر با
زنبیل خریدهایش روانه خانه می شد ودر انتظار ما می نشست و ما
شادیمان در رفتن و بر گشتن از مدرسه و سوار شدن بر تراموا و گـذر از
خیابانها از کنار صف مغازها ی ماهی و ادویه و شیرین وبستنی فروشی
بود. روزها وماه ها می گذشت. سال به سال با گذشت زمان ماهم
بزرگ می شدیم و استانبول هم بزرگتر می شد. اما آن روزهاوسالهای
کودکی و نوجوانی وشادی وبی خیالی با شروع جنگ جهانی دوم
چندان دوام نیاورد. استانبول کدر وکساد وروزها، روزهای سرد وپر درد
و تلخی شده بودند اگرچه ترکیه اعلام بی طرفی واز ورود به جنگ
خودداری کرده بود. با این همه هنگام ورود نیروهای متفقین برای
استفرار پایگاهها وبه تحریک المانیها درگیریهای کوچکی در بعضی از
نواحی ترکیه روی داد که بدبختانه برادرم شاهین که تازه از مدرسه نظام
فارغ التحصیل وبعنوان افسری جوان به آدانا فرستاده شده بود دریکی
از این درگیریها تیـر خورد وکشته شـد. آن روز کـه خبـر کشتـه شدن
برادرم شاهین در میدان جنگ را آوردند تمام اهالی محله همراه خانواده
ما عزادار شدند. خواهر بزرگم طاووس پریشان وداغـون شـده بـود .امـا
پدرم طوری دیگر بود . هر گز فکر نمی کـردیم کـه کشتـه شـدن بـرادرم
شاهین آن همه روی او تاثیر بگذارد و اورا که فکر می کردیم بـه مـا و
مسائل ما بی علاقه و کم توجه است. آن همه دگر گون کند. پـدرم اگـر
چه در نـزد مـا ساکت و خامـوش بود و سعی مـی کـرد غـم و انـدوهش را
نشان ندهـد. امـا در درونـش شکستـه وپریشانتر از همـه بـود .بیشـتر در
تنهائیش می گریست . ما بسیارصدای گریه اورا که به اطاقش مـی رفت

۵۹

ودر را می بست می شنیدیم. کم کم با گذشت روزها وماه ها غم کشته شدن برادر جوانم شاهین در میدان جنگ پدرم را از پا انداخت . یعنی نتوانست زیاد تحمل کند وبعداز چند ماه بیمار شد و در گذشت و ما را باخواهربزرگمان طاووس تنها گذاشت . خواهرم ناگزیر علاوه بر اداره امور خانه . اداره تجارتخانه پدرم را هم بعهده گرفت . روزهای سختی بود جنگ جهانی اروپا و همه جا را فرا گرفته بود و کار تجارت کساد و کم رونق بود و ما مجبور بودیم با قناعت زندگیم کنیم. در همین اوضاع واحوال بود که خبر کشته شدن قهرمانانه گالوش در همه جا پیچید . آن چنان که نقل بود دردرگیری وجنگ محدودی که بین ارتش ترکیه با نیروهای متفقین که تعداد زیادی از سربازان یونانی جز نیروهای آنها بودند. روی داده بود . گالوش تنومند که در صف اول جبهه با دیگر هم رزمان خود با دشمن می جنگیده در نیمه های شبی که سربازان یونانی دست به یورش می زنند واردوی ترکیه در تنگنا قرار گرفته و ناگزیز به عقب نشینی می شود گالوش برای نجات تنها قلاده توپی که اردوی آنها داشته واین که نگذارد توپ بدست یونانیها بیفتد . می رود و زنجیر بلندی راکه از دکان آهنگریش همراه خود برده بوده به توپ می بندد وبا وجود این که در اثر گلوله دشمنان زخمی شده بوده . توپ را با قدرت تمام به بالای تپه می کشد وبا شلیک آن از پیشروی آنها پیشگیری می کند. همرزمان ودوستانش که به یاریش می آیند. متاسفانه نمی توانند نجاتش دهند و گالوش دلاور در اثر زخم گلوله ها وخونریزی می میرد . خبر کشته شدن دلیرانه گالوش در همه جا پیچید و ارتش ترکیه اگر چه آن جنگ و درگیری را یک اتفاق دانست. باین همه اورا جز قهرمانان میهن نامید و در نقاط مختلف شهر برای او آذین ها بستند. در کوچه ما همین طور . همسایه ها بسیار ناراحت و غمگین بودند. و سعی در مراقبت و دلداری مادر پیرش را داشتند . من آن روزها

خواهرم طاووس را در حال دیگری می دیدم . غمگین و افسرده وپریشان
بود. شبها دیر می خوابید و من که گه گاه بیدار می ماندم .صـدای گریـه
اورا در تنهائیش می شـنیدم . روزهـای بسیار بـدی بـود . در آن روزها
برای جنگ و کشته شدن جوانها در میدان جنگ ترانه و آوازهـای غـم
انگیز زیادی ساخته شده بود. اما زیباتر و تاثیر گذارتر از همه ترانه ای بود
که سالها پیش در زمان جنگ اول جهانی هنگام جنگ نیروهای ترکیـه
ویونان در میدان چاناک قله ساخته شده بود. اگر چه از آن جنگ و ازآن
زمان سالهای زیادی گذشته بود. ولی با شروع جنگ دوم باز آن ترانـه
وترانه های دیگر ورد زبان مردم کوچه وبازار شده بود و ما بچـه هـا هـم
مثل بسیاری از مردم استانبول آنها را ازبر کـرده بـودیم و بیـاد گالوش
قهرمان وبرادرمان شاهین می خواندیم

(مادرم هنگام نقل ومرور خاطرات گذشته وکودکیش هـر زمـان کـه بـه
خاطره کشته شدن برادر جوانش شاهین می رسید اندوه آن روزهای تلخ
دوباره بر دلش می نشست . با چشمان اشک گرفتـه ترانـه ایـی را کـه در
آن زمان در خصوص جنگ چاناک قلعه ساخته شده بود بـا نـوا و لحـن
غم انگیزی می خواند:

در چاناک قلعه مرا با تیر زدند .
اما قبل از این که بمیرم
مرا را در مزار گذاشتند
اوف(افسوس) جوانیم ای وای

پل چاناک قلعه تنگ است و رد شدن از آن نا ممکن
آبهایش آغشته به خون

نمی توان کاسه ای از آن آبها نوشید
اوف (افسوس)جوانیم ای وای

در چاناک قلعه فقط یک کوزه پرآب است
مادران وپدران امیدمان قطع شده است
اوف (افسوس) جوانیم ای وای

در چاناک قلعه بازاری است از آینه
مادر، من بسوی دشمن هستم روانه
اوف (افسوس) جوانیم ای وای

لنگان لنگان از چاناک قلعه خارج شده ام
آن قدر خون بالا آورده ام که جگرم فرسوده است
اوف (افسوس) جوانیم ای وای

در چاناک قلعه صفی از درختان بید است
جوانهای شجاع در سایه سارشان خوابیده اند
اوف (افسوس) جوانیم ای وای

از چاناک قلعه صحیح وسالم بیرون آمدم
قبل از رسیدن به آنا فارتا* قیامتی به پا شد
اوف (افسوس) جوانیم ای وای

در چاناک قلعه ردیف به ردیف نویسنده ها نشسته اند
نویسنده های نشسته می نویسند اخبار جنگ را در روزنامه ها

اوف (افسوس) جوانیم ای وای

درچاناک قلعه بازاری از آینه است
و آدمهایی با عطر وبویی دیگر
و نویسندگان و خبرنگارانی در حال نوشتن
آنها در روزنامه ها می نویسند
از اخبار جنگ
از کشته شدن من در میدان جنگ
اما نمی نویسند مزار من کجاست ؟
مادر بگومزار من کجاست ؟
اوف (افسوس) جوانیم ای وای

در چاناک قلعه مرا با تیر زدند
اما قبل از این که بمیرم
مرا در مزار گذاشتند
اوف (افسوس) جوانیم ای وای

● (آنا فارتا روستایی است درنزدیکی شهر سوولا ترکیه)

آواز مادرم چنان غم انگیزوتاثیر گذار بودکه هر کس در هر جا ودر
هر گوشه ای از خانه که بود می ایستاد و گوش بدان می سپرد . مادرم
بعداز تمام کردن آوازش اشکهایش را پاک می کرد . مدتی در
سکوت تنهائیش می نشست .تا خودرا باز می یافت و دوبار لبخند
مهربانش بر لبانش می نشست .خوب بیاد دارم که در خاطره وگفته های
مادرم استانبول همیشه شهری بود .بسیار بزرگ وشگفت ، استانبول

۶۳

شهری بود. پر از اتفاقها و خبر های پیش بینی نشده و ناگهانی. استانبول شهری بود. پراز دیدنیهای تمام نشدنی . من وخواهرم شیفتهء خاطرات مادرم بودیم . هر چند گاه فرصتی می یافتیم از مادرم از استانبول می پرسیدیم و از دوران کودکی و جوانیش . مادرم نخست از پاسخ دادن طفره می رفت. بعدکه اصرار مارا می دید.کمی صبر می کرد و بعداز کمی تامل وتغییر روحیه در حالی که لبخندی پر از نشاط و غرور بر لبانش می نشست . شروع بگفتن از استانبول و خاطرات کودکی و جوانی وتحصیلش در مدرسه ودانشگاه می کرد. از کوچه هاوخیابان و ساختمانها و مغازه های استانبول می گفت . از دوران تحصیلش در دانشگاه استانبول و از ساحل و چشم انداز زیبای دریای مرمره و از آشنائیش با پدرم . مادرم می گفت :

چه بگویم استانبول شهرخیلی بزرگیست . از قدیم که قسطنطنیه بوده نزدیک تنگه بسفر کنار دریای مرمره بنا شده یک بندر است . باید بروید وببینید. هنوز دیوارهای قسطنطیه سر جایشان هستند. با آن برج وباروها. استانبول را نمی شود. تعریف کرد. استانبول را باید دید. نزدیک بغاز به ساحل مره مره که بروی آب و موج هیچ دریایی را مثل آن زیبا و خوشرنگ نمی بینی. آب مرمره به رنگ سبز و آبی مایل به سفید است. مثل سنگ مرمر اما مواج . آن جا را خیلی دوست داشتم. از کودکی به ساحلش می رفتم و به تماشایش می نشستم . هر چه از آن جا و استانبول به شما بگویم. کم گفته ام . شهر من استانبول شهر عشق و زیبایی و تفریح است . البته یک چیز دیگر هم دارد . انگار همیشه منتظر است. منتظر یک خبر، یک اتفاق . چون هر روز یک خبر ویک اتفاق می افتد. بخصوص از روزی که بین دو طرف شهر در ناحیه بغاز پل ساخته اند. این اتفاق وخبر بیشتر شده. استانبول شهری شده. پر از خبر، پراز

اتفاقهای تازه، پر از حادثه . آن زمان که ما کوچک بودیم. سر وصدا کم بود. استانبول آرام بود وزیبا. اما حالا نمی دانم چطور است وچطور شده؟. من هر وقت فرصت پیدا می کردم. بخصوص زمانی که در دانشگاه استانبول درس می خواندم. بیشتر وقتها برای قدم زدن وهواخوری به ساحل مرمره می رفتم. در همان دوران دانشجویی بود که با امیر پدرتان آشنا شدم. امیر دوست ارسلان پسر جناب عابد نجاتی بود. من با خانواده جناب عابد نجاتی از کودکی آشنا بودم .

جناب عابد نجاتی دوست نزدیک وصمیمی پدرم بود. مردچاقی بود با قدی متوسط . محاسن سفید داشت وهمیشه با کمک عصایی چوبی شکیل وخوشرنگی که بدست داشت راه می رفت . با تکیه بر آن از پله ها بالا می آمد و هیکل و شکم چاقش را بالا می کشید و سوار درشکه می شد. بسیار آدم دیندار، اهل مروت و روشنفکر بود. تجارتخانه بسیار بزرگی داشت و در کار تجارت همه نوع کالا واجناس بود و به تمام دنیا رفته ، دنیا دیده وبسیار ثروتمند بود .با این که چندسالی از پدرم بزرگتر بود اما علاوه بر همکاری در کار تجارت دوست نزدیک وهمدم بسیار صمیمی پدرم بودو در کار تجارت و پیشرفت پدرم بسیار کمک کرده بود . هرچند روز به دیدار پدرم می آمد ویا پدرم بدیدار او می رفت و در بسیاری از مسائل طرف صحبت و مصلحت و مشاورت پدرم بود . نجاتی کالسکه بسیار زیبای دو اسبه داشت و کالسکه رانی بسیار ساکت وعبوس وعصبانی. به هر جا با کالسکه می رفت . راننده پیرش تماج همیشه آماده نشسته بر جایش منتظرو گوش به صدا و آمدن نجاتی وفرمان او بود . تماج چشمانی تیره وریزو وبینی عقابی داشت وابروان سیاه پر پشت و همیشه بر بالا درشکه نشسته و پتویی را روی پاهایش کشیده عنان اسبها در دست دم درخانه و یا تجارتخانه ویا هرجای دیگر منتظر بود.کمتر حرف می زد و کمتر می خندید و کمتر کسی صدای او را

شنیده بود. جز ما بچه ها که هر وقت نجاتی بر حسب اتفاق در یک روز تعطیل به خانه ما می آمد و با پدرم به بازی تخته نرد می نشست . قلیان می کشید و چای لیمویی همیشه تازه دم خواهرم طاووس را که به احترام او مرتب آماده می کرد می نوشید . ما بچه ها فرصت آن را می یافتیم که سر به سر تماج درشکه ران بگذاریم . همیشه در صفی منظم و پشت سر هم با شاخه درخت بید و یا برگ گلی در دست دور کالسکه می گشتیم. مقابل اسب ها که می رسیدیم نوک شاخه و یا برگ گل را به دماغ اسبها می مالیدیم . با مالش سر شاخه و نوک برگها بر دماغ اسبها ، اسبها هورتی کشیده و یک گام عقب می رفتند . بدین ترتیب با عبور هر یک از بچه ها از مقابل اسبها آنها یک گام برداشته وبه عقب می رفتند . بعد از یک دور، آرامش شان را از دست داده . مدام در حال هورت کشیدن و عقب رفتن بودند . تماج که نخست سر جایش نشسته چرت می زد . با نخستین هورت و عقب رفتن کالسکه چرتش می پرید . سر بالا می گرفت و ما را بر بر نگاه می کرد. اما بچه های محله خونسرد و آرام همچنان در کار دور زدن کالسکه بودند .اسبها چند گام که عقب می رفتند فریاد تماج بلند می شد :

-    چکار دارید می کنید . چرا دور کالسکه من می گردید . مگر
     شما ها جای بازی ندارید ؟

اما بچه ها هم چنان بی اعتنا و آرام در حال گردش دور کالسکه می ماندند. تا اینکه اسبها یک سر شروع به عقب رفتن می کردند . به سر کوچه نزدیک خیابان که می رسید تماج که از کشیدن عنان اسبها خسته شده بود و اسبها دیگر گوش به فرمان او نبودند. از وحشت پائین می پرید و عنان اسبها را می گرفت. در این لحظه بود که بچه های محله هیاهو کنان پراکنده شده وپا به فرار می گذاشتند.

نجاتی پسری داشت بنام ارسلان .ارسلان درس آموخته و بسیار فعال بود .
حقوق خوانده بود ودر کار وکالت بود و با دختر زیبایی بنام تهمینـه کـه
پدرش ایرانی و مادرش ترک بود ازدواج کرده بود .پدر تهمینه همیشـه
در رفت و آمد با ایران بودوقوم وخویش و فامیل ودوستان بسیار زیـادی
در ایران داشت واغلب مورد مراجعه ومشورت ایرانیان بـرای انجـام امـور
کاری در استانبول بود . بعد از کشته شدن برادر و فـوت پـدرم . نجـاتی
همیشه سری به خانه ما می زد و در پیشبرد تجارتخانه به خواهرم طاووس
بسیار کمک می کرد . در اثر مصلحت ومشـاورت او بـود کـه خـواهرم
طاووس با عباس پارسی تاجری ایرانی در تجارت توتون شریک شد واین
شراکت سالها ادامه یافت . در اثر همین شراکت وآشنایی بود کـه عـزت
پسر عباس پارسی دلباخته خواهرم زینب شد و از او خواستگاری کرد وبا
وجود این که خواهرم طاووس مایـل نبـود و میـل داشـت کـه زینـب بـه
درسش ادامه بدهد. اما زینب مایل به ازدواج بود .در آن روزهای سخت
دوران جنگ نجـاتی بـرای خـواهرم زینـب عروسـی مفصـلی گرفـت.
گسترش وطولانی شدن هـر روزه جنـگ و کسـادی وبـی رونقـی بـازار
همه را نگران ساخته بودو تنها امید و شادی خانواده ما و خرسندی آقای
نجاتی از کار ابتکاری خواهرم طاووس در کار تجارت بود. بطوری که
همه را شگفت زده کرده بود . قضیه از این کار بـود کـه در اول بهار بـا
وجود مخالفـت عباس پارسی و آقـای نجـاتی خـواهرم طاووس تمـام
سرمایه تجارتخانه را به خرید ذغال سنگ مانـده در دسـت معـدنکاران
اختصاص داد و چون سرمایه کم آورد ناگزیر نخست مقداری از نجـاتی
قرض بعد اورا شریک کرد . بسیاری به این کار طاووس خـرده گرفتـه و
انتقـاد داشـتند. امـا بـا گذشـت تابسـتان و ادامـه جنـگ وسـرمای شـدید
زمستان . تقاضا ونیاز به ذغال سنگ زیاد شد . خواهرم با فـروش ذغـال
سنگ به مجارها و المانیها سود سرشـاری بدسـت آورد ونصـیب نجـاتی

کرد. مهارت و ابتکارهای تجاری خواهرم باعث سرو سامان گرفتن
واعتبار دوباره تجارتخانه به ارث رسیده از پدرم و امکان رفاه بیشتر را
برای خانواده ما شد . ما توانستیم سر و وضع خود و وسائل خانه مان را
نو کنیم . من که مدرسه را تمام کرده بودم با تشویق خواهرم طاووس
در دانشگاه ثبت نام کردم و وارد دانشگاه شدم .تهمینه عروس نجاتی
هم که در دانشگاه ثبت نام کرده بود. همکلاسی من بود و بین من واوکم
کم دوستی و پیوستگی زیادی بر قرار شد . در آن روزهای نه چندان
خوب که جنگ جهانی به مناطق دیگر جهان از جمله ایران هم کشیده
بود و برابر اخبار منتشر شده که تهمینه با نگرانی می گفت :جنوب ایران
را نیروهای انگلیس و شمال بخصوص آذربایجان وخراسان را نیروهای
روسیه اشغال کرده بودند . بسیاری از مبارزین ملی ایران یا پنهان شده
ویابه خارج از ایران آمده بودند و در خارج از ایران در شهرهای بزرگ
وپایتختهای اروپاکه چندان هم امن و آرام نبود.ساکن شده
بودند .بیشترین تعداد و جمعیت بزرگ آنها در استانبول گرد آمده و
مشغول مبارزه و تلاش برای حفظ تمامیت ارضی ایران بودند . اما بین
گروهی از ایرانیان چپ که توسط گروهای چپگرای ترکیه هم حمایت
می شدند و اساسا به جهان وطنی و حاکمیت جهانی طبقه کارگر و
کمونیسم معتقد بودند. با گروه ها وافراد ملی گرا و سوسیالیست اختلاف
عقیده بود . ملی گرا ها از تجاوز واشغال کشورشان ناراحت و مشغول
مبارزه علیه آن بودند . به همین خاطر هر روز در نقطه ای از استانبول
گرد آمده وبا پخش و پراکندن اعلامیه هایی به زبانهای مختلف
وبخصوص ترکی نسبت به اشغال ایران و گسترش جنگ و آشوب اعلام
خطر کرده و اعتراض می کردند .در این میان پدر تهمینه یکی از
مبارزین و سر دمداران این اعتراضها بود. عصر یکی از روزهای وسط
هفته بود که تهمینه به من گفت که جلسه سخنرانی اعتراض علیه

نیروهای اشغالگر در گوشه ای از خیابان استقلال مقابل کلیسای مرکزی و سفارتخانه روسیه توسط گروهی از ایرانیان تشکیل و از آن جا تا مقابل سفارت انگلیس راهپیمایی خواهد شد و قرار است گروهی از دانشجویان ترک هم نسبت به خطر ورود ترکیه به جنگ در همان نزدیکی جلسه اعتراض برگزار کنند. جریان ورود ترکیه به جنگ را خواهرم طاووس هم چند روز قبل گفته و بسیار نگران از آن بود . کلا در آن روز ها وضع عادی نبود و تمام شهر استانبول ملتهب و عموم مردم شهر مثل دیگر جاها و شهر ها ترکیه نگران بودند و نسبت به ورود ترکیه به جنگ و طرفداری از المان و کشیده شدن جنگ به شهرهای ترکیه نگران ومعترض بودند که البته جز چند برخورد کوچک هیچ اتفاقی نیفتاد و ترکیه هم چنان بی طرفیش را حفظ کرد .

عصر آن روز هنوز آفتاب غروب نکرده بود که به محل برگزاری متینگ و سخنرانی رسیدیم . جمعیتی حدود شصت ویا هفتاد نفر از ایرانیان و ترکها بی آن که با ایرانیها نسبتی داشته باشند در گوشه ای از خیابان جمع شده وبه سخنرانی اعتراض پدر تهمینه ودیگر سخنرانان گوش می دادند . ارسلان نامزد تهمینه هم آن جا بود . کنار ارسلان جوان خوش قامت چشم وابرو مشکی با دماغ باریک و سبیلهای باریک که به رسم اروپاییها لباس پوشیده و دستمال سپید پاپیونی بر گردن بسته و کاغذ واعلامیه هایی در دست داشت ایستاده بود . ارسلان او را به تهمینه ومن معرفی کرد. اسمش امیرشاوردی از شهر ارومیه ایران وکیل وهم دانشگاهی ودوست ارسلان و جز گروه های آزادی خواه و ملی گرای سوسیالیست بود که مخالف اشغال ایران و بخصوص ورود ارتش روسها به شمال ایران و آذربایجان بودند .

- بابا ی مون

بله بابایتان امیر که تازه از ارومیه ایران بـه ترکیـه واستانبول آمـده بود بسیار شرمگین وآدابدان و مردی احساساتی بود . من بـا ایـن کـه فارسی نمی دانستم وترکی آذری را هم متوجه نمی شدم و ازگفتگوی او با پدر تهمینه ودیگران چیز زیادی نمی فهمیدم . امـا از طـرز رفتار و حرکـات دست و رنگ رخسار او متوجه احساسات او شدم . بعداز متینگ ارسلان پیشنهاد کرد که همراه آنها بروم و در منزل پدر تهمینه بـود. کـه بـا امیر بیشتر آشنا شدم . بخصوص وقتی قرار شد کـه مقداری از اعلامیه ها، میان دانشجویان ایرانی و ترک پخش شود. چون امیر نمی توانسـت اعلامیـه ها را با خود به دانشگاه بیاورد . ممکن بود. هنگام ورود به دانشگاه دچار مشکل شود . ارسلان از من خواست که کمک و همکاری کنم . تا امیر همراه من وارد دانشگاه شود و این آغاز آشنایی من با امیر شد .آن شب با امیر بسیار صحبت کردم . او زبان ترکی استانبولی را بخاطر تحصیل در دانشگاه استانبول بسیار خوب صحبت می کرد و بـه زبانهـای دیگر هـم آشنا بود .رفتار و سکنات و طرز صحبت واحساس او برایم دلنشین بـود. بطوریکه وقتی به خانه برگشتم . همه اش به او فکر مـی کـردم و تـا نیمـه های شب بیدار بودم . نوعی احسـاس کشـش و تعلـق خـاطر بـه او یافتـه بودم. آرزو می کردم که شب زود تمام شود وفردا در محلی کـه قـرار گذاشته بودیم. اورا ببینم . می دانستم که اگـر خـواهرم طـاووس بـو ببـرد توفان بپا می کند و ممکن است مـرا در خانـه زنـدانی کنـد. بـرای همـین موضوع را از او پنهان نگه داشتم و به تهمینه هم گفته بودم که چیزی از جریان رفتن ما به متینگ به خواهرم نگوید . . صبح روز بعـد در یکـی از خیابانهای نزدیک دانشگاه ارسلان همراه با تهمینه و امیر منتظر من بودند . کمی دیر کرده وبرای همـین مقـداری از راه را دویـده بـودم وقتی بـه نزدآنها رسیدم. نفس نفس می زدم وبر افروخته شـده بـودم . تـا رسیدم بعداز کمی استراحت ارسلان گفت. من وتهمینه جلوتر وتو و امیر پشت

سرما بیایید . تمام اعلامیه های را هم به من دادند و مـن آنهـا را در کیفم
گذاشتم وامیر کنارم و چسبیده بـه مـن آمـد و نزدیـک در دانشگاه کـه
بازرسی می شد دستش را پیش آورد ودستم را گرفت . با گرفتن دستم
تمام تنم لرزید از در ورودی که گذشتیم امیر دستم را فشـرد ونگاهش
را که پر از تشکر و عاطفه بود و چیزی دیگر در درون آنها مـوج مـی زد
در نگاهم دوخت وتشکر کرد . نتوانستم چیزی بگویم . محـل نشسـت و
گرد همایی دانشجویان ایرانی را به او نشان دادم و خداحافظی کرده وبـه
کلاس درسم رفتم . اما در سر کلاس در خودم نبودم . امیر با دانشجویان
ایرانی دیدار کرده واعلامیه ها را میان آنها پخش کرده بود. ظهـر هنگـام
خروج از دانشگاه دیدم در طرف دیگر خیابان مقابل در دانشگاه ایسـتاده
ومنتظرمن است . پیش آمد و دعـوت کـرد بـا هـم قـدم بـزنیم و صـحبت
کنیم . من بی هیچ مقاومتی قبول کردم واین آغاز آشنایی وعشق ما شـد.
او آن روز بعد از کمی قدم زدن در خیابانهای خلوت اطراف دانشـگاه و
توپ قاپی ، کالسکه ای گرفت وبا هم به ساحل مرمره رفتیم وتمام بعـداز
ظهر را کنار هم بودیم وخودش را بطور کامل به من معرفی کرد . گفت
که وکیل است وملک وداریی وثروت زیاد از پـدرش بـه ارث بـرده واز
خانواده خوب شهر ودیارش است و اکنون برای انجـام بعضـی از کارهـا
بخصوص ارتباط با ملی گرا های خارج از کشور به ترکیه آمده ودوست
نزدیک ارسلان است .من هم از خودم واز خانواده ام هر آن چه که بایـد
می گفتم به اوگفتم و از آن روز به بعد من مدام به هر جلسه کـه او بـود و
سخنرانیهای مهیجش را ایراد می کرد. می رفتم و در بعضـی از روزهـای
هفته بخصوص بعداز ظهرهای که من درس نداشتم . با هـم قـرار دیـدار
می گذاشتیم . کم کم همه حرف و سخنمان عشق شده بود و از آینده و
زندگی مشترکمان صحبت می کردیم و او گاه شعری راکه سروده بود و
یا متنی را که نوشته بود برایم می خواند و دوست داشتن وعشق کلمه ای

بود که در پایان هر دیدار بر زبانمان جاری می شد .ارسلان وتهمینه دوستان نزدیک و هم راز ما بودند بعداز گذشت دو ماه امیر که باید به شهر ودیارش در ایران بر می گشت. از من تقاضای ازدوج کرد و من چون موضوع را از خواهرم پنهان داشته بودم . نمی دانستم که چه بکنم . عصر آن روز زودتر از همیشه به خانه برگشتم تا قبل از آمدن خواهرم طاووس در خانه باشم اما بر خلاف انتظار من خواهرم در خانه بود . تا رسیدم نگاهی کرد و گفت :

- زود آمده ای ؟

گفتم : امروز درسمان زود تمام شد

به اطاقم که قبلا با زینب شریک بودم وحالا تماما مال من شده بود. رفتم ،لباسهایم را عوض کردم و به آشپزخانه برگشته کنار طاووس ایستادم و گفتم :

- چه کار باید بکنم ؟

با تعجب نگاهم کرد و گفت :

- هیچ کاری . برو به درس ومشقت برس

نرفتم همان جا ایستادم . مشغول آماده کردن شام بود . وقتی مرا همانطور کنارش دید برگشت گفت :

- چی ، چیزی شده ؟

با ترسی که همیشه ازش داشتم گریه ام گرفت . نگران برگشت و پرسید:

- چی شده ؟ اتفاقی افتاده ؟

بغلش کردم وسرم رابه شانه اش گذاشتم و او نوازشم کرد و بعد گفت :

- بنشین بگو چه شده ؟

مرا روی صندلی نشاند و خودش روبروی من نشست و چشمان نافذش را تو صورتم دوخت . من جریان آشنائیم بـا امیـر وهمـه چیـز را از اول شرح دادم وگفتم که او از من خواستگاری کرده ومی خواهد بدیدن شما

بیاید . خواهرم که در تمام مدت ساکت به حرفهای گوش می کردم .
بسیار جدی و خشمگین گفت :

- نه ، لازم نکرده که او به خواستگاری تو بیاید . تو بایـد درست
را بخوانی ، نه من موافق نیستم و هرگز هم نمی گذارم توبا یک
غریبـه ازدواج بکنی . بهتـره فرامـوش بکنی و دیگـه هـم حـق
نداری به منزل تهمینـه و ارسـلان بـروی و اورا ببینـی وصحبت
بکنی

گفتم : ولی

گفت : ولی بی ولی پاشو برو به اطاقت . برو به درست برس
پاشدم که بـروم . گریـه اش گرفت و با صـدای گریـه آلـود و درمانـده
گفت :

- چرا این چنین شد. چرا شما همه اتان مـی خواهیـد برویـد . آن
زینـب بـود کـه هـر چـه کـردم کـه ازدواج نکنـد. ازدواج کـرد
ورفت . آن نوریه است کـه مـی خواهـد بـا یـک نظامی ازدواج
بکند . وتو هم کـه این طور

متعجب پرسیدم :

- نوریه می خواهد ازدواج کند . آن که هنوز بچه است؟

گفت :

- بله من هم به او گفته ام اما دست بردارنیست . با یـک نظامی در
راه مدرسه آشنا شده و می خواهد با او ازدواج کند . گفتـه اگـر
مخالفت کنم و نگذارم با او ازدواج کند . از خانه خواهد رفت .
- نوریه کی ، کجا با آن نظامی آشنا شده . چرا مـن خبـر نـدارم .
چرا تا حال به من نگفته بودی ؟
- نمی خواستم فکر تورا خراب کنم.فکر مـی کـردم تو بایـد به
درس ودانشگاهت برسی. حالا می بینیم که تو هم سرگرم بـوده

ای . نمی دانم چه باید بکنم چرا شماها همـه اتـان مـی خواهیـد
بروید . من بدون شماها چه باید بکنم ؟
گریه اش گرفت . نشست سرش را میان دستانش گذاشت و گریسـت .
کنارش رفتم وبغلش کردم وگفتم :
-   من جایی نمی روم و کنارتو می مانم . تا هروقت که بخواهی.
کمی که آرام شد و عصبانیتش رفت پرسید :
-   آقای نجاتی از ماجرا خبر داره
گفتم : نه
گفت :
-   من باید این آقا را ببینم . اگر تعهد بدهد که این جا بماند تا تو
دانشگاهت را تمام بکنی و آقای نجاتی هم تاییدش بکند .قبول
می کنم.
گفتم : باشه هر چه که تو بگی.
او مرا بزرگ کرده بود و برایم چون مادر بـود و بـا وجـود او هر گـز بـی
مادری را احساس نکرده بودم و با درگذشت پدرم جای اورا هم گرفتـه
بود . دیگر بزرگ وهمه چیز ما بود . من اورا چون مادر دوست داشتم و
بیشتر از همه وهر کس و هر چیز از او می ترسیدم وشرم داشتم. روز بعـد
بدیدار آقای نجاتی رفته و موضوع را بـا او در میـان گذاشـته بـود. آقـای
نجاتی با وجود این که امیر را که دوست پسرش ارسلان بـود از نزدیـک
واز سالها پیش می شناخت با این همه برای اطمینان از پدرتهمینه هم امیر
را پرسیده و نظر موافقش را به خواهر اطلاع داده بود . قرار شده بود کـه
امیر همراه ارسلان وتهمینه ومـادر و پـدر تهمینه . بـرای خواسـتگاری بـه
منزل ما بیاید.روز پنجشنبه آقای نجاتی همراه خانمش یک ساعت زودتـر
از آنها به منزل ما آمدندو به رسم وسنت دیرین که خودرا به جای پدرمن
احساس می کرد. یک خوانچه (سینی بزرگ شیرینی) وسـبدی از میـوه

های الوان آورده بود.پیشانی مرا بوسید و در حالی که بشدت امیر را تائید می کرد. تبریک گفت . خواهرم طاووس از آمدن و حضور آقای نجاتی بسیار خوشحال و احساس امنیت و اعتماد می کرد . وقتی امیر همراه پدر ومادر تهمینه وارسلان وتهمینه آمد وپای صحبت او نشست . تیپ وشخصیت و نوع رفتار وصحبت امیر به دلش نشست و بسیار پسندید و همانطور که خواهرم خواسته بود و آقای نجاتی تاکید می کرد. امیر پذیرفت که تا پایان تحصیل و آرام شدن اوضاع در استانبول بماند . چند هفته بعد ما در یک مراسم ساده اما صمیمی با هم ازدواج کردیم و بخواست خواهرم امیر از تهیه وسایل و اجاره خانه ای برای خود منصرف و در منزل ما ساکن شد . خواهرم از حضور امیر در خانه و وجود یک مرد درمیان خانواده کوچک ما بسیار خوشحال بود . اما خوشحالی ما با شدت گرفتن جنگ در اروپا که کم به پایانش نزدیک می شد و ازدواج خودسرانه خواهرم نوریه با اورکان سیدانی نظامی ساکن ازمیر با وجود مخالفت خواهرم طاووس و نصحیت وتوصیه من وامیر که با توجه به اوضاع و احوال جنگ وامکان آشنایی بیشتر با هم کمی صبر کنند و اگر هم اصرار دارند تا پایان دوره مدرسه نوریه با هم نامزد باشند . قبول نکردند و خودسرانه ازدواج کرده واز استانبول رفتند . . ازدواج خودسرانه ورفتن نوریه خواهرم را عصبی وبسیار نگران کرده بود . همه اش می ترسید که ما هم برویم و اورا تنها بگذاریم . ما هم متوجه دلشوره و ترس ونگرانی اوبودیم و هم چنان تا بهار بعد در کنارش بودیم و هر گز هم قصد ترک استانبول وترکیه را نداشتیم . اما باتمام شدن جنگ و بخصوص خروج نیروهای شوروی از خاک ایران و پایان یافتن قضیه حزب دمکرات آذربایجان ازیک طرف وکسادی بازار و رکود اقتصادی ترکیه بعداز جنگ واحتیاج به پول وسرمایه برای شروع کار حتا وکالت وادامه زندگی با آن همه گرانی از طرف دیگر.

امیر را بفکر بازگشت به ایران انداخت . امیر مـدتها بـود کـه از خانواده وفامیلش در ایران بی خبر بود .می خواست برگردد و از نزدیک از وضع واحوال آنها وخانواده وشهر ودیارش با خبر شود وهـم چنین بـر خانـه و املاکش سرکشی کند. برای همین تصمیم به بازگشت به ایران و ارومیه را بـرای یـک مـدت کوتـاه داشـت . دیگرامکان مانـدن امیرومن در استانبول در کنار خواهرم غیر ممکن بـود .ما نـاگزیر بـه جـدایی وتـرک ترکیه و رفتن به ارومیه بودیم . قصدمان این بود که بعد از خاتمه جنگ وآرام شدن اوضاع دوباره به استانبول برگـردیم و امیـر با انتقـال سـرمایه وثروت خود به استانبول بتواند کاری را شروع کند . همه ایرانیها حتا پدر ومادر تهمینه هم در حال ترک ترکیه بودند. به جز عده ی معدودی کـه از قبـل سـاکن بودنـد و ثـروت ودارایـی زیـادی در ترکیـه واستانبول داشتند .با اوضاع پیش آمده خواهرم موقعیت مارا فهمیده وپذیرفتـه بـود کـه ما ناگزیر باید برویم و از جدایی ورفتن من بسیار ناراحـت وغمگین بود .عصر روزی که برای آمدن به ایران به ایستگاه قطار رفتیم همـراه مـا آمد و مغموم کنار من نشست . نگران بود مرتب می گفت :

-   آن جا اگر برات اتفاقی بیفتد چه خواهی کرد ؟

ومن می گفتم :

-   نباید نگران باشی آن جا امیر وخانواده امیر هست

اما نمی توانست بپذیرد . مرتب تاکید می کرد :

-   رسیدی نامه بنویس . سلامتی واوضاع واحوال آن جا و از وضع زندگیت برایم خبر بده واگر دیدی نمی توانی بمانی هر چه زودتر برگرد . زیاد نمانید . سعی کنید بهار آینده برگردید .

بعد هنگام سوار شدن وقتی بغلم کرد . گریست و گفت :

-   حالا من در آن خانه چطور تنها بمانم . ؟

نمی توانستم . حرف بزنم . غم جدایی وگریه امانم را بریده بود. فقط به او گفتم و قول دادم که هر چه زودتر برگردم و ما با بدرقه او راهی ایران وارومیه شدیم

چند روز بعد که به ارومیه رسیدیم. ارومیه را آرام اما کمی آشفته و نا بسامان دیدیم . اوضاع چندان خوب نبود همه جا در اثر جنگ و کسادی بهم ریخته وپریشان بود. اما همه یعنی هم حکومت وهم مردم در تلاش ساختن و بهبود اوضاع بودند. من و امیر در روزهای نخست از آمدن به ارومیه بسیار پشیمان شده بودیم. برای همین تصمیم گرفتیم چند ماهی بطور موقت بمانیم وبعداز فراهم کردن پول وسرمایه به استانبول برگردیم . آن زمان ارومیه مثل حالا بزرگ و آباد نبود . شهر کوچکی بود با چند خیابان وکوچه های باریک وبازاری بزرگ وچند دروازه که از ساعتی مانده به شامگاه بسته می شد . ما نزدیک ظهر بود که به ارومیه رسیدیم . برادر کوچک امیر منظورم عمویتان سعیدخان است که از بازگشت وآمدن ما خبر دار شده بود به پیشواز ما آمد وما در عمارت اندرونی خانه پدری امیر ساکن شدیم . امیر بعد از چند روز شروع به کار وفعالیت کرد. مسائل و مشکلات بقدری زیاد بود که امیر را بسیار درگیر و گرفتار کرده بودند . بطور یکه زود که از خانه می رفت شب بر می گشت وگاه که برای رسیدگی باغ وباغچه و آسیاب ودیگر املاکش به ده می رفت .چند روزی آن جا ماندگار می شد و گاه که می دید کارش طولانیست می آمد و مرا هم همراه خود به ده می برد . البته دفتر وکالتش را هم دایر کرده و در هفته چند روزی صبحها به کار وکالت مشغول بود و من خیلی دلم می خواست در اداره دفتر وکالتش کمکش کنم. اما نوشتن به زبان فارسی را نمی دانستم . روزها همین طور به کار و تلاش می گذشت. اما هم چنان دل ماآن جا در استانبول بود و هر ماه با نوشتن نامه و گاه تلگراف طاووس در تماس

بودیم .اگرچه فرستان نامه بسیار سخت بود ومعمولا ماه ها طول می کشید تا نامه ای از او به من و یا نامه ای از من به او برسد و معمولا چون وضع پست چندان به سامان نبود و بسته امانتی را از طریق مسافر و یا بازرگانان ویا کسانی که در کارمسافربری و حمل ونقل بودند می فرستادیم . اولین فرزندم یعنی دخترم سیمین دراول زمستان سال بعد به دنیا آمد . وقتی عکس او وخودمان راهمراه نامه ای به طاووس فرستادم نامه در اول بهار که سیمین سه ماهه بود. بدستش رسیده بود و نامه طاووس همراه هدیه و پیراهنی که برای سیمین فرستاده بود در اوایل تابستان یعنی تیرماه ماه بدست ما رسید . طاووس هوشیار بود . می دانست که نامه وهدیه او دیر بدستمان خواهدرسید. برای همین پیراهنی برای یک سالگی سیمین فرستاده بود و آرزو کرده بود که روزی او را ببیند و گفته بودکه اگر تا بهار بعد اوضاع مالیش خوب شود. حتما مسافرتی به ارومیه خواهد داشت .بهار بعد رکود اقتصادی بعد از جنگ تمام شده و اوضاع رو به آرامش و رونق گذاشت اما از طاووس نامه وخبری نرسید و من نا خودآگاه بسیار نگرانش بودم. در همین احوال بود که تلگرافی از ارسلان رسید . ارسلان چنین نوشته و خبر داده بود :

–   طاووس مریض است و بستریست . اگر می توانید به استانبول
بیایید. زود حرکت کنید

نمی توانستیم در ارومیه بمانیم و منتظر خبر های بعدی باشیم . تصمیم به رفتن داشتیم اما آن روزها مثل حالا مسافرت ساده وامن نبود. نه راه شوسه واسفالته بود ونه اتومبیل . تعداد اتومبیل که در شهر ارومیه بود بسیار انکشت شمار و بیشتر هم دولتی ویا مال اشخاص ومدیران دولت بود البته چند نفر از جمله سعید برادر امیر هم اتومبیل داشتند واو با وجود خرابی راه ها وقتی نگرانی ما را دید .گفت که ما را با اتومبیلش تا مرز می برد و دو روز بعد با تدارک سفر همراه سعید که آن روز ها جوان

هیجده ساله ای بیش نبود و با تشویق وترغیب امیر در فکر رفتن به فرنگ بخصوص انگلستان و درس خواندن بود . راهی ماکو وبازرگان شدیم مسافرت به ماکو وبازرگان با آن راه های خراب یک روز طول کشید و ما شب بود که به ماکو رسیدیم و شب را در خانه یکی از آشنایان امیر که در دوران دبیرستان همکلاسیش بود. بسر بردیم . صبح روز بعد به بازرگان رفته و با راهنمایی دوست امیر وبدرقه سعید خان بعد از گذشتن از مرز اتومبیلی اجاره کرده راهی طرابزان شدیم و از آن جا از طریق دریا با کشتی به استانبول رفتیم .

صبح روزی که به استانبول رسیدیم ، تهمینه و ارسلان در لنگرگاه بندر بغاز استانبول منتظر ما بودند . هوا مه آلود وبارانی بود . می دانستند که می آئیم از طرابزان تلگراف زده بودیم .. دیدار آنها بعد از چند سال برای من و امیر بسیار مهیج و خوش حال کننده بود . آنها هم کمی تغییر کرده بودند . موهای ارسلان رو به سفید ی نهاده و تهمینه کمی چاق شده وبرای چهارمین فرزندش حامله بود . وقتی سوار کلسکه می شدیم . حال آقای نجاتی را پرسیدم. ارسلان درنگی کرد وبعد با حال دگرگون سربه زیر افکند و با صدای گرفته گفت :

- پدر نتوانست اوضاع پیش آمده را زیاد تحمل کند سال پیش مریض شد و در گذشت .

نمی دانستم که چه بگویم . گریه ام گرفت با حال دگرگون در کالسکه نشستم وراه افتادیم . استانبول زیاد تغیر نکرده بود. اما در حال باز سازی و احداث پل بین دو سمت بغاز و خیابانها و ساختمانهای جدید و مدرن بودند . مصطفا پاشا رفرم خود را با شدت پی گرفته بود و در حال تغییر دادن همه چیز بود. به ارسلان گفتم :

- می خوام به خانه خودمان نزد خواهرم برم.

گفت :

- ولی طاووس در بیمارستانه .

گفتم :

- می دونم . اول بریم وسائلمان را بزاریم به سر و وضعمان برسیم بعدبریم به بیمارستان . چون نمی خوام طاوس مارا با این سر و وضع و قیافه خسته ببینه

تهمینه گفت:

- مگر نمی خواهید بیایید خونه ما

- می آییم ، بعدا چون فکر می کنم. مدت زیادی این جا خواهیم موند

به خانه مان رفتیم. همان خانه کودکی درهمان محله بی اوغلو. کلید خانه را ارسلان داشت . طاووس به آنها داده بود . وقتی وارد خانه شدم . همان بود. هیچ چیز تغییر نکرده بود و همانطور پاک وتمیز منظم و آراسته بود. به اطاقم همان اطاقی که در تمام دوران کودکی و جوانی در آن می خوابیدم و درس می خواندم رفتم . تختخوابم با روکش مخملی هم چنان در سر جایش بود و بالای تخت روی قفسه عکس من وامیر را قرار داده بود . بغضم گرفت. یاد گذشته و محبتهای خواهرم طاووس یک به یک از مقابل چشمم می گذشتند و من خودم را مدیون و شرمنده می یافتم . به سر و وضعمان رسیدیم ولباسهایمان را عوض کردیم و شیک وآراسته همراه ارسلان وتهمینه روانه بیمارستان شدیم. تمام تلاشمان برای خوشحال کردن طاووس بود .می دانستم که از آراسته بودن ما چقدر شاد می شد و لذت می برد .در بیمارستان. طاووس را در بخش عمومی زنان خوابانده بودند . دور تختش را مثل دیگر تختها با پرده سفید جدا کرده بودند . وقتی بالای سرش رسیدم .ضعیف و رنگ پریده ولاغر در بسترش خوابیده بود . با صدای من چشمانش را

گشود وقتی چشمش به من افتاد .با هیجان نیمه خیز شد . دستانش را
گرفتم بغلش کردم. هردو می گریستیم . گفت:

-      منتظرت بودم . می دانستم که می آیی

بعد امیر را کنارش خواند و در آن حال با همه بیماریش از وضع
زندگیمان و از همه چیز پرسید. وقتی فهمید که زندگی خوب و آرامی
داریم و خوشبختیم . شادی و رضایت بر صورت و چشمانش نشست .
نگران زندگی زینب و نوریه بود مرتب می گفت :

- حالا که آمده ای برو نوریه و زینب را ببین .ببین وضع زندگیشان
چطوره ؟

گفتم :

-      باشه حتما اما من بخاطر تو آمده ام . اول باید تو خوب بشی بعد

وقت ملاقات تمام شده بود .خواستم که از کنارش بلند شوم . دستم را
گرفت با حالتی دگرگون گفت :

-      یاسمن مرا از این جا ببر ، ببر به خونه مان

در نگاه و صدایش یک نوع حالت تمنا وبیقراری بود . فهمیدم که در
آن جا و از بودن در بیمارستان ناراحته .

گفتم : باشه

موضوع را به ارسلان گفتم وارسلان رفت با پرستار بخش و پزشک
معالجش صحبت کرد و موافقت آنها را گرفت و او را به خانه
آوردیم .. وقتی در خانه در اطاق و تختخوابش دراز کشید .آرامش
عجیبی یافت و بعداز خوردن کمی سوپ که برایش درست کرده بودم .

گفت :

-      خوابم می آید . آن جا نمی تونستم بخوابم و به خواب عمیقی
رفت .

مدت بیست روز در بستر بیماری بود و من تمام وقت بالای بالینش و در کنارش بودم و با هم از همه وهمه کس صحبت می کردیم. روز بیستم حالش رو به وخامت گذاشت و عصر در حالی که دستش در دست من و نگاهش به نگاه من بود در گذشت . اورا در نزدیکی گور بابام وبرادرم شاهین به خاک سپردیم و بعد از یک ماه با تلاشی که امیر کرد. نوریه را که وضع مالی وزندگیش چندان خوب نبود یافتیم و به استانبول آوردیم و خانه پدر وتمام زندگی طاووس را به اوسپردیم و زینب هم قول داد که همیشه به او سر بزند و ما با بدرقه ارسلان وتهمینه به ارومیه بازگشتیم . با اینکه مرگ طاووس غم دلم بوده و هست. اما از این که رفتم و کنارش بودم .خوشحالم و او هم راضی بود و زندگیش آن بود .

تمام خاطره مادرم از دوران کودکی وجوانی وبرادر وخواهران و دوستانش واز زادگاهش استانبول همین بود. بعد از آن دوران چند باردیگر به ترکیه و استانبول سفر کرد و خواهرانش زینب و نوریه را دیده و از زندگی واوضاع احوال آنهابا خبر شد.بعد از آخرین سفرش که چند سال پیش بود انگار به یک یقین از وضع زندگی و گذار عمر خواهرانش رسیده بود. دیگر کمتر میل سفر به زادگاهش راکرد . بیشتر سرگرم زندگی خود وخانواده اش شد وتمام توجه اش به تربیت من و خواهرم و مسائل روزانه خانواده و پدرم بود.

۷

طاووس خانم آهو

صبح روز یکشنبه اول اسفند ماه کمی به ظهر مانده بود که صدای آواز فرنگیس یکی از مستخدمین خانه که زنی میانسال وشاداب امابسیار کنجکاو بود. برخاست. از اطاقم که بیرون آمدم . مادرم را دیدم که بالای پله ها ایستاده وبا تبسمی حاکی از لذت تماشا می کند. نزدیک رفتم و از کنار نرده های چوبی خم شدم . دیدم در قسمتی از سرسرای طبقه اول ساختمان مشرف برآشپزخانه و اطاق مستخدمین ، فرنگیس باآن قامت بلند وچاق وتنومندش، سینی گردی را چون دایره میان دستانش گرفته .همراه با دیگر مستخدمین که هر کدام ظرفی رابعنوان ساز و وسیله موسیقی بدست دور فرنگیس جمع شده بودند. شور گرفته و می زند و می رقصد و همراه با دیگر مستخدمین می خواند:

گلدی دربد باشینا طاووس خانم آهو

(آمد سر کوچه (دربند) طاووس خانم آهو)

وسمه چکیب قاشینا طاووس خانم آهو

(وسمه کشیده به ابروان طاووس خانم آهو)

کیچیب اون دوت یاشینا طاووس خانم آهو

(شده چهارده ساله طاووس خانم آهو)

سن گوچک سن

(تو قشنگی)

بیر ملک سن

(یک فرشته ای)

بیزه گلرسن

(به خانه ما می آیی)

طاووس خان آهو

آخ طاووس خانم آهو

......

....

وگاه با آن هیکل چاق وپوست سفید ، چهره وابروان پیوسته وکشیده اش
که گویا شباهت اندکی هم به طاووس خانم آهو می برد. لبانش را غنچه
می کرد. باسنش را کمی عقب و سینه هایش را که با قراردادن پارچه و
دستمالهای آشپزخانه درشت کرده بود. جلو می داد وسینی فلزی را که
در دست داشت. بعنوان چتر با دست راستش بالای سرش می گرفت. در
حالیکه دیگر مستخدمین چون جوانان ومردان شهر پشت سرش بودند. به
عشوه راه میرفت و می خرامید و ادای طاووس خانم آهو را در می آورد.

۸۴

مادرم که بالای پله ها به تماشا ایستاده بود و روحیه پرنشاط اما کنجکاو فرنگیس را خوب می شناخت و می دانست باز خبری شده . چون تمام اتفاقات و حوادث وروابط واخبار واحوال مردم شهر در نزد فرنگیس بود. و بسیارکنجکاو بود که از همه مسائل اهالی شهر مطلع شود. می توان گفت جزء نخستین افراد شهر بود که از هرمسئله واتفاقی مطلع می شد. بعد از اطلاع از آنجایی که توان حفظ آن را نداشت و دوست داشت آن را به همه بگوید و با نقل آن خود را مهم ومخزن اسرار مردم و مطلع از همه چیز نشان دهد .با افزودن مواردی با هیجان به نقل آنها می پرداخت. پدرم که شنیده ها وگفته های اورا از مادرم می شنید. اورا به مزاح خبر گزاری می گفت و همیشه از مادرم می پرسید : خبرگزاری فرنگیس امروز چه خبر داشت ؟.

وقتی رقص وآواز ونمایش فرنگیس با سر وصدا وخنده وهله هله ی دیگر مستخدم ها تمام شد. مادرم بازدن پشت انگشتان دست بر نرده چوبی پله ها حضورش را اعلام و فرنگیس را صدا زد و پرسید:

-    فرنگیس باز چه شده ؟ چه خبره ؟ این وقت صبح برای چه این معرکه را گرفته ای؟ چه اتفاقی افتاده؟

فرنگیس مطابق معمول ورفتار همیشگیش ، خودش را جمع وجور کرد. با قیافه حق به جانبی که انگار همان کس نبود که چند لحظه پیش می زد و می خواند ومی رقصید. در پاسخ گفت :

-    چیزی نشده . خبری نیست خانم

مادرم از بالای پله ها پائین رفت ، دو پله مانده به طبقه همکف ایستاد و فرنگیس را پیش خواند و گفت :

-    بگو فرنگیس خبر چیه ؟ بازچه اتفاقی افتاده؟ فکر می کنم مربوط به طاووس خانم باشه .؟ این طاووس خانم کیه وچه شده ؟

فرنگیس نزدیکتر که آمد. خودش را دوباره جمع وجور وباز مطابق معمول انکار کرد وگفت:

- والله خانم خبری نیست ، من چیزی نمی دانم

مادرم چشم در چشمش دوخت وگفت:

- پس این آواز و معرکه ای که دراین وقت صبح گرفته بودی برای چه بود ؟ این طاووس خانم کیه؟ بگو ببینم چه شده. زود باش

فرنگیس باز کمی مکث کرد و نگاهی به اطراف انداخت . منی منی کرد. بعد زبان گشود و گفت :

- خانم نمی دانم که درست است ویا نه ، من هم شنیده ام. میگند عصر روز پیش سیروس خان ناصرزاده پسر ناصر السلطنه بدون اجازه واطلاع خانواده اش طاووس خانم آهو را عقد کرده و برده به ملک وعمارتشان درده قهرمانلو .

- عقد کرده برده به قهرمانلو .!؟

- بله خانم

- مگه میشه ! چطور تونسته ؟

- عاشقش بوده خانم

- عاشقش بوده !؟ این طاووس خانم آهو کیه؟

- نمی دونم خانم

- دختر کیه ؟ پدر و مادرو فامیلش کی اند ؟ اهل کجاست ؟چرا تا به حال من اسمش را نشنیده ام ؟

- بهتر که نمی شناسید چون زن خوشنامی نیست

- زن خوشنامی نیست چرا؟

- نمی دانم خانم من هم نمی شناسمش .اما شنیده ام زن جوان خوشگلیه ، خیلی زیباست اما خوشنام نیست . میگن پدر ومادر

وفامیل نداره، تو محله لطفعلی خان نزدیک کوی مریم در خانه کوچکی با خدمتکار پیرش زندگی می کرده . خیلی از مردهای شهر اورا می شناختند و با او رابطه داشته اند. در شهر نقل است که جناب ناصرالسطنه و خانمشان از شدت ناراحتی قلبشان گرفته و مریض شده وخوابیده اند. از اول شب حکیم اسکندرخان بالای سرشانه. خیلی بدشده خانم آبرویشان رفته . میگن ناصرالسلطنه وخانمش پسرشان سیروس خان را نفرین کرده واز خود وخونه رانده اند . جناب ناصرالسطنه گفته که سیروس خان دیگر پسر او نیست . حق نداره که از قهرمانلو به شهر بیاید .بهتره با این آبروریزی تو همان ده بماند و بمیرد. قهرمانلو هم ارث او . دیگر اورا پسر خود نمی داند

- عجب ! ولی جناب ناصرالسلطنه نباید این همه سخت می گرفتند سیروس خان جوان است . علاقمند شده وازدواج کرده. این که بد نیست .حالا یک اشتباهی کرده

- نه خانم خیلی بد شده .شما نمی دانید این زن ، این طاووس خانم آهو زن خوبی نیست . بد نامه ،زندگی عجیبی هم داشته ؟

مادرم که کنجکاو شده بود گفت:

- عجب پس تو می گفتی نمی شناسیش .خیلی خوب فرنگیس اگر کارهایت را انجام داده ای بیا بگو ببینم ماجرا چیه ؟ این طاووس خانم کیه ،چرا این همه از او بد می گی ؟

- عرض کردم خانم والله من چیزی نمی دانم

- فرنگیس بگو ببینم چه شده ماجرا چیه ،این طاووس خانم کیه؟

فرنگیس بعد از انکارهای مکرر شروع به نقل کرد و من آن چه را که بعدها از مادرم شنیدم این چنین بود :

اسمش رخساره بود امابدلیل زیبایی خیال انگیز و افسونبارش اورا طاووس خانم آهو می خواندند وبه این نام معروف شده بود.روسپی زیبای شهر ما که در زیبایی و طنازی او ترانه ها وآوازها وشعرها ی زیادی ساخته بودند . عاشقان سینه چاک بسیار داشت و بسیاری از مردان مودب وسر به زیر و خانواده دوست شهرما سر وسری با او داشته و حداقل ساعتی را در کنار او گذارنده بودند. اما کمتر کسی از گذشته و سرگذشت پر حادثه وغم انگیز او چیزی می دانست و از روزی که خبر ازدواج او باسیروس پسر ناصر السلطنه در شهر پیچید. باز شرح حال و داستان زندگیش موضوع صحبت و نقل محافل شد.

اما رخساره زمانی طاووس خانم آهو شد که روزی خودرا در بستر هوس پدرش یافت و برای انتقام از سرنوشت بد وزندگی تلخش پدرش را کشت

آن چنان که می گفتند و طاووس خانم آهو نقل کرده بود. او دختر نامشروع ارباب کیخسروخان امیرتومان وزینب خدمتکار بود مادرش زینب دختر زیبایی بوده از ده یادگارلو یکی از دهات ارباب کیخسروخان . در کودکی پدر ومادرش را از دست می دهد و عمه اش اورا بزرگ می کند و به سن بلوغ نرسیده به کلفتی به شهر به خانه ارباب کیخسرو خان می فرستد واو آن جا می ماند .بالغ و دختر زیبایی می شود . ارباب کیخسروخان هم که زیبایی و جوانی اورا می بیند . او را مورد حمایت ومستخدم خاص خودش قرار می دهد.

تا این که یک نیمه شب به بستراو می آید و در کنار او می خوابد و طاووس حاصل همان هوس شبانه ارباب بود که از روز تولدش وجودش نادیده گرفته وپنهان داشته شده بود ..

طاووس خانم به مستخدم پیرش سکینه خانم نقل کرده بود :

از روزی که بدنیا آمد تا روز مرگ مادرم در ساختمان کوچک حیاط پشتی که مخصوص خدمتکارها و خدمه بود کنار مادرم بودم . مادرم با وجود جوانی وزیبایی مسلول و بیمار بود .هرگز چون مستخدمها دیگر به کار گماشته نمی شد .. غذا ولباس ودیگر مایحتاجمان از خانه ارباب می آمد و کمتر اجازه داشتیم از خانه وحیات پشتی بیرون برویم وبرای همین من بیش از دو یا سه بار بیرون از خانه برای گردش نرفته و کوچه وخیابان شهر را ندیده بودم . تمام ایام کودکی وجوانی را تا فوت مادرم در خانه ارباب بودم و همان جا با دیگر بچه ها از معلم سرخانه خواندن ونوشتن را یاد گرفتم و بعدها کمی که بزرگ شدم به اصرار و پی گیری مادرم وموافقت ارباب به مدرسه نزدیک خانه مان همراه خدمتکار پیری که بسیار مراقب من بود که با کسی آشنا وهم صحبت نشوم رفتم . مادرم زود درگذشت. جوان مرد. آرزویش این بود که من درس بخوانم واز خانه ارباب بروم وبا یک صنعتگر ویا آدم عادی با کرامتی ازدواج کنم و برای همین همیشه نگران من بود. با بزرگ وبالغ شدن من ،نگرانیش بیشتر وبیشتر می شد و بخصوص نگران مردان جوان خانواده ارباب بود و می ترسید که من نیز سرنوشت اورا پیدا بکنم و برای همین وقتی در بستر بیماری بود . چند روز پیش از فوتش یک روز مرا به بالینش خواند و حقیقت را به من گفت . گفت که پدرم ارباب کیخسرو خان است ونقل کرد که چگونه در جوانی در سنی که تازه بالغ شده بوده. یک نیمه شب ارباب کیخسروخان را در اطاقش کنار بسترش می بیند و به زور مورد تجاوز قرار می گیرد . مادرم نگران از

آینده وسرنوشت من از دنیا رفت اما ندانست که سرنوشت من هم چون سرنوشت او وبدتر از او خواهد شد .

بعد از مرگ مادرم در آن ساختمان کوچک یک اطاقه تنها ماندم . روزهایم به مطالعه وگردش در باغ خانه می گذشت و کسی توجهی به من نداشت وچندین بار که از آقا اصلان مباشر ارباب خواستم که از ارباب اجازه بگیرد که من نزد فامیل وقوم خویشهایم در ده بروم . ارباب موافقت نکرد و ادامه تحصیل مرا هم منع نمود. مباشر می گفت . آقا فرموده اند که بهتر است در اندرون بماند تا وقت ازدواجش برسد

روزها را به کسالت می گذراندم که یک شب بارانی چنگیزخان پسر برادر ارباب به بهانه این که هوا سرد وبارانیست واو خیس شده و احتیاج دارد کمی گرم شود .در زد و به زور به اطاقم آمد و من که متوجه نگاه و مستی او نبودم گرفتارشدم. هر چه تلاش کردم نتوانستم خودم از دستش برهانم . صدایم هم به جایی نرسید وآخر خسته شدم ومقاومتم را از دست دادم و او مرا عریان کرد وبا من خوابید . بعد از آن شب . هر چند وقت ، نزد من می آمد و از عشق وعلاقه اش به من می گفت وکنار من می خوابید . تا این که بعد از گذشت چند هفته متوجه شدم که باردارم . مسئله بارداریم را به او گفتم . تا از بارداری من با خبر شد . غیبش زد . ناگزیر زرانگیز مستخدم پیر ودوست مادرم را که بعد از فوت مادرم هم دم ومراقب من بود در جریان گذاشتم. او از شنیدن مسئله بسیار ناراحت وبرافروخته شد . بقدری که بر سرم دادکشید که دخترکه سبک سر نتوانستی خودت را حفظ بکنی و چندسیلی بر صورتم نواخت و رفت موضوع را توسط مباشر به اطلاع ارباب رساند. ارباب کیخسرو خان وخانمش از شنیدن خبر بسیار ناراحت و خشمگین شده بودند . نخست گفته بودند که او باید از خانه برود . برود و در ده بماند که ای کاش چنان می شد اما بعد تصمیمشان را عوض کرده به مباشر گفته

۹۰

بودند که مرا در اطاقم حبس و از گردش در حیاط و صحبت با دیگر مستخدمها منع کند و مباشر مرا در خانه کوچک تک اطاقیم زندانی کرد و زرانگیز خانم مستخدمه پیری را مامور کردکه مراقب من باشد و خواسته و ضروریات ونیازهای روزمره وبخصوص غذای روزانه ام را تهیه و تامین کند و نگذارد که من با کسی صحبت بکنم ..

روزها وماه های بارداری را در تنهایی در آن اطاق کوچک سرکردم . تنها هم دم ومونسم زرانگیز خانم بودکه با وجود پیری از سر دلسوزی روزی سه چهار بار به بهانه آوردن غذا کلید می انداخت در اطاقم را می گشود و یکی دوساعتی می نشست وهم صحبتم می شد . می نشست واز همه کس وهمه چیز صحبت می کرد . گاه مرا شامتت می کرد که مراقب خودم نبوده ام و باردار شده ام .گاه ارباب و کسان اورا نفرین می کرد و در آخر می گفت حالا اتفاقیست که افتاد شاید خدا خواست ارباب دل رحم شد

ماه ها گذشت از صبح روزی که درد زایمانم شروع . زرانگیز موضوع را به مباشر اطلاع داد . مباشر بعد از ساعتی آمد و گفت :

- به اطلاع ارباب و خانمشان رساندم گفتند ولش کنید تنها بماند . خودش این رسوایی را بار آورده .خودش هم باید تاوانش را بدهد . چه بهتر که بمیرد تا ما از دستش خلاص شویم . اما زرانگیز باجی تو ازش مراقبت کن . گناه داره دختر بی کس وتنهاست

زرانگیز آمد و نزد من ماند و با کمک او نزدیک ظهر زایمان کردم . زایمانم سخت و طولانی بود . خونریزی زیاد داشتم. بطوری که بعداز زایمان خسته و بی حال در رختخواب افتادم . زرانگیز کمی کاجی مملو از روغن برایم داد که بخورم تا قوت بگیرم . بعد بچه ام که نوزادی دختر بود بغل داد تا شیر بدهم . پیرزن تا شامگاه کنارم بود . شامم را که

۹۱

باز همان کاجی بود داد   اطاقم را مرتب کرد ورفت . بعد از رفتن
زرانگیز   من هم بخواب رفتم .   نیمه های شب نا گه دیدم آقا غلام
نوکر قلچماق ارباب به همراه سه کلفت که من آنها را کم دیده ونمی
شناختم در اطاقم را گشودند و به سراغم آمدند.با وجود حال زاری که
داشتم مرا از رختخواب بیرون کشیدند . در حالیکه سیلی ومشت ولگد
می زدند. خواستند که بچه ام را از من بگیرند اما من نگذاشتم. بچه ام که
گریه می کرد در آغوشم فشردم وندادم و آنها نتوانستند بچه ام را از من
بگیرند .   آقا غلام وقتی جیغ وناله ومقاومت مرا دید رفت و کمی بعد
برگشت و گفت :

-   فرمودند بچه ناخلفش را نمی خواهیم . بسپارید به او و
بیندازیدش بیرون . همان بهتر که آن بچه هم گوربگور شود

پس بفرموده ارباب. مرا زار و بی حال و ناتوان با نوزادم که در کهنه ای
پیچیده و در آغوش فشرده بودم بر درشکه ای نهاده و آوردند. در بیرون
از دروازه شهر کنار دیوارساختمان مخروبه ای میان برف وسرما انداختند
ورفتند. بعد از رفتن آنها در آن نیمه شب میان برف وسرما نمی دانستم
چه بکنم وکجا بروم . در اطراف خانه ای وساختمانی نبود.فهمیدم که
باید هر طور شده در گوشه ای پناه بگیرم وصبر کنم تا صبح شود.. لرزان
کشان کشان خودم را به گوشه اطاقی در خرابه که هنوز قسمتی از
سقفش نریخته بود رساندم. مختصر برف آن جا را روبید و نشستم. زیر
سقف نیمه فروریخته آن اطاق تنها جایی بود که می توانست از سرما
وبرف ریزی که می بارید در امان باشم. سردم بود. پاهایم را جمع کردم
.ویک سر روتختی را که هنگام آوردن آن را روی سرم کشید بودند
روی پاهایم کشیدم . بچه ام را که گریه می کرد در آغوش گرفتم و شیر
داد و باحال زار لرزیدم. تلاش می کردم که مقاومت کنم و خودم را در
برابر سرما حفظ کنم. اما ناتوان و ضعیف وبیمار بودم. کم کم دراثر

سوز سرما توان و حسم را از دست دادم واز حال رفتم. صبح روز بعد با گرمای دستی راکه تکانم می داد و روسریم را ازروی صورتم کنار می زد وبرف نشسته بر سرورویم را پاک می کرد. بیدارشدم .به زحمت چشم گشودم وگیج و سرمازده نگاه زارم را به بالا دوختم . تار و تیره می دیدم. صدای خش دار پیرمردی را که مرتب می گفت و می پرسید :

-      بلند شو . تو این برف وسرما این جا چرا خوابیده ای . تو مگر کس وخانه ای نداری ؟ حالت خوبه !؟

می شنیدم اما توان حرکت نداشتم . از سرماگیج وکرخت بودم. پاهایم را حس نمی کردم. انگار یخ زده بود . نمی توانستم پاسخ بدهم .دوباره که بالای سرم را نگاه کردم. این بار روشنتر دیدم . پیر مرد کوتاه قد ولاغر اندامی بالای سرم ایستاده بود.سبدی که انگار سبد لوازم کارش بود در دست داشت . ناگهان بفکر بچه ام ، دختر نوازدم افتادم. گرفته وبا لکنت گفتم :

-       ب ، به بچه ، ام

پیرمرد خم شد گوشه روتختی را که خود را در آن پیچانده بودم .کنار زد بچه ام از آغوشم رهاشده سرش روی زمین و پاهایش روی زانوانم بود اما گریه نمی کرد . پیرمرد که دست به بچه زد و صورت کبود بچه را دید. انگار چیزی را فهمید .سرش را بلند کرد و با ناراحتی به زمزمه گفت : یخزده ، مرده

بعد گفت :

-       بلندشو . بگذار کمکت کنم. بلندشی . خانه ات کجاست؟ کس وفامیلت کی اند؟ چرا این جا خوابیده ای .آن هم با این بچه ؟

نمی توانستم حرف بزنم و نمی توانست بلند شوم . سرما کرخ وگیجم کرده بود. پیرمرد که بازویم را گرفته بود وبلندم می کرد . دوباره پرسید :

- خانه اتان کجاست ؟ شوهرت ، پدر ومادرت ، خانواده ات کجا هستند ؟ در این برف وسرما چرا این جا خوابیده ای ؟ تو مگر کس و خانواده نداری ؟ چه اتفاقی افتاده ؟ چطور به این جا آمده ای ؟ کی تو را آورده ؟ بگو چه شده؟ تو با این حال این جا چه می کنی ؟

پیرمرد مرتب و پشت سرهم در حالی که کمک می کرد تا من بلند شوم سوال می کرد. زار وبی حال گفتم :

- کس وفامیل ندارم ، هیچ کس را ندارم. آنها نیمه شب با بچه ام مرا این جا انداختند و رفتند. کمک کنید بچه ام را بر دارم.

پیرمرد که بازویم را گرفته بود با حال دگرگون ایستاد و کمی فکر کرد و گفت :

- کس وخانواده نداری ؟آنها تورا این جا انداخته اند و رفته اند !؟

بعد باز هم خم شد دست به بچه زد . هیچ صدایی از بچه در نمی آمد . مثل چوب خشک شده بود . متغییر با کمی تاخیر و تاسف بچه را بر داشت و گفت :

- متاسفانه بچه ات مرده یعنی مثل این که یخزده

باآن حال زار وقتی حرفهای پیر مردرا شنیدم که گفت بچه ات مرده ،یخ زده. دلم فروریخت .انگارزخم بر سینه و دلم زدند . اشکم جاری شد و تعادلم را از دست دادم و داشتم می افتادم که پیرمرد محکم بازویم را گرفت .کمک کرد تا روی زانوان بنشینم و زار زار گریه کنم. کمی بعد که خودم را بازیافتم . حال و روزم را فهمیدم . فهمیدم که دیگر همه چیزم را از دست داده ام. بزحمت بلند شدم و به. پیرمرد گفتم:

- من نه کسی را دارم نه سرپناهی . ای کاش من هم می مردم

پیرمرد که از وضع وحال روز من ناراحت وغمگین شده بود گفت:

- حالا که جایی نداری بیا برویم به خانه من . خانه من همین نزدیکیست. بیا برویم .بعد ببینیم چه باید کرد .؟

بازویم را گرفت ومن بی حال و بی اراده همراه او راه افتادم.

خانه پیرمرد کمی پائینتر در اواسط کوچه ای نزدیک دروازه بود . خانه ای یک طبقه و کوچکی بود با دو اطاق و یک راهرو با حیاطی کوچک . البته زیرزمین کوچکی هم داشت که با چند پله می شد به آن جارفت . پیرمردآن جا را به آشپزخانه وانباری تبدیل کرده بود. وقتی وارد خانه پیرمرد شدیم . پیرمرد کمک کرد که نزدیک اجاق زیر کرسی بخوابم وبعد برایم چای تازه دم کرد وبا کمی عسل داد نوشیدم . گرمای اطاق و عسل وچای کمی قوت و نیرو به من دادند اما آنقدر ضعیف وبی حال بودم که ندانستم کی بخواب رفتم. تا عصر که پیرمرد برگشت در خواب بودم .

پیرمرد اسمش یعقوب بود . ولی گفت که همه اورا عمو یعقوب صدا می کنند. تو هم بهتر مرا مثل همه عمو یعقوب صدا بکنی من پینه دوزم . زندگیم را از این راه می گذرانم . یک سال و چند ماهیست که بعداز فوت زنم تنها زندگی می کنم. تنها فرزندم و میوه زندگیم ، دختر جوان و زیبایم که به سن تو ومثل تو بود . چند سال پیش در بیست سالگی بیمار شد . نفهمیدیم بیماریش چیه ؟ دکترهای چیزهایی می گفتند اما درمان نشد . چند ماهی در بیمارستان بعد در خانه بستری بود اما خوب نشد و فوت کرد. مرا و زنم را عزادار و تنها گذاشت . .هرگز نتوانستیم فراموشش کنیم .مگر میشه آدم تنها فرزند و دلبندش را فراموش بکنه . زنم بعد از مرگ دخترم . نتوانست داغ غم مرگ اورا تحمل کند. سال گذشته اول بهار از شدت غصه وغم بیمار شد و در گذشت .مرا تنهای تنها گذاشت . حالا من تنها هستم دخترم . شاید خدا تورا رسانده . حالا استراحت بکن. وقتی حسابی استراحت کردی وحالت خوب شد. آن

وقت باید برایم تعریف بکنی که کی هستی؟ . پدر ومادر وفک وفامیلت کیه . چه برسرت آمده؟ . حالاراحت باش واستراحت بکن . این جا را خونه خودت بدان. من ازت پرستاری میکنم .کمکت می کنم که سلامت وخوب شوی. خدا بزرگه راحت بخواب

آن روز و روزهای دیگر گذشت. بعد از چند روز که حالم خوب شد . منتظر بودم که عمو یعقوب چیزی بپرسد و یا عذرم را بخواهد . اما پیرمرد با خوشرویی با من صحبت و رفتار می کرد ومرتب می گفت که مبادا احساس غربت بکنی . این جا را خانه خودت بدان .یک شب که عمو یعقوب زودتر از کار برگشته بود. با او به درددل نشستم . سرگذشتم را، هر آن چه را که بر سرم آمده بود مفصل گفتم . اما هر چه از دخترم ،بچه ام ، نوازدم پرسیدم و خواستم بدانم که چطور یخزده بود . پیرمرد اورا کجا دفن کرده .جوابی نشنیدم. پیرمرد سعی داشت از یاد آوری خاطره کودکم و مسائل دیگر خوداری کرد . بیشتر بفکر سلامتی و آرامش من بود. برای همین در پاسخ به سوالم می گفت : که یادش نیست ، چون برف وسرما بوده. فراموش کرده که کجا دفن کرده وبعد به تاکید می گفت : به جای این فکرها بهتره بفکر سلامتی و آینده ات باشی . خدا بزرگه . بالاخره همیشه اوضاع اینطوری نمی مانه . شاید این خواست خدا بوده که من از دور تورا دیدم . من پیرمری تنهایم زنم ودختر را خدا رحمت کند آنهارفتند. خداوند به جایشان تورا فرستاده . این جا بمان و دختر وهمدم من باش.

خوشحال از خواست و محبت عمو یعقوب در خانه ونزد او ماندم و ماننددختری همدم تنهاییش شدم . به وضع زندگی پخت وپز ونظافت خانه اش پرداختم . روزهای اول همسایه ها با من برخورد خوبی نداشتند و بسیار سوال می کردند که کیستم ؟ از کجا آمده ام؟ با عمو یعقوب چه نسبتی دارم؟

اما کم کم با اطلاع از وضع وزندگی وسرگذشتم وتوصیه های عمو یعقوب پیر رفتارشان عوض شد و همه با من مهربان وخوش رفتار وصمیمی شدند. یک هفته بعد . عمو یعقوب که ازماندن و بودن من در خانه و کنارش مطمئن شده بود. مرا با خود به زیر زمین خانه اش برد . در صندوق چوبی بزرگی را گشود و تمام وسائل و لباس و کفشهای دخترش را که در آن بود نشانم داد و گفت:

- بیا اینها حالا مال توست . بیا ببین اگر اندازه ات هستند . این ها را بپوش و از این ها استفاده کن

نمی دانستم از خوشحالی چه بگویم و چه بکنم . هرگز در زندگی آن همه محبت ندیده بودم . خوشبختانه لباسها و کفشها اندازه ام بودند . وقتی یکی از لباسها را به اصرار پیرمرد پوشیدم اشک از چشمانش جاری شد . مثل پدری آغوشش را گشود. بغلم کرد و بوسید و گفت: -

- خداوند دختر مرا از من گرفت. اما تورا بجای آن به من داد اکنون تو دختر منی.

روزها و ماه ها گذشت . کم کم گذشته را فراموش کردم . در خانه عمو یعقوب که دیگر آن جا را خانه خود و خودرا دختر عمو یعقوب پینه دوز می دانستم طراوت وزیباییم را باز یافتم و شکفتم .عمو یعقوب هم بی آن که چیزی به من بگویددر فکر زندگی وآینده من بود . او مرا برای همسری یوسف پسر خواهرش در نظر گرفته بود.. یوسف پسر خواهر عمو یعقوب، پسر جوان خوشرویی بودکه به تازگی بعد از پایان خدمت سربازیش که چند ماه آخر آن رابعنوان گماشته درخانه سرهنگ باقرخان رئیس شهربانی گذرانده بود و به توصیه سرهنگ باقرخان به استخدام شهربانی در آمده و بعنوان پاسبان ومامور ساده شهربانی مشغول خدمت بود. هر چندگاه بخصوص روزهای آخر هفته بدیدن عمو یعقوب می آمد . دفعه اول که مرا در خانه عمو یعقوب دید. تعجب کرد و دستپاچه

وشرمگین شد. اما بعداز این که عمو یعقوب مرا با تعریف وتحسین بسیار به او معرف کرد. با همان شرمگینش با چهره ای گشاد با من احوال پرسی کرد .در دفعه ها بعد که دیگر با من آشنا و صمیمی شده بود . بیشتر نزد ما می ماند .با به صحبت می نشست و در انجام بعضی از کارها کمکم می کرد . با گذشت روزهایک حس و علاقه وکشش خاصی به او یافته بودم . بعدا فهمیدم که او هم علاقه و مهر مرا به دل گرفته . همین کشش و علاقه باعث شده بود که یوسف درهر فرصتی بدیدن ما بیاید. زمستان رو به پایان بود و عید نوروز نزدیک . یک روز عمویعقوب پیر با دادن مقداری پول به یوسف از او خواست که دریکی از روزهای هفته بیاید و مرا با خود به بازار ببرد و لباس و کفش و وسایل نو و هر آن چه را که لازم دارم بخرد. یوسف هم خوشحال از خواست عمو یعقوب بعداز ظهر پنجشنبه هفته بعد آمد .مرا همراه خود به بازار برد . تا آن زمان پیش از چند بارآن هم همراه مادرم به خیابان وبازار نرفته بودم. و آشنایی زیادی با شهر وبازار و کوچه وخیابانهای شهر نداشتم . آن روز که همراه یوسف به وسط شهر و بازار رفتم . علاوه بر آن که کنار یوسف احساس آرامش و امنیت می کردم. دیدن بازار و خیابانها شهر برایم تازگی و شگفتی داشت . در بازار با پسند یوسف آینه و لباس و کفش خریدم و یوسف هم برایم روسری زیبایی به رنگ آبی با گلهای بنفش خرید. وقتی در مغازه روسری را روی سرم امتحان می کردم . نگاهش را بر نگاهم دوخت وگفت . انشاالله به زودی لچک عروسیت را به سرت می کنم و تو عروس من می شی . از گفته اش سرخ شدم . هنگام برگشتن وقتی یوسف دستم را میان دستانش گرفت. دلم فروریخت. قلبم به طپش افتاد . برای اولین بار بود چنان حسی را می یافتم. حسی که برایم تازگی داشت . یوسف که نگاهش را به من دوخته بود حال مرا فهمید در حالی که خودش هم گرفتار هیجان و شرم

عاشقانه شده بود. باصدای گرفته وهیجان زده ای به من اظهار علاقه کرد وگفت که مرا دوست دارد و اگر موافق باشم .می خواهد بامن عروسی کند.. از شرم و هیجان نتوانستم چیزی بگویم. سر به زیر انداختم وسکوت کردم. یوسف که در دوست داشتن و تصمیمش جدی بود. دو باره حرفهایش را تکرار کرد و از من جواب خواست .زبانم گرفته بود .خیلی هیجان داشتم با لکنت و بریده بریده گفتم من هم به تو علاقمندم اما باید عمو یعقوب تصمیم بگیرد. به خانه که برگشتیم. یعقوب پیر در خانه بود. خوشحال از دیدن ما کنار هم از خریدهایمان پرسید . من هر آن چه را که خریده بودم با روسری که یوسف برایم خریده بود نشانش دادم. یعقوب پیر مبارک ها گفت و از من خواست چایی و شیرینی بیاورم و پذیرایی کنم .من که برای آوردن چایی و وسائل پذیرایی رفتم . یوسف در غیابم از احساس وتصمیمش برای ازدواج با من به عمو یعقوب گفته بود. یعقوب پیرکه قصد و خواسته اش آن بود. خوشحال از تصمیم یوسف وقتی من با سینی چای وشیرینی برگشتم . ازمن خواست که کنارش بنشینم . بعد از مقدمه چینی کوتاه ، این که هر پس و دختر جوانی باید یک روز عروسی کند وسر سامان بگیرد . تصمیم و خواستگاری یوسف را گفت و نظر مرا پرسید..من از احساس یوسف نسبت بخودم خبر داشتم و تصمیم را گرفته بودم . برای همین گفتم شما بزرگ و پدر من هستید. نظر من نظر شماست هر چه که شما بفر مائید . یعقوب پیر که انگار در آرزوی چنین کاری بود. گفت من هم با ازدواج شما دوتا موافقم. یوسف آن طور که می گوید برای سه چهار ماهی به ماموریت میرود . از ماموریت که بر گشت جشن عروسی شما را بر پا می کنیم. البته یوسف باید با مادر و پدرش رسما به خواستگاری تو بیاد . با شنیدن خبر ماموریت رفتن یوسف نگران پرسیدم . برای سه چهار ماه ماموریت می روید یعنی این جا نخواهید بود.

یوسف گفت : به گردان ما ماموریت داده اند که به مرز برویم . زیاد طولانی نیست. سه چهار ماه البته اگر فرصت کردم و مرخصی دادند. شاید توانستم یکی دوبار بیایم و سر بزنم. محل ماموریتم کمی دوره . گفتم که مرزه نمیشه هرچند روز رفت وبرگشت. یعقوب پیر که نگرانی مرا دید .

گفت : . نگران نباش سه چهار ماه که چیزی نیست. چشم به هم بزنی تمام میشه . تا تو آماده عروسی بشی . یوسف هم برگشته.

فردای آن روز و روزهای بعد یوسف که اکنون خودرا نامزد من می دانست با هر فرصتی   که می یافت بدیدنم می آمد تا این که بعد از چند هفته همانطور که گفته بود به ماموریت رفت و دیگر نیامد. من هم بنا به قول وقراری که گذاشته بود .به انتظارش نشستم .اما کسی از فردای خود و گردش روزگار و بخت خود خبر ندارد. انگار تقدیر هر آدمی با او زاده می شود و بخت وتقدیر خوب وبد با او به سر می برد .من با بخت بد زاده شده بودم و بخت وسرنوشتم بد بود .

در انتظار برگشت نامزدم یوسف وعروسی بودم که یعقوب پیر در ماه دوم بهار ناگهان بیمار شد ودرگذشت ومرا بی کس و تنها گذاشت . مرگ او ضربه سخت شدیدی به من وزندگیم بود . با کمک همسایه های . عمو یعقوب را بردیم و بخاک سپردیم و برایش مراسم ختم گرفتیم . با در گذشت عمو یعقوب که تکیه گاهم بود . بی کس وتنها شده بودم. تنها امیدم دیگر یوسف بود .. ولی از یوسف خبری نبود. چند بار با کمک همسایه ها به دم در شهربانی محل خدمت یوسف رفتم و سراغ یوسف را گرفتم. اما یوسف آنجا نبود. گفتند : این جانیست به شهرستان دیگر رفته نزدیک مرز . در آخرین باری که به در شهربانی برای یافتن یوسف و اطلاع از وضع حال او رفته بودم .مرا بفرموده سرهنگ باقرخان رئیس شهربانی نزد اوبردند . سرهنگ باقرخان که مرد

میانسال سیه چرده میان قامتیی بود و بسیار مهربان به نظر می رسید وقتی وارد اطاقش شدم پشت میزش نشسته بود و چیزی می نوشت . با سلام من سرش بلند کرد و به من خیره شد و گفت :

-    بفرمائید . چه کاری داشتید؟

گفتم :

-    من رخساره هستم . نامزد یوسف دختر عمویعقوب .
حرفهای مرا که شنید با تعجب در حالی که به دقت مرا نگاه وبرانداز می کرد . از جایش بلند شد گفت:

-    نامزد یوسف !

-    بله

-    دختر یعقوب !

-    بله

-    نمی دانستم که یعقوب پیر دختری به سن تو داره ونامزد یوسفه

-    بله من دختر عمو یعقوب هستم . البته دختر خوانده اش . چند ماه پیش با یوسف نامزد شدیم وقرار بود بعداز برگشتن   از ماموریت با هم ازدواج کنیم . اما الان دوهفته ای هست که عمو یعقوب فوت کرده . اما یوسف خبر نداره . من آمده بودم که اورا ببینم . به کمکش احتیاج دارم

سرهنگ باقرخان باز نگاهی به سراپایم انداخت و با لحن تاسف آلودی گفت:

-    عجب !؟پس تودختر خوانده عمویعقوب ونامزد یوسف هستی؟

-    بله آقا

-    گفتی اسمت چیه .

-    رخساره آقا

- رخساره

سرهنگ باقرخان سر به زیر انداخت باز کمی فکر کرد وبعد سر بلند کرد و نگاهش را در نگاهم دوخت گفت :

- .چرا من اسم تورا از یوسف نشنیده بودم . او ماه ها در خانه من گماشته بود. اماهیچ وقت حرفی در موردتو نگفته بود . البته بعدها یعنی در همین اواخر یعنی چندماه پیش قبل از این که به ماموریت برود گفته بودکه قصد دارد با یکی ازدواج کند .پس آن دختره تو بودی ؟

- بله آقا

- تو اگر نامزدش بودی چطور خبر نداری! . جریان یوسف را که به عمو یعقوب وخانواده اش اطلاع داده اند . باید تو هم بدانی!

- چه چیز را آقا ؟ چه جریانی را؟

- حادثه درگیری و تیرخوردن و کشته شدن یوسف را

- کشته شدن یوسف را !؟

- بله ،گفتم که به خانواده اش اطلاع داده اند . متاسفانه یوسف هنگام ماموریت در درگیری گلوله خورد و کشته شد .

- کشته شده!؟

- بله متاسفانه کشته شده.

باشنیدن خبرکشته شدن یوسف یکه خوردم. انگار آن اطاق بر سرم خراب شد . حالم بهم خورد . تمام وجودم لرزید . نزدیک بود که از حال بروم. دست بر دیوار نهادم و رور زانوان نشستم . سرهنگ باقرخان که متوجه تغییر حال من شده بود . آمد کمک کرد که روی صندلی بنشینم و آب خواست و لیوانی آب به من داد. کمی از آب نوشیدم. بعداز درگذشت عمو یعقوب تمام امید من به یوسف بود حالا او هم نبود.. کشته شده بود.احساس تنهایی وبی کسی تمام

وجودم را دربر گرفته بود   در حالیکه اشکم سرازیربود . زیر لب مرتب می گفتم :

-    حالا پس من چه کنم اون تنها کسم بود؟

. سرهنگ باقرخان که نگران وناراحت بالای سرم   ایستاده بود.با لحن گرفته و تاسفباری گفت :

-    متاسفم من فکر می کردم از ماجرا خبر داری بالاخره اتفاقیست که افتاده .حیف شد. یوسف جوان خوبی بود . برای من نه یک سرباز گماشته،   مثل یک پسر بود.   بگو چه کاری می توانم برایت بکنم

فکرم کار نمی کرد .در آن لحظه با آن حال و احوال نمی دانستم که چه بگویم وچه بکنم ؟ گیج شده بودم . آخر این چه بخت بدیست که من دارم . بلند شدم و گفتم:

-    نمی دانم آقا نمی دانم چه بایدبکنم ؟ گیج شده ام

-    خیلی متاسفم . همه از این اتفاق ناراحت شده اند .

سرهنگ باقرخان در حالی که مرا دلداری می داد تا دم در دفترش بدرقه ام کرد و دم در گفت :

-    واقعا متاسفم دخترم او یکی ازبهترین مامورهای مابود.اگر کاری و یا احتیاج به کمک داشتی. بیا پیش من ، مطمئن باش کمکت می کنم .

تشکر کردم و غمزده وپریشان . ندانستم. چطور ازدفتر سرهنگ باقرخان و بعدساختمان شهربانی بیرون آمدم. درتمام طول راه به سرنوشت تلخ وتنهایی وبیکسی خودم نهیب زدم و گریستم. نمی دانستم که چه باید بکنم. یوسف تنها آشنا وکسم بود که امید به او بسته بودم. حالا او هم کشته شده بود. پس من چطور زندگی کنم ؟ به خانه که برگشتم . موضوع را با همسایه ها در میان گذاشتم وبرای یوسف مراسمی گرفتم

ومدتی عزادار او بودم . باگذشت روزها سعی کردم به تنهایی وبیکسی عادت بکنم. این حقیقت را بپذیرم که در این دنیا کسی را ندارم و تنهاهستم .. باید زندگیم را خودم اداره بکنم. با گذشت روزها وماه ها پس اندازم ، مقدار پول کمی که از عمو یعقوب مانده بود ته کشید و من ناگزیر بودم برای گذران زندگیم کاری بیابد .مسئله را با همسایه ها در میان گذاشتم ومدتی باکمک آنهابه کارگری رفتم . نخست همراه با زنان ودختران وپسران همسایه درکارخانه خشکبار به کارگری رفتم . اما کار آن جا فصلی بود. بعد ازدوماه نیاز به کارگر نداشتند. پس ناگزیر همراه با تعداد دیگری از زنان و دختران محله به رخت شویی رفتم وشروع به رختشویی در رختشوخانه مرکزی شهر نمودم که رختهای بیمارستان ودیگر ادارات را می آوردند . هراز چندگاه هم برای کار به خانه ثروتمندان می رفتم وسعی داشتم تا آن جا که می توانم. با کار کردن و درآمد بیشتر بتوانم به زندگیم سروسامان دهم ،چون درس خوانده و با سواد بودم. می خواستم در یک اداره وشرکتی شغل مناسبی بیابم . برای همین هر چندگاه که فرصت می کردم. به اداره های مختلف می رفتم و درخواست کار واستخدام می دادم. اما از هیچ کدام پاسخی و پذیرشی نمی گرفتم . درهمین ایام بودکه سروکله فامیل عمو یعقوب پیداشد وخواهان خانه واموال یعقوب پیرشدند و از من خواستندکه خانه پیرمرد را تخلیه کنم وازآن جا بروم. ناگزیر با اندک وسایلی که داشتم به یکی از اطاقهای تو سکینه خانم اسباب کشی کردم . باقی حوادث و اتفافهایی که بر سرم آمده . تومی دانی و از همه آنها باخبری.

***

بعداز تخلیه خانه عمو یعقوب طاووس با پرداخت اجاره ناچیزی به خانه سکینه خانم که پیرزن فقیر و تنهایی بود . اسباب کشی کرد .زمستان را با وجود سرما با کار در رختشو خانه گذراند. بهار تازه شروع شده بود که خسته از بیکاری وفقر تصمیم گرفت نزد سرهنگ باقرخان رفته . عید نوروز را تبریک بگوید وهم از بیکاری و دیگر مشکلاتش با او صحبت کند وکمک بخواهد . کار های سنگین و مشکلات زندگی وتنهایی در آن مدت طاووس را بسیار لاغر و تکیده وخسته کرده بودند . مدتی بود یعنی چیزی نزدیک به سه ماه که با اندک در آمد از کار رختشویی در رختشوخانه شهر که در هفته دو روز بود باقناعت زندگی می گذراند .برای همین بسیار وار رفته و مریض حال بود . نیاز به کمک داشت وتنها کس وشخصیت مهمی را که می شناخت سرهنگ باقرخان بود. هنوز آخرین جملات او در گوشش بود که گفته بود:

-        اگر کاری ویا احتیاج به کمک ویا مشکلی داشتی بیا پش من

احساس می کرد می تواند به او امید داشته باشد . چون اورا آدمی مهربان وبا وجدان یافته بود .صبح اولین روز هفته خیلی زود راه افتاد . از خانه اش که خارج از شهر در حومه نزدیک دروازه شهر بود تا به شهربانی که در میدان مرکزی شهر بود برسد. ساعتی طول کشید . خسته شده بود. هنگام ورود به شهربانی نگهبان پرسید که برای چه کاری مراجعه کرده وبا کی کار دارد؟ او در پاسخ گفت که با رئیس شهربانی کار دارد . نگهبان متعجب از این که دختر جوان فقیری چون او با رئیس شهربانی چه کاری دارد؟ راهش نداد وگفت که باید منتظر بماند. چون باید اجازه گرفته شود . ساعتی درهمان نگهبانی منتظرشد. اسم ومشخصاتش را پرسیدند و به دفتر رئیس شهربانی اطلاع دادند تااین که ساعتی بعد ماموری آمد واورا همراه خودبه طبقه بالا نزد رئیس شهربانی سرهنگ باقرخان برد. به دم در اطاق که رسیدند مامور گفت که بایستد وخودش

در زد وتو رفت واطلاع داد و بعدبیرون آمد وگفت بفرمائید . طاووس وارد شدو سلام کرد. سرهنگ باقرخان که مشغول کار ونوشتن دستور ویا نامه وچیزی بود. سرش را بلند کرد و طاووس را که دید. از سر و وضع وتن لاغر و چهره تکیده او مات و متحیر ماند.مدتی همین طور متعجب نگاهش کرد و بعد با لحنی پراز تعجب وتاسف گفت :

- تو همان نامزد یوسف هستی که سال پیش نزد من آمده بودی؟

- بله

- چرا این طوری شدی . چرا این همه لاغر وتکیده شده ای! ؟ چه شده ؟ چه می کنی ؟

طاووس با شرم گفت :

- کار می کنم آقا کارها کمی سنگینند؟

- چه کاری ؟

- رختشویی ، کارگری از این نوع کارها چاره ندارم. باید زندگیم را بگذرانم

- تو که در خونه عمو یعقوب بودی ،کار مناسبی می یافتی

- خونه را ازمن گرفتند آقا. فامیل عمو یعقوب آمدند. گفتند که باید تخلیه کنم

- خوب

- من هم تخلیه کردم به زیرزمین یکی از همسایه ها رفتم . اما احتیاج به کار داشتم ناگزیر به کارگری رفتم

- چه بد . حالا چه می کنی ، کجا کار می کنی ؟

- الان کاری ندارم آقا یعنی نه درکارخانه خشکبار ونه در رختشوخانه کار نیست. آمده بودم که از شما کمک بخواهم

- چه کمکی ؟

- من سواد دارم ، مدرسه رفته ام اگر ممکنه می خواستم جایی در
اداره ای یا هرجایی که مصلحت بود.کار خوبی پیدا بکنم. اگر
کمکم کنید ممنون می شوم

- که این طور ؟

سرهنگ باقر خان کمی فکرکرد. بعدگفت: باشه ببینم که چه می توانم
بکنم اما اول باید سرو وضع تو درست بشه. باید محل مناسبی برای
زندگی تو فراهم کنیم. تو باید کار مناسبی داشته باشی درخانه ومحله
خوبی زندگی بکنی .باشه من بتو کمک می کنم برو آخر هفته بیا ببینم
چه می توانم بکنم

وبعد اسکناسی پنج تومانی در آورد و به طرف طاووس گرفت وگفت :

- بیا این را داشته باش .

طاووس تشکرکرد وگفت:

- ممنونم احتیاج ندارم. خدا شما را حفظ کند .من فقط آمده
بودم کاری برایم پیدا بکنید

سرهنگ باقرخان به اصرار اسکناس پنج تومانی را در کف دست
طاووس گذاشت وگفت :

- بگیر لازمت میشه .پرس وجو می کنم. ببینم کجا می توانم
برایت کار پیدا بکنم .

طاووس خوشحال وپرامیدازدفترسرهنگ باقرخان بیرون آمدو باز پیاده
راهی خانه اش شد. بااین که از دیدار با سرهنگ باقرخان و امیدی که
یافته بود خوشحال بود. اما یک احساس نا شناخته مثل ترس ونگرانی از
آینده بر دلش نشسته بود.نمی دانست باهمه مهربانی امیدی که سرهنگ
باقرخان به او داده چرا احساس ترس ونگرانی می کند. به خانه که رسید
مسئله وجریان دیدار وگفتگویش را با رئیس شهربانی سرهنگ باقرخان با
همسایه اش سکینه خانم پیر که منتظرش بود در میان گذاشت .تمام ماجرا

را شرح داد ودر آخر از احساس نگرانی که بردلش نشسته بود گفت و چند بار تکرار کرد وگفت :

- سرهنگ باقرخان مرد مهربان خوبیه با این که به من قول داده اما نمی دانم چرا این همه نگرانم

سکینه خانم پیر که یک زن عامی اما دنیا دیده بود. از صحبت ونگرانی طاووس خندید ودر حالی که به او امیدواری میداد گفت که نباید فکرش را خراب کند و نگران باشد.بلکه باید خوشحال باشدکه کسی چون سرهنگ باقرخان رئیس شهربانی راداردکه کمکش میکند واورا تشویق کردکه حتمادنبال کاررا بگیرد و خوشحال باشد .روز پنجشنبه آخر هفته بعد طاووس که بدیدارسرهنگ باقر خان رفت اوراکمی متفکردید. سرهنگ باقرخان بعداز پذیرفتن او گفت :

- متاسفم هنوز نتوانسته ام برای تو کاری پیدا بکنم . به همه آشناها ودوستان سپرده ام اما هنوز خبری نشده

طاووس که با امید زیادی بدیدار سرهنگ باقرخان رفته بود وفکر می کرد که کاری خواهد یافت به فقر وتنگدستی و مشکلاتش سروسامانی خواهد داد از برخورد سرد و پاسخ منفی سرهنگ باقرخان در هم شکست فهمید که باید بفکر دیگری باشد . همانطور که نگاهش به سرهنگ باقرخان بود آرام گفت :

- پس هیچ جا برای من کار نیست

- متاسفانه نه ، البته سپرده ام شاید در آینده پیدا بشه یک ماه دیگر توانستی بیا این جا ویا نشانی خانه ات را بده خبرت می کنیم

طاووس فهمید که نباید زیاد امیدوار باشد. تشکر کرد واز دفتر سرهنگ باقرخان و ساختمان شهربانی بیرون آمد .غوغای غریبی در درونش بود. غوغای غریبی از غم تنهایی و بی کاری . سرگردان وبی هدف راه خانه

اش را در پیش گرفت. حالا با آن همه امیدواری به سکینه خانم پیر چه می گفت. چند ماهی بود که اجاره او را نداده بود .دلش می خواست مرده بود واین وضع را نیافته بود. ای کاش سالها پیش که بیمار شده بود مرده بود وتمام شده بود. تمام آرزویش مرگ بود. ایکاش توان آن را داشت و می توانست خودش را بکشد. کاش آن روز که از خانه ارباب کیخسروخان همراه با بچه اش بیرون آورده وشب در سرما وبرف رهایش کردند. او نیز مثل بچه اش یخ زده بود .یاد مادرش افتاد که همیشه نگرانش بود. اکنون اوچه شده بود . زنی سرگردان، فقیر وبیکس وبیکار. با سرنوشی بدتر از سرنوشت مادرش . اگر به مادرش تجاوز کردند اما بیرونش نکردند . گذاشتند بماند و بچه اش را بزرگ کند . اما بااوچه کردند؟ خوب شد که مادرش نماند ومرد . سرنوشت تلخ اورا ندید. ای کاش او هم بیماری مادرش را داشت وزود می مرد.ای کاش می توانست روزی پدرش را ببیند. ای کاش می توانست روزی انتقامش را از خانواده ارباب کیخسرو بگیرد . حرفهایش را به آنها بزند ورسوایشان کند. اشکش گرفت . آخ پدر ، پدر با من چه کردی؟ .

گنگ وپریشان غرق در همین فکر وخیالها بود که ناگهان یکی صدایش کرد . بازویش را گرفت و کشید . نجیبه بود یکی از زنانی که هنگام کار در رختشوخانه شهرداری با او آشنا شده بود. طاووس نجیبه رانشناخت. نجیبه عوض شده بود.آن نجیبه کارگر رختشوخانه نبود. لباس نو وخوشرنگ به تن داشت با کفش وکیفی همرنگ وموهای آراسته و وصورت آرایش کرده با بوی عطری که در اطراف پخش شده بود. طاووس همین طور ایستاده بود و گیج نگاهش می کرد. نجیبه گفت:

- رخساره منم نجیبه. چرا این جوری شده ای . صدایت می کنم نمی شنوی چه شده ؟ کجا می روی؟

طاووس کمی که دقت کرد نجیبه را شناخت لبخندی زد وگفت:

- شما هستید نجیبه خانم . چقدر عوض شده اید . یک خانم پولدار

- بله پولدار شده ام . زندگی راحتی دارم اما عوض نشده ام همان نجیبه هستم . دنبال چه هستی . این طرفها چه می کنی، چیزی شده ؟

- نه چیزی نشده . این طرف آشنایی داشتم برای پیدا کردن کار آمده بودم نشد. دارم برمی گردم به خونه.

- چقدرلاغر شده ای

- کار نیست یک کمی دست وبالم تنگه با قناعت زندگی می کنم توچطوری ؟ ماشاالله می بینم اوضاع واحوالت خوبه

- بله خوبم . می دانی اوضاع واحوال من هم مثل تو بود. کار نبود. بچه هایم همیشه گرسنه ومریض بودند . یک روزی برایم کاری پیشنهاد شد . من هم چشمم را بستم وقبول کردم . الان وضعم خوبه ، بچه هایم خوبند . خونه ی خوبی دارم

- چه کار ی؟

- یه کاری دیگر

نجیبه این را گفت وبعد سرتاپای طاووس را وراندازکرد و گفت:

- تو با این قد وقامت و صورت زیبا باید تو میون طلا باشی . من آرزو داشتم مثل تو خوشگل و خوش قامت بودم. الان وضعم صد برابر بهتر بود

- منظورت چیه؟

نجیبه بازوی طاووس را گرفت کنار کشید و گفت:

- یک روز آقا مسلم سرکارگر شهرداری که من به او مقروض بودم. آمده بودپیشم. وقتی مرا آن طور دید. مرا به بتول خانم معرفی کرد. من هم رفتم پیش بتول خانم او کمکم کرد

الان هر چند وقت جایی که او بگوید. می روم پول وهدیه
وانعام خوبی می گیرم
طاووس گفت:

-      نه من این کار را نمی کنم .دنبال کار آبرومندی هستم
نجیبه بازویش را گرفت وکشید ودر حالی که همراه خود می برد گفت:

-      دیوانه نشو. تو هرگز کار مناسب وآبرومند پیدا نمی کنی .
یادت رفته سرکارگرهاچه رفتاری با ما داشتند.چه فحشهایی می
دادند؟ چه آبرویی ، بیا برویم . تو نه پدر داری نه مادر ونه برادر
ونه بچه ونه می توانی با آن که می خواهی عروسی بکنی.
دیوانه نشو بیا برویم

و در حالیکه بازوی طاووس را گرفته بود وفشار می داد.اورا همراه خود
برد وطاووس نفهمید. چرا اراده اش را از دست داد وگنگ بی اراده
همراه اورفت. بعد از گذشتن از یکی دوخیابان در انتهای کوچه بن بست
کوتاهی به در خانه ای رسیدند که پنجره هایش رو به کوچه بود و بر
تمام عرصه کوچه اشراف داشت . نجیبه در زد ومنتظر ماند. لحظاتی بعد
دختر میانسالی در را گشود . نجیبه پرسید:

-      بتول خانم هستند ؟ من نجیبه هستم

دخترک رفت . چند لحظه بعد برگشت وپرده مقابل در را کنار زد
وگفت بفرمائید . بتول خانم دراطاق بزرگ سمت راست پله ها که
پنجره های بلند وگشاد روبه حیاط داشت. روی کاناپه ای که روکش
مخملی سرخ تیره ای داشت. نشسته بود و قلیان می کشید. انگار تازه از
خواب بیدار شده بود . چای تازه دم خوش رنگی در استکان نسبتا بزرگی
توی سینی مسی روی میز مقابلش بود وبا زنی که مقابلش ایستاده وانگار
از کارکنانش بود . بحث وگفتگو می کرد. آنها را که دید با دست آن
زن را مرخص کرد. طاووس دم در اطاق ایستاد . نجیبه تو رفت سلام

کرد و   آرام با بتول خانم صحبت کرد وبعد طاووس را صدا زد . طاووس تو رفت و سلام کرد. بتول خانم با نگاه خاص خریدارانه سراپای طاووس را وراندار کرد و گفت :

- سلام دختر خوشگلم .خوش آمدی بیا بنشین . نجیبه از تو خیلی گفته ، خیلی تعریف کرده. ماشاالله چه قد وقامتی ، چه بر ورویی بیا بنشین

طاووس تشکر کرد و شرمگین کنار در ایستاد. نمی دانست چرا آن جا آمده ، نباید همراه نجیبه می آمد. بتول خانم که زن بسیار با تجربه و هوشیاری بود. متوجه فکر وحالت طاووس شد. لبخندی زد و گفت:

- بیا بنشین خجالت نکش همه دخترها اولین بار که می آیند این جا خجالتی و شرمگینند. بیا بنشین. یک چایی بخور و از خودت بگو ، اگر صبحانه نخورده ای بگم صبحانه بیارند

طاووس تشکر کرد باز همان طور دم در ایستاد و گفت:

- من دنبال کار بودم . نجیبه را دیدم و همراه او آمدم . نجیبه این جا کار داشت

- نجیبه کار درستی کرده . توهم درست آمده ای. این جا کار هست مخصوصا برای دختر خوشگلی مثل تو. کار پردرآمد وخوب

- ولی من دنبال یک کار آبرومند اداری و دفتری هستم. نجیبه لابد گفته من مدرسه رفته ام سواد دارم . دنبال یک کار آبرومند هستم

- واه ، این چه حرفهائیست که می زنی .مگر من وآنهایی که این جا کار می کنند بی آبروییم

- ببخشید قصد توهین و بی ادبی نداشتم . می خواستم. چطوری بگم ، بالاخره هرکسی یک جوریه یعنی یک شخصیتی داره

۱۱۲

بتول خانم نگاه عمیقی به صورت سرخ شده و شرمگین طاووس انداخت و بعد با لحن محکم و اما بسیار صمیمی که در روح وجان طاووس بسیار تاثیر گذاشت گفت :

- بیا بنشین ناراحت نباش و خجالت نکش . نجیبه سرگذشت تو را به من گفته . تو از خودت خبر نداری تو یک تکه جواهری . بی آبرو آنهایی هستند که نیمه شب تو سرما تو را بیرون می اندازند. بیا بنشین . تاکی باید بروی رختشویی بکنی و یا نظافت خانه های این و آن را انجام دهی . بیا برای خودت خانمی باش خوب بخور خوب بپوش بزار آنهایی که این بلا را سرت آورده اند به پایت بیفتند . جلوت خم بشن و نازت را بکشند . باید بالاخره یه روزی از آنها انتقامت را بگیری بیا ، بیا بنشین

انتقام ، انتقام این کلمه گمشده ی ذهن و روح طاووس بود. خیلی وقت بود که به آن فکر می کرد. اما نمی توانست به ذهن وزبان بیاورد. بله او بدنبال انتقام بود. از پدر نا دیده اش ازکسی که به او تجاوز کرد و حامله اش نمود. از آنهایی که نیمه شب بیرونش کردند و باعث یخزدن و مرگ بچه اش شدند. آرام رفت و در صندلی مقابل بتول خانم نشست . بتول خانم گفت:

- تو کار اداری می خواهی من برایت فراهم می کنم. اما اول باید جان بگیری وسرو وضع خوبی پیدا بکنی .طرز راه رفتن و رفتارت عوض بشه ،زن زیبا با عشوه ها وخنده ها ونازهایش زیباست. توبایدخیلی چیزها یاد بگیری. نترس تو جواهری نیستی که من آسان وارزان بفروشمت . قدر زر زرگر شناسد. یک مدتی باید خوب بخوری وبخوابی .

بعد ازکیف پولش دو عدد اسکناسی پنج تومانی در آورد و مقابل طاووس گذاشت ، دو عدد پنج تومان که می شد ده تومان پول بسیار

زیادی بود. طاووس هرگز در عمرش ده تومان ندیده بود. او پنج روز هفته را به پنج ریال کار می کرد. البته اگر کار بود. با ده تومان می توانست قرضهایش را بدهد. لباس خوب بخرد و بخودش برسد. بتول خانم که طاووس را سر بزیر افکنده و همچنان شرمگین اما راضی دید به حرفها وصحبتش ادامه داد و گفت:

- گفتی سواد داری من به دختر با سوادی مثل تو احتیاج دارم.تو باید به دفتر و حساب وکتابهای من برسی . اما اول باید بخودت برسی . چائیت را بخور وبا نجیبه برو .نجیبه می دونه کیف وکفش ولباس خوب وبرازنده از کجا بخرید . بایدحمام کنی به آرایشگاه بری وبه موهایت برسی . البته باید خونه ات را هم عوض بکنی دریک محله ی خوب خونه خوبی بگیری وسائل مناسب تهیه بکنی . نجیبه کمکت می کنه .برو ، برو بخودت برس. من فقط از تو می خوام در هفته دو سه روزی صبحها بیایی دو سه ساعتی این جا باشی وبه حساب و کتاب من برسی. می خواهم این جا باشی وبا هم صحبت بکنیم. خیلی چیزها هست که باید بتو بگویم.

طاووس چائیش را خورد و بعداز کمی صحبت با بتول خانم همراه نجیبه راه افتاد . نجیبه کمکش کرد که کیف و کفش و لباس مناسب وشیک و زیبا وخوشرنگ که اورا بسیار برازند وزیبا می نمودند تهیه کند وبعد قرار شد که فردای آن روز به خانه نجیبه برود و برای مدتی در منزل نجیبه باشد . برای همین لباس وکفش ودیگر لوازمی که خریده بود به نجیبه داد و به خانه اش برگشت . دیگر به هیچ چیزی فکر نمی کرد. احساس توان وشور تازه یافته بود به خانه اش که رسید به سکینه خانم پیر نگفت که چه شده فقط گفت که کار یافته وبرای مدتی بعنوان خدمتکار به خانه یکی از بزرگان خواهد رفت و شب وروز آن جا

خواهد بود و صبح روز بعد نزد نجیبه رفت و در منزل او حمام گرفت و همراه با او به آرایشگاه رفت . موهایش راکمی کوتاه و آراسته نمود وبه بر و رویش رسید. بعد از خروج از آرایشگاه نجیبه لحظه ها ایستاد و تماشایش کرد طاووس زیبایی دیگر یافته بود. بطوری که در طول راه بازگشت بخانه همه ،بخصوص مردهای جوان به تماشایش می ایستادند. بعضیها صوتی می کشیدند و یا متلکی از هر نوع کشته و مردگی می پراندند . روز بعد که بدیدن بتول خانم رفت. بتول خانم با دیدن او گل از گلش شکفت .خدمتکارش را خواست وبرایش اسپند دود کرد و ازاو خواست که نگران چیزی نباشد . لازم هم نیست کار بکند. فقط در روز دوساعتی آراسته دراطاق او مثل دخترش بنشیند و به دفتر ودستک وحساب او برسد. هرکسی هم خواست با او حرف بزند اعتنا نکنند. حتا کسانی که مراجعه می کنند جواب هیچ کس را ندهد. روز ها گذشت حضور طاووس در خانه بتول خانم زبانزده شده بود وبسیاری از مردان ثروتمند برای تصاحب او به بتول خانم پیشنهادهایی داشتند. اما بتول خانم جوابی نمی داد واعتنایی نمی کرد. تا این که بعد از گذشت یک ماهی در یک صبح روز پنجشنبه نجیبه طاووس را از خواب بیدار کرد وگفت که ابراهیم نوکر بتول خانم آمده بود و می گفت بتول خانم گفته که امشب مهمانی هست بعد ازظهر باید آراسته وآماده باشیم. طاووس پرسید مهمانی کی ؟نجیبه گفت مهمانی اربابها ،پولدارها، خیلی خوبه نگران نباش خیلی خوش می گذره.. بعد که برای گرفتن دوش بطرف حمام می رفت گفت :
-

- پاشو توهم بایدحمام بگیری وبخودت برسی امشب شب توست. اسدخان معیرزاده این مهمانی را بخاطر تو گرفته. می خواهد تورا بدست بیاره.خیلی وقته که چشمش بدنبال توست. یادت

باشه .خودتو بگیری و خیلی ناز کنی تا هدیه و انعام کافی نگرفتی فبولش نمی کنی. ببینیم چه می کنی ، جانمی .

خندید و رفت توی حمام و صدای دوش آب بلند شد . طاووس که بیدار شده وروی رختخوابش نشسته بود .ساعت را نگاه کرد نزدیک ده صبح بود . حوصله حمام را نداشت . فکر کرد بعدازظهر حمام می گیرد و آماده می شود. دوبار دراز کشید. این اسدخان کیست ؟ قبلا اسمش را از بتول خانم شنیده بود. بخصوص یکبار مردجوانی که بدیدن بتول خانم آمده بود . هنگام صحبت با بتول خانم تمام توجه ونگاهش به اوبود . بعدا چند بار هم آمد تا این که یک بعداز ظهر بتول خانم گردنبند ی طلا به او داد و گفت :

-    این را اسدخان برای تو آورده اگر مایلی می خواست بعدازظهر
                    بیاد و تورا به ویلایش ببرد

طاووس گفته بود : نه

بتول خانم که منتظر جواب نه اوبود. راضی وخوشحال از جواب او خندان گفت :

-    خوب می کنی که قبول نمی کنی ونمی ری . باید هم نری اون
          باید خیلی خرج کنه . آفرین دختر خوب . بایدهم ناز کنی

اسدخان معیر زاده که دلبسته طاووس شده بود و می خواست اورا برای مدتی بعنوان معشوقه اش داشته باشد. پسر معیرالدوله تاجر و کارخانه دارمعروف بود.با این که زن وبچه داشت اما از زندگیش راضی وخوشحال نبود. نقل بود که زنش چند سالی از او بزرگتراست و اسدخان به اجبار پدرش بخاطر ثروت وموقعیت خانواده زنش که خواهرزاده فرماندار شهر بود با او ازدواج کرده وبرای همین چندان وفاداربه زنش نیست باپول و ثروت وموقعیتی که داشت.هم بدنبال خواسته های خودش

۱۱۶

بود.هم بدنبال موقعت تجاری واجتماعی و هم بدنبال خوشگذرانی. از این رو با مقامات وبزرگان بستگی ونشست وبرخاست می کرد.مهمانی می داد.   سفره می گسترد وبفکر فردا و استفاده ازنفوذ اشخاص در موقعیتهای مختلف بود. اما در نهایت ،پیش از هر چیز نخست به خود و هوا وهوس وخوشگذرانیش فکر می کرد و و در این راه هرچندگاه در موقعیتهای مختلف درویلای شخصیش که در باغ مجاور کارخانه و دفتر تجاریش قرار داشت با دوستان هم تیپ و هم صنفش بزمی می آراست ویا به بزم دیگر دوستان می رفت و یکی ازمشتریان دائمی و مهم و دست ودلباز بتول خانم بود. بتول خانم هم بهترینها را برای او انتخاب می کرد. اما اسدخان از روزی که طاووس را در اطاق کار بتول خانم دیده بود. سخت دلباخته اش شده بود و برای دستیابی به طاووس علاوه بر هدیه های گرانبها به طاووس مبلغ بسیار گزافی به بتول خانم پرداخته بود و آن شب ، آن مهمانی خاص را به همان خاطر برگزار کرده بود که طاووس را تصاحب و با موافقت بتول خانم برای مدتی در ویلایش نگهدارد.شامگاه هوا رو به تاریکی بود که بتول خانم همراه با نوکرش ابراهیم با اتومبیل بنز خاکستری رنگی بدنبال آنها آمد. اتومبیل مال اسدخان بود. طاووس و نجیبه بسیار بخودشان رسیده و لباسهای نو وشیک پوشیده وآراسته منتظر بودند . ابراهیم آمد و در زد و آنهارا صدا کرد.در آن روزها ماشین در شهرما کم بود و بغیر از ارتش وادارہ های دولتی، افراد کمی اتومبیل داشتند. شهر کوچك بود واکثر افراد برای کار ویا خرید پیاده ویا سوار بر کالسکه های دواسبه که درشهر و منطقه به آنهابا اسم روسی مصطلح یلینکا و بیشتر فایتون می گفتند رفت و آمد می کردند و برای رفتن به باغ و باغچه و دهات و شهرهای اطراف هم بیشتر از درشکه شخصی ویا از اتوبوسهای گازوئیلی دماغ دراز استفاده می شد. که بسیار اندك بود. و در روز یك نوبت آنهم صبح زود. مابین

شهرها حرکت می کرد و در مسیرشان مرتب برای سوار و پیاده کردن مسافرها مقابل راه هر روستا و قصبه و شهرکی نگه می داشتند . طاووس در کودکی همراه مادرش برای رفتن به ده چند بار سوار این اتوبوسها و یک بار سوار ماشین سیاهرنگ سواری ارباب کیخسروخان شده بود و این دومین بار بود که سوار اتومبیل سواری می شد . با این که شامگاه بود و هوا رو به تاریکی ، اسدخان که پشت فرمان نشسته بود . کلاه شاپوی سیاه رنگی به سر نهاده و لبه آن را پائین کشیده بود که دیده و شناخته نشود . وقتی طاووس همراه با نجیبه سوار شد . نگاه خریدارانه ای کرد و لبخندی زد و سلام کرد و گفت :

-    خوش آمدید .

بتول خانم که در صندلی عقب کنار طاووس نشسته بود با این که از سردی و شرمگینی طاووس خوشش می آمد . با این همه با آرنج به پهلوی طاووس زد و گفت :

-    چرا جواب سلام اسدخان را نمی دی

طاووس سلامی کرد و باز ساکت ماند . اما نگاه اسدخان از آینه به او بود. درآن روزها فقط قسمتی از خیابان اصلی شهرما یعنی از میدان ایالت (سپه) تا سر بازار اسفالت بود . بقیه خیابانها با قلوه سنگهای آبی سبز و گاه خاکستری و یاسفید درشت که معمولانه از بستر رودخانه ها جمع آوری می کردند. و یک اندازه نبودند سنگ چین شده و بسیار ناهموار بود . درشکه و اتومبیل هنگام گذر تکان می خوردند. و راه رفتن هم کمی دشوار بود.. کمی از غروب گذشته بود که به باغ اسد خان رسیدند. باغ بیرون از شهر کنار کارخانه قرار داشت. یعنی جزیی از ملک کارخانه بود . وسطش ویلای دوطبقه ای بود با سقف شیروانی. که در طبقه اول آن اتاق پذیرایی نسبتا بزرگ با یک اطاق خواب و آشپزخانه قرار داشت و در طبقه دوم اطاق نشیمن با دواطاق خواب نسبتا بزرگ که پنجره یکی

از آنها به باغچه گلها و استخر کوچک حیاط پشت ساختمان باز می شد. وقتی رسیدند. دوستان اسدخان منتظرشان بودند .طاووس بر اساس آن چه که در کودکی در خانه ارباب کیخسرو خان دیده بود. انتظار مهمانی بزرگ با حضور خانمها وآقایان را داشت اما بر خلاف تصورش جز دو نفر مرد که از اعیان و دوستان نزدیک اسدخان بودند. کس دیگری نبودو مردها همه سرخوش ونگاه های دیگر داشتند .با تعارف وراهنمایی اسد خان به طبقه دوم ساختمان رفتند. در وسط اطاق نشیمن میز بزرگی از میوه وشیرینی وانواع غذا ونوشیدنی چیده شده بود ودور تا دور آن علاوه برمبل وصندلی کاناپه های دراز با بالش وکوسن های ریز ودرشت بود که بتول خانم تا وارد شد رفت . روی کاناپه نزدیک پنجره نشست وکوسنی را کنار پهلویش قرار داد و طاووس را هم کنارش نشاندو یکی از مردان را که نسبتا مسن تر بود وانگار با او آشنایی قبلی داشت وبسیار صمیمی بود نزد خود خواند . وقتی طاووس پرسید :

- پس بقیه مهمانها وخانمها کجایند؟

نجیبه خندید و گفت :

- آقایان هستند . خانمها هم مائیم.

طاووس نشست. اما در درون لرزید. چند بار خواست بلند شود به بهانه ای از آن جا فرار کند.نتوانست . بتول خانم کنارش بود و ودست بر دستش نهاد بود و مرتب از او می خواست که با اسدخان گرم بگیرد.زمانی که اسدخان کنارش نشست دست بر دستش نهاد خواست که بلندشود بتول خانم با عصبانیت گفت : بشین

طاووس نشست اما دلش می لرزید و تاب ماندن نداشت .کمی بعد بلند شد و گفت: باید به دستشویی بروم

وبه بهانه دستشویی به طبقه پائین آمد وآرام در را باز کرد و بیرون رفت شتاب داشت تا از باغ خارج شود وخودش را نجات دهد اما در بزرگ

وسنگین باغ بسته و کلون پشت آن را انداخته بودند. هر چه تلاش کرد نتوانست کلون را بر دارد و در راباز کند . صدای پارس سگ نگهبان باغ که مقابل لانه اش نزدیک در با زنجیر بسته شده بود بلند شده بود.البته طاووس شانس آورد که با زنجیر کوتاه بسته شده بود .اسدخان که بدنبال اوپائین آمده بود. نزدیک آمد و. خندید و گفت:

-    کجا می خوای بری .من این مهمانی را بخاطر تو داده ام

بعد دستش راگرفت وکشید وهمراه خودبالا برد وکنارش نشست . مهمانی با بگو بخند تا پاسی از شب ادامه داشت. نیمه شب هنگام خواب وقتی اسدخان با همه بی میلی وامتناع طاووس او را به اطاق خواب ، همان اطاقی که پنجره اش مشرف بر باغچه واستخر بود ودرآغوش گرفت. طاووس یاد آن شبی افتاد که چندماه بعد از فوت مادرش چنگیز خان پسر ارشدخان برادر کیخسرو خان ، نیمه شب در اطاق اورا در ساختمان کوچک انتهای باغ کوبید وبه زور وارد شد ومستانه او را در آغوش کشید و به داد و فریاد والتماس طاووس توجه نکرد وبا نواختن مشت وسیلی مقاومت اورا از او گرفت و تا صبح کنارش خوابید و باردارش کرد . اکنون همان وضع و حالت را احساس می کرد. جز این که اسدخان اندام و جثه ضعیفی داشت وبا شکم بر آمده.بجای مشت وسیلی وتوسل به زور.ناز اورا می کشید وکلمات عاشقانه در گوش او زمزمه می کرد. طاووس چشمانش رابست هر کاری که می خواهد بکندو هر چه می خواهد بشود. دیگر برایش تفاوتی نداشت به او از سالها پیش تجاوز شده بود.

صبح روز بعد دیر وقت بود که از خواب بیدارشد . تن تجاوز شده اش را خسته و کوفته یافت . روی تختخواب نشست و به سرنوشت وحقارت خودش فکر کرد. به خود وسرنوشت تلخ وحیثیت بربادرفته اش گریست. اواکنون زنی تنها بودکه مورد تجاوز قرار گرفته بود. نه به او سالها پیش

تجاوزشده بود.او اکنون فقط یک روسپی تنها بود. اما به کی می توانست حقیقت را بگویدکه اورا با این هدف به این باغ آورده بودند و چنین خواسته ای را ازاومی خواستند.سرش دردمی کرد. یک آن فکر کرد برای رهایی ازاین سرنوشت شوم و بدنامی وزندگی تلخ خود را از پنجره پائین بیاندازد وبکشد وراحت کند . اما نتوانست . خیلی فکرکرد اما نتوانست ، گریست وفکرکرد. اما نمی دانست که چگونه خودش را بکشد. یک آن بیاد مادرش افتاد و بیاد آرزوهای مادرش . تازه یادش آمدومتوجه شد که مادرش همیشه از یک شب تلخ صحبت می کرد و رنج می برد . فهمید که مادرش هم مانند اومورد استفاده و تجاوز قرار گرفته و چنین لحظاتی را گذرانده بوده و او فرزند نا مشروع همان تجاوز است وخوداو هم همینطور مورد تجاوز قرار گرفت ونوزاد مرده اش هم فرزند همان تجاوز بود. همانطور که مسائل و سرنوشت تلخش را مرور می کرد به فکرش رسید حالاکه قصد مردن رادارد چرا انتقام خود ومادرش را از این مردم و روزگارنگیرد .فکر کرد حالاکه آنها اورا بدنام کرده اند . چرا آنها را بدنام نکند؟و انتقامش رانگیرد؟ انتقام بله این همان کلمه ای بود که بتول خانم به او گفته بود. از فکر وتصمیمی که یافته بود نیرویی تازه درخودش حس کرد و امید تازه ای یافت . نزدیک ظهر اسدخان بدیدنش آمد .سینه ریزی طلا بعنوان هدیه آورده بود. طاووس هم با نرمی وکمی خوشرویی با او برخوردکرد و دیگر اعتراضی ننمود وگذاشت او کنارش بخوابد. مدت نزدیک به سه هفته درآن باغ بود در آن مدت اسدخان در کنار او بود و در عشقبازی با او . یک روز که از اسدخان از خانواده اش پرسید واین که چگونه شب وروز کنار اوست ونزد خانواده اش نمی رود . اسدخان جواب دادکه به همه گفته است برای کاری ضروری وتجاری به تهران می رود و همین کار هم خواهد کرد. بعداز حدود بیست روز یک صبح که طاووس تازه از خواب بیدار

۱۲۱

شده بود . اسدخان به او خبر داد که بتول خانم بدنبالش آمده است و گفت : چون او مسافر تهران است. بهتر است او همراه بتول خانم برود. طاووس فهمید که اسدخان بخواسته اش رسیده و از او سیر شده واو باید برود . بلند شد وسایلش را جمع کرد و همراه با بتول خانم از اسدخان خدا حافظی کرد . آمد و باز در خانه نجیبه ساکن شد اما در فکر خانه وجایی مستقل برای خود بود. روز ها گذشت واو هر چندگاه همراه با نجیبه وگاه تنها بخواست وسفارش بتول خانم واکثر وقتها همراه با او در بزم های شبانه مردان شرکت می کرد وشبی را می گذراند .کم کم نامش سر زبانها می افتاد که یک شب اسدخان باز بزم بزرگی فراهم کرده و چندتن از مقامات واعیان را به مهمانی وبزم مردانه ویلایش دعوت کرده بود و آنها را یعنی او وبتول خانم ونجیه و دو زن دیگر را که دخترانی جوان و هم سن او بودند وبتول خانم تازه آنها را یافته بود. به مهمانی خوانده بود .کمی دیروقت بود که رسیدند . اسدخان اضطراب داشت و مرتب به بتول خانم می گفت مهمانهای مهمی امشب در خانه او هستند. باید دخترها خوب ساقیگری کنند . وقتی وارد باغ شدند طاووس دیدکه علاوه بر دوتن از دوستان اسدخان که قبلا دیده بود. ارباب کیخسروخان شجاع السطلنه با یک مرد دیگری همراه با سرهنگ باقرخان هم زمان با آنها البته کمی زودتررسیده اندودارند از ماشین سیاه رنگی پیاده می شوند. کیخسروخان با همان عصای سیاهرنگ دسته نقره کوب صدفیش آرام وبا غرورراه می رفت اما بسیار تکیده و لاغر ومریض احوال به نظر می رسید.چون دفعات پیشین به اطاق نشیمن درطبقه دوم رفتندوبساط عیش ونوش گسترده شدو طاووس هنگام پذیرایی ازدور شنیدکه ارباب کیخسروخان از بیماری قند وناراحتی قلبی رنج می برد وبیشتر تریاک را بنا به عادت برای آرامشش مصرف می کند. طاووس اگر چه آراسته وآرام باکمک نجیبه ودیگر دختران

پذیرایی می کرد. اما دلش آرام نبود. هیجان ناشناخته ای از غم خاطره ای تلخ و کهنه بر وجودش نشسته بود واو ضربان طپش تند قلبش رامی شنید. درهنگام پذیرایی کیخسروخان چند بار به دقت اورا ورانداز ویک بار هنگام دادن انعام در حالی که چشم به چشم او دوخته بود وبدقت نگاهش می کرد پرسید :

-     تورا من قبلا جایی ندیده ام. قیافه ات خیلی آشناست؟

یکی از مردان گفت:

-     جناب کیخسرو خان از بس که خوبرو دیده اند همه برایش آشنا

هستند

دیگران به خنده وطنز گفتند :

-     خوب دیگه فایده اربابی همینه

سرهنگ باقرخان که سرش گرم شده بود گفت :

-     جناب کیخسرو خان حقیقتش را بخواهید .برای من هم قیافه اش

آشناست

اسدخان هم ازباب مهمانوازی و تملق گفت:

-     پیشکش به شماست جناب کیخسروخان اگر موافقت بفرمایید

امشب کنار بالین شما باشد

کیخسروخان خندید ورضایتمندانه باز نگاهش را بر طاووس دوخت اما در نگاهش چیزدیگری بود .طاووس که در دلش آشوب دیگری برپا بود فهمید که لحظه و زمان موعد انتقام رسیده است .گفتگو وعیش ونوش تا پاسی از شب ادامه داشت .هنگام خواب که رسید. به طاووس گفتند که باید بر بالین ارباب کیخسروخان برود و تیماردار او باشد. طاووس چیزی نگفت ، قبول کرد و وارد اطاق خواب شد وکنار تختخواب به بالین کیخسرو خان پیر که منگ تریاک و خمار از می به پهلو خوابیده بود رفت . کیخسرو خان با همه پیری دست دراز کرد وگفت :

- اسدخان تورا امشب به من هدیه داده .تو اسمت چیه که مثل
طاووس می مانی.
بعد کمی مکث کرد وباز بدقت اورا نگاه کرد ومستانه گفت :
- برایم آشنا می آیی. اما هرکی هستی باش امشب برای من
طاووسی
طاووس اشکش گرفته بود.اما بغضش را فروخورد وجلو اشکش را
گرفت وآرام بالای تخت آمد و درحالی که روی کیخسروخان خم می
شدگفت :
- من طاووس نیستم ، من رخساره ام پدر دختر تو و زینب .
کیخسرو خان از شنیدن حرفهای طاووس یکه خورد و نیمه خیز شد
وگفت:
- چی چی گفتی . رخساره !؟
- بله رخساره
- تواین کاره شده ای این جا چه می کنی ؟
- شما خواستید پدر
- من !؟ من !؟
طاووس امانش نداد. لحاف را روی سرش کشید وبه پشت خواباند و در
حالیکه با یک دست گلویش را گرفته و محکم می فشرد با دست دیگر
گوشه ای از لحاف را دردهانش فروبرده ودهانش راگرفت وبا زانو
چندین بار محکم بر وسط پاها وشکمش کوبید کیخسرو خان با ناله و
زوزه های خفه وضعیف دست وپا می زد وتقلا می کرد که خودش را
برهاند اما نتوانست .طاووس هم چنان با تمام زور وتوان دهان وگلوی
اورافشرد واشک ریخت. بعد از دقایقی که صدا وتقلا کیخسرو خان تمام
شد دیگر حرکتی از او ندید بلند شد و لحاف را کنار زد چشمان باز و
رخسار رنگ پریده وتن لاغر و ضعیف کیخسروخان با چشمان باز به

۱۲۴

درازا افتاده بود وهیچ حرکتی نداشت . کمی حدود نیم ساعتی صبر کرد و اشک ریخت. بعد بلند شد. اشکهایش را پاک کرد وآرام از در اطاق بیرون آمد. سایر مهمانها بعضی مست وخواب زده در گوشه ای سرشان کنار زنها بر بالش ومتکا افتاده بود و بقیه در دیگر اطاقها خواب بودند. آرام ازپله ها پائین رفت . لوازم و طلا وجواهر و پولهایش راکه بعنوان مزد ، هدیه وانعام گرفته بود بر داشت وچادرش را به سر کرد وبیرون آمد و کلون در را با تمام توان کشید ودر باغ را گشود و در کوره راه باریک که به راه اصلی روستا می پیوست و از آن جا به شهر ختم می شد .روبه شهر راه افتاد . احساس رهایی می کرد. کوره راه در آن نیمه شب با سایه سار ردیف درختان خاموش وپرهیب بود اما اونمی ترسید. احساس می کرد آن کاری را که باید می کرد ،کرده وبه پایان خودش رسیده وبرای هر اتفاق وحادثه وسرنوشتی آماده است . آفتاب تازه سر می زدکه به دم درخانه سکینه خانم پیر رسید . خسته بود و داغون ، ندانست که تمام شب آن مسیر طولانی را چطور پیمود و به آن جا رسید . گیج ومنگ در را زد سکینه خانم پیر آمد ودررا باز کرد از دیدن او یکه خورد و متعجب گفت :

-   رخساره . دخترم تویی ؟

-   بله سکینه خانم

-   تو این مدت کجا بودی ؟

-   یک جای دیگری بودم سکینه خانم ، اجازه می دهی بیام تو ؟

-   بیا تو ، خوش آمدی.خیلی نگرانت بودم ، همه همسایه ها نگرانت بودند. هی می پرسیدن ؟ بیا بگو ببینم کجا بودی ، چه می کردی ؟

طاووس توان حرف زدن را نداشت آرام وملتمسانه گفت :

- ماجرایش طولانیست سکینه خانم . خیلی خسته ام. می خواهم
  کمی بخوابم . بعد که بیدار شدم برایت خواهم گفت. خیلی
  حرفها دارم

سکینه خانم پیر نگاهی به صورت طاووس انداخت ، خستگی و حال
خراب اورا از چهره رنگ پریده وپریشان او فهمید .لحاف و تشک پهن
کردو طاووس باآرامش تمام دراز کشید وخوابید.کمی از ظهرگذشته
بودکه از خواب بیدار شد. سکینه خانم را دیدکه ناهار را آماده کرده
ومنتظر اوست . بلند شد آبی به صورتش زد و بعد از سکینه خانم پرسید :
چه خبر ؟

سکینه خانم گفت:

- هیچ خبری نیست . منتظر بودم که بیدار شوی و ناهار بخوریم

طاووس باز با نگرانی پرسید:

- کسی بدنبال من نیامده ، مرا نپرسیده؟
- نه مگر قراره کسی دنبالت بیاید ؟
- نه قرار نیست اما نگران بودم

- نگران چی؟

- ماجرایش طولانیه بعد از ناهار همه چیز را برایت خواهم گفت .
  خیلی چیزها را ، باید بفکر یک خانه خوب باشیم

بعد باز پرسید :

- گفتی که هیچ خبری نیست؟و کسی مرا نپرسیده ؟
- نه کسی نپرسیده . خبری هم نیست جز این که رفته بودم که نان
  بگیرم در آن جا می گفتند کیخسرخان ارباب شب گذشته در
  باغ اسدخان معیرزاده کارخانه دار که همراه با جناب فرماندار و
  رئیس شهربانی مهمان بوده ، نیمه شب سکته کرده ومرده ، قراره
  فردا بخاک سپرده بشه؟

طاووس چیزی نگفت وبعد از ناهار آن چه که به سرش آمده بوده به سکینه پیر نقل کرد اما از کاری که با کیخسروخان پدرش انجام داده بود حرفی نزد . فقط تاکید کرد که به همراه او بزودی باید خانه ای تازه تهیه کنند وبه آن جا بروند. طاووس تا سه ماه منتظر بود که بسراغش بیایند اما کسی بسراغ او نیامد و از بتول خانم و نجیبه و اسدخان هم خبری نشد. گویا بساط عیش ونوش خانه ی ویلایی اسدخان با مرگ کیخسروخان برچیده شده بود. بعدازسه ماه طاووس خانه ای دوطبقه کوچکی در محله لطفعلی خان خریداری کرد و همراه باسکینه خانم به آن جا رفت و زندگی آرام و راحتی را در انزوا آغاز کرد اما زیبایی افسونبار وراه رفتن پر از عشوه و ناز او دل بسیاری از مردان جوان وپیر ، مجرد و متاهل را می ربود. بسیاری ازمردان شهردر آتش عشق و حسرت دیدار او می سوختند . بعضی با صرف هزینه های گزاف وتهیه طلا وجواهرات گرانبها بعنوان هدیه بدیدارش می رفتند و دست بدامن سکینه خانم می شدند اما طاووس چندان تمایل وروی خوش نشان نمی داد.مگر هدایا بسیار چشمگیر وآن شخص   از خانواده سرشناس وازتن وجسم سالم و زیبا برخوردار می بود. طاووس همیشه آراسته ودر لباسهای فاخر همراه با ندیمه پیرش سکینه خانم برای خرید ویا گردش به خیابان می آمد ومعمولا چتری بدست داشت که رخسار سفید وزیبایش را از باد وباران و آفتاب محافظت کند ودر امان نگهدارد وبسیار با عشوه وناز راه می رفت . البته شکل وفرم راه رفتن او چنان بود و بیشتر قامت بلند ومتناسب ، چشم ورخسار زیبایش ، ناز وعشوه اش را تداعی می کرد. کم کم زیبائی وبا عشوه وناز رفتن و گروه گروه عاشقان سینه چاک بی شمارش زبانزده مردم شهر شد .چون خودرا به همه با نام طاووس معرفی کرده بود . دیگر همه او را با نام طاووس خانم می شناختند و به خاطر زیبایی و طنازی وبا عشوه وناز راه رفتنش آهو لقب دادند .پس شعرها

وترانه ها در وصف او ساختند . مردان جوان وپیر زیادی ازعشق او سوختند تا این که دلباخته تر از همه آنها سیروس خان ناصر زاده پسر ناصر السلطنه که دلباخته و شیدایش شده بود و هر روزدرنزدیکی ویا مقابل خانه طاووس ویلان درانتظار بود . بعد از ماه ها دلشدگی عشق و اعتماد طاووس خانم را بدست آورد و او را عقد کرد وبرای این که ازحرف وطعنه زبان مردم در امان باشد. طاووس را باخود به خانه باغش در ده قهرمانلو برد اما ناصرالسطنه پیرکه یکی دونوبته به عشرتکده طاووس رفته بود. نمی دانست چگونه اورا بعنوان عروسش بپذیرد وچشم در چشمش نهد . برای همین حاضر بپذیرش او نبود .سیروس خان را هم به بهانه این ازدواج از خودرانده بود اما دلباختگی سیروس وطاووس به هم بسیار عمیق بود . آنها مدتی دور از انظار درده قهرمانلو بسر بردند تا این که حرف وحدیث وشایعه ها خوابید ودیگر کمتر کسی صحبت از آنهاوماجرای ازدواجشان می کرد.بعداز خوابیدن شایعات و کم شدن توجه ها ، بی سرو صدا از شهر ما رفتند وکسی ندانست کجا رفته اند؟ شایعه بود که به تهران رفته اند .دیگر از آنها خبری نشد .تا این که بعد از چند سال خبر رسید و در شهر پیچید که طاووس خانم آهو به بیماری سرطان در گذشته است. همه خبر فوت او را بهم می گفتند و تاسف می خوردند. بخصوص از آن همه زیبایی که به خاک رفت .انگار زندگی واین جهان با طاووس خوش نبود . خبر را یکی از نزدیکان سیروس خان که با آنها در تماس بود آورده بود .او نقل کرده بود که چند سال بعدازمهاجرت واقامت درتهران طاووس خانم بیمارشد. پزشکان بیماریش را سرطان سینه تشخیص داده بودند. بیچاره مدتها بیمار و بستری بود تا این که ماه پیش در گذشت و سیروس خان را تنها گذاشت . بعد از در گذشت طاووس سیروس خان از غم وتنهایی به الکل وتریاک روی آورد وچندان عمر نکرد . سه سال بعد از درگذشت طاووس فوت

کردودر کنار قبر طاووس بخاک سپرده شد . اما یاد وخاطره آنها بخصوص زیبایی وطنازی طاووس وترانه هایی که مردم شهر وعاشقان سینه چاکش در مورد او ساخته بودند در خاطره ها ماند وهرچندگاه زمزمه شد. هم چنان که فرنگیس می خواند:

گلدی دربد باشینا طاووس خانم آهو
(آمد سر کوچه (دربند) طاووس خانم آهو)

وسمه چکیب قاشینا طاووس خانم آهو
(وسمه کشیده به ابروان طاووس خانم آهو)

کیچیب اون دوت یاشینا طاووس خانم آهو
(شده چهارده ساله طاووس خانم آهو)

سن گوچک سن

(تو قشنگی)

بیر ملک سن

(یک فرشته ای)

بیزه گلرسن

(به خانه ما می آیی)

طاووس خان آهو
آخ طاووس خانم آهو

٨

بابا ژواخیم پیشگو

ظهر فردای روزی که ماه نیسان تمام شد و باران بعد از هفته ها بند آمد. ابرها رفتندو هوا روشن شد .نور و گرمای آفتاب برتن همه چیز و همه کس نشست ومردم شهر توانستند. راحتر از خانه هایشان بیرون بیایند و به کار وفعالیت روزانه شان بپردازند . عده ای هم به تماشای طغیان رودخانه بنشینند که سطح آبش بالا آمده بود و غرش کنان جاری و از دیوارهای کناری بیرون می زد وگاه سر ریز می شد. درهمه جا پیچید که بابا ژواخم پیشگو وطالع بین را در خانه اش زندانی و ممنوع ملاقات کرده اند. این خبر را امین پسر کوچک آقای سلیمانی منشی ومسئول دفتر وکالتی پدرم آورده بود. امین هم راننده پدر بود و هم مسئول خرید سفارشهای روزانه اهل خانه. بخصوص خانم یمینی سر خدمتکار خانه راکه خانمی میانسال و لاغر اندام وبسیار منظم بودو هر روز صبح سفارش مواد غذایی و دیگر لوازم مورد نیاز را منظم در کاغذی نوشته و تحویل امین می داد و همانطور منظم با دقت تحویل می گرفت .

شنیدن خبر حبس باباژواخم پیشگو میان اهالی خانه ما بخصوص خدمتکاران موجی از کنجکاوی را برانگیخت. فرنگیس که مطابق

معمول بیشتراز دیگران کنجکاو شده و در صدد کسب خبر واطلاعات بیشتر بود. با شنیندحرفهای امین کارش را ول کرد . آمد ومقابل امین ایستاد وگفت :

-   چی !؟ گفتی در خانه اش حبس کرده اند ؟

امین که صدای نازکی گرفته ای داشت وبا لکنت و تو دماغی حرف می زد و گاه احساس می شد . صدای نازکش از ته چاه می آید.گفت :

-   بله

-   چرا ؟ علتش را نگفته اند

-   علتش را نمی دانم من در بازار شنیدم .همه ..

فرنگیس که متوجه حرفها وصحبت امین نشده بود. با کمی عصابنیت حرف امین را قطع کرد وگفت:

-   این همه خس وخس و تن تن نکن. یک کمی واضح و شمرده حرف بزن ببینم چه میگی ،. بگو ببینم چه شده ؟

امین که فرنگیس و خصوصیات واخلاق او را می شناخت خنده ای کرد و گفت:

-   گفتم که در بازار شنیدم. همه به هم می گفتند بابا ژواخم پیشگو گفته خشکسالی خواهد شد . بلوا خواهد آمد همه خواهند مرد

-   فقط همین ؟

-   بله من این ها را شنیدم .البته یک چیزهایی هم می گفتند

-   مثلا چی ؟

-   والله متوجه نشدم .

-   چرا متوجه نشدی

-   خوب نشدم ، یعنی نشینیدم.

فرنگیس که جواب درست وکاملی از امین نگرفته بـودو کنجکـاویش تحریک شده بود با عصبانیت با کف دست آرام بر سر امین کوبیـد و گفت :

- خاک برسرت پس تو به چه دردی می خوری

و برگشت سرکارش اما چندان دوام نیاورد کمی بعد با همه غرلنـد و تذکر خانم یمینی پیش بندش را باز کرد و مانتوش را پوشید . روسریش را بسر کرد . کیف و زنبیل کوچک خریدش را برداشت. نزد مـادرم کـه بیرون در ایوان همراه با حیدر آقا باغبان مشغول جابجایی و رسیدگی بـه گلدانهای میخک وشـعمدانی وگلهـای آویـز مـورد علاقـه اش بود.آمـد وگفت :

- خانم به خانم یمینی گفتم اگر اجازه می فرمائید بایـد بـه بـازار برم . برای دخترم بایدخرید کنم.

مـادرم کـه مـی دانسـت، نمـی توانـد مـانع فرنگیس شـود واورا درخانـه وآشپزخانه بند کند. لبخند محوی زد وگفت :

- می دانـم فرنگیس کـه کجا مـی ری امـا زیـاد نزدیـک نـرو ، کنجکاوی نشان نده ودخالت نکن.

من که نزدیک نرده ها ایستاده بودم. گفتم :

- فرنگیس من هم می آیم

فرنگیس از خدا خواسته دستانش را بطرفم گشود و گفت :

- الهی من فدایت شوم آقا، بفرما

مادرم با لحن پراز تعجب گفت:

- توهم می خواهی بری . کجا!؟

با کمی تردید گفتم : تماشا

مادرم که شوق وذوق مرا دید . نتوانست مانع شود. اما با نگاه ولحن پراز ترس ونگرانی به هشدار گفت:

-     فرنگیس مراقبش باش . زیاد نزدیک نرید . زود هم برگردید.

فرنگیس گفت : چشم خانم

دستم را گرفت وراه افتاد ومن هم خوشحال همراه او راه افتادم. از خانه که بیرون آمدیم .فرنگیس شتاب داشت . تند وتند قدم برمی داشت . با این که چاق بود اما بسیار فرز و چابک قدم بر می داشت وراه می رفت. عرق از پیشانیش روان بـود . دوسـت داشـت زودتر بـه محـل برسـد واز مسائل واتفاقات باخبر شود . ببیند که چه روی داده و چه اتفاقی می افتد؟ من هم که نوجوانی بیش نبودم .شاد ورها کنارش با شتـاب گام بـر می داشتم وگاه می دویدم . فکر می کردم که شاهد خیلی چیزها خواهم بود . مثلا زد وخـورد و حملـه پلیـس . چیزهـایی کـه در کتابهای قصه خوانده بودم ویا در فیلمهای سینمایی دیده بودم. فیلمهـای سینمایی کـه عصـر روزهـای پنجشـنبه هـر هفتـه همـراه پـدر و مـادرم بدیدنشـان می رفتم .بعد از گذشـتن از چنـد خیابـان در انتهای خیابـان شاه بختی کـه نزدیک باغهای توت و گردشگاه های خارج شهر بـود. به کـوی زیبا محله آشوریان رسیدیم.ماشین پلیسی سر کوچه ایستاده بود. مردم زیادی در حال رفت وآمد به کوچه بودند. خانه بابا ژواخـم پیشگو. خانـه ای بـا ساختمان یک طبقه با د در وپنجره های چوبی آبی رنگ در وسط کوچک در نبش بن بسـت کـوچکی قـرار داشت. جمعیت نسـبتا زیـادی حـدود شصت وهفتاد نفر زن ومرد که بیشترشان روستایی بودند. اطراف خانه اش جمع شده بودنـد. بـرای کنتـرل وجلـوگیری از ازدهـام جمعیت سـه مامور پلیس آن جا بودند. که دو تا از آنها مقابـل درخانه بابا ویکـی در حال پراکنده کردن جمعیت بود. مرتـب از مـردم مـی خواست پراکنـده شوند و نایستند.فرنگیس که دست مرا محکم گرفته بود. از هرکسی کـه می دیدم پرسش می کرد و ماجرا را می پرسید. نزدیک مقابل خانه بابا که رسیدیم رفت کنار چند زن آشوری که همسایه بابا بودنـد و مقابل

در خانه شان ایستاده بودند. ایستاد وبا آنها سلام و احوالپرسی کردو وماجرا را پرسید و مشغول صحبت شد. در خانه بابا بسته بود. یعنی زنش در و پنجره ها را بسته و پرده ها راکشیده بود.تا مانع دید مردم شود. اما ازداخل خانه سرو صدای زن و دختران بابا همراه با گریه و زاری واعتراض بگوش می رسید . گویا زن ودختران بابا از این وضع و کار بابا شرمنده وبسیار ناراضی بودند. که نا گهان بابا ژواخم لنگه یکی از پنجره ها را گشود و بریده بریده که انگار کسی مانع صحبتش بود رو به جمعیت جمع شده اطراف خانه اش گفت :

- هر چه گفته ام خواهد شد . فریب این باران و سیل را نخورید. به تابستان زیاد نمانده . خواهید دید خشکسالی خواهد شد . همه چیز خواهد سوخت. قحطی وگرسنگی خواهد شد. مرض و بلا خواهد آمد. من با شما حرفم را تمام کرده ام و هر آن چه را که درکتابم خوانده ودیده بودم. به شما گفتم بروید بفکر آینده باشید. من گفتم که ...

صحبت بابا نیمه تمام وناقص ماند. از پشت کشیدنش و پنجره را بستند. با شنیدن حرفهای بابا ژواخم پیشگو و هق هق گریه زن ودخترش که از مشاجره با او بگوش می رسید . موج شور در جمعیت گرد آمده در اطراف خانه اش بلندشد. عده ای راه افتادند که خبر را بدیگران برسانند. وعده ای دیگر رو به در خانه نهادند که در را بگشایند و مستقیم ورودر رو با بابا صحبت کنند . هیجان وترس وشور مردم با گفته های بابا بیشتر شده بود. سه پاسبان مقابل خانه قادر به کنترل جمعیت نبودند که ماشین پلیسی با ماموران بیشتر رسید و ماموران پیاده شده شروع به پراکندن مردم کردند . فرنگیس که اوضاع را چنان دید. از آن جایی که با همه کنجکاوی بسیار ترسو و محتاط بود. دست مرا گرفت و با عجله برای باز گشت به طرف خانه راه افتاد. .

※※ ※※

بابا ژواخم پیشگو از آشوریان مسیحی بسیار معروف شهرما بود. زندگی وگذشته پر شور وپرحادثه ای داشت .مردی بود با قامتی متوسط ، جثه ای ضعیف اما قیافه وچشمانی بسیار نافذ . بر صورت وچانه اش اثروجای چند زخم را داشت.مردی بود بسیار متواضع و با سواد و اهل کتاب. همیشه در بغل ودستش کتابی بود . هر وقت بدیدنش می رفتی اورا سرگرم مطالعه می دیدی . خانه کوچک ویک طبقه ای در محله آشوریان داشت وچند قطعه زمین زراعی و باغ و تاکستان در روستای آلباش در نزدیکی شهر که بافروش محصول آنها روزگار می گذراند. همیشه لباس ساده و خاکستری اما بسیار تمیز می پوشید و کمتر در شهر و مجامع دیده می شد. مگر دعوتش می کردند و یا بنا به مناسبتی می آمد. بیشتر اوقاتش را در فصلهای کار وکشاورزی در مزارع وتاکستانش می گذراند ودر فصلهای سرد وزمستان اکثر مواقع در خانه اش بود. دوبار ازدواج کرده بود . همسر اولش که عشق ابدی او بود و همیشه اندوه مرگ اورا به دل داشت. دو سال بعد از عروسیشان بیمار شده و در گذشته بود وبابا ژوآخم مدت ده سال به یاد او عزادارمانده بود. بعد از ده سال خانه و مزرعه ودیگر املاکش را در روستای زادگاهش فروخته وبه شهر ما آمده وساکن شده بود . یک سال بعدازمهاجرت از روستای زادگاهش به شهر ما همسر دومش رادر یک مهمانی دیده ،علاقمنده شده وازدواج کرده بود و از او دودختر داشت . بابا ژواخم با همه انزوا طلبی وسکون و سکوتش هرگز زندگی شاد وآرامی را نگذرانده بود . آن چنان که خودش روایت کرده ودیگران می گفتند . در زندگیش حوادث و اتفاقات زیادی دیده ودر جنگهای زیادی شرکت کرده بود.

خودش می گفت هفت بار مجروح وتا پای مرگ رفته و سه بار مرده و یکبار در گور دفن شده بوده و زمانی که در گور بوده چشمش به آینده و نادیده ها باز شده و دوباره زنده شده وبه پا خاسته .آن چنان که نقل بود ومن شنیده بودم او سرگذشت جالب وپراز حادثه خودرا چنین نقل کرده بود :

ما در روستای محمدیار محال سولدوز زندگی می کردیم. خانواده فقیری بودیم. پدرم نجار بود. اما از کار نجاری درآمد چندانی نداشت وبرای همین گاه برای کار بصورت روزمزد به مزارع به می رفت . من بچه کوچک خانواده بودم. یک خواهر و یک برادربزرگتر از خودم داشتم. شش سالم بود.که دیفتری گرفتم و روز سوم بیماریم شب تب شدید کردم و در اثر تشنج از هوش رفتم وبرای ساعتی مردم. یعنی مادروخواهرم بعدا به من گفتند که برای ساعتی مرده بوده ام. آنهانقل می کردند.که وقتی مرا بیهوش ومرده وبی حرکت می بینند. شروع به زاری وگریه کرده . همسایه ها را خبر می کنند و آنها می آیند و می گویند مرده است .چون شب بوده بالای سرم شمع می افروزند و در اطاق را می بندندکه فرداصبح مرا ببرند وبخاک بسپارند. اما مرا مسیح نجات داد. این را مادرم می گفت .من از آن روزهای بیماری و آن لحظه ها هیچ چیزی بیادی ندارم. جز این که وقتی به هوش آمدم خودم را دراطاقی تاریک و سرد دیدم و کسی مرا صدا می زد. ندیدم کسی بود ، فقط شنیدم که یکی مرا صدا می زند. انگار نزدیکم بود و من نفسش را را روی صورتم حس می کردم. نیمه خیز شدم که چیزی بگویم به سرفه افتادم از صدای سرفه ام مادر وخواهرم دویدند وبالای سرم آمدند و مرا بیدار و زنده یافتند .من که دچار هیجان شده بودم .گریه می کردم و مرتب می گفتم که یکی به صورتم فوت کرد و بیدارم نمود. مادرم که این را شنید به گریه افتاد وشروع به دعاکرد که دعا و خواسته اش از

خداوند ومسیح پذیرفته شده و عیسا مسیح مرا نجات داده . این خبر که من به هوش آمده ام و حضرت مسیح مرا زنده وبیدار کرده . در میان همسایه ها واهالی روستا که پیچید. همه گفتند معجزه شده . ریختند به خانه ما و تمام لباسهای مرا پاره کرده وهر کدام تکه ای را به تبرک بردند و در عوض کلی بخانه ما هدیه و پیشکش آوردند. که برای ما وخانواده فقیر ما خیلی زیاد بود . مادرم آن را هم نتیجه توجه ومعجزه حضرت مسیح می دانست . بعد از سلامتی همیشه کنار مادر وپدرم بودم و خانواده ام به من توجه بیشتر می کردند. سالها گذشت. جنگ که شروع شد از طرف ارتش به ده آمدندو گفتند دولت سرباز لازم دارد ومرا هم که هیجده سالم شده بود .به سربازی بردند. بعد از چند ماه آموزش به جبهه جنگ در مرز جلفا به مقابله با روسها فرستادند. در جبهه جنگ وضع بسیار بد بود هر روز عده ای کشته می شدند . روسها ، سلاح و مهمات و نفرات بیشتر داشتند و ما کم. اما آنها چندان تمایل به حمله ونفوذ نداشتند .می خواستند جنگ را اداره کنند. فقط یکبار که قصد حمله وشبیخون را کردند . با این که ما تعدادمان بسیار کم بود. اما مقابلشان با تمام قدرت وشجاعانه ایستادیم و عقبشان راندیم وآنها مجبور به عقب نشینی شدند و هنگام عقب نشینی قسمتی از خاک ما را که در کنار ساحل جنوبی رودخانه ارس گرفته بود پس دادند وبه آنسوی رودخانه ارس مرز دوکشور عقب نشینی کردند . البته خیلی از سربازانشان در آن سرما وبرف در رودخانه غرق شدند و ما برگشته وسنگرهایمان را تا لب رودخانه ارس پیش بردیم و خاک ریزهای تازیمان را آن جا ساختیم. من با دونفر دیگر از هم قطارهایم در بهداری ارتش وپشت جبهه کار می کردیم ومامور آمبولانس و جمع آوری زخمیها بودیم . زیاد با کشته ها کاری نداشتیم .اکثر آنها را در همان نزدیک سنگر با کمک دوستان و هم قطارانشان دفن می کردیم وبعد

وسائلشان را می فرستادیم که به خانواده هایشان تحویل دهند . در یکی
از این ماموریتها گلوله ای از کنارسرمن گذشت و شقیقه ام را زخم و
لاله ی بالای گوش چپم را برد ، موجش در گوشم پیچید و ضربه
شدیدی بر مغزم وارد نمودومن از شدت ضربه به پشت افتادم و از هوش
رفتم. دوستانم که مرا در آن وضع با گوش و سر زخمی وخونین دیده
بودند. بر داشته و به پشت جبهه آورده و نزدیک کمپ بهداری بگمان
این که من مرده ام ، پائین خاکریز گذاشته بودند. که صبح روز بعد دفن
کنند . نیمه های شب بود که من بهوش آمدم. انگار کسی مرا صدا می
کرد. نفهمیدم کی بود. اما فکر می کنم حضرت مسیح بود و من بلند
شدم و خودم را در تاریکی شب کنار خاک ریز میان کشته شده ها دیدم
و از شدت ترس شروع به داد وفریاد کردم. جیغ وداد وفریادم بحدی بلند
بود. که دوستانم وحشت زده از خواب بیدارشدند و وقتی آمدند ومرا
زنده دیدند. بسیار خوشحال شدند . مرا بردند و در تخت خواباندند
وزخمهایم را بستند. تا یک هفته من همانطور در خودم نبودم تا این که
حال وروزم را دوبار باز یافتم . جنگ که تمام شد به ده نزد خانواده ام
برگشتم . مادرم والماس دختری که قبل از سربازی عاشقش شده وبا او
عهد وپیمان بسته بودم منتظرم بودند
الماس زن اولم زیاد عمر نکرد . دوسال بعداز ازدواجمان سل گرفت و
درگذشت ومرا سالها عزادار وتنها گذاشت ومن هنوز هم بیاد او هستم.
خیلی دختر زیبا وخوبی بود. مثل این زن دومم هایجن بدخلق وبد اخلاق
نبود. البته من زنم هایجن و دخترانم را خیلی دوست دارم ولی الماس
عشق ابدی من است
نزد خانواده ام که برگشتم . دیدم خیلی چیزها تغییر کرده. پدرم فوت
کرده .مادرم تنهاست . خواهر وبرادرم ازدواج کرده و هر کدام خانه و
خانواده جدا ومستقلی دارند و سرگرم کار و زندگی خودشان

هستند.آنها از بازگشت من خیلی خوش حال شدند.. مادرم که دوست داشت من کنارش باشم. اصرار کرد که به عهدی که با الماس بسته ام وفا وعمل کنم و هر چه زودتر با او ازدواج کنم. برادرم که بزرگتر از من وخواهرم و در غیاب پدرم ، بزرگ خانواده مابود. وقتی خواسته مادرم را دید. آستین بالا زد وبا کمک خواهرم تدارک جشن عروسی را دیدو سه روز وشب جشن عروسی وشادمانی بود. روز سوم جشن ، الماس را بخانه خودمان آوردم و بعد از چند روز که روزهای بسیار خوش زندگیم بود . برادرم آمد وگفت حالا که بخوشی عیال وار و صاحب زندگی مستقل شده ای باید کار بکنی و زندگی خودت و مادرم را تامین بکنی، بیا به زمینهای خودت ومادر برس و اداره کن . من هم که شوق کار و کسب در آمد را داشتم. تا نواقص وسائل خانه و زندگیم را فراهم وبرطرف کنم. با کمک و راهنمایی او مشغول به کارشدم . به گندمزار و تاکستانم رسیدم و در زمینهای پشت تپه که سهم ارث مادرم بود گندم وجو کاشتم . روزها به خوبی و امید و کارگذشت. پائیز رسید و هنگام برداشت محصول . زنم الماس و مادرم در برداشت محصول همراه با برادرم به کمکم آمدند. اما فشار کار بیشتر روی من بود . یک روز عصر که از شدت کار عرق کرده و بسیار خسته بودم . بی توجه به هوای پائیزی و تذکر وهشدار دوستانم رفتم و خودم را به آب رودخانه زدم. اما زیاد نتوانستم در آب بمانم و شنا کنم. سردم شد . زود بیرون آمدم. اما از باد سردی که می وزید لرزیدم و حالم بهم خورد . دوستانم به کمکم آمدند ومرا تا منزل همراهی کردند.به منزل که رسیدم . حالم خوش نبود دراز کشیدم . کمی بعد تب کردم وگرفتار لرز شدم . روز بعد تب ولرزم شدید شد و نزدیک ظهردر اثر تب شدید وتشنج از حال رفتم و نفهمیدم چه شد. گویا زنم که مرا بیهوش وبی حال وبی حرکت می بیند . برادرم را خبر می کند واو با کمک دوستانم حکیم ده پائین را

۱۳۹

بالای سرم می آورند . حکیم که به بالین من می آید. صورت رنگ پریده و چشمان نیمه باز مرا که می بیند .بی آن که مرا معاینه کند. می گویدمرده است .خبر فوت من در ده می پیچد . بعدازظهر همان روز مرا برده و در گورستان ده دفن می کنند.نمی دانم که چند ساعت مرده بودم. فقط از صدایی که مرا صدا می زد . بیدار شدم . صدای حضرت مسیح بود . مرا در حالیکه تکان می داد. صدا زد و چیزهای در گوشم گفت. وکتابی را برایم نشان داد که من لحظه ها مجذوب نه بهتر است بگویم مدهوش آن گفته ها وکتاب شدم . بعد که خودم را یافتم و چشم گشودم نتوانستم چیزی را ببینم همه جا تاریک بود. فکر کردم در دنیای دیگری هستم. خواستم که بلند شوم نتوانستم. دیدم در جای بسیار تنگ وتاریکی خوابیده ام . دستم را که بلند کردم به تخته ای خورد فهمیدم که درون کوتی چوبی هستم. گیج شده بودم و نمی توانستم موقعیتم را خوب تشخیص بدهم. خیلی تلاش می کردم. اما نمی توانستم اگر درست و صحیح بخواهم شرح دهم حقیقت این است که اصلا نمی توانستم از جایم حرکت بکنم. بعد از کمی که حال خودم را یافتم . فهمیدم که در گور ودرون تابوت هستم. برای لحظاتی که نمی دانم .چقدر طول کشید گرفتار ترس و در انتظار مرگ شدم . از دماغم خون می آمد و نفسم تنگ می شد. از وحشت نمی دانستم چه بکنم. کمی صبر کردم و گریستم و خدا ومسیح را برای کمک ونجاتم خواندم. نمی دانید خیلی وضع بدی بود. شرح دادنش برایم خیلی سخت است . بعداز این همه سال هنوز هم آن وضع و آن لحظه های وحشتناک در گوررا نمی توانم فراموش بکنم . تصور کنید یک لحظه چشم بگشایی و خود را در گور تاریک ونمور درون تابوت ببینی و بفهمی که نزدیکانت زن ومادر وبرادرت و دوستانت فکر کرده اند. مرده ای و بخاکت سپرده اند . اما تو نمرده ای ؛ زنده ای ودر گور هستی وهوابرای نفس کشیدن بسیار کم

است و کمی بعد خواهی مرد. خیلی وضع وحشتناکی بود..لحظه ها از گرفتاری و وضع بد خودگریستم. هوا سنگین بود و من احساس تنگی نفس و خفگی می کردم. اما من نمی خواستم بمیرم. بعداز کمی گریه با خود گفتم. من که در گور هستم واگربرای نجات خودم تلاش نکنم کمی بعد هوا تمام خواهد شد و من خواهم مرد. از آن جایی که می دانستم و قبلا هم هنگام خاک سپاری مرده ها در روستا دیده بودم که هنگام خاکسپاری بعداز قراردادن تابوت مرده در گور روی تابوت را نخست با چوب و تخته کوتاه وشاخه وبرگ درختان می پوشاندند وبعد خاک می ریختند . به این فکر افتادم که تا می توانم نخست در تابوت را اگر میخ نشده باشد باز کنم وبعد   یکی دوتا از چوبهاو شاخه های نزدیک سر و سینه ام را بشکنم و تلاش کنم خاک را کنار بزنم تا هواببایید بعد خودم را بیرون بکشم . دست به تخته های نازک تابوت زدم. فهمید چون دیگر تابوتها که در روستا و منطقه ما رسم بود از الوار چوبهای نازک ساخته شده وانتهای آنها میخ شده اند. پس چندین بار با کف دستهایم محکم برانتهای تخته ی تابوت که میخ شده بودند کوبیدم و فشار آورم تا این که بعد از تلاش بسیار یکی از تخته ها از جایش کنده شده با کنده شدن آن امیدوارشدم . دیگر تخته ها را که فکر می کنم سه تا بودند با کوبیدن و فشار دست ازجا کندم و کنار زدم بعد دستم را که بلند کردم به چوب و شاخه های شکسته و کوتاه درختان که بالای سرم چیده شده بود خورد. فهمیدم همانطور که فکر می کردم است وباید تعدادی ازچوب تخته وشاخه درختان چیده شده در بالای سرم را بشکنم و خاک بالای آنها را کنار بزنم. تا هوا بیاید و بعد خودم را بیرون بکشم در همین فکر وتلاش بودم که از بالای سرم صدایی شنیدم . خوب که دقت کردم. دیدم که انگار بالای سرم را می کنند. با خودم گفتم این خواست و کمک خداوند ومسیح است. حتما مادرم ویا

برادرم متوجه شده اند که اشتباه کرده اند و برای نجات من آمده ام. خوش حال و امیدوار با تمام قدرت و توان شروع کردم به شکستن چوب وشاخه های بالای سرم وریختن خاک که ناگهان پنجه ای باچنگالهای تیز از سوراخی که بوجود آمده بود تو آمد و چانه مرا گرفت و ناخنهای تیزیش را در گلو و صورت من فرو برد و مرا کشید و من از شدت درد نعره بلندی کشیدم ونالیدم وبرای مقابله نا خودآگاه در یک عکس العمل طبیعی محکم مچ پنجه را گرفتم وکشیدم.و فهمیدم که با یک حیوان درنده درگیر هستم. چه حیوانی نمی دانستم اما فهمیده بود کهاو مرا بعنوان طعمه بیرون می کشد و قصد دریدن وخوردن مرا دارد و من باید مقابله کنم اما درون قبر توان حرکت وعمل زیادی را نداشت. فقط بایک دست مچ پنجه را گرفته بودم وبا دست دیگر بر آن مشت می کوبیدم. اما زورم نمی رسید واو با قدرت مرا می کشید . مدتی حدود چند دقیقه ای این کشمکش ادامه داشت که در آخر وقتی حرکت ومقابله مرا دید.چانه ام را ول کرد و بازو و دست چپم را زخمی کرد ورفت و من از شدت درد در خود پیچیدم و زار زدم و نالیدم و از حال رفتم . کمی بعد که خود را یافتم سوزش زخم دردناکی را در چانه و بازو و دست چپم حس می کردم . دست که بر زخم چانه وصورتم زدم . گرما ونم خون را حس کردم .با وجود خونریزی وسوزش زخمها، سرما و وزش باد مولایم و هوای تازه را حس کردم. فهمیدم که بیرون از قبرم. چشم به اطراف گرداندم. همه جا تاریک بود. نگاه به بالا سرم که انداختم ستاره ها را در آسمان دیدم. دوباره باز به اطرافم که نگاه کردم. سنگ وصلیب گورهای دیگر را دیدم فهمیدم وسط گورستان هستم . در اثر کشمکش با آن حیوان مخوف که بعدها فهمیدم آن پنجه مودار پنجه وچنگال کفتار بوده که معمولا برای خوردن گوشت مرده های تازه می آید و در آن نیمه شب برای خوردن من آمده بوده . تنم تا نیمه از قبر

۱۴۲

بیرون آمده بود . خون از چانه و بازو و دستم می آمد . به هر زحمتی بود خود را از قبر بیرون کشیدم و با آستین پیراهنم خون چانه وصورتم را پاک کردم. سوزش درد ناکی داشت و خون هنوز بند نیامده بود . بلند شدم و یکی از چوبهای قبرم را که سرش از خاک بیرون آمده بود. برای دفاع از خود در برابر کفتار وسگها و دیگر حیوانات بر داشتم. شب مهتابی سردی بود . باد خنک نسیم وار می وزید. نور مهتاب تمام عرصه گورستان را که در دامنه تپه کنار روستا قرار داشت. روشن کرده بود و من با پیراهن سفید خون آلود و پاره با چانه وسینه و بازوی زخمی وخونین وسط گورستان زیر نور مهتاب ایستاده بودم .. از دور از دامنه تپه چراغ تعدادی از خانه های روستا دیده می شد. فکر کردم اکنون در این وقت شب در این تاریکی چطور و چگونه به دم در خانه مان بروم ، در را بزنم و بگویم که من آمده ام . زنم ، مادرم ، برادرم ،مردم روستا چگونه باور خواهند کرد . با آن اعتقاد و ترسی که از مرده دارند. چطور قبول خواهند کرد که من روح ویا مرده شیطانی از قبر بر خاسته نیستم .اگر مرا یکی در راه ، درکوچه وخیابان روستا با این سر و وضع خاک آلود وخونین ببینید چه فکر خواهد کرد.تنم از این فکر وتصورات لرزید. فهمیدم که گرفتار شده ام . هیچ کس باور نخواهد کرد که من نمرده ام . اصلا چه کسی قبول می کرد و می پذیرفت که من نمرده ام وبه من نزدیک وی می شد. حتما همه خواهند ترسید و فکر خواهند کرد که من یا روح ویا شبح هستم و یا مرده از خاک برخاسته که در جلد وتنم شیطان رفته است . به اطراف ، به گورها نگاه کردم . هول برم داشت .ترسیدم و بعد فکر کردم اگر کسی حالا در این اطراف باشد ومرا وسط گورستان با این سر و وضع خاک آلود وچانه وبازوی زخمی وخونین ببیند. چه فکر می کند. حتما وحشت کرده و فرار می کند وبه اهالی روستا خبر می دهد که مرا ویاروح ویا مرده از خاک برخاسته ای را در گورستان دیده است

و اگر اهالی نترسند و بیاند ومرا با این سر و وضع در میان گورستان ببینند چه می کنند؟ یا مرا دوباره خواهند کشت و یا ترسیده فرار کرده درخانه هایشان را خواهند بست و از ترس بیرون نخواهند آمد وبعدها چه ها که نخواهند گفت و چه داستانها که نخواهند ساخت. با همه ترس و وحشتی که بردلم نشسته بود از گورستان گذشتم و از میان گندمزار کنار گورستان آرام به طرف روستا راه افتادم. تصمیم گرفتم اگر کسی مرا دید. فریاد بزنم و ناله کنم وبا التماس حقیقت را بگویم. بگویم و التماس کنم که از من نترسند . اما ترسم از سگهای روستا بیشتر از مردم بود .می ترسیدم در آن وقت شب با آن سرو وضع زخمی وخونینیم به طرفم هجوم بیاورند. بخصوص سگهای گله که شبها آزاد بودند وبسیار زورمند و درنده. با خود گفتم چاره ای ندارم یا باید تا صبح در جایی بنشینم و منتظر بمانم و یا بخانه مان بروم . نمی توانستم به آلاچیقهای میان باغها و تاکستانها بروم. اکثرا مردان روستا برای آبیاری شبانه در آنها بیتوته می کردند ومعمولا همراه خود تفنگ و تبر ودشنه داشتند . امکان حمله به من و کشتنم با این فکر که مرده از قبر بر خاسته ام وجود داشت . تصمیم گرفتم از میان کوچه ها راهی خانه مان بشوم و اگر در میان کوچه خطری بود. خودم را پنهان کنم ویا بالای دیوار وپشت بام خانه ای بروم . چون اکثر خانه های روستا خشتی ویک طبقه و کوتاه بودند. وارد روستا که شدم کمی که جلو رفتم صدای پای چند نفر را شنیدم . خودرا در سایه دیوار مخفی کردم. چند تن از روستائیان باغدار بودند که به سر کارشان در باغها برای آبیاری می رفتند. بعد از رفتن آنها بطرف خانه مان روانه شدم .هر چند قدم از ترس افتادن و بیهوش شدن ، مکرر چشمانم را می مالیدم . دست و بازوی زخمی و پاره شده ام رد خون را بردیوارها می کشاند. که امکان حمله سگها را با داندانهای تیز وزبان آویخته که بوی خون منتشر را یافته بودند. بیشترمی کرد. اما من متوجه

نبودم .کسی آن وقت شب بیدار نبود. چراغ اکثر خانه ها بغیر از تک
توک خانه ای همه خاموش بودند.انگار فقط من بودم که زنده وبیدار
بودم. انگار تمام مردم روستا قبل ازمن مرده بودند. به کوچه ای که خانه
مان در آن قرار داشت تا رسیدم . صدای سگها بلند شد .صدای پا
وحرکت گروهی آنهایی راکه می آمدند شنیدم. ترس و وحشت تمام
وجودم رافراگرفت و لرزه بر تمام اندامم نشست . ترسیده ولرزان دنبال
جان پناهی بودم . به اطراف که نگاه کردم . دیوار کوتاه حیاط صابر
یمین همسایه دیوار بدیوارخانه مان نظرم را جلب کرد. از دیوارحیاط او
بالا رفتم و خودم را به داخل حیاط انداختم .صابر وخانواده اش خواب
بودند و خوشبختانه سگ نداشتند. اما سگ همسایه صابرو همسایه
روبرویی متوجه من شده بودند و شروع به پارس کردند . به کوچه آمدند
وهمراه با دیگر سگها که در پی من و بدنبال بوی خون من آمده بودند.
سر وصدای زیادی به راه انداختند. من که ترسیده بودم. چشمم به نردبام
چوبی صابرخورد که کنار دیوار به درازا افتاده بود. با عجله بلند کردم
وبر لب بام ساختمان منزل صابرتکیه دادم و بسرعت به پشت بام او رفتم
واز پشت بام او با عجله گذشتم وخودم را به پشت بام مان خانه مان رساندم .
تمام اهالی خانه خوابیده بودند.فقط زاری وگریه زنم ومادرم بگوش می
رسیدکه از اطاق تنورخانه می آمد .از سوراخ دودکش بالای تنور وسط
سقف اطاق چشم به درون انداختم. مادرم و زنم روبروی هم کنار
تشچال تنور نشسته بودند و زاری وگریه می کردند و گاه چیزی بهم می
گفتند که صدای پارس وعوعوی سگها نمی گذاشت خوب بشنوم. ولی
متوجه شدم که از من می گویند وبرای من زاری می کنند. در اثر پارس
سگها که بسیار شدید وغیرمعمول بود. برادرم و همین طور همسایه ها که
احساس نگرانی کرده بودند. از خواب بیدار شده وچراغ اطاقهایشان را
روشن کردند . من هم که می ترسیدم همسایه ها مرا در پشت بام با آن

شکل وشمایل و وضع ببینند .روی کف پشت بام خوابیدم و سرم را از سوراخ بالای تشتچال کمی تو بردم و زنم ومادرم را صدا زدم و گفتم :

- مادر ، الماس ، منم ژواخم ، من نمرده ام برگشته ام در پشت بامم بیایید .کمکم کنید.

مادرم وزنم با شنیدن صدای من چشم به بالا دوختند. صورت خونین مرا که دیدند وحشت کرده وشروع بـه فریـاد زدن کردنـد واز اطـاق بیـرون دویدند . زنم در راهرو از حال رفت. از فریاد و صدای وحشت آنها برادرم که بیرون در ایوان خانه اش بود. از آن ورحیاط مرا که بلند شده و ایستاده بودم در پشت بام دید .همراه با زنش شروع به فریاد وکمک کردند. یکی می گفت :

- وای خدا زنده شده .

دیگری می گفت :

- روحش است.

و دیگران یعنی اکثر اهالی که جمع شده وبا وحشت چشم به بـام و مـن که وسط بام ایستاده بودم دوخته بودند می گفتند:

- مرده از خاک برخاسته است . شیطانیست وخطرناکه ، همـه را خواهد کشت. باید زودتر بکشیمش.

بر اساس همین عقیده برادرم و چنـد تـن از همسایه هـا تفنگ آورده و آماده شلیک وکشتن من شده بودند . من که خـودم را در خطـر ومـرگ می دیدم. مرتب به خدا وپیغمر ومسیح ومحمد سوگند می خوردم که ای اهالی من نمرده بودم . مرده زنده شده هم نیستم. شماها به اشتباه مـرا بـه خاک سپرده اید . خدا ومسیح مرا نجات داده اند . باور کنید مـن شیطان نیستم من همان ژواخیم . بگذارید بیایم پائین، همـه چیـز را نقـل کنـم . رحم کنید . مرا نکشید.

اما کسی گوشش به حرفهای من نبود. تقریبا تمام اهالی روستا روی پشت بامها و کوچه ها و حیاط خانه ما و همسایه هاجمع شده و با وحشت چشم به من که زاری و التماس می کردم. دوخته بودند که ناگهان یکی از دور از یک پشت بام دور گلوله ای شلیک کرد . گلوله خوشبختانه فقط از کنار شانه ام گذشت و شانه راستم را خراشید و زخمی کرد و من تعادلم را از دست دادم و به کف پشت بام افتادم. درد تمام شانه و تنم را در بر گرفت. بطوریکه از درد در خود پیچیدم و مدتی بی حرکت ماندم . گروهی از مردم روستا که از پشت بام خانه ها به تماشا آمده و چشم به من دوخته بودند. فکر کردند که من در اثر گلوله مرده ام. یکصدا فریاد زدند: افتاد ، مرد ، مرد

اما کمی بعد که تکان و حرکت مرا دیدند . بهت زده ساکت شدند و بهت آنها به جماعت جمع شده در کوچه ها و حیات خانه ما و همسایه ها هم سرایت کرد . من که از درد زخم گلوله در خود پیچیده و بی حرکت مانده بودم . بعد از لحظاتی که خودم را یافتم . تکان خورده و دوباره نیمه خیز شدم . وقتی دوباره نیم خیز شدم. جماعت که فکر می کردند من گلوله خورده ام اما گلوله در من اثر نکرده و نمرده ام . وحشت کرده عده ای پا به فرار گذاشتند و بقیه عقب رفته کمی دورتر ایستادند. یکی دو تن از آنها که رفته و دورتر ایستاده بودند چند گلوله دیگر شلیک کردند. که به من نخورد و از کنار سر و شانه من گذشت . وقتی تاثیر گلوله ها را که بطرفم شلیک شده بود ندیدند و متوجه نشدند. که بمن اصابت نکرده . یکی که کمی مسن تر بود. به صدای بلند فریاد زد و گفت :

- شلیک نکنید. گلوله نیاندازید. گلوله به او اثر ندارد. بعدا می آید و انتقام می گیرد.

جماعت وحشت زده از گفته او و دوباره پا به فرار گذاشتند. رفتند و باز کمی دورتر ایستادند. همه ترسیده بودند. بهت زده و ساکت در آن تاریکی شب با ترس غریبی که برتمام وجودشان نشسته و تا درون قلبشان نفوذ کرده بود. چشم بر من دوخته بودند که عریان با پیراهن سفید پاره و خونین با صورت و شانه و دست زخمی در پشت بام زیر نور مهتاب و نگاه آنها تلو تلو می خوردم . باید اعتراف کنم ترس آنها در من هم نفوذ کرده بود و احساس ترس می کردم . احساس می کردم که یک اتفاقی افتاده و چیزی شده وهست که مرا به این جاکشانده. تصور کنید یک نفر هرکی ، یک آدم نیمه های شب با لباسی خونین زیر نور ماه پشت بام خانه تلو تلو بخورد . گلوله بطرفش بیندازند به او نخورد. سرما ی هوا همراه با وحشت مردم از باوری که یافته بودند با ترسی که در آن وقت شب بر فضا وعرصه روستا نشسته ودر دل همه نفوذ می کرد کم کم در دل وجان من هم نفوذ کرد که یک آن ازدرد و سوز زخم شانه ام که گلوله دریده بود خودم را بازیافتم. روی زانوان نشستم ومنتظر ماندم که سروصدا بخوابد وجماعت ساکت شوند . هم چنین از تیررس گلوله که یکی اگر شلیک کرد در امان باشم. کمی که گذشت با ساکت شدن جماعت. بلند شدم ودردمند لب بام رفتم و شانه ام را به آنهایی که در حیاط منزل ما و در آن نزدیکی بودندنشان دادم وگفتم:

-       نه گلوله بر من اثر دارد. ببینید شانه ام را زخم کرده

و گریستم وبا التماس گفتم :

-       باورکنید من شبح نیستم، مرده شیطانی هم نیستم . من نمرده بودم . مرا به اشتباه دفن کرده بودید. بگذارید بیایم پائین و همه چیز را شرح دهم. اگر قبول کردید هیچ واگر نه آن وقت مرابکشید.

برادرم گفت:

- اگر آمدی پائین و به ما حمله کردی چی ؟

گفتم :

- اگر قرار بود به شما واهالی حمله کنم که کسی را خبر نمی کردم و به شما التماس نمی کردم . وارد روستا که شده بودم . بی خبر به همه حمله می کردم .

مادرم که چشم به من داشت . گریه والتماس مرا می دید . همراه زنم گفتند :

- راست میگه . او از ما کمک خواست .

بعد زنم که مرا خیلی دوست داشت وما دلباخته هم بودیم گفت :

- بگذارید من بروم پیشش ، نردبام بیارید من می روم واورا پائین می آورم . اگر خواست به من صدمه بزند آن وقت شماها اورا بکشید .

مادرم در پشتیبانی از او گفت:

- راست می گوید . من هم همراه اومی روم . بگذارید بیاید پائین . برادرم با کمی تردید . زیر نگاه ترس زده اطرافیان . نردبان را بر لبه بام تکیه داد ومن دربرابرحیرت و وحشت مردم که درپشت بام و حیاط خانه های اطراف جمع شده بودند. پائین آمدم . پائین که رسیدم روی پله آخر نشستم و چشم به همه دوختم ودر حالی که بشدت می گریستم . حال و روزم را و تمام ماجرا را با صدای بلند گفتم و شرح دادم . گفتم که بر من چه گذشته و چطور با صدای مسیح در گور بیدار شده ام و در لحظاتی که می خواستم خودم را نجات دهم با پنجه کفتار روبروشدم وباقی قضایا . بعد از شرح ماجرا مادرم که خیلی می گریست . همراه زنم مرا بغل کردند وگفتند ببینید روح ومرده بپا خاسته شیطانی نیست . او همان ژواخیم است و از همه خواستند که پراکنده شوند و بخانه هایشان بروند ودر حالیکه مرتب خدارا شکر می کردند. مرا به همان اطاق

تنورخانه بردند و آب گرم آوردند و سرو تنم را شستند . زخمهایم را
بستند و لباس پوشاندند و مـن کـه سـخت ترسیده و آسیب دیـده بـودم .
مدت یک هفته در خودم نبودم و هـم چنان پریشان و مریض حـال در
بستر بودم . جز مادرم و زنم کسی به عیادت و دیدار من نمی آمد . بعد از
گذشت یک هفته که خودم را یافتم . کم کم برادرم و خواهرم و دوستانم
و تعدادی از همسایه ها بدیدنم آمدند و بـا گذشت زمـان بـه حـال و روز
اولم بازگشتم و همه یعنی همه اهالی روستا حضور و زنده و سالم
بودن مرا پذیرفتند و ببودن من در کنارشان عادت کردند. اما جای زخم
پنجه و چنگالهای کفتار هم چنان بر چانه و شانه ام ماند که هنوز هم شیار
سفید جای زخم پنجه اش را می بینید و مهمتر از همه این که آن شب
یک چیـز مهـم در ذهـن و چشـم مـن گشـوده شده . آن کتـاب آینده
بود . کتابی که مسیح در گور هنگام بیدار کردن من نشانم داد و من آن را
خواندم و همیشه پیش چشمم دارم و آینده را مـی بینـم و پیشگویی مـی
کنم .

۹

روزهای خشکسالی

صبح روز بعد، آفتاب تازه بالا آمده بود که عموسعید آمد. آمدن او در وسط هفته در آن وقت صبح به خانه ما کمی غیر معمول بود. البته قبل از عموسعید تعدادی از روستائیان همراه با کدخدا آمده بودند . از سر و صدای آنها بود که بیدار شدم. کنجکاو پنجره را که گشودم. مادرم را دیدم که بر بالای پله های ایوان ایستاده و ازحیدرآقای باغبان در مورد روستائیانی می پرسید که در انتهای حیاط نزدیک انبار یعنی همان اسطبل سابق شبق اسب پدرم و مقابل منزل حیدرآقا زیردرختان جمع شده اند. بعضی نشسته وبعضی ایستاده با صدای بلند مشغول صحبت بودند . در بزرگ ورودی حیاط نیمه باز بود و تعدادی از روستائیان در رفت وآمد بودند. گویا صبح زود آمده بودند .حیدر آقا که همیشه صبح زود برای عبادت بلند می شد وطبق برنامه وعادت همیشگیش بعداز نماز خیابانهای حیاط راآب جارو می کرد ودرها رامی گشود ومقابل درهای خانه را آب وجارو می کرد.آن روز صبح بعد ازآب وجارو و آبیاری باغچه ها .متوجه صدای در می شود . در را که می گشاید کدخدا وچند تن از روستائیان را می بیند که برای دیدن آقا (پدرم) آمده اند. پدرم که آن روز صبح زود راهی دادگاه برای شرکت در محکمه بود. از کدخدا

۱۵۱

علت آمدن او و دیگر روستائیان را می پرسد . بعد با آنها کلی صحبت کرده و اطمینان می دهد که هیچ خبری نیست وبلوا وقحطی نخواهد شد و حرفهای بابا ژواخم جز توهم وخواب وخیال نیست و از حیدر آقا می خواهد که از کدخدا وروستائیان پذیرایی کند.

درختان بلند کنار نهر مقابل خانه ما همیشه در یاد وخاطر من است. تصویر تکان شاخه وبرگ سپیدار و افراهای بلند در فراز دیوارهایی که دور تا دور و مقابل خانه ما را احاطه کرده بودند .در طلوع وغروب هر روز با پرواز پرنده ها شکوه دیگری داشت. آن روز صبح هم که از پنجره چشم بر شاخه های درختان مقابل پنجره اطاقم دوختم . حرکت آنها در آغوش باد در سایه روشن زرد و بنفش آسمان صبح ، رنگ وحالتی دیگر داشت. انگار با فضا ی حاکم بر ذهن وجان همه از یک نگرانی عمومی هماهنگ بود. نگرانی که بر عرصه خانه و دلهای همه اهالی نشسته بود . البته این نگرانی جدا از آمدن روستائیان و جمع شدنشان در حیاط منزل ما که نوعی پناه جستن بود با آمدن ناگهانی عمو سعید فرماندار شهر در آن وقت صبح وسط هفته دو چندان شد .

عمو سعید را بسیار دوست داشتم . او همیشه با من رفتار محبت آمیز و صمیمانه داشت . بسیار وقت ها بخصوص در اوقات فراغت و تعطیلی که قصد پیادروی ویا گردش با دوستانش را داشت .گاه مرا همراه خود می برد و یا اگر با تعدادی از دوستانش دیدار و یا مهمانی داشت. اگر پدر ومادرم شرکت نمی کردند. بر شرکت وحضور من اصرار می ورزید. و برمن نه یک عمو بیشتر یک دوست بود . آن روز صبح که متوجه آمدنش شدم . شتابان لباس پوشیدم و به پیشوازش رفتم. اما برخلاف همیشه که سر به سرم می گذاشت. یا مشت بر شانه و سینه ام می کوبید و شوخی و تفریح و خوش وبش می کرد. این بار با چهره ای جدی و متفکر دستی به شانه ام زد و گفت :

-   چطوری مرد؟

وبعدبه طرف مادرم رفت.ازرفتارورنگ ورخسارو قیافه خسته وگرفته اش
می شد فهمید که ناراحت و از یک چیزی بسیار کلافه است . با مادر
مطابق معمول سلام واحوال پرسی کرد ونشست . مادرم که متوجه وضع
و حال عمو سعید شده بود . برای این که کمی مزاح کرده و حال و وضع
روحی اورا عوض کند پرسید :

-   سعید خان چیه ، باز پریساخانم تورا گزیده ؟

عمو سعید که در آن لباس رسمی اداری وبا آن کراوات قرمز وسیاه
وسبیلهای تابدارش بسیار مردانه وپر ابهت می نمود. سری تکان داد و
گفت :

-   چیز مهمی نیست زن دادش ، البته از پریساخانم بعدا صحبت
    می کنیم . اما مسئله ومشکل من دراین وقت صبح آن مردیکه
    فال بین است که خودش را پیشگو می خواند . راستی امیرخان.
    کجاست ؟ هنوز بیدار نشده ؟

مادرم نگران گفت :

-   امیر محکمه داشت ، صبح زود رفت . امامنظورتان از مردیکه
    کیه؟ چی شده مردیکه پیشگو کیه ؟

-   منظورم روشنه خانم . این روستائیان صبح به این زودی این جا
    چه می کنند ؟ این جا چه کاری دارند؟ اصلا چرا به این جا
    آمده اند؟ خیلهایشان هم تو شهر ریخته اند. مردیکه اوضاع را
    بهم ریخته

مادرم با نگرانی پرسید :

-   موضوع چی ؟ سعید خان این کیه که شما را ناراحت کرده؟

-   مگر شما از موضوع واوضاع شهر خبر ندارید؟

-   نه

- عجب ! منظورم بابا، بابا ژواخیم پیشگوست

- خوب

- مردیکه با این همه برف وبارانی که دراین چند ماه آمده گفته یعنی پیشگویی کرده که خشکسالی وقحطی و بلوا خواهد شد وبیشتر روستاها خواهند سوخت

- به همین راحتی

- بله به همین راحتی

- مگه میشه

- بله ، شما از همینهایی که به خانه شما ریخته اند بپرسید؟ تشریف ببرید به شهر ببینید وضع چیه ؟

- صبر کنید، صبر کنید، کمی صبر کنید سعیدخان . من گیج شدم. لطفا اول بفرمائید صبحانه خورده اید؟ گفته ام آبمیوه وقهوه بیارند.

- همان قهوه کافیست

- پس لطفا همه چیز را واضح وروشن تعریف کنید . چون من فکر کردم موضوع باز پریساخانمه

- نه بابا آن که مسئله ای نیست

- فکر نمی کنم

مادرم باگفتن این جمله باتاکیدنگاهش راتوی صورت عمو سعید دوخت. همانطور که قبلا گفته بودم .پریسا دختر سرهنگ عالمی دختری بود زیبا با قامت کشیده وبلند وچشمانی بغایت گیرا. او که درس خوانده لندن بود بعدازبازگشت ازانگلستان مدام درخانه اش وخانه ومکانهای دیگر جلسه انجمن زنان برگزارمیکرد وگاه گاهی هم گردهمایی واجتماعات عمومی راه می انداخت که چندان خوش آیند دولت ومدیران شهرنبود. عموسعید که فرماندار بود. بدلیل کار ومسئولیت اداری ناگزیر بود که

دستور دهد.کنترلی بر کارها وفعالیتهای پریساخانم انجام شود و یا با درخواست او برای برگزاری میتینگ وراهپیمایی مخالفت شود.اما بی پروایی و بی توجهی پریساخانم گاه عمو سعید را کلافه می کرد وچون دلباخته او بود. نمی توانست در برابر بعضی از درخواستهایش مقاومت کند و یا تصمیم درستی بگیرد. بهمین خاطر دائم از مادرم که با پریسا وخانواده اش آشنا بود. کمک می خواست که کاری بکند و از پریسا بخواهد که کمی تندروی نکند واز فعالیتهایش بکاهد . اما پریساخانم توجهی نداشت و بی اعتنا به علاقه و موقعیت عمو سعید بود ویا این که چنین وانمود می کرد . هر وقت هم عموسعید با او روبرو می شد و یا مادرم در رابطه با عمو سعید با او صحبت می کرد. لبخند می زد وبه عیشوه شانه بالا می انداخت. بی اعتنایی وعشوه وناز او وعموسعید را بیشترمجذوب ودر عین حال کلافه کرده بود. نمی دانست چه بکند وچگونه جلو کارهای اورا بگیرد. از یک طرف از طرف مقامات مرکزی وحکومت تحت فشار بود ومی ترسید که کارهای پریساخانم مشکلاتی برایش بوجود آورد و از طرف دیگراز لحاظ اعتقادی موافق فعالیت و روشنگری پریساخانم بود و بسیار لذت می برد. برای همین هم همیشه متوسل مادرم می شد که باتوجه به آشنایی و دوستی که با پریسا خانم داشت با او صحبت کند . مادرم هم هر وقت با پریساخانم از عموسعید و تمایل وعلاقه اش گفته بود. پریساخانم مثل همیشه با شیطنت خاصی شانه بالا انداخته و باین وانمود که نشنیده پاسخ نداده بود . عموسعید از این برخورد ورفتار پریساخانم هر روز بیشتر از روز قبل دلبسته او وکلافه کارهای او می شد .

صبح آن روز هم که برخلاف معمول. ناگهان بدون اطلاع قبلی آمد. مادرم فکر کردکه شاید باز مشکل عموسعید پریساخانم است . چون عصر روز قبل پریساخانم با تعدادی از زنان ودختران شهر درباشگاه

معلمان جلسه ای در باره آزادی و حقوق زنان گذاشته بود . به همین دلیل وبا این ذهنیت مادرم موضوع پریسا خانم را مطرح و عمو سعید در پاسخ به مادرم که گفت فکر نمی کنم . گفت:

- درمورد ایشان بعدا صحبت می کنیم. البته ایشان هم کمک کنند که خیلی متشکر می شوم . مسئله من امروز این پیرمرده

- یعنی به به (بابا)

- بله این مردک جناب پیشگو

- خوب چه گفته ؟

- گفتم که مردکه پیشگویی کرده که از ماه های آینده بلوا خواهد شد. زلزله و توفان خواهد آمد و خشکسالی و قحطی می شود

- مگه می شه

- شما به این مردم خوش باور وساده لوح بفرمائید. مگه میشه. نمی دانید خانم اوضاع شهر بهم خورده. هر چه روستایی زود باور وساده لوح بوده به شهر آمده. مردم شهر هم ناراحتند من از مسائل خبردارم . شب تا صبح نخوابیده ام. فکر کردم تنها کسی که می تواند وحتما هم کمک می کند. شما هستید. راستی برادرم کجاست؟

فرنگیس قهوه وشیرینی آورد و مادر به عمو سعید تعارف کرد و گفت :

- گفتم که امیر محکمه داشتند و صبح زود رفتند . شما لطفا قهوه تان را میل بفرمائید. برایتان خوبه و بعد بفرمائید که من چه باید بکنم ؟

- شما کمک کنید. با زن و دختر این بابا آشنا هستید. آنها مدیون خانواده ما هستند . بدیدندشان بروید ویا پیغام بفرستید . بفرمائید که بابا حرف وپیشگوئیش را پس بگیرد.

- یعنی ؟

- یعنی بگوید که پیشگوئیش درست نبوده . چه می دانم برای جا و مکان و سال دیگر بوده.
- ولی او این کاررا نمی کنه
- زنش ، بخصوص دخترای آفتاب ومهتاب ندیده ودماغ گنده وزشت ترشیده اش اگر بخواهند قبول می کنه
- واه ! چه حرفها در مورد مردم می زنید سعید خان . اتفاقا خیلی هم دخترهای خوبی هستند. عاقل وچیز فهم . با کارهای پدرشان هم فکر نمی کنم موافق باشند. خوب همه که مثل پریساخانم شما زیبا نخواهند بود
- خوب بله لطفا این حرفهارا برای بعد بگذارید . من آمده ام که کاری بکنید
- سعی می کنم سعید خان اما کلید همه مسائل دست شماست . شکر خدا که شما فرمانداریید می دونید که چه باید بکنید ؟
- باورکنید اگر تا عصر اوضاع درست نشود واین مردیکه حرفش را پس نگیرد. ناگزیریم از این شهر تبعیدش بکنیم . صبح قبل از آمدن به این جا، باجناب دادستان ورئیس شهربانی صحبت داشتم. همه مقامات با تبعیدش موافقند . فکر کردم قبل از هرکار و تصمیمی مثل همیشه از شما کمک بخواهم. کمک کنید که این مسئله بی سر وصدا خاتمه بیابد . لطفا به آنها گوشزد کنید تا متوجه وضع اوضاع بشوند.البته بابا ژواخم دیروز چند ساعتی برای کنترل اوضاع در بازداشت بود و شامگاه آزادشد
- باشه نامه ای با امین به آنها می فرستم و اوضاع را هم شرح می دهم و تلفنی با زنش صحبت می کنم . سعی می کنم که حرفش را پس بگیرد
- ممنونم زن داداش

عمو سعید قهوه اش را نوشید و بلند شد و گفت :

- من باید به کارهایم برسم. لطفا کمی عجله کنید اوضاع خوب
  نیست

و بعد سرش را پائین انداخت و آرام گفت:

- با پریسا خانم هم اگر صحبتی بکنید. ممنون می شوم

- سعید خان نمی توانم . یکبار با ایشان صحبت کردم . گفت اگر
  مرد خوبی بود زنش را نگه می داشت

- شما که می دانید فهیمه خودش خواست در ثانی او با من و
  خانواده من جور نبود

- پریساخانم جوره ؟

- بله

- نه عشق و علاقه اون کورت کرده

- خواهش می کنم این طور قضاوت نکنید .

- قضاوت نمی کنم. می خواهم کمی بی اعتنا باشی . اون باید
  منت تو را بکشه

- به هرحال کمکم کنید ممنون می شم زن زن داداش

عمو سعید خم شد. دست مادرم را بوسید و دستی به شانه من زد و رفت .
بعد از رفتن عمو سعید. مادرم با خانواده بابا ژوآخم تلفنی صحبت کرد و
اوضاع را شرح داد و گفت که خطر تبعید در میان است . زن و دختران
بابا ژوآخم بسیار تشکر کردند . بعد نامه ای نوشت و با امین به خانه بابا
فرستاد و جواب خواست و بابا ژوآخم در پاسخ نامه مادرم در صفحه
جداگانه ای نوشته بود که پیشگویی او برای سالهای بعد و کل عالم است
نه این شهر و این منطقه . مادرم با امین نامه بابا ژواخم را به عموسعید
فرستاد و با پخش آن کم کم نگرانی گروهی از مردم بخصوص
روستائیان خوابید و اوضاع آرام شد . اما سال بعد نه در پائیز وونه در

۱۵۸

زمستان چندان باران و برفی نبارید وبهار، بهاری بی بارانی بود و سال ،
سال خشکسالی و روزپانزده خردادماه که توفان بلا با زلزله آمد همگان
می گفتند که پیشگویی بابا درست بوده . دو سال بعد عموسعید با
پریساخانم ازدواج کرد و عروسی با شکوهی گرفت وبعد از چند ماه
چون کار عمو سعید را به تهران داده بودند . خانه وسائلشان را جمع
کردند و به تهران رفتند .با رفتن عموسعید احساس تنهایی کردم ،
احساس کردم که یکی از بهترین دوستانم را از دستم داده ام . هرچند
که همیشه با او تماس و گفتگوی تلفنی داشتم و او همیشه تشویقم می
کردکه درسم را خوب بخوانم وبه دانشگاه بروم .

۱۰

زندگی پرغم پطروس ارمنی

در نزدیکی خانه ما . یعنی دو کوچه بالاتر پطروس ارمنی خانه باغی بزرگ داشت که به همراه خواهر پیر ودو دختر زیبا و خوشرویش که به هنرمندی و مجلس آرایی شهره بودند . زندگی به آرامی می گذراند. پطروس مردی ثروتمند تحصیل کرده با فرهنگ و کاردان و نقاش وتصویرگری ماهربود و با بسیاری از نقاشان وهنرمندان واهالی بافرهنگ وهنر شهر رفت وآمد و دوستی داشت وهمیشه از خانه اش صدای ساز و آواز و رقص وشادی بگوش می رسید . من در نوجوانی چندین بارهمراه پدر و مادرم بدیدار آنها رفته و در مهمانیشان شرکت کرده وبه تماشای تابلوهای نقاشی پطرس و رقص و آواز دخترانش هاسمیک ونورا و از همه مهمتر صحبتها شیرین و نقل خاطرات پطروس که گاه از شدت غم ره به گریه می زد . نشسته بودم . وقتی خاطرات پطروس را می نشینیدی و از سرگذشت غم انگیز او با خبر می شدی . با خود می اندیشیدی که چگونه پطروس با این سرنوشت و این زندگی پر از حادثه وتلخ همیشه خوشرو وخندان است و همیشه از خانه اش صدای موسیقی وخنده

بگوش می رسد . این سوال همه دوستان پطروس بـود ومـن بـارهـا ایـن
حرف ها وسوال را در صبحتهای مادر وپدرم شنیده بودم و هنوز هـم از
تاب وتحمل پطروس در حیرتم .

پطروس علاوه بر شکستگی ، دست وپای سـوخته داشـت و خـوب نمـی
توانست راه برود وهمیشه ناگزیر بود برای حرکـت وراه رفتن از عصا
استفاده کند وبا تکیه بر آن سرپا به ایستد . کمتر از خانـه اش بیـرون مـی
آمد. مگر به خاطر شرکت در مراسمی ویـا دیـدار دوستانـی . همیشـه در
خانه اش مشغول کار ونقاشی و نوشتن بود وصدای موسیقی بخصوص
موسیقی بدون کلام وکلاسیک اروپا از اطاقش شنیده مـی شـد وعلاقـه
شدید به باخ و ویوالدی داشت. من نخستین بار این نوع موسیقی را در
خانه او شنیدم وبعدا که از مادرم پرسیدم او مرا بیشتر با آن نـوع موسیقـی
آشنا کرد .

پطروس از زمستان وبـرف وسـرما خوشـش نمـی آمـد وخـاطره خوشـی
نداشت .همیشـه وهرسـال بـا شـروع زمستان رفت وآمـد و ارتبـاط
ومراوداتش را با دوستان وآشنایان را کم ویا قطع مـی کـرد و در خـود فرو
می رفت وبگونه ای به چله وغـم مـی نشسـت .امـا کسـی از ایـن رفتار و
برنامه زندگی پطر دلگیر نمی شد . همـه دوستانش مـی دانستند کـه او
چون همیشه وهمه سال در اندوه غم مرگ زنش به مـاتم و انـدوه نشسـته
است . چیزی که درد بـزرگ زنـدگی پطـروس بـود . آن چنـان کـه مـی
گفتند و من شنیده بودم . پطروس چنین نقل کرده بود :

** گورگیز را از بچگـی مـی شناختم. یعنـی از کـودکی از همـان
زمانی که به مدرسه نمی رفتیم دوست وهمبازی هـم بـودیم. همسایه مـا
بودند و بعدا هـم بـا هـم بـه یـک مدرسـه مـی رفتیم و در کـلاس درس
کنارهم می نشستیم . چشمانی زاغ داشت وموهایی بـور وصـورتی کـک

۱۶۱

مکی . کوتاه قد ولاغر اندام اما بسیار شلوغ بود . درس خوب نمی خواندو من همیشه ناگزیر بودم که کمکش کنم . دیپلم که گرفتیم می خواست معلم شود اما نشد به ده گلپاشین نزد پدر ومادر بزرگش رفت و باغداری وکشاورزی را پیشه کرد . هنوز هم هست و من هر از چندگاه بدیدنش می رود .زود ازدواج کرد ، بچه زیاد دارد و دختر بزرگش را به تازگی عروس کرده . همیشه همراه و هم دم هم بودیم و باهم در یک روز عاشق شدیم. البته شک دارم چون نمی توانم به حرف گوگیز اعتماد کنم . می گفت که با هم وهم زمان عاشق شدیم . اما فکر می کنم از خیلی وقت پیش چشمش به دنبال سدا بوده و با او قول وقرار داشته. ولی به من می گفت که در آن جشن هم زمان با من وتائید من عاشق سدا شده .

هرگز آن روز وآن عصر را فراموش نمی کنم.من که برعکس گوگیز به دانشکده رفته بودم ومشغول تحصیل بودم سال اول دانشکده که تمام شد برای گذراندن تعطیلات تابستانی به اورمیه برگشته بودم که گوگیز بدیدنم آمد ومرا با خود به مزرعه اش برد. تا عصر کنار هم بودیم . عصر که من می خواستم بر گردم .گفت نرو عصر امروز در میدان ده جشن انگور است .. موزیک هست. همه می خورند و می زنند ومی رقصند. خیلها برای شرکت دراین جشن از شهر می آیند. تو هم بمان شرکت کن . بخصوص که می خواهم سدا را ببینی دختری را که خیلی وقت است که می خواهم عاشقش شوم. من به نظر وسلیقه تو ایمان دارم اگر تو بپسندی وتائید کنی عاشقش میشم. نا گزیر به اصرار او ماندم وبا هم به میدان دهکده رفتیم ..مقابل تنها قهوه خانه دهکده را کمی پائینتر از کلیسا در ضلع دیگر میدان کوچک دهکده قرار داشت آب وجارو کرده و صندلیها ونیمکت ها را گرد چیده بودند . جمعیت زیادی از مردم دهکده واطراف بخصوص دختران و پسران جوان جمع شده بودند

نوازنده هاکه سه نفر بودند دو پسر جوان که یکی طبل می زد و دیگر فلوت و مرد میانسالی که شکم بر آمده ای داشت ورهبر گروه بود آکاردیون می نواخت. موزیک شاد یکی از رقصهای محلی را می زدند و چند مرد وزن و دختر وپسر جوان دست در دست هم در دایره ای منظم در حال رقص بودند . من کنار گورگیز همراه چند تن از دوستان گورگیز به تماشا ایستادیم . با گذشت زمان به تعداد جمعیت افزوده می شد. بخصوص به تعداد اهالی روستا که از کار روزانه برگشته بودند. گورگیز که چشم براطراف و جمعیت داشت. آرام به پهلویم زد ودسته ای از دختران را که در طرف دیگر ایستاده بودند. نشانم داد و گفت آن کناری همان که پیراهن گلدار سبز پوشیده و موهای قهوه ای دارد سداست. ببین می پسندی من می خواهم با اوازدواج کنم .نگاه کردم سدا دختری نه چندان زیبا اما دلنشین با قد متوسط و صورت گرد وکمی چاق بود . همانطور که نگاه می کردم. چشمم به دخترزیباو باریک اندام بلند قدی افتاد که موهای صاف بلندش را پشت و اطراف شانه هایش ریخته و همراه با دختری دیگر کمی آن طرفتر ایستاده بود. تیپ و قیافه جذاب و خاصی داشت .همانطور که چشم بر او دوخته ونگاهش می کردم سرش را بر گرداند و نگاهش را بر نگاهم دوخت.

حالت نگاهش چیز دیگر بود. ازرنگ چشمان و حالت نگاهش دلم یک آن لرزید و پشتم تیر کشید و تکان خوردم . بطوری که گورگیز متوجه شد و پرسید: چه اته ، چه شده

گفتم : چیزی نیست

بعد پرسیدم . آن دخترو می شناسی ؟

پرسید کدام را؟

گفتم همان که پیراهنی سفید و دامنی طوسی پوشیده و کمی آن طرفتر ایستاده..؟

گفت : نمی شناسمش . اما اگر بخواهی از سدا می پرسم

بعدپرسید: ازش خوشت آمده ؟

جوابش را ندادم وسکوت کردم . گورگیز رفت و کمی بعد برگشت و آرام گفت :

-       اسمش آلماست .دختر بسیار خوبیه از خانواده خوبی هم هست . هنوز درسش را تمام نکرده ، سال آخر دبیرستانه

باز جوابش را ندادم و سکوت کردم . کمی بعد ناقوس کلیسا باعث قطع موزیک و رقص شد. صدا ناقوس کلیسا منظم اما منقطع بر می خاست درآن فضای شامگاه در عرصه روستامی پیچید .و انعکاسی دیگر داشت. اگر کمی در سکوت گوش می کردی. احساس می شد از میان درختان و علفهای باغها ومزارع می گذرد ودردور دست در دامنه کوهستان مشرف بدریا انعکاس می یابد و بر می گردد و دوباره در عرصه روستا ودر گوش همه، تمام اهلی و دیگر آدمها آن جا می پیچد . همراه با صدای ناقوسها دسته ای از خدمه کلیسا که شمعهای روشن و ساقه ای از درخت مو در دست داشتند در حالی که کشیش وکدخدای ده وجمعی از زنان ومردان گلپاشین ودیگر روستاهای اطراف پشت سر آنها بودنداز کلیسا خارج شده و به طرف صحن مقابل قهوه خانه ومحل تشکیل جشن آمدند. از آن صحنه یعنی از آمدن آنها به آن شکل وصورت همراه با انعکاس صدای ناقوس کلیسا. خوشم نیامد .احساس بدی بر دلم نشست . انگار مراسم خاکسپاری کسی ب ویا مراسم عشیای ربانی ودعا برای توبه بود . هرگز نفهمیدم و نمی دانم چرا آن روز در آن شامگاه در اولین باری که من آلما را دیدم و عشق او بر دلم نشست این احساس بد واندوه از آن مراسم به من دست داد . هنوز هم بعداز گذشت این همه سال آن حس واحساس بد از آن مراسم وصحنه آمدن آنها با من است .با مشاهده آنها جمعیتی که گرد نشسته و ایستاده بودند

بلند شده و کنار کشیده وراه بر آنها باز کردند وآنها بعـداز استقرار در زیر سایبان پیش درگاهی قهوه خانه کیشش کمی جلـوتر آمـد . بعد از دعا ونطقی کوتاه اعلام کرد که مراسم شکرگذار جشن انگور فردا صبح در کلیسا برگزار خواهـد شـد . بعد برای دعا وبرکت محصول باغهـا خواهند رفت. بعد از کیشش . کداخدا به همه خیر مقدم وتبریک گفـت و خواست که جشن را با رقص و پایکوبی ونوشیدن ادامه بدهند . دسته موزیک دوبار شروع به نواختن کرد امـا ایـن بـار متفاوت . آهنگـی کـه کدخدا و گروه پیران تعین می کردند و به کسی که متفاوت وبهتر از همه می رقصید جایزه یعنی یک سبد انگور تعلق می گرفت . کدخدا مرتب همه را برای رقص فرا می خواند اما کسی پا به میدان بـرای رقـص نمـی گذاشت. ناگهان گورگیز مرا به وسط هول داد وگفت این از همـه بهتر بلده و بهتر می رقصد . کف زدن جمعیت همـراه بـا موزیک بلنـد شـد. ومن هاج و واج وامانده نمی دانستم که چه کنم. کدخدا ودیگران مرتب می گفتند شروع کن و من ناگز شروع به رقصیدن کردم اما چـه رقصی انگار لرزه گرفته بودم. رقصم بقدری بد وافتضاح بـود کـه باعـث خنده همه شد ومن زود کنار کشیدم . اما ندانستم که هنگـام کنار کشـیدن بـه کنار آلما رفته ام و نزد او ایستاده ام . ناراحت و شرمگین از کار گورگیز ودیگر دوستانم که مرتب می خندیدند. سرم راکه بالا گرفتم نگـاهم بـه نگاه وصورت آلما افتاد که کنارم ایستاده بود. اولبخندی زد و با مهربانی که انگار ناراحتی و شرمگینی مرا فهمیده است گفت :

- چقدر خوب رقصیدید

گفتم: نه خیلی بد شد . من رقص بلد نیستم . دوستانم هولم دادند

گفت: ولی خوب بود

و این آشنایی من با آلما و شروع عشق ما بود . ازآن شب به بعد مرتب با هم تماس داشتیم وهمدیگر را می دیدیم تاین که درس مـن تمـام شـد

ودر شرکت نفت استخدام شدم وبا آلما ازدواج کردم وبه آبادان رفتیم .
آن دوران ، سالهای خوب و خوشبختی ما بود . دخترانمان بـدنیا آمدنـد
کنـار هـم باکودکانمان خوشبخت بـودیم تـااین کـه آن اتفـاق افتـاد و
زندگی مرا از من گرفت آه ..

پطروس کمتر از آن واقعه حرف مـی زد اما کسـانی کـه از زنـدگی او و
حادثه تلخ آن روز خبر داشتند. مـی گفتند در یک بعـد ازظهر تابستان
که پطروس در باغچه حیاط منزلش مشغول کـار بـوده و همسـرش آلمـا
مشغول آشپزی . کمپسول گاز منفجر مـی شـود و خانـه را بـه آتـش مـی
کشد . پطروس برای نجات زن وفرزندانش بدرون خانه می دود زنـش را
زخمی میان آتش می بیند . زنش می گوید بچه ها . بچه ها را نجات بده .
پطرس بچه هایش را بیرون می برد وبر می گردد با وجود شعله ور بـودن
آتش که به پیراهن و شلوارش می افتد و دست وپاهایش را می سـوزاند.
زنش را از میان شعله های آتش بیرون می کشد و به بیمارستان مـی بـرد
و هر دو در بیمارستان بستری می شوند اما بـدلیل جراحـات و سـوختگی
بیشتر زنش در می گذرد و پطروس وبچه هایش را تنهـا مـی گـذارد .
پطروس بعد از آن واقعه سالها در آبادان بود تا این که بازنشسته شـد و بـه
شهر وزادگاهش برگشت و هنگام بازگشت گور زنش آلما را به ارومیه
منتقل کرد واکنون بعد از گذر سالها او هم چنان در یاد آلمـاو عـزادار
اوست و هر چند روز به سر خاک آلما می رود و لحظه ها بـا او وخـاطره
اش به گفتگو و اندوه می نشیند.

۱۱

خواهرم سیمین عاشق شده بود

خواهرم سیمین عاشق شده بود.این را از صحبتهای آرام اما عصبی و نگران پدر ومادرم فهمیدم . ولی معنی وعلت گرفتاری وزندانی بودنش را نه و نمی توانستم بفهمم که منظور آنها از این کلمه زندان چیست ؟ آیا خواهرم واقعا آنطور که مادر وپدرم با نگرانی به زبان می آوردند گرفتار وزندانی شده بود. خاطرم است نزدیک ظهر بود که عمو سعید زنگ زد ودقایقی بسیار طولانی با پدر ومادرم صحبت کرد . انگار اتفاقی افتاده بود.پدرم چندین بار اسم خواهرم سیمین را برد و مرتب می گفت :

- باور نمی کنم ، دختر من این کارها را نمی کنه. حالا کجاست؟ زندان. وای خدای من.کی ؟ کی ، چه وقت گرفتنش. نمی دانی، دیروز عصر !؟ ، برای چی ؟ علتش را هم نفهمیدی ؟ چی !؟ اعلامیه میان دانشجوها پخش می کرده، نه باور نمی کنم. غیر ممکنه ، سیمین این کارها را نمی کنه .سعید قربانت برم یه کاری بکن. دخترم را بیرون بیار .من الان با سرهنگ امینی وگودرزی تماس می گیرم که کمکت کنند... آنها حتماکمکت می کنند. هر طور شده بیاریدش بیرون . این پسره کیه ؟ گفتی عاشق همند؟ .باور نمی کنم .دخترمن این کارها را نمی کنه .

سعید هر چه می تونی بکن بیارش بیرون . .من یکی دوساعته
دیگه حرکت می کنم صبح در تهرانم....
بعدازتماس تلفنی عموسعید، پدرم با سرهنگ امینی که سرهنگ شهربانی
بود ورسول گودرزی وکیل دادگستری که هردو دوستان صمیمی وهم
کلاسی دوره مدرسه اش بودند. تماس گرفت ومدت طولانی با آنها
صحبت کرد. انگار آنها به پدرم قولهایی داده بودند. چون بعد از صحبت
با آنها، پدرم دوباره باعمو سعید تماس گرفت وگفت که با سرهنگ
امینی و گودرزی صحبت کرده . عمو سعید هم توسط دوستانش اقدام
کرده بود.به پدرم امید و آرامش داد. انگار گفت که تا شب ویا فردا
صبح مسئله راحل و سیمین را آزاد خواهد کرد. همه فامیل و دوستان از
علاقه و دلبستگی پیش از حد پدرم به خواهرم سیمین مطلع بودند . می
دانستند که حال و روز ونگرانی پدرم چیست؟ امامسئله چه بود؟ سیمین
گرفتار چه مسئله ای شده وچرا زندانی شده بود. نمی دانستم ؟ اما فهمیده
بودم که برای خواهرم سیمین اتفاقی افتاده است .نگران گوشه ای ایستاده
بودم و ناراحت آنهارا نگاه می کردم .پدرم بعداز صحبت با عموسعید.
برگشت و به مادرم که با چشم تر ، اما ساکت و نگران کنارش ایستاده
بود گفت :

-   خانم برید چمدان مرا آماده کنید .باید برم به تهران ببینم چه
    شده ؟ قضیه چیه ؟

-   من هم میام

-   شما برای چی ؟ من میرم ببینم موضوع چیه ؟ بعد برمیدارم
    ومیارمش این جا؟

-   نه من هم می آیم. نگرانم. می خوام ببینم چه بر سر دخترم آمده.
    آه خدا. نگفت برای چی گرفتنش ؟

- اعلامیه میان دانشجوها پخش می کرده خانم ،همراه دوستش صبا ،سعید می گفت انگار سیمین دلبسته فرهاد برادر صباست. هی گفتم مراقب دوستی و رفت و آمد دخترت باش . گفتم از وقتی که با این دختره صبا آشنا شده . فکر و رفتارش عوض شده. توجه نکردید. حالا بفرمائید؟ این نتیجه تربیت شماست

- تربیت من یا تربیت تو ، تو بودی که هر روز با او بحث می کردی . هروقت من اعتراض کردم. به کتابهایی که می خواند ایرادگرفتم .گفتی خانم مدارا کن جوان است. باید روشن شود. در ثانی دختر توست. تو هم همین کارها را می کردی. یادت رفته در همان اولین روز آشنائیمان اعلامیه ها را به من دادی که ببرم ومیان دانشجوها پخش کنم . حالا طلب کار هم هستی ؟ من دخترم را می خواهم. باید بری و دخترم را آزاد بکنی. ببینی چه برسرش آمده؟

مادرم شروع به گریستن کرد.

- باشه خانم آرام باشید . باشه میریم

پدرم که تلاش می کرد مادرم را آرام کند. سرش که برگرداند .نگاهش به من افتاد . با لحن گرفته اما مهربان گفت:

- پسرم برو به کارهایت برس . ظهر می ریم تهران

مادرم گفت :

- مگه آن هم می آد؟

- بله خانم نمی خواهم این جا تنهایش بگذاریم

- ولی مدرسه اش چی؟

- مهم نیست. با مدیر مدرسه اش آقای صفایی تماس می گیرم و صحبت می کنم و اجازه اش را می گیرم.

بعد همراه مادرم به اطاق کار و مطالعه پدرم رفتند و دررا بستند و آرام شروع به صحبت کردند.خیلی مراقب بودندکه کسی بخصوص مستخدمها حرفهای آنهارا نشنوندو بویی از قضیه نبرند خواهرم سیمین یک سالی بود که دانشجو شده وبه تهران رفته ودر دانشگاه مشغول تحصیل بود.پدر ومادرم ازاین که او دانشجو شده بود . بسیارشاد و مغرور بودند . امافکر نمی کردندکه سیمین عاشق و دلباخته شود ویا وارد فعالیتهای سیاسی و اعتراضهای دانشجویی شده باشد وانتظار چنان مسائلی را هم با توجه به خوی وخصلت و شخصیت او نداشتند..

حقیقت این بودکه بعد از انتقال ورفتن عموسعید به تهران وهم چنین پذیرفته شدن خواهرم سیمین دردانشگاه و رفتن او به تهران ، نظم و آرامش خانواده ما تاحدی بهم خورده بود . همه ماگرفتار نوعی تنهایی وانزوا وسکوت ودلتنگی شده بودیم و این سکوت و دلتنگی با پدرم که بیش از حد به خواهرم سیمین علاقه و دلبستگی داشت. بیشتر از همه مابود اما رفته رفته با گذشت زمان به وضعیت پیش آمده وخلا عدم حضور اوعادت می کردیم که خبر گرفتاری سیمین را شنیدیم.

سیمین که پنج سال از من بزرگتر بود.دختری بسیار زیبا با اراده ای قوی وروحیه ای بسیار شاد بود. به جوک وطنز علاقه داشت وهمیشه در کنار مطالعه و انجام درس و مشق مدرسه ،کتابهای ادبی وگاه فکاهی وطنز می خواند و به آثار ایرج پزشک زاد وعزیز نسین بسیارعلاقمند بود وهرچندگاه سر به سر افراد خانواده ، بخصوص پدرم که خیلی با او صمیمی ومحبوب اوبود. می گذاشت. عصرها و یا شبها که افراد خانواده دور هم جمع بودیم. گوشه ای می نشست و در فرصتی مناسب میان حرفها و صحبتهای پدرم متلکی بار می کرد ویا سخنان وشعرهایی که او می خواند ومی گفت بر عکس می نمودوموجب خنده وتفریح جمع خانواده می شد. پدرم عادت داشت در حین این که به چیزی فکر می

کرد ویا در خودش بود و خودش رامرور می کرد .حرفی ، سخن گزیده
ای می گفت ویا از سر دلتنگی آهی می کشید و شعری می خواند
مانند :
-    دوش دیدم که ملائک در میخانه زدند – گل آدم بسرشتند و به
پیمانه زدند
خواهرم که در جمع خانواد نزدیک پدر در گوشه ای نشسته و یا در آن
حوالی بود فورا می خواند:
-    دوش دیدم که ملائک در یک خانه زدند – سر کچلی را فر
شش ماهه زدند
پدرم خنده اش می گرفت وسرش را تکان می داد ویا وقتی از سر حس
خاصی وافسوسی می خواند:
-    ای دوست بیا تا غم فردا نخوریم – وین یک دم عمر را غنیمت
شمریم
خواهرم فورا می خواند:
-    ای دوست بیا تا غم فردا بخوریم – وین شام شب را غنیمت
شمریم – ممکنه فردا گرسنه بمانیم
ویا موقعی که پدرم می خواند:
-    پوستین کهنه دارم من   – یادگاری ژنده پیر از روزگاران
غبارآلود
خواهرم به طنزمی خواند
-    پوستینی گندیده دارم من – یارگاری پوسیده از دست شپشهای
خون آلود

همین طنز ومتلک گفتنهایش موجب می شدکه پدرم برخیزدکه باز دختر
تو مراسخره می کنی . دنبالش کند. بعددرآغوش بگیردو غرق بوسه اش

۱۷۱

کند.او محبوب پدربود وپدر بی حضور او سرخوش نبود.علاقه پدرم به خواهرم سیمین و علاقه متقابل سیمین به پدرم میان فامیل ودوستان مثال زدنی شده بود. من شاهدبودم که هر وقت عصر روزی که پدرم بر حسب اتفاق دیرازسرکاربرمی گشت. سیمین بی تاب ومضطرب می شد.هی می آمد ومی پرسید بابا آمده ؟تا پدرم می آمد و وارد خانه می شد.چون دوران کودکیش از گردنش می آویخت و روی زانوان پدر می نشست وخود را چون دختربچه های دو سه ساله لوس می کرد وپدرم چه لذتی می برد.

اما از سال آخردبیرستان بخصوص از روزآشنایی ودوستی با همکلاسیش صبا که تازه به شهر ماآمده وساکن شده بودند.چشم سیمین که به مطالعه بعضی کتابها و آشنایی با مبارزات سیاسی واجتماعی باز شد . روحیه و رفتارش عوض شد. بیشتر در خودش بود و کتابهایی می خواند که پدرم مخالف بود .همیشه هم سر مطالعه آن کتابها ومسائل دیگر که بیشتر حول وحوش سیاست ومسائلی ازآن قبیل بود. با پدرم بحث داشت و هرچندگاه بحث وگفتگویشان به مشاجره می کشید. اما در نهایت باز همان محبت بود و عشق پدر وفرزند به هم

خواهرم سیمین چون مادرم موهایی برنگ قهوه ای روشن و چشمانی سبز داشت. قامت بلند با رخساری زیبابود و.بدلیل همان زیبایی خواستگار بسیار داشت اما پدر ومادرم مایل بودند که او به تحصیلش ادامه دهد. می گفتند : باید درسش را بخواند . هنوز وقت ازدواجش نیست.. غافل از این که عشق در قلب سیمین راکوبیده بود و سیمین وفرهاد برادر دوستش صبا که دانشجوی معماری در تهران بود. در هنگام تابستان در دیدارهایی که با هم داشتند بهم دلباخته شده بودند .

گفتم سیمین کتابهای خاص سیاسی ودینی واجتماعی می خواند. من این مسئله را با موضوع دیگر بطور اتفاقی متوجه شدم . یعنی یک سال قبل

هنگامی که سیمین سال آخر دبیرستان بود و خودرا آماده کنکور ورفتن به دانشگاه می کرد.من گاه گاهی که برای صحبت و یا رفع اشکال درسی و یا سوالی پیش او می رفتم. لای دفتر و کتابهایش نامه و عکس و کاغذی می دیدم که خواهرم تا چشم من به آنها می افتاد فورا جمع می کرد و کناری می نهاد و از چشم من پنهان می کرد. یکبار هم که در اطاقش نشسته و در خصوص حل یک مسئله ریاضی که من ناتوان از درک آن بودم ، (باید اعتراف کنم که ریاضی وفیزیک من بسیار ضعیف بود ومن هیچ علاقه ای به آن درسها نداشتم) خواهرم که با من بسیار صمیمی بود .مدام با مداد بر سر من می زد که بجای خواندن رمان کمی هم ریاضی بخوان ویاد بگیر . ناگهان ازلای دفترش که روی میز بود عکس مرد جوانی افتاد. خواهرم هراسان عکس را برداشت و در حالی که از شرم و اتفاقی که افتاده بود. بر افروخته شده بود نگاهش را در نگاه من دوخت سرخ وشرمزده گفت :

-    این ها مال صباست

بعد به تاکید وبا لحن کمی ملتمسانه گفت :

-    به مامان چیزی نگویی

ومن سکوت کردم. هرچند که متوجه مسئله نشده بودم. اما دیدن یک عکس ، عکس یک مرد جوان در میان دفترخواهرم برایم تعجب آور بود. به مادرم هم چیزی نگفتم .یعنی برایم مسئله ای نبود و بکل مسئله را فراموش کردم. پائیز سال بعد که از کنکور قبول شد و به تهران رفت و مشغول تحصیل در رشته مهندسی معماری شد(چون از اول علاقمند به معماری بود ومن هم تحت تاثیر او همین طور اما ریاضیات و علم هندسه ام بسیار ضعیف بود و از تصور این که در دانشگاه برای تحصیل معماری باید ریاضی بخوانم و بدانم ناراحت بودم.) خلاء حضور او درخانه روی همه تاثیر گذاشته بود ومن بیشترازهمه بی حضور او احساس تنهایی می

کردم . اگرچه می دانستم که مدت تحصیل واقامتش در تهران دراز است وتازه از بودن در شهر بزرگی چون تهران بسیارخوشحال است .من تهران را ندید بودم و برای همین هر چند وقت در نامه هایی که برایم می نوشت ازتهران و بزرگی وامکانات آن ومحیط دانشگاه بسیار تعریف می کرد و همیشه تشویقم می کردکه درسهایم را خوب بخوانم تا بتوانم وارد دانشگاه شوم.خواهرم در تهران دوسه ماهی در خانه عمو سعید بود .بعد نپذیرفت. خواست که مستقل باشد. دوست داشت که در خوابگاه و یا خانه ای جداگانه با دوستانش بخصوص دوستش صبا که او هم در دانشگاه پذیرفته شده وهم کلاسی او بود باشد. وبرای همین پدرم ناگزیرشد به تهران رفته باهمه ناراحتی وگلایه واعتراض عموسعید خانه ای مشترک با دوتن از دوستان وهمکلاسیهایش   در نزدیکی خانه عموسعید برایشان اجاره کند وبه عمو سعیدهم سپردکه مراقبش باشد. فکر وعمل پدرم درمقابل اعتراضهای عمو سعیدمنطقی بود. پدرم می گفت: یکی دو روز نیست که شش سال دوره تحصیلش است و در ثانی جوانند می خواهند آزاد باشند و زندگی را تجربه کنند وآن طور که می خواهند بسر ببرند .

اما عمو سعید ناراحت و گله مند بود. پائیز و زمستان آن سال گذشت در تعطیلات عید نوروزخواهرم چون دیگر دانشجویان برای گذراندن تعطیلات و دیدن خانواده نزد ما برگشت اما دیگرآن سیمین پرجوش وخروش و شاد نبود. عوض شده بود. چطور بگویم . بسیار آرام و موقرشده بود و همیشه تو خودش بود. مادرم آن را بحساب تغییر شخصیت می گذاشت اما حقیقت این بود که رفتار وتفکر خواهرم بدلایل دیگری عوض شده بود. کمتر آرایش می کرد. بیشتر غرق مطالعه بود . کمتر صحبت می کرد. مگرچیزی ازش پرسیده می شد . به همین دلیل کمتر همراه خانواده بدید وبازدیدعید نوروزی دوستان وفامیل می

آمد. مگر افراد و دوستان خاص . در این میان با من اما بسیار مهربان و صمیمی بود. در هر فرصتی که می یافت به اطاقم می آمد. کنارم می نشست واز کتابهایی که می خواندم می پرسید و از تهران و فضا و محیط دانشگاه برایم صحبت می کرد . خوش حال بود که می خوانم و می نویسم. یک روز قبل از ظهر که به بازار رفته بود. برایم تعدادی از کتابهای صمد بهرنگی ویک مجموعه داستان از نویسنده ای بنام ژیلا سازگار بانام (کسی بفکر ماهیها نیست) خریده بود وبرای خودش هم یک رمان بنام (برمی گردیم *گل نسرین بچینیم.*) نوشته ژان لافیت. ترجمه حسین نوروزی ویک کتاب فلسفی بنام (آسیا در برابر غرب) از داریوش شایگان و هم چنین ترجمه پدیدارشناسی روح از مجموعه فلسفه هگل بانام (خدایگان وبنده) ترجمه حمید عنایت را خریده بود .وقتی که کتابهایی را که برای من خریده بود آورد. نگاهم به کتابهایی که در دست داشت و برای خودش خریده بود. افتاد شوق زده به عنوان و جلد آنها نگاه کردم و ازموضوع آنها پرسیدم . می دانست که چقدر شوق مطالعه و خواندن را دارم . وقتی توجه مرا به کتابها دید آنها را مقابلم روی میز گذاشت و با حوصله یک به یک هر کدام را توضیح داد وگفت :

- این یک رمان رئالیستی وسیاسیست. البته ممنوع است من اتفاقی در دست فروشی کنار خیابان دیدم وخریدم (اشاره اش به رمان می رویم تا گل نسترن بچینیم بود) و این دو کتاب دیگر فلسفی هستند خواندنشان برای تو هنوز زوده چون کمی سنگین و پیچیده هستند

بعد اشاره به کتاب باریک و کم حجم (خدایگان وبنده) کرد که تعداد صفحات آن به شصت ویا هفتاد صفحه نمی رسید و گفت:

- این بخشی کوچک اما مهم کتاب فلسفه پدیدارشناسی روح هگل ویکی از بهترین ترجمه های دکتر حمید عنایت است.مهم بودنش هم اینه که این بخش از فلسفه هگل است که اساس و مایه اولیه ایده مارکس و فلسیفه مارکسیم قرار گرفته .اصل وبنیاد آن در تحلیل رابطه آدمها در زندگی و جامعه است. یعنی برخورد وجنگ پنهان وآشکار شخصیت آنها ست که در سه حالت روی می دهد . یا هر دو از لحاظ قدرت وشخصیت مساویند ونیازی بهم ندارند ویا   هردو در برخورد ستیز وجنگ باهم خردو محومی شوند باز چیزی نمی ماند که شناخته شود و در حالت سوم که بیشترمتداول است وزندگی بشروروابط آدمها بیشتر در این حالت شکل می گیرد. این است که در برخورد وستیز ارج شخصیتهایکی مغلوب ودیگری فاتح وپیروز می شود که فرد فاتح ارباب و خدا وفرد مغلوب بنده است و در جامعه هم فاتحان گروه حاکمان ویا همان اربابان وخدایگان را تشکیل می دهند و بقیه بندگان و سر سپردگان را اما همیشه وضع بدان صورت نمی ماند. هگل معتقد به تواتر است ومی گوید خدایگان یعنی همان فاتحان در اثر گذشت زمان فقط مصرف کننده می شوند و در اثر تنبلی وکار نکردن توانائیشان را از دست می دهند. اما بندگان ، همان شکست خوردگان در اثرکار تولید و ابزارمندی روزبه روز تواناتر شده ودر اثر گذشت زمان توانایی وعقل و قدرت آنهاباعث ستیز شده وتغییر وجابجایی روی می دهد. این بار بندگان دیروز فاتح و ارباب وخدا هستند و مغلوبها یعنی ارباب و خدایگان سابق برده ها و کارگران حال حاضر.

من که از توضیح او بشوق آمده بودم .گفتم ایکاش آن را داشتم .خندید
اما چیزی نگفت .تعطیلات عید نوروز چون دیگر روزها بسرعت برق
وباد گذشت وتمام شدو زمان رفتن وباز گشت سیمین به تهران برای ادامه
درس وتحصیل دانشگاهش رسید . عصر روزی که چمدانش را بسته بود
وقرار بود با اتوبوس شب رو راهی تهران شود. چون در آن زمان بغیر از
ماشین شخصی اتوبوس تنها وسیله سفر و مسافرت اهالی شهرما بدیگر
شهر ها وهم چنین تهران بود .به اطاقم آمد کتاب (خدایگان وبنده) را با
رمان (بر می گردیم تاگل نسرین بچینیم) را روی قفسه کتابخانه ام
گذاشت و گفت اینها راداشته باش حالابرایت دشواره ولی دو سه سال بعد
خواهی خواند.کتابهای خوبیند.خواست برای خدا حافظی بغلم کند.
گفتم من هم می خواهم تا ترمینال وپای اتوبوس بیایم و بعد همراه با پدر
ومادرم برای بدرقه اش رفتم. پدرم در راه در حین رانندگی به خواهرم
بسیار سفارش می کرد که از مطالعه کتابهای سیاسی خاص ودوستی
ورفاقت با دانشجویان کلا کسانی که عضو گروه ویا حزبی هستند. پرهیز
کند و جلو احساساتش را بگیرد. بیشتر سرش تو درسش باشد .سیمین
چون روزهای گذشته هم چنان ساکت گوش می کرد. هنگام خداحافظی
وسوارشدن به اتوبوس باز پدرم با نگرانی خاصی به او سفارش کرد که
مراقب باشد وبه درس ومشقش برسد . انگار پدرم چیزی می دانست ویا
حس کرده بود که آن همه به تاکید و نگرانی سفارش می کرد وسیمین
هم که نگرانی پدرم را حس کرده وفهمیده بود. انگار چیزی پنهان
داشت که با نگاه مملو از شرم سکوت کرده بود و چیزی نمی گفت و
نگفت ورفت . گاه لحظه هایی است که انسان از اتفاق و حادثه ای که
روی خواهد داد . ناگهان آگاه می شودو گاه دلشوره می گیرد ونگران
می شود و مدام حس می کند که چیزی خواهد شد . اتفاقی خواهد
افتاد. بی آن که علت آن را بداند ودلیلی بر دلشوره ونگرانیش داشته

باشد و جالب است که بعد از اتفاق وحادثه برخورد نهیب می زند که به دلم برات شده بود که حادثه ای در راه است . اتفاقی خواهد افتاد... همه ما بعداز رفتن سیمین چنین حالتی داشتیم وبیشتر از همه پدرم در چنان احساس و فضایی بود و شاید احساس و نگرانی ودلشوره او بود که بر دل و احساس ما نشسته و ما نیز چنان حس ودلشوره ای را یافته بودیم. اما پدرم در درون گرفتار نوعی نگرانی وترسی دیگر بود. ترس از اتفاقی پیش بینی نشده که نا خواسته روی دهد و برای همین بعد از رفتن سیمین با وجود آن که هر چند روز زنگ می زد و با او صحبت می کرد ویا نامه می نوشت اما آن نگرانی هم چنان با پدرم بود. تا این که بعداز گذشت حدود یک ماه ونیم. آن روز نزدیک ظهر عمو سعید زنگ زد ومدت زیادی با مادر وپدرم صحبت کرد. انگار اتفاقی افتاده بود.پدرم چندین بار اسم خواهرم سیمین را آورد و مرتب می گفت حالا کجاست؟ . با سرهنگ امینی تماس بگیر . با گودرزی هم همین طور کمکت می کنند . من به آنها زنگ می زنم . هر طور شده بیارش بیرون . این پسره کیه ؟ چطور زیر پایش نشسته ، گفتی عاشق همند. باور نمی کنم دخترمن این کارها را نمی کند . سعید هر چه می توانی بکن من امروز حرکت می کنم و می آیم تهران ، می خواهم دخترم را نجات بدهی .

بله درست بود . درست شنیده وفهمیده بودم . سیمین عاشق وگرفتار شده بود . نمی دانستم که صحبت وپاسخ های عمو سعید به مادر وپدرم چه بود اما آشفتگی و بی تابی پدرم همراه با چشمان گریان مادرم نشان می داد که برای خواهرم سیمین اتفاقی افتاده یعنی سیمین عاشق وگرفتار شده بود.

٭٭

ظهر آن روز با اتومبیل پدرم که امین راننده پدرم برای مسافرت آماده کرده بود راهی تهران شدیم. من در صندلی جلو کنار امین نشسته بودم و پدر ومادرم در صندلی عقب. این اولین بار بود که به مسافرت می رفتم . خیلی ذوق زده بودم که تبریز و تهران راخواهم دید . جاده باریک و خاکی بود کمی بهتر از کورراه های روستایی. از گردنه قوشیچی که بالا می رفتیم .مادرم گرفتار وحشت سقوط بود. بخصوص از آن همه پیچهای باریک و تندی که گاه فقط برای گذر یک اتومبیل امکان دور زدن بود . همیشه اتومبیلی که از سمت دیگر می آمد. توقف می کرد تا اتومبیل مقابل بگذرد وبعداز او دور زند. امین می گفت تا سه راه ایواوغلی کمی بالاتر از شهر خوی جاده همین طورخاکی و ناهموار است . بعد جاده بین المللیست آسفالت است وپهن و عالیست. امامنظور او از بین المللی چه بود من نمی فهمیدم . پدرم ناراحت و معترض بود که چرا به راه های این منطقه نمی رسند. اما امین می گفت که در حال احداث راه اسفالته هستند که بزودی تمام خواهد شد . تا به سه راه ایواوغلی برسیم سه ساعت در راه بودیم . نزدیک ایواوغلی کمی استراحت کردیم. امین شاد بود که به جاده اسفالته رسید ه ایم. کمی به اتومبیل رسید و راهی تبریز شدیم امین می خواست تاتهران یک راست براند. پدرم معتقد بود که شب را در تبریز بمانیم وصبح فردا راه بیفتیم. اما امین می گفت باید به راه مان ادامه بدهیم . کمی مانده به ساعت هفت شامگاه. خورشید در حال غروب بود که به تبریز رسیدیم . بعداز استراحتی کوتاه و صرف شام در رستورانی بخواست امین راه افتادیم و من دیگر نتوانستم بدلیل تاریکی هوا چشم به بیرون و محیط اطراف جاده بدوزم اما با پدرم و امین مشغول صحبت شدم و نفهمیدم کی خوابم برده بود. وقتی نیمه های شب با تکان دست پدرم چشم گشودم فهمیدم به تهران رسیده ایم ومقابل خانه عمو سعید هستیم.. عمو سعید که می دانست می آئیم همراه با خانمش

پریسا بیدار بود . دررا گشود وبه استقبالمان آمد. اولین چیزی که پدر و مادرم بعداز رو بوسی واحوال پرسی پرسیدند حال و وضع خواهرم سیمین بود. عموسعید با لبخند و خوشحالی گفت :

-    سیمین همین جاست

سیمین پشت سر آنها توی حیاط منتظر بود . شرمگین و خجالت زده از کار خود و مسئله ای که اتفاق افتاده بود . پدرم که برای دیدنش پیش از حد بی تاب بود. دستانش را گشود و در آغوشش کشید ودر حالی که مرتب می گفت :

-    دخترم دختر عزیزم

مادرم اما در حالی که گریه اش گرفته بود و اورا در آغوش کشیده و می بوسید .گله مند می گفت :

-    این چه کاریست که می کنی. می خواهی مارا از غصه بکشی

عموسعید دستی به شانه من زد و گفت :

-    خوش آمدی آقا

و از امین خواست که ماشین راتوی حیاط پارک کند. من که دلتنگ خواهرم بودم .همانطور ایستاده بودم و نگاه می کردم .یک آن سیمین نگاهش به من افتاد. آمد دست بر گردنم آویخت و صورتم بوسید و گفت : چطوری داداش؟

باید اعتراف کنم. اگر چه سعی می کردم احساسم را بروز ندهم. اما بسیار دلتنگ ونگران خواهرم بودم. وقتی سیمین بغلم کرد اشکم گرفت. سیمین که متوجه احساس من شده بود. دستی به محبت وتشکر بر پشتم کشید وبعد دستم را گرفت و آرام گفت : بیا برویم

انگار می خواست از سوال و پرسشهای باباو مامان دور و در امان باشد .

رفتیم توی خانه .پریساخانم چای وقهوه آماده کرده بود . همگی

نشستند . پدرم از عمو سعید در خصوص چگونگی مسئله و کارهای که کرده بود سوال کرد . عمو سعید گفت :

- مسئله مهمی نبود . تو دانشگاه این نوع مسائل هست. سیمین بی تجربگی کرده واعلامیه هایی را که به او داده بودند. پخش کرده بوده .باکمک دوستان مسئله را فیصله دادیم . آقای گودرزی و سرهنگ امینی آمدند و کمک کردند. بخصوص سرهنگ امینی که خیلی کمک کرد . با آنهایی که می شناخت تماس گرفت و رفت خودش بیرونش آورد . دیشب هم این جا بودند .

پدرم گفت : فردا حتما میرم و می بینمشان

آنها مشغول صحبت شدند . من که خوابم می آمد . کنار سیمین نشسته و سرم را به بازوی او تکیه داده بودم .سیمین که متوجه خواب آلودگی من شد پرسید:

- خوابت می آد ؟

گفتم :

- بله

گفت :

- بیا بریم بخوابیم

رفتیم در طبقه دوم در اطاقی که انگار سیمین آن جا خوابیده بود . روی رختخوابی که سیمین وسط اطاق برایم پهن کرد .خوابیدم .خودش هم همان جا روی تختخواب خوابید.

صبح روز بعد نزدیک ظهر بود که از خواب برخاستم . مادرم با پریساخانم زن عمویم درنشیمن نشسته مشغول صحبت بودند . پریسا خانم با نشاط و لبخند همیشگیش وقتی مرا دید. بلند شد و به طرفم آمد وگفت :

- به به پسر خوب ما از خواب بلند شده خوش آمدی آقا ، بیا
عزیزم، بیا برو دوش بگیر وبعد بیا صبحانه ات را بخور که باید
بریم بیرون

بعد مرا برای دوش گرفتن راهی حمام کرد و رفت کنار مادرم نشست .
وقتی پرسیدم که عمو سعید وبابام کجایند ؟
گفت :

- عمو سعید رفته سرکارش ، بابات هم با سیمین رفته اند بیرون

نمی دانستم که بابا باخواهرم سیمین کجا رفته اند. اما خیلی برای سیمین
دلتنگ بودم. صحبت پریساخانم هم با مادرم در رابطه باسیمین بود .
پریسا خانم می گفت :

- حالا که این وضع پیش آمده، سعید درست تصمیم گرفته ،
بهتره که از این محیط دور باشه، این جا بمانه باز به این مسائل
کشیده میشه

مادرم با نگرانی می گفت:

- آخه آن جا دریک مملکت غریب یک دختر تنها اگر گرفتاری
براش پیش بیاد چه می کنه؟ من خیلی نگران میشم

- نگرانی نداره من هم آن جا تنها بودم .همه دانشجوها تنها هستند
خاطر جمع باشید .ماهم همراهش میریم . من وسعید قصد
داشتیم که تابستان سری به لندن بزنیم . خواستید شماهم بیائید

- ولی مسئله این پسره چه خواهدشد

- منظورت فرهاده

- بله

- پسر خوبیه ،خیلی برازنده و با سواده. بسیار هم خوش تیپه ،
خوش برخورد وخوش اخلاقه، سیمین را هم خیلی دوست داره،
دوبار این جا آمده با سعید هم آشنا شده وصحبت کرده، امسال

درسش را تمام می کنه ،مهندس معماری میشه. اولین بار سیمین جریان دوستیش را به من گفت و من گفتم که دعوتش کن بیاد تا عمویت ببینیدش.

- ولی باعث این گرفتار و این کارهای سیمین اونه
- نه اون هیچ نقشی نداره اتفاقا تو این چند روز خیلی نگران بود وپا به پای سعید دویده
- خوب اگر سیمین بخاطر این پسره نخواد بره
- میره آن هم موافقه   فکر می کنم. وقتی ببینه سیمین رفته کارهایش را درست می کنه و میره

تهران برای من شهروسیع وبزرگ و جالبی بود.حانه عموسعید در امیرآباد بود. پریساخانم ماشین فولکس سبز رنگی داشت که می گفت تازه به ده هزار وپانصدتومان از کمپانی درآورده . ماشینش دو در بود و برای همین من نخست سوارشده و در صندلی عقب نشستم و مادرم در صندلی جلو نشست .پریسا خانم مارا در تهران گرداند. خیابانهای عریض وطویل تهران برای من بسیار جالب ودیدنی بود.بلوار الیزابت (کشاورز)که میانش جویباری جاری بود . دانشگاه تهران وخیابانهای اطرف آن را نشانمان داد . مادرم می خواست فروشگاه فردوسی را ببیند و از مغازه های اطراف چهارراه استانبول قهوه بخرد . به خیابان فردوسی رفتیم دیدن ساختمان بانک ملی با آن ستونهای بلند وپله های سنگیش برای من بسیار تحسین بر انگیز بود در فروشگاه فردوسی که در نبش خیابانی قرار داشت نخستین بار پله برقی دیدم و سوار شدم مادرم از فروشگاه خرید کرد وبعد از خرید قهوه در چهار راه استانبول به کافه فیروز رفتیم و شیرینی و قهوه خوردیم . برای من دیدن چنان محیط و کافه ای که کسانی دور هم جمع شده و صحبت وبحث سیاسی و علمی وادبی می کردندبسیار جالب بود.

مدت یک هفته در تهران بودیم به گردش وخرید رفتیم و در مهمانی دوستان بابام وعموسعید شرکت کردیم . که مهمتر و خاطره انگیزتر از همه برای من دیدن نادر پور شاعر بزرگ وجمال میر صادقی نویسنده معاصر در مهمانی آقای گودرزی بود . من کتاب شعر (سرمه خورشید) نادرپور و (مسافرهای شب) جمال میر صادقی را در کتابخانه پدرم دیده بودم . آقای گودرزی دوست بابام که وکیل بود. مردی فرهیخته واهل قلم بود و با بسیاری ازشاعران و نویسندگان دوستی و حشر ونشر داشت .خاطرم است در مهمانی او به غیراز نادر پور شاعر و جمال میرصادقی نویسنده کسان دیگر هم بودند که من اسمشان در خاطرم نمانده. آن شب جمال میرصاقی قصه کوتاه تازه خود (چاه)را که در مجله سخن چاپ شده بود. به پدرم نشان داد ویک نسخه از مجله را به پدرم داد و ذکر بسیار از دکتر خانلری شد . من که برعکس پسران هم سن وسال خود کنار پدرم نشسته و با ذوق وشوق حرفهای آنها را گوش می کردم. پدرم از علاقه و استعداد من به ادبیات ونویسندگی صحبت وگفت که پسر من استعداد نویسندگی وشاعری دارد و گاه گاهی چیزهایی می نویسد وخیلی مطالعه می کند. نادرپور برای تشویق من گفت :

- از ذوق وشوقش پیداست. حتما نویسنده وشاعر خوبی خواهد
  شد

بعد دستی بر شانه ام زد که خاطره اش هنوز هم با من است. چقدر دلم می خواست که روزی شعر وقصه من در مجله ای چون مجله سخن چاپ شود و چقدر دلم می خواست چون آنها روزی عضو هئیت نویسندگان و شاعران یک مجله باشم

بعد از یک هفته که از تهران برمی گشتیم پدرومادرم آرامش خودرا باز یافته بودند. مادرم کلی خریدکرده بود. درخصوص خواهرم سیمین

همانطور که عمو سعید با صلاحدید سرهنگ امینی و آقای گودزری تصمیم گرقته بودکه بهتر است برای تحصیل به لندن برود. پدرم موافق بود بخصوص که بیشتر از عمو سعید، سرهنگ امینی اصرار داشت ومی گفت:

-   خدارا شکر که توان مالی داری بفرست در خارج تحصیل کند وقول داده بود که کار پاسپورت ودیگر کارهای خواهرم را خودش انجام دهد. با این تصمیم پدرم از سیمین خواست که تا تابستان به تقویت زبان انگلیسش بپردازد واز دانشگاه های انگلیس پذیرش بگیرد و برای رفتن آماده شود . البته پریسا خانم از این تصمیم وبرنامه بسیار خوشحال بود چون می گفت :

-   چه خوب سیمین بهانه میشه که سالی یک دوبار بریم و سری به لندن بزنیم.

صبح روز پنجشنبه آخر هفته بود که با بدرقه عمو سعید از تهران راهی شهر وخانه وزندگی خودمان شدیم.

۱۲

عمه پوران

درختان یاسمن گلهایشون ریخته .شاخه هایشان شکسته.تو حیاط گل
وبوته ای نمانده. همه چیز بهم خورده .نمی دونید چه وضعیه .
این را عمه پوران که صبح زود آمده است می گوید و با ناراحتی از
آسیب تگرگ و طوفان شب پیش به حیاط خانه اش و از تنبلی و بی
توجهی یعقوب مستخدم پیرش گله و شکایت می کند. مادرم که به
پیشوازش رفته . با او هم رای و هم درد است . عمه همانطور که آهسته و
با کمک عصا راه می رود . با تعارف مادرم روی مبل نزدیک اجاق
دیواری   می نشیند. سایه نیمه روشنی از پیری و خستگی با خطوط
چنیهای نشسته از گذر زمان بر چهر گرد و مهربانش دیده می شود .
همیشه وهر وقت که می آید حرف و صحبتش از گلها و گربه هایش
است و شکایت از مستخدم پیرش یعقوب و زن پیر او جمیله که دیگر
مثل گذشته علاقه ودقت در کارها ندارند وهمین طور از خرابی قسمتی
از خانه اش شکایت دارد . عمه پوران نمی خواهد بپذیرد که آنها هم
مثل او پیر و فرسوده شده اند . همانطور که در مبل گرد راحتی نزدیک
بخاری دیواری (شومینه) نشسته از پدرم در خصوص   خواهرم سیمین
واین که چه تصمیمی گرفته می پرسد.
عمه پوران تنها خواهر پدرم است و از پدرم نه سالی بزرگتر و خاطرش
برای پدرم بسیار عزیز است. او بزرگ خانواده ماست. فرزندی ندارد.

هفت سالیست که شوهرش سرهنگ احمد خان فوت کرده و در خانه نه چندان بزرگش، تنها زندگی می کند . همدم وسرگرمیش بغیر از دو گربه ملوس و پشمالو، گلهای باغچه حیاط خانه اش هستند اما عزیزترین کس عمه پوران خواهرم سیمین است . خواهرم سیمین از کودکی همیشه مورد توجه و عزیزعمه بود و هر هفته یکی دو روزی را نزد او بسر می برد . بعد از فوت شوهر عمه نزدیکترین همدم اوشده بود. بطوریکه بخواست پدرم گاه هفته ای ویا ماهی نزد او می ماند و تمام حرف وصحبت عمه این بود که سیمین دختر خودمه.

آن روز صبح که آمد آسیب توفان عصر روزپیش به گلهای باغچه اش بهانه بود.. کنجکاو بود که بداند مسئله سیمین چه بوده ؟ گویا زن عمویم پریسا خانم در خصوص گرفتاری سیمین و همینطور دوستی فرهاد وسیمین با هم و خواستگاری فرهاد از سیمین با عمه صحبت کرده بوده و عمه نگران و کنجکاو آمده بود تا ببیند که موضوع وجریان چیه؟ مسئله وگرفتاری خواهرم سیمین چه بوده و چرا دارد به خارج می رود؟ البته این مسائل فرعی بود .قصد و نیت اصلی او چیز دیگر بود . آن طورکه از گفته های عمه پوران بر می آمد و می شد. فهمید. گویا خواهرم سیمین که هر روز با او تلفنی صحبت می کرد. راز عشق وعلاقه اش را به عمه پوران گشوده و از عمه خواسته بوده که کمکش کند.گفته بوده که می خواهد قبل از رفتن به خارج با فرهاد نامزد شود و عمه پوران هم با همین فکرو نیت آمده بود که ببیند که نظر پدرم چیه ؟ اگرچه بعداز نشستن هم چنان ومثل همیشه از پیری و بیماری و درد پاهایش شکایت داشت اما قصدش سوال و فهمیدن نظر ونیت پدرم بود. عمه چاق بود و با کمک عصا به کندی راه می رفت و هرگاه که می خواست به خانه ما بیاید ویا برای خرید وجای دیگری برود. زنگ می زد و امین راننده پدرم می رفت واورا با ماشین هرجا که می خواست می

برد ویا به منزل ما می آورد و به توصیه پدرم امین همیشه مراقبش بود .در بالا ویا پائین رفتن از پله وجایی کمکش می کرد ودستش را می گرفت . البته عمه خیلی هم پیر و سن زیادی نداشت. تازه در همین بهاری شصت وپنج ساله شده بود. او فرزند اول و بزرگ خانواده پدرم بود. همانطور که قبلا گفتم از پدرم نه سال بزرگتر بود . البته پدرم برادری داشته بنام اسفندیار که بزرگتر از پدرم و کوچکتر از عمه بوده و در خردسالی درگذشته بود. برای همین بین عمه و پدرم فاصله سنی کمی زیاد بود . مشکل عمده عمه پوران شکستگی لنگن خاصره بود که چند سال پیش در اثر افتادن روی داده بود .بعد از جراحی در تهران مدتها بستری و بعد از بهبودی همیشه با کمک عصا راه می رفت و تحرکش کم شده بود و همین تحرک کم به چاقی و اضافه وزن او افزوده بود که بگفته پدرم برای عمه که از ناراحتی قلبی هم رنج می برد. بسیار خطرناک بود . علاوه براینها تنهایی بعداز مرگ شوهرش بیشترین صدمه را به او زده بود .

عمه پوران بعد از رفتن خواهرم سیمین به تهران در هفته یکی دو بار به خانه ما می آمد و گاه شب را نزد ما می گذراند . در طول هفته هم پدرم هر روز صبح ویا عصر سری به او می زد . مادرم هم علاوه بر سرزدن در طول روز چندین بار با او تلفنی صحبت می کرد. اصولا عمه عادت به این داشت که در خصوص هرچیزی ویا مسئله ای با یکی صحبت کند . چون مادرم بیش از همه در دسترس بود. برای همین در مورد هر مسئله ای و یا شنیده ای فورا زنگ می زد وموضوع را با مادرم در میان می گذاشت . باید این را هم بگویم که به فکر و سلیقه و نظر مادرم سخت معتقد بود .اورا بسیار عاقل می دانست وبین او ومادر محبت خاصی جاری بود .

صبح آن روز هم که عمه به خانه ما آمد. امین تا پای پله های ساختمان خانه رساندش . پدرم که منتظرش بود از پله ها پائین رفت و دستش را گرفت و باز گلایه عمه بود که ساختمان با این همه پله به چه درد می خورد .بالا که آمد از غرزدنهایش کم شد. مادرم در ایوان درست بالای پله ها منتظرش بود. می دانست که عمه از احترام و استقبال واین تشریفات بسیار خوشش می آید. دستش را گرفت و بعداز روبوسی وخوش وبش واحوال پرسی وارد خانه شدند وعمه تا در نشیمن نشست مطابق معمول از درد پاهایش گفت و از تنهائیش و ذلیل شده یعقوب که دیگر به گلها ی باغچه حیاط خانه نمی رسد و رو کرد به مادرم که:

- یاسمن جان خدا هیچ کس را علیل وتنها نکند. ببین به چه روزی افتاده ام. حتا توان آب دادن به گلدانها را هم ندارم. خدا ذلیل کند این یعقوب را ، مردکه پیرشده و تنبل ، همه اش چرت می زند. هی میگم به درختها برس .میگه می رسم کی معلوم نیست ؟

مادرم که خوی و خصلت عمه راخوب می شناخت وهمیشه هم مطابق میل او صحبت می کرد در تائید نظر او گفت:

- بله راست می فرمائید. آدم تا خودش بکار خودش نرسد ویا بالا سرشان نایستد. کاری که باید انجام بدهند. نمی دهند. اما ماشاالله شما دیگه این همه پیر نیستید که بکارهای خودتان نرسید. خوب درد پاها موقتیست. انشالله برطرف میشه. ناراحت گلها وگلدانها هم نباشید. باد وتوفان شب گذشته گلهای باغچه های مارا هم خراب کرده

- نه عزیزم دیگه خیلی پیر شده ام . شما نمی دانید. حیاط مثل بهشت شده بود. یاس ها و یاسمنها شکفته بودند. تمام گل بودند . اما صبح که نگاه کردم .انگار همه شان رابا تیغ زده

بودند. تمام حیاط پوشیده از شاخ وبرگ و گل بود. حیف. خیلی دلم سوخت

بعد شروع به گریه کرد و گفت:

- خدا بیامرزد احمد خان را تا بود هرگز نمی گذاشت برگی تو حیاط بیفتد . دقت داشت. خیلی هم وسواس که همه جا تمیز و همه چیز مرتب باشد .نور به قبرش ببارد. الان اگر بود و می دید دیوانه می شد. سکته می کرد . من هم دارم سکته می کنم . آه احمدخان کجایی ببینی که وضع وحال روز حیاط وباغچه ها چی شده ؟

پدرم برای دلداریش صحبتش را قطع کرد و گفت:

- گلدون و باغچه که چیزی نیستند که این همه خودتان ناراحت کرده اید. خواهرمن . یعقوب هم پیر ومریضه . زیاد سخت نگیرید. اگر نتوانست حیدر را می فرستم که بیاید و به همه شان برسد

- آره باید این کار را بکنی

مادرم که گفته بود چایی و شیرینی بیارند.گفت:

- حالا بفرمائید چایی وشیرینی میل کنید . شیرینی ها مال تهرانه البته یک جعبه هم برای شما گرفته ام

- خدا حفظت کند عزیزم .تو همیشه بفکر من هستی، راستی از دختر من سیمین چه خبر؟ . من چیزهای شنیده ام .سعید ویریساجون چیزهایی می گفتند. نگران شدم آمدم ببینم این گرفتاری چه بوده . نکنه مسئله ای هست که به من نمی گید؟

مادرم گفت :

- هیچ مسئله ای نیست . پوران خانم فکرتان را ناراحت نکنید . یک مشکلی در دانشگاه براش پیش آمده بود که رفع شد .بعد

هم سعیدخان مصلحت دانستند که بهتره بجای تهران بروند در انگلستان تحصیل کنند

- انگلستان !؟
- بله انگلستان ، در لندن
- لابد خرجش هم زیاده
- بله کمی زیاده

عمه رو کرد به پدرم و گفت:

- مبادا فکر خرجش را بکنی و خودت را ناراحت بکنی . اون دختر منه ، خرج تحصیلیش هم پای منه

پدرم گفت :

- نه خواهر جان ممنونم ،خرج تحصیلش را تامین کرده ام. خدا به شما عمر بده
- گفتم که اون دختر منه خرج تحصیلیش هم می دم . راستی سیمین هم می خواد بره ؟
- بله
- اما من فکر می کردم مسئله دیگه ای باشه؟

مادرم با نگرانی پرسید:

- چه مسئله ای؟

- آخه پریسا جون می گفت پای یک پسری در میانه ، من هم دیشب با سیمین جانم صحبت می کردم. خجالت کشید که چیزی به من بگه اما فهمیدم که پای عشق وعاشقی درمیانه. خوب داداش اگر دوست داره بزار عروسی بکنه. بخصوص که پسره آن طوری که پریسا جون می گفت خیلی پسر خوبیه ، تحصیلکرده است . مهندسه

بابام گفت:

۱۹۱

- خواهر من، پریساخانم یك چیزهایی گفته ولی ازدواج كه به همین راحتی نیست. در ثانی من دخترم را آزاد گذاشته ام خودش باید تصمیم بگیره . فقط به او گفته ام كه پیش از ازدواج به تحصیلش فكربكنه . خوب اگر این علاقه وعشق وعاشقی واقعی ست .چند سال صبر كنند. بعد باهم ازدواج كنند . زمانه عوض شده . حالا چه دختر وچه پسر باید تحصیل كنند و چیزی بدانند و روی پای خودشان بایستند.

- یعنی بعدا ، كی ؟

- چند سال بعد ، بعد از آن كه تحصیلشان را تمام كردند

- ولی این كه نمیشه ، چند سال دور از هم باشند ؟ نه خوب نیست

مادرم گفت:

- پوران خانم قبول كنید.چند سالی دور از هم باشند بهتره ،آن وقت درست تصمیم ِمی گیرند . فاصله وگذر زمان محك خوبیه

- اما من آرزو دارم عروسی سیمین را ببینم

- می بینید . یكی دوسال بعد

- شما پسره منظورم این فرهاد را دیده اید. با خانواده اش آشنائید

- بله دیده ایم. فرهاد را شما می شناسید فرهاد برادر صباست دوست سیمین

- همان صبا كه چند بار با سیمین پیش من آمد

- بله .

- آن كه دختر مودب خوبی بود. نشان می داد كه تربیت شده است

- بله خانواده خوبی هستند . ثروتمند نیستند. امابا فرهنگند . پدر ومادرشان دبیرند، مادرشان رئیس دبیرستانه ، پدرشان هم دبیره .

۱۹۲

همین دو فرزند را دارند. اتفاقا چند روز پیش آمدند. ساعتی
مهمان ما بودند . خواستگاری نبود، بیشتر برای آشنایی بود .

-   خدا هر چه بخواد آن بهتره ، خدا خوشبختشان بکنه

عمه پوران که علاقه ودلبستگی خاصی به خواهرم سیمین داشت .
دلتنگ او بود. بسیار آرزو داشت که در جشن عروسی او شرکت کند
وچه خیالهایی هم بسر داشت. بخصوص از روزی که شنیده بود که
سیمین عاشق و دلباخته شده. جواهرات عروسیش را که بسیار مفصل
وگرانبها بودند. آورده و به مادرم داده بودکه اگر برایش اتفاقی افتاد
بطور جداگانه برای عروسی سیمین نگهدارد. هرچند مادرم قبول نمی
کرد اما اصرار داشت و مدام ومکرر می گفت :

-   به دنیا وروزهای عمر وفا نیست. هرچند همه چیز و خانه ودار
وندارم مال سیمینه اما اینها پیش شما باشند بهتره . من حواسم
نیست یه هو روز عروسی فراموش می کنم.

عمه پوران گرفتارفراموشی (دمانس) وترس از مرگ شده بود . همانطور
که قبلا گفتم گاه در روز چندین بار زنگ می زد و یا یک مسئله ای را
به تکرار وتاکید چندین بار بیان می کرد. هر بار که مرا می دید حرفهای
همیشه خودرا تکرار میکرد. نخست آغوشش را می گشود و گرم در
آغوشش می فشرد وبعد چند بوسه ، بوسه که نه بادکش آبدار از صورتم
برمی داشت . بعداز این کارها گویا محبتش را فراموش می کرد وقیافه
اش جدی می شد ودر حالیکه به عصایش تکیه می داد .می گفت :

-   پسر باید کار کنه وزحمت بکشه تا مرد بشه. صد بار به برادرم
واین یاسمن میگم که این پسر را این همه لوس نکنید. بزارید
کار کنه کارهای سنگین تا مرد بشه

بعد باز که نگاهش به نگاه متعجب من بر می خورد وسن وسال من یادش
می آمد. دوبار محبتش گل می کرد:

- قربون پسر گلم برم .عزیز جان عمه، به دادشم گفته ام که خرج تحصیلت با منه . خوب عمه جان درسهات را خوب بخوان دانشگاه که رفتی ماشین هم برات می خرم.

ومن که با خوی و خصلت ومهمتر از همه مهربانی عمه آشنا بودم. می دانستم که هر آن چه می گوید از سر صداقت است. عمه پوران علاوه بر مستخدمش یعقوب. بیشترین غر خودرا بر سر گربه هایش می زد. دائم به آنها غر می زد و در عین حال بسیار آنها را دوست داشت و چون تنها وبی کس وبیکار بود. همانطور که قبلا گفتم سرگرمیش زنگ زدن و صحبت تلفنی با تک تک اعضا فامیل بود.گاه فراموش می کرد ودر روز به یکی چندین بار زنگ می زد و بیشترین مکالمه اش با مادرم و خواهرم سیمین و زن عمویم پریسا خانم بود. بخصوص از وقتی که قرار بود خواهرم سیمین به انگلستان رفته ودر لندن مشغول تحصیل شود و پریساخانم هم که حامله بود ومی خواست بچه اش را در لندن بدنیا بیاورد . هر شب با آنها مفصل صحبت می کرد . گاه که پدر فیش تلفن عمه را پرداخت می کرد. از رقم درشت صورتحساب تلفن عمه شوکه می شد ومی گفت :

- یک اداره فیش تلفنش این قدر نمیشه

تابستان سال بعد که پریسا خانم برای عمو سعید پسری بدنیا آورده بود. همراه خواهرم سیمین برای چند هفته تعطیلات تابستانی آمدند. خانواده فرهاد که از آمدن سیمین با خبر شده بودند. به خواستگاری آمدند. فرهاد در دوره سربازی با درجه افسری بود وشش ماه دیگر دوره سربازیش تمام می شد .قصد داشت بهار آینده برای ادامه تحصیل به انگلستان برود. پدرم وقتی شوق وعشق و تمایل قلبی خواهرم را دید. با نامزدی آن دو موافقت کرد وجشن عروسی را به سال بعد وفراغت از

سربازی فرهاد موکول کردند . عمه پوران با چه شوقی در جشن نامزدی سیمین وفرهاد شرکت کرد و مدام می گفت :

- ای کاش جشن عروسیتان را هم می گرفتید

اما خوشحال بودکه جشن نامزدی سیمین را می دید . بهار سال بعد عمه پوران ازبخت بد . سخت بیمار شد ودر گذشت. صبح روزی که درگذشت پدرم درخودش نبود. ماتم زده ،گوشه ای نشسته بود ومی گریست. خواهرم سیمین که از بیماری وخبر فوت عمه با خبر شده بود. از لندن آمده وتمام فامیل جمع شده بودند. عمه در وصیت نامه اش که چند روز بعد از فوت عمه پدرم در جمع خانواده خواند. باغ وباغچه و چند قطعه زمینش را در ده به شاهین پسر عمو سعید داده بود که از شنیدن آن عمو سعید وپریسا خانم متعجب اما بسیار احساساتی شده سخت گریستند . عموسعیدکه هرگز فکر نمی کرد که عمه پوران این همه بفکر اووخانواده اش باشد. نمی دانست که چه بگوید . فقط می گریست . خانه وتمام وسائل وجواهراتش را به خواهرم سیمین داده بود. مقدار وجهی راهم که درحسابش داشت به من بخشیده بود. با تاکید که خرج تحصیل من است. خواهرم سیمین که گویی از نیت عمه پوران از قبل خبر داشت و بسیار غمگین بود که او نماند. تا در جشن عروسیش شرکت کند. از پدرم خواست که خانه را همانطور که هست نگه دارند و به هیچ یک از وسائلش دست نزنند و آقا یعقوب مستخدم وزنش تا زنده اند در آن خانه بمانند و از خانه مراقبت کنند . تاکید کرد که وقتی برگردند خانه شان آن جا خواهد بود. اما عموسعید که قصد اقامت دائم در انگلستان را داشت. می خواست املاک به ارث رسیده از عمه وخودش را بفروشد وبه انگلستان منتقل کند. پدرم با این تصمیم او مخالف بود . آن را زوال خانواده ما می دانست . مدام می گفت:

- زمین کشاورزی که زیان نداره. خودت نمی خواهی روزی
پسرت که مالکش میشه

پریسا خانم به اعتراض می گفت :

- پسر ما ؟ بیاد این جا ؟فکر نمی کنم بیاد این جا وبخواهد
زندگی بکنه .

وهمین طور هم شد. آنها که به انگلستان رفته بودند . ماندگار آن جا
شدند. پسرشان که اکنون بزرگ وبرای خود مردی شده. چند کلمه بیشتر
ترکی و فارسی نمی داند. او بیش از چند بار به مدت کوتاه به ایران
نیامده و هرگز هم خاطره ای از عمه وخانواده ندارد. اما خواهرم سیمین
که شش ماه بعد از فوت عمه با فرهاد عروسی کرد . بعد از تمام شدن
تحصیلش بر گشت و در خانه عمه که اکنون خانه او وخانواده اوست
مستقر شده ویک دختر دارد بنام سودابه که عین خودش است.

بعد از گذشت سالها هر وقت که به خانه عمه که اکنون خانه خواهرم
سیمین است. می روم .به عکسهای عمه که بر دیوار اطاق نشیمن است
نگاه که می کنم .می توانم طراوت عطر حضور اورا در خانه حس کنم .
هر بار بعداز تماشای عکسها، از پنجره چشم به بیرون می دوزم. نگاهم را
میان تک تک درختان و گلهای حیاط که می گردانم . یاد عمه پوران
می افتم که چه علاقه ای به گلها باغچه حیاطش داشت

۱۳

شاهزاده تنهایی

شاهزاده خانم اولجای سلطنه را رازی بود که تمام عمر از آن رنج برده بود. بخصوص وقتی که چشمش به دختر زیبایش سارا سرداری می افتاد. او دوست خانواده ما بود .پدر ومادرم دوستی ومصاحبت بااو ودخترش سارا را بسیار دوست داشتند ودر ماه یکی دوبار با آنها در مهمانیها و دید وبازدیدهای دوستانه وخانوادگی دیدار داشتیند

اولجای سلطنه زنی مسن   اما بسیار خوشرو، با فرهنگ و مهربان بود .قدی کوتاه ، چهره ای گرد وچشمانی بادامی ریز داشت.در خانه بزرگش چند خیابان بالاتر ازخانه ما با تنها دخترش سارا و مدیره خانه اش مادموازل رزا که از سالها پیش یعنی از روز تولد سارا دایه وندیمه او بود و دومستخدمش آقا ضیا و سلیمه خانم زندگی می کرد .اما همیشه فاصله سنی او با دخترش سارا و شباهت کم آنها به هم برای همه سوال برانگیز بود وکسی نمی دانست پدرسارا کیست؟ کجاست؟ چرا نیست؟آیا فوت کرده؟ در اروپا وغربت بر آن ها چه رفته؟ ، چه اتفاقی افتاده؟

اولجای سلطنه نواده دختری ناصرالدین شاه قاجار و دختر حاکم وقت شهرمابود. هنگام تبعید خود خواسته پدرش در زمان مشروطیت .مدتی در تفلیس بوده. آن جا تحصیل کرده .با شروع انقلاب اکتبر روسیه به

فرانسه رفته و مدتها ساكن پاريس بوده . بعد از سالها با آرام وعادی
شدن اوضاع به زادگاهش برگشته و در خانه اجدادیش ساكن شده
بود .اما هم چنان خوی اشرافی و شاهزاده بودنش را حفظ كرده بود.
آشنايی من با با آنها   جدا از دوستی خانوادگی و ديدار وگفتگو در
مهمانيها از زمانی بيشتر شد كه دخترش سارا بخواست مادرم پذيرفت
در هفته چند ساعتی به من درس نقاش دهد و از هنربگويد . اين درست
زمانی بود كه سارا چند ماهی نبود كه درسش را نيمه تمام گذاشته از
پاريس برگشته ، كنار خانواده اش بسر می برد .علت برگشتنش هم كشته
شدن نامزدش در تصادف اتومبيل بود. به همين جهت هم معمولالباس
سياه می پوشيد و بسيار مختصر آرايش می كرد.اما لباس تيره و غم
نهفته در نگاه وصورتش نه تنها از زيبايی او نكاسته بود بلكه بر جذابيت
شخصيت وزيبايی او افزوده بود.. كمترازخانه بيرون می آمد و معاشرت
می كرد. مگر دردیدار با دوستان صميمی و خاصی. بيشتر اوقاتش را به
مطالعه ، گوش دادن به موسيقی و گردش روزانه درباغ خانه شان می
گذراند و از اين كه مرا به شاگردی پذيرفته بود بسيار خوشحال بود و
شايد تدريس به من از يك نوع كار و سرگرمی و بهانه ای برای وقتگذرانی
و فراموش كردن مسائل زندگيش بود.البته من هم از مصاحبت و داشتن
معلمی چون او   بسيار خوشحال بودم و بايد بگويم از همان جلسه اول
درس شيفته صحبت ورفتار وبخصوص ملاحت وزيبايی او شدم . در
صدا و نگاهش چيزی بود كه نمی شد از تاثيرش گذشت. اوبه تمام معنی
زيبا بود. قامتی ظريف و بلند داشت . چهره ای گرد و استخوانی باگونه
های برجسته . چشمانش به رنگ سبز بود. موهاييش برنگ قهوه ای تيره
و با وجود آن همه زيبايی و سواد. بسيار محجوب و موقر وآرام
بود.كنارش كه می نشستی .آرامش وسكون شخصيت نيرومندش را
حس می كردی .. اكثر دوستان و آشنايانش از ماجرای زندگی اوآگاه

۱۹۸

بودند و پذیرفته بودندکه او عزادار وسیاه پوش مرگ نامزدش است . اما کسی جز اولجای سلطنه از حقیقت و راز پنهان ماجرا زندگی او خبر نداشت.

قبل از آن که معلمی نقاشی من شود. کمتر اوراو فکر و خصوصیاتیش را می شناختم . بیشتر چون بسیاری از پسران جوان که شیفته زیبایی چهر وظاهر دختران وزنان می شوند   مجذوب زیبایی او بودم وباید اعتراف کنم او نخستین وتنها دختری بود که با وجود نوجوانی مجذوب زیبایی ورفتار وشخصیتش شده بودم .شاید دلیلش برخورد مهربان و دوستانه او بودکه همیشه چه در مهمانیهای خانوادگی وچه در مکانهای دیگر تا مرا می دید. با لبخند وصممیت بطرفم می آمد . دستش را برای احوالپرسی بطرفم دراز می کرد.کنارم می نشست و بیشتر وقتش را کنارمن وبه صحبت با من می گذراند و از روزی که بنا به علاقه من به هنر وادبیات پذیرفت که در هفته چند ساعتی به من درس نقاشی دهدو از هنر مدرن ومعاصر بگوید . این نزدیکی وصمیمیت بیشتر وبیشتر شد به حدی که دیگر ما هر روز با هم دیدارو یا تماس وگفتگو داشتیم وگاه شبها بمدت طولانی با تلفن صحبت می کردیم . بعد از مدتی وقتی او ذوق وعلاقه مرا به هنر ونویسندگی و مطالعه دید. برای من از شعر ادبیات مدرن اروپا و مکتبهای هنری وفلسفی می گفت و یک به یک آنها را شرح می داد.من نخستین بار نام بودلر شاعر فرانسوی وهمچنین لامارتین را از او شنیدم . او اغلب کتابهایی را برای مطالعه به من می داد و توصیه می کردکه برای پیشرفت باید تحصیل ومطالعه و تمرین کنم وبهتراست که به دانشگاه بروم وهنر بخوانم. و گاه پشت پیانو می نشست و قطعه ای را به ظرافت تمام می نواخت و من محو موسیقی می شدم. همیشه وقتی علاقه و دقت وذوق ولذت مرا از حرفها و مطالبی که می گفت ویا قطعه ای که می نواخت می دید. به لبخند وتشکر نگاهش را بر نگاهم می نهاد

۱۹۹

و من مجذوب عمق زیبایی نگاهش می شدم . بگونه ای نا خودآگاه دلبسته و دلباخته او بودم . .او بیست سه سال داشت و من هفده سال واین فاصله سنی برای من بسیار دردآور بود . اما دردآورترازآن داستان زندگی او وراز پنهان زندگی اولجای سلطنه بود که سالهای سال با خود داشت و ناتوان از گفتن آن با کسی بود .

اواسطبهار در سال آخر دبیرستان بودم که مریض شدم . حساسیت به گرده گیاهان و تنگی نفس وآسم گرفتاربستر و زندانی در اطاقم کرد و مدت یک هفته در بستر بیمار بودم . اردیبهشت ماه درشهر و دیار ما ، فصل بارانهای موسمی ست .هوا معمولا معتدل ولطیف و کمی سرد است . انتظاری جزسرماخوردگی نیست. مگر حساسیت به عطر گلها وگرده های گیاهی اما حمله سخت آسمی که روز سوم بیماری هنگام صبح مقابل پنجره اطاقم بمن دست داد. مرا به بیمارستان کشاند. ونیم روزی در بیمارستان بستری بودم .پزشکان بیماریم را نوعی آلرژی فصلی وضعف ایمنی والتهاب ریه هایم دانستند و توصیه کردند که تا چند هفته در هوای آزاد نباشم و در درون خانه استراحت کنم و دوا ودرمان بسیار نوشتند . اما ماندن در درون خانه   نوعی زندان بود و من ناگزیر به این استراحت بودم ودر طول این استراحت اجباری دوستان و فامیل همه به عیادتم می آمدند. مادرم برای مراقبت ویک نواختی هوای اطاق دیدار وعیادت آنها را از من کوتاه ودر اطاق نشیمن ویا پذیرایی از آنها پذیرایی می کرد . اما عیادت سارا سرداری متفاوت و دلپذیرترین برای من بود. روز پنجم بیماریم بود که. عصر همراه اولجای سلطنه بعیادتم آمد .برخلاف دیگر مهمانها عیادتش ازمن کوتاه نبود.کنار من ماند و چون همیشه و مثل تمام روزهایی که با من کلاس درس داشت در حالی که اولجای سلطنه ودیگر دوستان در اطاق پذیرایی نشسته با پدر ومادرم

مشغول صحبت بودند. کنار بالینم نشستو با من به صحبت پرداخت .
حضور او کنار بالینم .برای من ارزش دیگری داشت. نوعی ازبودن
وستوده شدن بود .صحبتهای او برایم جالب و دلنشین بود. بخصوص که
آن روز از فیلم مستندی که در رابطه با نقاشیهای سالوادر دالی نقاش
سورئالیست اسپانیای دیده بود برایم گفت و ازکتاب تازه ی ژان پل
سارتر بنام روسپی بزرگوار تعریف کرد.. بحدی صحبتش برای من جالب
وجذاب بود که بعداز رفتنش لحظه ها غرق در لذت عطر حضور و
صحبتهای او بودم. هنگام خداحافظی دستی بر پیشانیم کشید ،خم شد و
گونه ام را بوسید و گفت:

-    فردا باز می آیم ،پس فردا هم می آیم . می آیم و می نشینم
وباهم صحبت می کنیم .تو باید هر چه زودتر خوب بشی آقا.
من منتظرم تا کلاس نقاشیمان را از سر بگیریم .

او برایم نه یک معلم ودوست ، بلکه وجود دیگر بود که عطر زیبایی و
عشق را معنی می کرد .بحدی که بعد از رفتنش تمام آن شامگاه وشب
را هم چنان غرق لذت .حرفها و صحبتها و تسلی او بودم. غافل از آن
که آن آخرین دیدار من با او در آن روزها بود . فردای آن روز
وروزهای بعد هر چه انتظار کشیدم . او نیامد. چند بار به منزلشان زنگ
زدم اما او نبود . مادمازل رزا که گوشی را برمی داشت .می گفت که در
خانه نیست . اما او فردی بسیار آداب دان و پای بند قول وقرارش بود .
گفته بود که باز بدیدنم خواهد آمد. اما چرا نیامد؟ علت نیامدنش چه
بود ؟ چرا به تلفن من پاسخ نمی داد ؟ این مسئله مرا بسیار نگران کرده
بود. نمی دانستم که او رفته و خبر نداشتم که چه اتفاقی بر او افتاده. چند
روز گذشت و با گذشت روزها حالم دیگر خوب شده بود و مشغول
درسها مدرسه وکارهای عادی وروزانه ام بودم که یک روز عصر مادرم
به اطاقم آمد و گفت که اولجای سلطنه زنگ زده وخواسته که من

وبابات برای ساعتی بدیدارش برویم .برای همین چند ساعتی در خانه نخواهیم بود. با شنیدن صحبتهای مادرم واشتیاقی که برای دیدن سارا داشتم . بلند شدم وگفتم : میشه من هم بیام
گفت : نه اولجای سلطنه خواسته که من وبابات بدیدنش برویم. البته حال تورا هم پرسید..

آنها رفتند وشب کمی دیر برگشتند وبسیار متاسف بودند. قیافه ورفتارشان نشان از اتفاق تاسفباری را داشت ومرتب به هم می گفتند: عجب بخت وسرنوشت بدی داشته . وقتی از مادرم سوال کردم گفت:

-   متاسفانه دوشیزه سارا سرداری چند روزپیش بخاطر مسائل که پیش آمده . برای همیشه به پاریس برگشته، اولجای سلطنه بسیار ناراحت بود. مارا برای مشورت و کمک دعوت کرده بود.
شنیدن خبررفتن سارا سرداری ودیگر ندیدن او برایم ناباورانه وشکننده بود . یک آن احساس کردم چیزی در درونم فرو ریخت و تمام تنم لرزید . گاه در زندگی لحظه هایی است که انسان به حقیقت احساس نهفته در درونش پی می برد . سارا همیشه می گفت:

-   واقعیت آن نیست که فکر می کنی . واقعیت آن است که اتفاق می افتد.

اکنون آن اتفاق افتاده بود و من به حقیقت اتفاقی که افتاده بود پی می بردم. به حقیقت عشق او و ازدست دادنش.. حقیقت این بود که من تا آن روز هرگز به عشق فکر نکرده بودم و تصوری از عشق نداشتم و مفهوم دلباختگی را نمی دانستم. جز این که یک کشش ویک دلبستگی نا خودآگاه به سارا یافته بودم و هر بار که او را می دیدم بی اختیار دلم می لرزید .گرمایی از شرم تمام وجودم را در بر می گرفت . اماهرگز فکر نمی کردم که این حس و دگرگونی عشق باشد و روزی ممکن است آن را از دست بدهم . عشق برای من احساس راز آلود و نا آشنایی بود

که تنها در نگاه ولبخند و کلمات وعطر وجوداو معنی می شد ومن در کنار او حقیقت عشق و ستایش را یافته بودم واکنون با رفتن او احساس می کردم که دارم از درون فرو می ریزم . با حال دگر گون پرسیدم:

- یعنی چی ؟ برای چی رفته؟ یعنی دیگر هیچ وقت برنخواهد گشت.

مادرم که ناراحتی مرا دید گفت:

- متاسفانه نه و فکر نمی کنم که دیگر بر گردد

- اختلافشان چی بوده ؟

- نمی دانم اولجای سلطنه به ما چیز زیادی نگفت فقط از عکس ونامه نامزد سارا گفت که از او مخفی نگه داشته بوده

- عکس و نامه نامزد سارا؟

- بله

- چرا مخفی نگه داشته بود

- نمی خواسته سارا ببیند وبخواند . اما هفته پیش یک روز که سارا قفسه کتابخانه اولجای سلطنه را مرتب می کرده .بطور اتفاقی آنها را می بیند . با اولجای سلطنه بخاطر مخفی نگهداشتن عکس ونامه بگو مگو کرده وقهر می کند و می رود.

- پس بخاطر یک عکس

- ویک نامه

- این عکس ونامه چه بوده ؟ چرا باید بخاطر آنها دعوا کند وبرود؟

پدرم که در نشیمن نشسته بود وصحبتهای مارا می شنید گفت:

- راست میگیه خانم ، بخاطر یک عکس و یک نامه که دعوا نمی کنند. حتما یک چیز دیگه ای هم هست

- بله من هم این طورفکر می کنم. یعنی حتما یک چیز دیگه ای
هست اماخودت که بودی اولجای سلطنه چیز دیگه ای نگفت

- چیزی دیگه ای نگفت ولی خانم منطقی نیست من وکیلم می
دانم که هرعکس ونامه ای را مخفی نگه نمی دارند

- یعنی میگی مسئله چیز دیگه ایه

- بله فکر می کنم یک موضوعی را اولجای سلطنه از دخترش
پنهان داشته بوده

- پس باید موضوعی مهمی بوده باشه

- بله فکر می کنم مربوط به زندگی و گذشته سارا باشه. راستش
من هروقت دوشیزه سارا را کنار اولجای سلطنه می دیدم. برام
این سوال بود که این ها با هم چندان شباهت و تناسب سنی
ندارند. سارا نمی تونه دختر اوباشه .فکر می کردم. شاید نوه
اش است که بجای دخترش معرفی می کنه. چون بینشان فاصله
سنی خیلی زیاده

- چی بگم من هیچ وقت به این مسئله فکر نکرده ام

مادرم این را گفت و به اطاقش رفت. شب بدی برای من بود .رفتن سارا
سرداری ودیگر ندیدن او برای من بسیار تلخ و درد آور بود. نه آن شب
بلکه روزها وهفته ها به او و خاطره او فکر می کردم و از فکر دوبار
ندیدنش بسیار غمگین بودم .

یاد لحظه هایی که هنگام کلاس نقاشی ویا مهمانیها با اوداشتم. همیشه
در ذهن وخاطرم بود. او کمتر در دید وبازدیها و مهمانیها شرکت می
کرد. مگر در مهمانیهای خصوصی دوستان نزدیک وصمیمی خانواده اش
و در اکثر این مهمانیها همیشه کنار خانمها می نشست و اوقاتش بگفتگو
وبحث می گذشت .گاه هم اگر موزیک رقصی بود ترجیح می داد که
کناری بنشیند و تماشا کند . تنها دوبار آن هم با من رقصید و من هرگز

رقص با اورا فراموش نمی کنم. بخصوص اولین بار که در خانه آقا پطروس مهمان بودیم .هنگام پخش آهنگ والس که آقا پطروس با دخترش ودیگر مهمانها و مادر وپدرم با آن می رقصیدند   او دست مراگرفت وگفت: بیا ما هم برقصیم

گفتم : ولی من بلد نیستم

خندید گفت : یادت می دم آقا

و وقتی بلند شد ودستم راگرفت. چنان سرخ شده و خودم را باخته بودم که نمی دانستم چه باید بکنم. اما او به من اعتماد به نفس داد   ویاد داد که چطور دستش را بگیرم وپایم را مطابق ضرب آهنگ موسیقی حرکت دهم و من و چه احساس دیگری در تمام مدت رقص داشتم . در تمام مدت رقص نگاهم در نگاهش بود. نگاهی که مرا از من می ربود و اکنون او رفته بود ومن یک دوست نه یک عشق را از دست داده بودم . مدتها یعنی ماه ها هم چنان در فکر و یاد او بودم وکم کم به نبودنش عادت کردم. سال بعد باتمام کردن دبیرستان و گرفتن مدرک دیپلم و معافیت سربازی برای ادامه تحصیل راهی فرانسه بودم. البته خواهرم سیمین و شوهرش فرهاد و عمو سعید اصرار داشتند که نزد آنها به لندن بروم. اما من دوست داشتم که به پاریس بروم .این علاقه بخاطر او و توصیه او در ذهن و پنهان درونم بود. می خواستم به پاریس بروم و هنر و فلسفه بخوانم وشاید هم اورا دوباره ببینم. البته پدرم هم راضی بود که به پاریس بروم . برای همین با کمک خواهرم   از دانشگاه پاریس پذیرش گرفتم و آماده سفر به فرانسه بودم که اولجای سلطنه که از سفر ومقصد من خبر دارشده بود. بدیدنم آمد و به رسم بدرقه هدیه سفر آورد و از من خواست که اگر فرصت کردم. قبل از رفتن بدیدنش بروم و گفت وتاکید کرد که اگر ممکن است لطفا تنها بیا می خواهم کمی با تو تنها حرف بزنم . دو روز بعد که مادرم وبه اولجای سلطنه علاقمند و

وبا او دوستی صمیمانه ای داشت خواسته اولجای سلطنه را بیادم اورد و مرا راهی خانه او کرد.

۱٤

سارا سرداری و
راز نا گفته ی اولجای سلطنه

عصر روز سه شنبه سی ام آذرماه آخرین روز پائیز بود که بدیدن
اولجای سلطنه رفتم. از صبح مه وابر غلیظی همراه با بارش برف آسمان
شهر را در بر گرفته بود و همه جا سفید و خاکستری بود. روی شاخه
درختان ، کف خیابان، روی دیوارها همه جا سفید پوشیده از برف بود.
باد با سوز عریبی آرام می وزید و دانه های برف معلق در هوا را با خود
به هر سو می برد . خیابان خلوت بود و تك توك عابر ویا ماشینی می
گذشت . با این که هوا سرد بود .نمی دانم چرا پیاده راهی خانه آنها شدم.
درطول راه احساس غریبی با من بود. چیزی در مرز بی تفاوتی و دو
دلی . در گذشته وقتی سارا بود. اشتیاق دیگر برای رفتن به خانه آنها
ودیدن او داشتم اما اکنون نه تنها اشتیاقی با من نبود. بلکه نوعی دلشوره
همراه با ترس ، ترس از دیدن خانه آنها در غیاب سارا و خاطره او دلم
را درهم می فشرد. یقه بالا پوشم را بالا برده و لبه کلاهم را پائین کشیده
بودم که از سرما وبرف در امان باشم. در تمام طول راه با همه دغدغه و
دو دلی به این فکر می کردم که اولجای سلطنه چرا خواست واصرار کرد
که من تنها بدیدنش بروم . منظورش چیست و چه می خواهد به من
بگوید .؟ به در خانه اولجای سلطنه که رسیدم دسته ای از کلاغها را
دیدم که روی دیوار و شاخه درختان نشسته بودند و نگاه به اطراف

۲۰۷

داشتند. زنگ در را که زدم. مستخدم پیرش آقا ضیا در را باز کرد. خانه اولجا سلطنه باغ بزرگی بود با انبوه درختان کهنسال بلند . ساختمان خانه وسط باغ قرار داشت ازخیابان باریک باسایه سار ردیف درختان چنار و کاج بلند اطراف آن با جمعیت پرندگان ریز و درشت نشسته بر شاخه درختان که منظره غریبی داشت گذشتم.   واز پله های ایوان مقابل ساختمان بالا رفتم وبه آستانه در ساختمان که رسیدم. مستخدمه پیر فرانسوی اولجای سلطنه مادمازل رزا در را به رویم گشود و با لهجه خاص خوش آمد گفت . خودم را معرفی کردم و گفتم که برای دیدن اولجای سلطنه آمده ام . لبخندی زد و گفت:

-    بله می دانم. خانم منتظر شما هست

و بعد تا دم در اطاق نشیمن همراهیم کرد. با باز شدن در اطاق نشیمن عطر دل انگیزگلی فکر می کنم گل شب بو چون نسیمی در مشامم نشست . اولجای سلطنه کنار پنجره روی صندلی راحتیش نشسته بود و باغ بزرگ خانه اش را تماشا می کرد . گویا عادتش این بود . همیشه وقتی دلش می گرفت .کنار پنجره می نشست و چشم به بیرون می دوخت و خاطراتش را مرور می کرد . پیراهنی به رنگ سرمه ای با گلهای بنفش تیره به تن داشت و با روسری خاکستری موهای سفید برف ماندش را پوشانده بود . صورتی گرد ، با پوستی سفید و چشمانی ریز بادامی داشت . قامتش کوتاه بود ولی هنوز با همه پیری خم نشده بود .اما غمی نا شناخته . غمی تیره و کهنه در درون نگاهش موج می خورد. با ورود من نگاهش را از پنجره گرفت و با تبسم کوتاهی در حالیکه از صندلی راحتیش بلند می شد .جواب سلامم را داد و دستش را بطرفم دراز کرد و گفت:

-    پسرم آمدی ، خوش آمدی بیا ، بیا بنشین تا با هم برف را تماشا کنیم

دست کوچک پیرش را با ادب بوسیدم و در صندلی مقابلش که روکش زیتونی مخملی داشت نشستم و گفتم:

- فرموده بودید که خدمت برسم. مادرم سلام داشتند. چون فرموده بودید که من تنها بیایم. عذرخواستند واز اینکه زحمت کشیده و تشریف آورده بودید. تشکر کردند .بخصوص از هدیه بسیار زیبایتان

- ممنونم سلام مرا هم خدمت مامان وبابا برسان . تشکر لازم نیست شما برای تحصیل راهی کشوردیگری هستی ومن بایدبرای بدرقه تان می آمدم . می دانی که برای ما خیلی عزیزی و خیلی دوست داشتم و مایل بودم که قبل از سفر باتو صحبت بکنم

بعد نگاهش را که هم چنان غم آلود بود در نگاهم دوخت و گفت:

- پس می روی به فرانسه ، پاریس ؟

- بله

- چراآنجا ، چرا نخواستی به انگلستان بروی پیش خواهرت سیمین؟

- نمی دانم ، حقیقتش فکر می کنم فرانسه برایم بهتره

باز نگاهش را که هزار سوال وحرف در درونش نهفته بود با حالت خاصی در نگاهم دوخت و با لحن خاصی گفت:

- چون سارا خواسته بود. می خواهی بروی نزد او ؟

از سوالش که انگار منظوری داشت و یا می خواست منظور وقصد مرا بداند وبرایم غیر منتظره بود. یکه خوردم. با کمی تاخیر و لکنت گفتم :

- ب ، بله ایشان همیشه توصیه می کرد که برای تحصیل بروم به فرانسه ولی نزد ایشان نمی روم. چون نشانی ایشان را ندارم

- می خواهی نشانی و آدرسش را بدانی . من نشانیش را دارم

سکوت کردم .سر به زیر انداختم ونگاهم را به گلهای قالی دوختم. نمی دانستم که چه بگویم . آرزویم دیدن دوباره او بود ، سرم را که بلند کردم اولجای سلطنه که نگاهش به من بود خندید و گفت:

- می دانم که خیلی دوست داری اورا ببینی و فکر می کنم. او هم دوست دارد که تورا ببیند . من هم برای همین خواستم که تنها بیایی تا باتو حرف بزنم .می دانی پسرم ازآن روزی که سارا رفته هیچ تماسی با ما نگرفته ، در این مدت من بارها نامه نوشتم ، از طریق دوستانم پیغام فرستادم. ولی حاضر نشدکه برگردد. به نامه ها و پیغامهای من هم پاسخ نداد. خیلی دلم برایش تنگ شده .می خواهم بدانم که چه می کند . وضع و حالش چطوره ؟آدرس خانه ومحل کارش را دوستانم یافتندوفرستادند. فکر می کردم که در ورسای نزدیک پاریس زندگی می کنه، ولی آن جا نبود. او در شهر کلرمونت در آپارتمانی که از مادرش به ارث برده ساکنه .

با تعجب پرسیدم:

- آپارتمانی که از مادرش به ارث برده ساکنه!؟ مگر شما

حرفم را قطع کرد و آهی کشید گفت :

- نه ، داستانش خیلی طولانیه. برایت نقل خواهم کرد . اما می خواهم که قول بدهی و بدیدنش بروی .تورا ببیند خیلی خوشحال می شود . رسیدی پاریس با او تماس بگیر، نامه بنویس و برو بدیدنش .ببین چه می کند؟ اگر رفتی بدیدنش بگو که خیلی دلم برایش تنگ شده. خیلی دلم می خواهد قبل از مردن دوباره ببینمش . حقیقت را برایش بگویم تا بداند من مجبور بودم.

اشکش گرفت و دستمالش را روی چشمانش قرار داد و چندلحظه با حال دیگرگون همانطور ماند و اشک چشمانش را پاک کرد و بعد کاغذی را که نشانی سارا را در آن نوشته بود از میان دفتر روی میز پا کوتاه کنار صندلیش برداشت و به من داد .کاغذ نشانی سارا را گرفتم گفتم:

- حتما با ایشان تماس می گیرم ولی نمی دانم که به نامه وتماس من جواب خواهد داد یانه ؟

با اطمینان خاصی گفت :

- به تو جواب می دهد . درسته که به مادمازل رزا جواب نداده بود و حاضر نشده بود ببیندش. اما به تو جواب می دهد.چون تو شاگردش بودی. سارا خیلی به تو علاقه داشت. همیشه تعریف تورا می کرد.روح واحساس پاک وفکرو نوشته های تورا خیلی دوست داشت . می گفت روزی شاعر و نویسنده خوبی خواهد شد.واقعا هم درست می گفت. تو پسر پاک و هنرمند وشاعر هستی ،حتما هم موفق می شوی. من مطمئنم. می دانم که چه احساسی به سارا داری .این را از نگاهت میشود فهمید. می خواهم بدانی که سارا هم بتو علاقمند بود

از شنیدن جمله آخرش دلم لرزید . شرمزده گفتم:

- ایشان همیشه به من لطف داشتند ولی برای چه رفت وچرا دیگر نمی خواهد برگردد .چرا به نامه های شما جواب نمی دهد

در این لحظه مستخدمه پیرش مادمازل رزا قهوه وشیرینی آورد. اولجای سلطنه گفت:

- گفتم که داستانش طولانیه. اما فکر می کنم تو باید بدانی،اول قهوه ات را میل کن وشیرینی هم تازه است. مادمازل رزا امروز صبح درست کرده.بعد همه چیز را برایت تعریف خواهم کرد ، برای همین خواسته ام که بیایی تا با هم صحبت بکنیم.

بعد رو کرد به مادمازل رزا و گفت :

- آن عکسها ونامه را بیار

مادمازل رزا رفت و کمی بعد با چند عکس و یک پاکت نامه که از زردی کاغذ و نوع پاکت می شد فهمید که بسیار کهنه و مال سالهاپیش است آمد و آنها را روی میز کوچک کنار دست او لجای سلطنه گذاشت . اولجای سلطنه عکسها را بر داشت. لحظاتی طولانی نگاه کرد .بعد در حالی که سرش را از اندوه وتاسف تکان می داد و می شد فهمید که از یاد آوری خاطره ومسئله ای بسیار ناراحت است . عکسها را دو بار روی میز گذاشت و گفت :

-همه چیز با این عکسها شروع شد. او نباید این ها رامی دید ونامه را می خواند وشاید هم از اول من اشتباه کرده بودم که حقیقت را به او نگفته بودم .می دانی پسرم شاید توو خیلیهای دیگر وقتی حقیقت را بدانید. مرا مقصر بدانید ومذمت کنید که چرا واقعیت را از او پنهان نگاه داشته بودم . چرا مسئله را ازروز اول ویا چند سال بعد به او نگفته بودم. گاه در زندگی لحظه هایی است که نمی توان با واقعیت روبرو شد و آدم ناگزیر است که چشمش را در برابر خیلی از مسائل بخاطر یک چیز دیگرویا مسئله ای ببندد . خانواده ما پراکنده وداغون ودر حال محوشدن بود. سارا تنها کس و نسل خانواده من و مهمتر از همه یادگار خواهر کوچکم بود .

- خواهر کوچکتان!؟

- بله خواهرکوچکم ه ست؟ آخ ، نمی دانم چرا این حرفها را بتو می زنم. البته ازخیلی وقت پیش می خواستم که با توبنشینم و همه چیز را تعریف کنم . شاید علت اصلیش ساراست چون اوتورا خیلی قبول داشت. بااین که او از چند سال کوچک بودی ولی او فهم و درک تورا می ستود و قبولت داشت . برای همین هم می خواهم تو همه چیز را

بدانی چون می دانم و مطمئنم که در آینده اگراین حرفها یعنی تمام
ماجرا وعلت تصمیم مرا از زبان تو بشنود. شاید قانع شود و قبول کند که
من ناگزیر بودم برای حفظ خانواده این کاررا بکنم.چون نمی خواستم
اورا از دست بدهم .
- چه تصمیمی را ؟
- باید از اول تعریف کنم .کمی حوصله کن مرد جوان. حکایت جالبیه.
سرگذشت غم انگیز من وخانواده مرا شاید روزی نوشتی . می دانی مادر
من نزهت السطنه نوه ناصرالدین شاه بود و پدرم فیروز مجیدالسلطنه
سردار افشار ، نوه کامران میرزا هنگام انقلاب مشروطیت مستوفی منطقه
را داشت. بعد ازانقلاب مشروطه و تغییر حکومت مدتی خانه نشین بود .
بعد ناگزیر به ترک مملکت شد. آن زمان من و برادر وخواهرم کوچک
بودیم. من که بچه بزرگ بودم. هیجده سال داشتم وبرادرم یازده سال و
خواهرکوچکم مه ست دویا سه سال ، خوب بخاطرم نیست . خیلی
کوچک بود البته خواهر وبرادرهای دیگری قبل از او داشتم که بیمار
شده وفوت کرده بودند. گفتم بعد از انقلاب مشروطیت پدرم مدتی
خانه نشین بود و بعد تصمیم به ترک مملکت گرفت . نخست به ماکو
رفتیم و چند ماهی مهمان سردار ماکو وخانواده بیات بودیم .بعد از طریق
ایروان به تفلیس رفتیم وساکن تفلیس شدیم .آنجا من وبرادرم به مدرسه
می رفتیم. اگرچه راحت بودیم اما زندگیمان مثل گذشته نبود. درتفلیس
ایرانی زیاد بود.اکثر آنهادرکارتجارت بودند وتعداداندکی ازروشنفکران
تحصیلکرده هم بودند که روزنامه ای در می آوردند.ما با چند خانواده
که پدرم از گذشته می شناخت.رفت آمد داشتیم . پدرم درسالهای
نخست. بخاطر غربت و بیکاری همیشه درخانه بود وخانه نشین ، گاه
گاهی به کتابفروشی که صاحبش ایرانی بودوتعدادی از دوستانش در آن
جا جمع می شدند می رفت و چندساعتی را با آنها به گفتگو می گذراند.

بعد از گذشت یک یا دوسال پدرم که ثروت و سرمایه اش را بصورت سکه وجواهر با پنهانکاری و قرار دادن در تنه چند عصای مشکی رنگ خود و قاب عکسها خارج کرده بود به تشویق دوستانش به کار تجارت بست و با چندتن از تجار که دوتن از آنها یکی اهل تفلیس ودیگر اهل ازمیر ترکیه بود تجارتخانه ای بازکردند. و انواع کالا صادر ووارد می کردند در سالهای نخست با این که جنگ جهانی (منظورم جنگ جهانی اول) شروع شده بود. وضع بقدری خوب بود که پدرم دوبرابر سرمایه خود را در آورد واین باعث شد که ما ترس از غربت ونداری وقناعت برای آینده را کنار بگذاریم وبخودمان برسیم. خانه مان را عوض کنیم. وخانه بزرگی اجاره وبه سرو وضع مان برسیم. برادرم وارد دبیرستان شده بود ومن هم در آموزشگاه وابسته به صلیب سرخ ثبت نام کرده بودم که بیشتر زبانهای خارجی یعنی فرانسه وانگلیسی و پرستاری ومددکار یاد می دادند. خواهرم مه سّت هم تازه کودکستان ویا همان پیش مدرسه را شروع کرده بود آن هم درسهایش به زبان روسی بودکه پدر ومادرم از این بابت چندان راضی وخوشحال نبودند و ناگزیر هرکدام روزی ساعتی با خواهرم برای یاددادن زبان فارسی وزبان فرانسه و حساب و دیگر درسها صرف می کردند . بخصوص پدرم که هم به زبان وادبیات فارسی تسلط داشت وهم به زبان فرانسه آشنا ومسلط بود. هر روز با خواهرم مه سّت که دختر کوچک خانواده وعزیز دردنه همه بود. ساعتی به درس اورسیدگی می کرد ومی کوشید که خواهرم حتما این دوزبان را یاد بگیرد. اماخواهرم هرگز زبان فارسی را خوب یاد نگرفت اما به زبان فرانسه مسلط شد. با گذشت ماه ها وگسترش جنگ و بهم خوردن اوضاع که با شکست ارتش روسیه در چند ناحیه و شروع تظاهرات بلشویکها ودیگر گروه ها همراه بود کم کم وضع بهم خورد در همین ایام پدرم با تاجر ایرانی اهل تبریز بنام معین التجار شاهسونی

آشنا شد .شریک ترکیه ای بابام او را معرفی و در کار تجارت شرکت داده بود. معین التجارکه بین ترکیه و تبریز در رفت وآمد و کار تجارت بود. برای رفتن به ترکیه وتجارت مسیر ایروان ، تفلیس باتومی واستانبول وازمیر را انتخاب کرده بود و همین مسیر در سفر تجاریش باعث رونق و گسترش وانشعاب تجارتش شده بود . درهر یک از شهرهای ایروان وتفلیس و استانبول شریک ودفتر وشعبه هایی برای تجارتش یافته و گشوده بودکه درتفلیس باموسسه پدرم ودوستانش هماهنگ وهمکار شده بود. معین التجار و پسرش میرزا بهمن که مردجوان بسیار موقر و تحصیلکرده ای بود و همه اورا به نیک نامی و ثروت و ادب و خوش زبانی می شناختند از روزی که با مرحوم پدرم همکارشده بودند پدرم را تشویق می کردند که کار تجارتش را گسترش بدهد و روش آنها را انتخاب کند. و اگر میتواند دفترش را به استانبول ویا ازمیر انتقال دهد پسرش میرزا بهمن که اهل مطالعه و کتاب بود واخبار جنگ ومسائل دنیا را تعقیب می کرد وبا روشنفکران وروزنامه نگاران نشست وبرخاست داشت. مدام می گفت که وضع روسیه این چنین نخواهد ماند و این درست زمانی بود که دامنه جنگ به مرزهای ایران وترکیه هم کشیده شده بود و با تحولاتی که در مسکو در جریان بود. بیم به هم خوردن سلطنت و آشوب به مشام می رسید. اما پدرم به ترکیه هم چندان امید نداشت. ترکیه در جنگ بود و جنگ همه چیز را در بر گرفته بود. روزهای بسیار سختی بود.هیچ فعالیت دیگری جز تجارت مواد غذایی و ذغال سنگ وگاه نفت که بتازگی پدرم از باکو تجارت آن را شروع کرده بود. نمی شد کرد. دو و سه سالی سال به همین سان گذشت سالهای آخرجنگ بودکه انقلاب روسیه روی داد و بلشویک های کمونیست به رهبری لنین واستالین بقدرت رسیدند و روسیه اعلام بی طرفی وترک جنگ کرد. با انقلاب و تغییر حکومت همه چیز در

روسیه بهم خورده بود. دیگر تجارت معنایی نداشت . بسیاری از تجار در حال فرار و انتقال سرمایه و تجارت خود به کشور وشهر دیگری بودند. پدرمن هم در این فکر بود. با یکی از عمو زاده هایش بنام اسدخان که خیلی وقت بود. مقیم فرانسه بودند. تماس گرفته و می خواست دارایی وسرمایه اش را توسط آنها به فرانسه انتقال دهد .معین التجار وپسرش میرزابهمن مخالف بودند. می گفتند نمی توان در فرانسه کار کرد. ما با قوانین وروابط تجاری آنها آشنا نیستم و از ایران هم خیلی دور است. بهتر است که به استانبول ویا ازمیرترکیه برویم. اما پدرم به اوضاع ترکیه خوشبین نبود و از روابط دوستی حکومتهای جدید ایران وترکیه هم می ترسید. البته حق هم داشت. این را اضافه کنم در آن روز ها من بیست و دو سالم بود . دیگر زنی کامل وفعال بودم. معین التجار که پسرش بهمن از من خوشش آمده بود. چند بار با پدرم صحبت کرده و یک بار بطور رسمی به خواستگاری من آمده بودند اما اوضاع برای انجام این وصلت و عروسی چندان مناسب نبود. معین التجار هم باتوجه به هم خوردن اوضاع قصد داشت به ترکیه برود . برای همین پدرم را هم تشویق می کرد که همراه با آنها به ترکیه برویم وسرمایه مان را به آن جا منتقل کنیم که ای کاش پدرم این کار کرده بود. شاید سرنوشتتش وسرنوشت ما عوض شده بود. پدر و مادرم با ازدواج من و میرزابهمن موافق بودند و میرزا بهمن را جوانی شایسته می دانستند و هر دو خانواده در تدارک مراسم نامزدی بودندکه متاسفانه فرصت نیافتند.البته من ومیرزا بهمن به صورت خصوصی و با موافقت پدر ومادرمان حلقه نامزدی بهم داده بودیم در همان روزها بودکه یک روزعصرماموران سرخ به خانه ما آمدند .حکمی را که برای دستگیری وباز گرداندن پدرم به ایران داشتند. نشان دادند .گویاخواسته دولت ایران برای برگرداندن ویا بیرون کردن بعضی ازسیاسیون در تبعید بعداز سرنگونی حکومت تزار مورد توجه دولت

تازه قرار گرفته بود. بخصوص افراد وتبعیدیانی که وابسته ویا از مقامات وخانواده سلطنتی سابق بودند. اوضاع روسیه بهم ریخته بود. بسیاری از روستائیان و کارگران وسربازهای از جبهه برگشته به شهرها ریخته در خیابان رهاشده می گشتند و هر جا که می خواستند می رفتند وبنام انقلاب هر چیزی را تصاحب می کردند. مقامات حکومتی سعی داشتند با تشکیل شوراها اوضاع را تحت نظر وکنترل در آورند وتروتسکی که درراس ارتش سرخ بود. بسیاری از این سربازها ودهقانهای انقلابی را به ارتشش جذب کرده بود اما بااین همه با فعال شدن شوراها در هرمحله و شهری دهقانها وکارگران بانام شورا هم چنان بدنبال خواسته های خود بودند. اکثر مردم که قبلا با انقلاب موافق بودند. اکنون با این جنگهای داخلی و از بین رفتن نظم وثبات مملکت آرزوی روزهای گذشته را داشتند .کم کم مردم حکومت ونظم گذشته را بهتر از حکومت فعلی می دانستند.. حکومت تازه هم که متوجه مشکلات شده بود. سعی در تنش زدایی با دولتهای دوست وهمسایه داشت و می خواست به مسائل داخلی بپردازد و تمام توانش را برای پایه ریزی جامعه اشتراکی وکمونیستی کند .برای همین منظور هم ، مطابق عهدنامه ای که با دولت ایران داشتند. می خواستند بسیاری از مقامات حکومت پیشین را از روسیه شوروی بیرون کنند ویا به ایران بر گردانند. پدر من هم جز این گروه بود که باید روسیه را ترک می کرد . خاطرم است آن روز عصر که مامورین به خانه ما آمدند .بعد از جستجوی تمام اطاقها و وسائل منزل که معلوم نشد برای چی این کاررا کردند. حکمی را که داشتند به پدرم نشان داده وگفتند. شما باید تفلیس وخاک روسیه را ترک کنید .پدرم به ماموری که حکم را آورده بود وفرمانده ویا چه بگویم سر دسته مامورین بود و از قبل می شناخت گفت:

ـ اگر اجازه بدهید وسایلمان را جمع کنیم و فردا تفلیس را ترک کنیم

مامور با کمی تانی و شرمگین از وضع پیش آمده گفت:

- من شما را می شناسم آقا، شما مرد محترمی هستید اما متاسفانه همانطورکه در حکم ملاحظه می کنید. ما ماموریم که شما را به ایران برگردانیم . شما را به باکو می بریم وشما از آن جا به ایران برگردانده می شوید. البته خانواده شما می توانند همراه شما بیایند ویا ما این ارفاق و مساعدت را در نظر می گیریم که تا فردا ویا روز بعد تفلیس وخاک روسیه راترک کنند.

با شنیدن حرفهای آن مرد پدرم آشکارا در هم فروریخت. من که چشم به صورت پدرم دوخته بودم آشکارا لرزش لبان پدرم را دیدم . پدرم با صدای گرفته ای گفت:

-      اجازه دارم با خانواده ام صحبت کنم

مامور گفت :

-   راحت باشید آقا ، شما وقت برای صحبت و جمع کردن
وسائلتان دارید

بعد از سه مامور همراه خود خواست که همراه با او بیرون در حیات منتظر بمانند . خوشبختانه تابستان بود و هوا گرم ، ماموران به حیاط منزل رفتند وپدرم مارا دور خود جمع کرد.آن روز و آن عصریکی از روزها و لحظه های تلخ و سخت زندگیم است. من آن روز را هرگز فراموش نمی کنم .پدرم رنگش پریده بود ودستش آشکارا می لرزید با حال دگرگون مارا در اطاق نشیمن جمع کرد و موضوع و وضعیت پیش آمده را گفت و گفت که ناگزیر است که از ما جدا شود وبرود واز برادرم خواست که مسئولیت خانواده را بعهده بگیرد و از من هم خواست که برادرم را کمک کنم و گفت:

-   بچه های من بالاخر زمان جدایی رسیده اما زیاد نخواهد بود. یا شما به وطن برمی گردید ویا من می آیم .دیدید که آمده اند

مرا ببرند و من ناگزیرم از شماها جدا شوم.از شماها می خواهم یکدیگررا رها نکنید.کنارهم ومواظب هم باشید. مخصوصا ازمادرتان .نمی دانم باز را خواهم دید ویانه اما باید امیدوار باشیم . به من قول بدهید که از هم جدا نشوید و بهم دیگر کمک کنید و کنار هم باشید.

پدرم که خیلی ناراحت بود گریست و ماهمه او را بغل کردیم گریستیم و گفتیم:

- نه بابا ما شمارا تنها نمی گذاریم. ما هم همراه شما می آئیم

پدرم گفت :

- نه شماها همراه من نمی آئید. هیچکدامتان ،کمی عاقل باشید. معلوم نیست آن جا وضع چطوره و چه در انتظار ماست؟ شما باید ازاین جا بروید ، بروید به فرانسه نزد عموزاده اسدخان

البته باید بگویم پدرم اشتباه کرد. اگر ما همراهش آمده بودیم. وضع وسرنوشت ما طور دیگری می شد. مادرم که علاقه زیادی به پدرم داشت و هرگز حاضر به جدایی وتنها گذاشتن او نبود. ناراحت وعصبی گفت:

- این ها نه ولی من تورا تنها نمی گذارم و همراه تو هر جا بروی می آیم.

- ولی خانم این ممکن نیست

- چرا ممکنه ، ما همه می توانیم همراه با تو به ایران برگردیم اما بهتره اینها نیایند. این ها دیگر بزرگ شده اند . تحصیل کرده اند پول وسرمایه هم دارند . می توانند روی پای خودشان بایستند. از مه ست هم اولجای مراقبت می کند. اما من نمی توانم تورا تنها بگذارم . همراه تو می آیم .هر جا تورا می برند. مرا هم ببرند

پدرم هرچه اصرار کرد. مادرم قبول نکرد. البته روحیه قوی وتصمیم مادرم روی پدرم تاثیر گذاشت واو روحیه اش را دو بار باز یافت.

نشست کمی فکر کرد .بعد دو کاغذ به دوستان وشرکایش در موسسه تجاریش نوشت. برادرم جلال ومرا جانشین خود و صاحب اختیار اموالش معرفی وهم چنین از دوستان و شرکایش خواست که به خروج ما از تفلیس کمک کنند .البته به تاکید درخواست کرده بود که کمک کنند و ما را به فرانسه بفرستند.

در این بین معین التجار ومیرزا بهمن که از ماجرا با خبر شده بودند. به خانه ما آمدند. پدرم که همه چیز را به من وبرادرم سپرده بود. از آنها خواست که مارا کمک کنند وهمراه خود به استانبول ویا ازمیر ببرند و از آن جا به پاریس بفرستند. میرزا بهمن که دوستان زیادی در تفلیس ودیگر مکانها وشهرها بخصوص درترکیه داشت. قول داد که از هر کمکی مضایقه نکند و شامگاه آن روز پدرم همراه مادرم بعد از خداحافظی بسیار تلخ با ما همراه ماموران رفتند . میرزابهمن که نامزد من بود و خودرا مسئول می دانست. به همراه پدرش بدنبال تهیه وسیله و انجام دیگر کارها برای خروج ما ازتفلیس رفتند وبه ما سپردند که چمدانهاو دیگروسائل سفرمان رابببندیم وآماده شویم .ما آن شب یعنی برادرم و من وخواهرم خیلی شب بدی را گذاراندیم. آن شب برای نخستین بار احساس تنهایی کردم. احساس کردم پشت وپناهم را از دست داده ام .تصور کن دوجوان بی تجربه با یک دختر بچه شش هفت ساله در غربت در یک شهر غریب. ناگهان درعرض چند ساعت پدر ومادرشان را از دست بدهند. یعنی از آنها جدا شوند وباید از آن به بعد خودشان تصمیم بگیرند وزندگیشان را اداره کنند. هر سه علاوه بر غم جدایی وناراحتی از تنهایی ترسیده بودیم.

مانطور که در خودم بودم یک لحظه چشمم به خواهرم مه ست افتاد. دیدم با آن قامت کوچکش کنار دیوار بغض کرده با چهره ای ترس گرفته ونگاهی غم زده و نگران ایستاده .چشم به من وبرادرم که او هم

ناراحت و نگران بود واز شدت نگرانی وبلاتکلیفی واین که چه خواهد شد و چه باید بکند ؟ همانطور در حال قدم زدن در عرض اطاق ورفت وبرگشت بود. دوخته. فهمیدم جدایی از پدر ومادرم و ترس ونگرانی ما در او تاثیر بدی نهاده ..آهسته خودم را کنار اوکشاندم. می دانستم که صدایش کنم ویا حرفی بزنم ویا دست بر دست و یاشانه اش بگذارم . بغضش خواهد ترکید واشکش جاری خواهد شد. انگار او هم منتظر همین بود چون تاکنارش نشستم. صورتش را برگرداند ونگاه غمزده اش را تو صورتم دوخت . آهسته دست بر شانه اش نهادم و در پهلویم فشردم که بغشش ترکید .خودش را به آغوشم انداخت .بغلم کرد وسرش را بر شانه ام نهاد وشروع به های های گریستن کرد. باید اعتراف کنم من هم تحملم را از دست دادم. باوجود این که سعی می کردم. جلو خودم را بگیرم . نتوانستم و آرام همراه با او شروع به گریستن کردم . لحظه ها گریستم. بعد سعی کردم اورادلداری وقوت قلب دهم و آرام کنم . خواهرم اگر چه قد کشیده بود. ولی هنوز بچه بود وخیلی وابسته به مادرم. اکنون که مادرم رفته بود. او خیلی احساس ناراحتی وتنهایی می کرد.یک نوع ترس و تنهایی در نگاهش نشسته بود. برای همین من سعی می کردم به او وبرادرم که ناراحت بود و با گریه خواهرم دست از قدم زدن برداشته و نشسته چشم به ما دوخته بود. قوت قلب دهم. چند ساعتی همانطور بلاتکلیف در خانه بدون پدر ومادرمان نشستیم. کمتر صحبت می کردیم واگر هم حرفی می زدیم. صحبت از این می کردیم که چه خواهد شد ؟ چه بر سر پدر ومادرمان خواهد آمد؟ ،آیا باز آنها را خواهیم دید؟ به سر ما چه خواهد آمد ؟ چه خواهیم کرد ؟ من که بزرگتر از هردو آنها بودم و احساس می کردم که وظیفه و جای مادرم را در غیاب مادرم باید بعهده بگیرم .بلند شدم شامی درست کردم و آن دو را برای شام دور میز نشاندم و گفتم بیائید هر چه که

پدرومادرمان گفته اند انجام دهیم. شنیدید ومی دانید که پدر ومادرمان چه گفتند . ما دیگر بزرگ شده ایم . تحصیلکرده ایم .پول وسرمایه هم داریم . باید قوی ومحکم باشیم و همان کاری که پدرمان گفته انجام دهیم . ما باید وسائل لازم و ضروریمان را جمع کنیم و فردا ازتفلیس برویم . ما می رویم فرانسه و آنجا دوباره همه چیز را از نو می سازیم . پدر ومادرمان را نزد خود می آوریم. برادرم که جوان خوش سیما و بسیار ماجراجو بود واحساس بزرگی ومردی می کرد .با این گفته من روحیه گرفت و گفت :

- بله ما می رویم فرانسه. من آن جا درس می خوانم و تجارت
  می کنم

گفتم :

- من هم کمکت می کنم

خواهرم مه ست گفت:

- من چه خواهم کرد ؟

بغلش کردم و گفتم: هیچی ما کنار تو هستیم

برادرم که بلند شده بود و قدم می زد گفت:

- تو درست را خواهی خواند. همین . همانطور که پدر و مادرم
  گفته اند . ما همیشه کنار هم وباهم خواهیم بود

و بعد گفت :

- شامتان را زود بخورید باید وسائلمان را جمع کنیم. ما فردا از
  این جا می رویم.

با روحیه ای که یافته بودیم. شاممان را خوردیم و بعد از شام وسائل قیمتی ولازم و ضروری و خودرا جمع کرده، بسته بندی نموده ، آماده سفر شدیم. روز بعد خانه ومبلمان ودیگر وسائل درشت خانه را به

شرکای پدرم سپردیم و با کمک وهمراهی میرزا بهمن به بندر باتومی
رفته وباکشتی به طرف استانبول راه افتادیم .

اولجای سلطنه که از یادآوری خاطرات گذشته متاثر شده واشکش
گرفته بود. با دستمال سفیدی که در دست داشت اشک چشمانش را
پاک کرد و ادامه داد:

- باید بگویم هرگزآن لحظه یعنی چهره درهم وچشمان اشک گرفته پدر
ومادرم را هنگام خدا حافظی فراموش نمی کنم. چون بعدا دیگر ما آنها
را ندیدیم و خبر در گذشتشان را بعد از ماه ها شنیدیم. البته آنطور که
مادرم در نامه اولش بعد از رسیدن به رشت نوشته بود. آنها را نخست به
باکو وبعد از آن جا از طریق دریا به بندر انزلی انتقال داده بودند . پدرم
از رشت تحت نظر به تهران منتقل و شش ماه زندانی بوده که پیچاره
مادرم در آن مدت در تنهایی و تشویش ونگرانی بسیار ناراحتی کشیده
بود . پدرم بعد از شش ماه آزاد و به ارومیه برمی گردد. اما در خانه اش
تحت نظر و ممنوع خروج می شود . او عشق به آزادی داشت وعلاقه
زیادی به فرزندانش . متاسفانه دو ماهی دوام نمی آورد . سکته می کند و
می میرد. مادرم آن طور که نوشته بود. بعد از فوت پدرم با این که تنها و
عزادار بوده اما نگران و دلواپس ما در غربت بوده . تصمیم می گیرد با
فروختن املاک و فراهم کردن پول وسرمایه کافی نزد ما بیاید در آن
زمان پست وتلفن این همه گسترده نبود. ماه ها طول می کشید که نامه
ای از ایران به فرانسه بیاید . خبر ومسائل فوری را بیشتر با تلگراف اطلاع
می دادند . اما مادرم نخواسته بود که با زدن تلگراف در گذشت پدرمان
را به ما خبر دهد . بجای تلگراف نامه مفصلی نوشته بود که بعد از دوماه
از مرگ پدرم به دست ما رسید . مادرم مفصل نوشته بودکه چطور و
چگونه به ایران برگشتند و پدر را چگونه گرفتند و به تهران انتقال دادند
و بعد از محاکمه به زندان قصر فرستادند و او در آن مدت در تنهایی در

تهران علاوه بر نگرانی از حال پدرم نگران ما بوده که هیچ خبری از احوال ما نداشته . جز یک نامه که بعد از سه ماه در هنگام زندانی بودن پدرم توسط مسافری دریافت کرده و دانسته بود که ما به فرانسه رفته واکنون درآن جا ساکن هستیم. نامه رامن نوشته بودم و معین التجار توسط مسافری که عازم تهران بود. بدست مادرم رسانده بود. مادرم در نامه اش نوشته بود که پدرم بعداز آزادی از زندان ممنوع خروج شد وتحت نظر قرار گرفت ولی بادرخواست برای زندگی در خانه شخصیش در زادگاهش ارومیه موافقت کردند . بعد از بازگشت به شهر خودمان مدت دوماه در خانه در استراحت بود اما یک روز عصر سینه اش درد شدیدی گرفت .همه نخست می گفتند قولنج است اما قلبش در اثر سکته درد گرفته بود و روز بعد در گذشت و اکنون او دیگر بعداز درگذشت پدرم کسی را ندارد .برای همین در انتظار فروش تمام املاک وداراییمان است تا با پول وسرمایه کافی نزد ما بیاید. مادرم مقداری از املاک را فروخته وپول آنها را به ما فرستاد که سرمایه بسیار خوبی بود. اما نتوانست یعنی فرصت نیافت که همه را بفروشد ونزد مابیاید .متاسفانه بیمارشد و در همین خانه درگذشت و کنار پدرم به خاک سپرده شد . خبر در گذشتش را فامیل ودوستانمان به ما اطلاع دادند.اولین تلگرافی که در پاریس دریافت کردیم. تلگراف خبر در گذشت مادرم بود .این درست زمانی بود که دوسال از اقامت ما در پاریس می گذشت و ما در پاریس کاملا مستقر شده و خانه بزرگ ومناسبی در منطقه ورسای نزدیک پاریس خریداری کرده بودیم . اما چگونه به پاریس آمدیم و مستقر شدیم باید ماجرایش را از اول تعریف کنم .

اولجای سلطنه لبانش را با زبانش تر کرد و نگاهی از پنجره به بیرون که اکنون دیگر تاریک بود و سفیدی برف روشنی کم رنگ و ضعیفی

بود که در کف باغ روی شاخه درختان ودیوارها دیده می شد به نقل

سرگذشت و حکایت خود وخانواده اش ادامه داد.

– قبلا گفتم که روز بعد از رفتن پدر ومادرمان ماهم وسائل منزلمان را به

دوستانمان سپردیم و هر آن چه را که می توانستیم بر داشتیم و از تفلیس

به باتومی واز آن جا با کشتی راهی استانبول شدیم . من بیشتر از همه

نگران خواهرم مه ست بودم .او هنوز هفت سالش نشده وبچه بود و چون

بسیار وابسته به مادرم بود با جدایی از او خیلی غمگین و ناراحت و

افسرده بود . من با این که بیست و دو سال بیشتر نداشتم . جوان بودم و

نیازمند حمایت .وضع وحال او را درک می کردم و سعی می کردم با

وجود همه مشکلات وناراحتیها به او لبخند بزنم وامید دهم و دائم در

کنارش باشم. برادرم هم که پسر جوان بی تجربه ای بود. دست کمی از

ما نداشت. اما زیاد بروز نمی داد . دو روزو نیم در راه بودیم .یعنی در

کشتی بودیم . روزسوم نزدیک ظهر به استانبول رسیدیم .جنگ که مدتی

بود. تمام شده بود اما هنوز استانبول وتمام ترکیه در یک وضع نا بسامانی

بسر می بردند.افسران جوانی که قدرت را در دست گرفته و حکومت

جمهوری اعلام کرده بودند در حال سر وسامان دادن به وضع   نا بسامان

ترکیه بودند . اما وضع اقتصاد ترکیه بسیار خراب بود. میرزا بهمن که

همراه ما بود بسیار کمک کرد و خانه ای اجاره و وسایل کمی برای

اقامت کوتاه ما تهیه کرد . بسیار ارزانی بود و می شد کلی وسایل با پول

کمی خرید. اما مواد غذایی و بعضی از اجناس کمیاب بود و میرزا بهمن

می گفت بهترین زمان برای تجارت این نوع مواد واجناس است وبرای

همین هم تلگرامی به پدرش معین التجار که هنوز در تفلیس بود زد و

موضوع را با او درمیان گذاشت . هفته بعد معین التجار که با دیگر

همکاران وشرکای پدرم در تفلیس مانده ودر حال انتقال سرمایه خود به

خارج بودند به استانبول آمدند. معین التجار با ما برخوردی پدرانه وبسیار

گرم و صمیمانه داشت .مرتب به تاکید می گفت که مبادا احساس غم
وتنهایی بکنید. من کنار شما هستم ومثل پدری در خدمتتانم . مرد بسیار
مهربان و جوانمرد بود .دو هفته از اقامتمان در استانبول نگذشته بودکه
یک روزعصرکه بامیرزا بهمن به گردش وخریدرفته بودم. اوبه من گفت
واصرار کرد که بهتراست به فکر لباس عروسی وخریدهای دیگرباشی و
ماه بعد جشن عروسیمان را بر پا کنیم . چنین خواسته ای از طرف او
بسیار طبیعی بود .پوشیدن لباس سفید عروسی هم آرزوی هردختر جوان
ودم بخت است . من نیز چون همه دختران چنین آرزویی داشتم. او
مردجوان تحصیلکرده و برازنده وخوش سیمایی بود که من دلباخته اش
شده بودم. البته بهتره بگویم ما دلباخته وعاشق هم بودیم و ازدواج با او
آرزوی من بود و هیچ چیز در این میان مانع ازدواج وعشق ما نبود. جز
خواهر وبرادرم. پدر ومادرم قبلا با نامزدی و ازدواج ما موافقت کرده
بودندو معین التجار هم بر برپایی جشن وازدواج رسمی ما پافشاری می
کرد. امامن منتظرتماس وجواب اسدخان عموزاده پدرم ازپاریس بودم.
چون بخواست پدرم بعد از رسیدن به استانبول برادرم جلال به او تلگرام
زده و وضع ما و دستگیری و انتقال پدرم به ایران را خبر داده و نوشته بود
که قصد داریم به پاریس برویم و به کمک او احتیاج داریم . نامزدم
میرزا بهمن مخالف رفتن ما به پاریس بود. او و پدرش معین التجار معتقد
بودند که استانبول مناسب برای زندگی ما وتحصیل برادر وخواهرم است
ومن هم با آنها هم عقیده بودم و هیچ دلم نمی خواست که به پاریس
برویم و ای کاش هم نمی رفتیم. چون اگر در استانبول مانده بودیم
شاید سرنوشت من و بخصوص خواهر وبرادرم عوض می شد . من هرگز
چنین سرنوشتی نمی یافتم. ازدواج می کردم وعمری را به مجردی
نمیگذراندم و برادرم جلال راه دیگری در زندگیش انتخاب می کرد
وخواهرم مه ست گرفتار آن سرنوشت بد نمی شد.موضوع خواست

میرزابهمن را وبرپائی جشن عروسی واقامت در ترکیه واستانبول را با برادرم در میان گذاشتم . ولی او قبول نکرد و گفت که قصد دارد به پاریس برود . چون خواسته پدرمان این بوده و البته این را هم گفت که من اگر مایل هستم. می توانم عروسی بکنم وبمانم ولی آنها می روند .. چاره نبود. جز این که از میرزا بهمن بخواهم چند ماهی صبر کند تامن همراه برادر وخواهرم به پاریس بروم و بعد از جا به جا کردن آنها . با هم ازدواج می کنیم . میرزا بهمن اگر چه مخالف و از تصمیم من ناراحت بود ولی می دانست که من چاره ای ندارم . ناگزیرم ومجبورم بخاطر مسئولیتی که در قبال خواهر وبرادرم دارم همراه آنها بروم و با وجود تاکید معین التجار که باید رسما عقد کنیم. نمی دانم چرا من قبول نکردم و مراسم عقد را به بعد موکول کردم ومیرزا بهمن در برابر اصرار من پذیرفت و حاضر شد که با ما به پاریس بیاید اما معین التجار مخالفت کرد و مانع آمدن وهمراهی او با ما شد در همین احوال اسدخان عموزاده پدرم از پاریس به استانبول آمد. او که فامیل نزدیک ما بود و در غیاب پدرم خود را مسئول وبزرگ ما می دانست با ازدواج و ماندن من در استانبول مخالفت کرد و گفت که بهتر است کمی صبر کنید و من بخاطر برادرم و بخصوص خواهرم مه ست که در آن زمان بسیار کوچک و بعداز مادرم و در غیاب ونبود او وابسته من بودند ناگزیر به جدایی از میرزا بهمن شدم . من میرزا بهمن را عاشقانه دوست داشتم واو هم مرا اما چاره ای جز جدایی نبود. ناگزیر حلقه نامزدی میرزا بهمن را پس دادم . آن روز که این کار را کردم خیلی گریستم و هنوز هم پشیمانم و هرگز هم اورا فراموش نکردم. عصر بود که به خانه ما آمد. در را که باز کردم از چهره در هم و گرفته اش فهمیدم که از موضوع ومسئله ای ناراحت است. و بر خلاف همیشه نه دست مرا گرفت ونبوسید .فقط پرسید :

۲۲۷

- تنها هستی؟

گفتم :

- نه . با مه ست هستم

نگاهی به اطراف انداخت انگار دنبال کلمه ای برای گفتن قصد و منظور ونظرش بود. چند لحظه ای همانطور دیوارها را نگاه کرد وبعد چشم در چشم من دوخت وگفت

- ما باید با هم حرف بزنیم

نگران پرسیدم :

- چه شده ؟

گفت:

- اسدخان که همراه جلال برای رسیدگی به دفترها وتسویه حساب کارهای مشترک تجاری شما وما به دفتر شرکت آمده بود در پاسخ پدرم که می گفت اولجای و بهمن باید هر چه زودترعروسی کنند. مخالفت کرد و گفت بماند برای بعد. بگو ببینم این آقا کیه چه کاره است ؟ . چرا برادرت این همه تابع حرفهای اوست؟

- اسدخان مخالفت کرد!؟

- بله . جلال هم حرف اورا تائید وتکرار کرد.

- برای چی ؟

- علتش را نمی دانم ولی به من بگو ببینم تو یک فرد مستقلی هستی یانه ؟

- معلو مه که هستم

- پس تصمیمت را بگیر

- چه تصمیمی

- تصمیم عروسی . ما نامزدیم و من می خواهم هر چه زودتر عقد
  وعروسی کنیم
- تو با ما می آیی ؟
- کجا ؟
- پاریس
- نه توهم نمی روی ، آنها را هم مجبور کن این جا بمانند
- من دلم می خواهد که این جا بمانم و می دانی که چقدر تورا
  دوست دارم . اما جلال حاضر نیست . می خواهد برود به پاریس
- خوب برود .
- خواهرم مه ست چی؟ او خیلی بچه است
- مه ست این جا پیش ما می ماند
- جلال قبول نمی کند اسدخان هم همینطور
- اگر قبول ندارند اورا هم با خود ببرند
- ولی من نمی توانم اورا تنها بگذارم. به مادرم قول داده ام
- پس می خواهی چکار بکنی ؟
- نمی دانم
- تو باید تصمیمت را بگیری
- تو چرا با ما نمی آیی ؟
- نمی توانم ونمی خواهم .بیایم آن جا چه بکنم ؟ نه زبان فرانسه
  می دانم و نه به قوانین آن جا آشنا هستم ونه کسی را دارم و نه
  کاری ، این جا بهترین جا برای ماست
- یاد می گیری
- نمی توانم و نمی خواهم
- خوب پس یک مدتی صبر کن

- من حاضرم ولی پدرم موافق نیست. می گوید او و اگر تو را دوست دارد و حاضر است زن تو بشود . خواسته تورا هم قبول می کند واین جا می ماند

- ولی من نمی توانم

میرزابهمن ساکت شد و نگاهش راکه در آن تمام عشق وعلاقه وتمنایش جمع بود در نگاهم دوخت ولحظه ها همین طور با معنی خاصی نگاهم کرد .بعد رویش را برگرداند. بطرف پنجره رفت و چشم به بیرون به دریا دوخت. احساس کردم از چیزی ناراحت است ورنج می برد. کمی بعد برگشت وگفت :

- می دانی ما مجبور به انتخابیم. من انتخابم را کرده ام .توهم اگر می خواهی بمانی وکنار من زندگی بکنی . تصمیمت رابگیر. بالاخره باید بین من و خانواده ات یکی را انتخاب بکنی

با ناراحتی گفتم:

- می دانی که نمی توانم. من تورا دوست دارم ولی نمی توانم خواهر وبرادرم را ول کنم

با عصبانیت داد کشید:

- چرا آنها نمی خواهند کمی به تو و مسائل تو فکر کنند. جلال که دیگر بچه نیست

- ولی خواهرم چی ؟مه ست به من احتیاج دارد . او هنوز یک بچه است

- برادرت سرپرست اوست. با او می رود پاریس درس می خواند وزندگیش را می کند. کسی از آینده چیزی نمی داند. شاید یک روز برگشت این جا

- ولی من نمی توانم تنهایش بگذارم

وقتی این حرف را شنید برگشت و در حالیکه بطرف پله ها می رفت گفت :

- پس همراه او برو

دنبالش دویدم و دم در با التماس گفتم:

- بهمن کمی هم به مسائل و مشکلات من توجه کن. فکر کن من جز این چه می توانم بکنم

- من فکر کرده ام که به این جا آمده ام . تو هم کمی به من فکر کن و وتصمیمت را بگیر.

در را با عصبانیت باز کرد ورفت و مرا در انتخاب و تصمیم تنها گذاشت.

اولجای سلطنه که باز از یاد آوری ونقل خاطرات و وسرگذشت خود وخانواده اش غمگین و بر افروخته شده بود . دوباره با دستمال سفید و گلدارش اشک چشمانش را گرفت. بلند شد و رفت و دیوان حافظ را آورد و گشود . از لای آن دو عکس را برداشت که معلوم بود. آن عکسها برایش خیلی عزیزند که لای دیوان حافظ گذاشته تا همیشه و هر وقت هنگام خواندن غزلی از حافظ ،نگاهی هم به آن عکسها داشته باشد. یکی از عکسها ، عکس اولجای سلطنه کنار میرزا بهمن در استانبول بود. هر دو جوان و بسیار آراسته بودند .میرزا بهمن جوانی با سبیل کم پشت و موهای مجعد و دماغ باریک و بسیار خوش سیما وخوش تیپ می نمود و اولجای سلطنه در کنار او دختری باریک اندام وزیبا .عکس دوم عکس میرزا بهمن با دوستانش بود که بعداز گذشت سالها گرفته شده بود . درعکس میرزابهمن مردی حدودا پنجاه ویا شصت ساله با موهای ریخته سرطاس اما با کروات ولباس رسمی ایستاده کنار میزی با دو تن از دوستانش دیده می شد .معلوم بود که اولجای سلطنه عکس دوم را بعداز سالها یافته است . هر دوعکس را با حسرت و

۲۳۱

افسوس و اندوه ناگفته ازعشق نگاه کرد . باز سرش را به تاسف وحسرت تکان داد و اشک چشمانش را سترد و من فهمیدم که او بعد از گذشت آن همه سال هنوز هم به او می اندیشد و در اندوه از دست دادن اوست . وقتی نگاه وحالت چهره مرا دید لبخندی زد وگفت : -

- پسرم میدانم چه فکر می کنی . آدم در زندگی یک بار عاشق می شود و نباید بیهوده آن را از دست بدهد . ولی من از دستم دادم.

خیلی دلم می خواست بپرسم که آیا بعدها میرزا بهمن را دیده و میرزا بهمن چه شده وحالا کجاست ؟ اما نتوانستم و نپرسیدم و او که در سکوت اندوهگینش از پنجره چشم به بیرون دوخته و هم چنان در خاطرات گذشته غوطه ور بود. کمی بعد که چشم ازپنجره گرفت . صحبتی در آن مورد نکرد . به نقل سرگذتش ادامه داد و گفت: -بگذریم من با همه دلبستگی از میرزا بهمن جدا شدم و روزبعد همراه با برادر وخواهرم واسدخان با بدرقه میرزا بهمن سوار کشتی شدیم و به سمت فرانسه حرکت کردیم .آن روز صبح، وداع من با میرزا بهمن، وداع تلخ و غم انگیز ی بود . او تا دور شدن ما لحظه ها در بندر ایستاده بود و غمگین مارا نگاه می کرد. بعداز جدایی و راهی شدن به فرانسه. من از شدت ناراحتی در تمام طول سفر همه اش در خودم بودم. البته بهم خوردن حال خواهرم و خودم در اثر تکانهای شدید کشتی ، نگذاشت بفهمم که آن دو روز ونیم در کشتی چگونه وبه چه وضع وحالی گذشت. روز سوم سفر کمی از ظهر گذشته بود که در بندر مارسیه از کشتی پیاده شدیم. بعداز چند ساعت استراحت .شامگاه همان روز با قطار راهی پاریس شدیم . روز بعد که به پاریس رسیدیم. خیلی خسته بودیم. من که بسیار دلشکسته بودم. فقط در فکر آینده بودم . فکر می کردم. شاید در چند ماه آینده میرزا بهمن نزد ما بیاید ویا من فرصت

بکنم ونزد او برگردم .اما همه اش تصور و خیال بود و او هرگز نیامد. تماسی هم نگرفت به نامه هایم پاسخ نداد ومن هم نتوانستم نزد او برگردم.

زندگی درپاریس روزهای اول بسیار سخت بود .البته من زبان فرانسه را درحد ابتدایی می دانستم اما برادرم مسلط بود.چند هفته ای درخانه اسدخان بودیم . بعد از مدتی با راهنمایی او و برای این که سرمایه وثروتمان را از دست ندهیم. در نزدیکی خانه او در منطقه ورسای خانه بزرگ دو طبقه با محوطه بزرگی خریداری کردیم و در آن مستقر شدیم. خواهرم مه ست را در مدرسه ثبت نام کردیم وبرادرم به کلاس زبان و علوم اجتماعی رفت تا آماده دانشگاه شود. البته دوست داشت در کنار تحصیل به کار تجارت بپردازد و در این کار کمک های پسر اسدخان عبدالرضا خیلی موثر بود. این را بگویم که عبدالرضا که همه جاخودرا(عبدی) معرفی می کرد. اگر چه جوان خوش اندام و خوش زبان ومودبی بود. ولی آدم چندان خانواده دوست ودرستکار نبود. عیاش بود و در پی خوشگذرانی .او که با برادرم بسیار صمیمی شده بود هر چند شب درطول هفته برادرم را همراه خود به محفل دوستانش و شب زنداری وگردش می برد. من سر این مسئله همیشه با برادرم بگومگو داشتم. مدتی گذشت یعنی حدود دوسال در این مدت ما از سرنوشت پدر ومادرمان وآن چه که برسر آنها آمده بودبا خبر شده بودیم . من بیش از همه مدتهاعزادار وناراحت بودم اما سعی می کردم غم از دست دادن آنهارا بخصوص از خواهرم مه ست پنهان کنم . دراین میان پول وسرمایه قابل توجهی که مادرم قبل از درگذشتش با فروش قسمتی از املاک و دارایی خانواده فرستاده بود. بدست ما رسید واین مسئله ، هم در زندگی برادرم تاثیر گذاشت وهم در زندگی من وخواهرم. برادرم که دنبال خوشگذرانی بود با سرمایه هنگفتی که بدست آورده بود. دیگر کمتر در

خانه بند می شد و من که نگران او و زندگیش بودم . فردای هر شب گذرانی با او بحث و دعوا داشتم. تا این که با دخالت عموزاده اسدخان تا حدودی مسائل و دارایی هریک از ما روشن شد. چون من بفکر خواهر کوچکم بودم . برادرم پذیرفت که خانه خریداری شده در ورسای را با مقداری از سرمایه نقد و سهام شرکت بنام من و خواهرم مه ست کند . البته این را باید بگویم که من به پیشنهاد و اصرار اسدخان با عبدی که بعدا فهمیدم. بیشتر بدنبال پول و ثروت من بود. ازدواج کردم اما او مرد زندگی نبود و چند ماهی ما کنار هم زندگی نکردیم و ناگزیر از هم جدا شدیم . برادرم جلال که چند سال بدنبال خوشگذرانی بود . بعد از مدتی با دختر ایرانی بسیار زیبایی بنام تهمینه آشنا شد و این آشنایی و عشق روی برادرم تاثیر زیادی گذاشت. بطوری که جلال کار تجارت و همین طور خوشگذرانی و شب زنده داری را کنار گذاشت و به تشویق تهمینه برای تحصیل حشره شناسی که بسیار علاقمند بود به دانشگاه لیون رفت و از ما جدا شد و سالها در آن جا بود و دکترا گرفت اما در زندگیش چندان شانس نیاورد. خانمش تهمینه متاسفانه سرطان گرفت و بسیار جوان درگذشت . جلال که از مرگ زنش بسیار ناراحت و افسرده شده بود بعد از در گذشت خانمش تمام زندگیش را وقف کارش کرد و چون علاقه به شناسایی حشرات فلات ایران داشت به ایران برگشت و در دانشسرای عالی کرج که بعدا دانشکده کشاورزی شد دپارتمان حشرشناسی را راه انداخت و در شمال ایران حین کار تحقیقاتی با یا دختر خانمی از خانواده اسفندیاری آشنا شد و ازدواج کرد و از او صاحب پسری بنام طغرل شد. اما طغرل پسر برادرم عمر زیادی نکرد . در جوانی در دریا خزر هنگام شنا غرق شد و برادرم را عزادار کرد . بیچاره جلال در زندگیش هیچ شانس نیاورد. یعنی کلا خانواده ما هیچ کدام شانس نیاوردیم و خوشبخت هم نبودیم . زندگی به ما هرگز لبخند

نزد. برادرم سالها استاد حشره شناسی بود .دوسال پیش فوت کرد. روحش شاد. افسوس

اولجای سلطنه با گفتن کلمه افسوس کمی درنگ کرد وبعد گفت : برگردم به موضوع اصلی خودمان . من که مسئولیت خواهرم راعهده دار بودم. هم چنان در پاریس ودر ورسای کنار خواهرم بسر می بردم با گذشت سالها خواهرم مه ست قد کشیده ودختر رعنایی شده بود. باید بگویم خواهرم مه ست از لحاظ جثه و قیافه با ما بسیار متفاوت بود. او بیشتر شبیه خانواده پدرم یعنی شباهت بیشتر به مادر پدرم که زنی گرجی بود برده بود. برای همین قامتش ازما کمی بلند و موهایی قهوه ای و چشمانی عسلی مایل به سبز داشت. با دماغ باریک مثل دخترش ساراکه البته سارا مشکی اوست. خیلی طناز ودلربا بود. از همان دوره دبیرستان دل بسیار از مردان را می ربود. برای همین من همیشه مراقبش بودم وتنهایش نمی گذاشتم. در پاریس که بودیم نزدیکترین فرد و هم صحبت ما فامیلمان اسدخان بود.او سرمایه مارا در شرکت تجاریش کار انداخته بود ومن درروز چند ساعتی به دفتر تجاری او می رفتم و در انجام بعضی از امورکمک ویاریش می کردم و خواهرم مه ست که دیگر بزرگ شده و درسال آخر دبیرستان بود دوست داشت بعد از تمام کردن دبیرستان در دفتراسدخان کارکند وکار تجارت رایاد بگیرد. وخودش تجارتخانه ای راه بیاندازد و مدام می گفت کار پدرم را انجام می دهم وبرای همین هم مایل بود. بعد از دوره دبیرستان به مدرسه بازرگانی پاریس برود و اقتصاد وتجارت بخواند اما با روحیه ظریف و عواطفی که من در او می شناختم. می دانستم که نمی تواند همانطور هم شد. چون بعد از چند بار آمدن به تجارتخانه اسدخان وکار درآن جا عقیده اش عوض شد و همانطورکه همه می گفتند ومادرم هم پیش بینی کرده بود. به تحصیل هنر بخصوص موسیقی ونقاشی روی کرد وبعد از

تمام کردن دبیرستان به مدرسه هنرهای پاریس رفت و در رشته موسیقی
ثبت نام کرد.ساز اصلیش ویولون سل بود اما پیانو هم می نواخت. البته
در زمینه نقاشی هم کار می کرد و نقاشی هم می کشید . نه بطور جدی
وحرفه ای .چند سالی گذشت اوایل پائیز سال دوم دانشکده بود که می
دیدم مه س ت مدتیست که همه اش در خودش است .مثل سابق که
شوخی و شیطنت می کرد . می گفت و می خندید نیست ودوست دارد
بیشتردر اطاقش تنها باشد.البته من آن را تغییر فکر ورفتار در اثر تاثیر
محیط دانشگاه و دوستان وبزرگ ومستقل شدن وتحصیل هنر وموسیقی
می دانستم. خوب مه س ت بیست وچهار سالش شده بود ودیگر زن
کامل ومستقلی بود. البته اوضاع پاریس هم اصلا خوب نبود. المان به
لهستان حمله کرده بود و در همه جا زمزمه جنگ شنیده می شد وشنیده
می شد که به پاریس هم حمله خواهد کرد. هیتلر قصد بلعیدن اروپا و
دنیا را داشت. در همان روز ها بود که یک روز با خواهرم که برای
خرید وناهار بیرون رفته بودیم به من گفت :
اولجای اگر اجازه بدهی می خواهم تورا با یکی آشنا کنم
با تعجب گفتم :
-    با کی ؟
با کمی مکث وشرم گفت :
-    من مدتیست با یکی آشنا ودوست شده ام
سالها بود که مثل مادر کنار او بودم و او را بزرگ کرده و خوب می
شناختم. مه س ت دختری پاک اما بسیار عاطفی و احساساتی بود. گفتم:
-    پس علت این گوشه گیری و تو فکر بودن تو اینه
-    گوشه گیری !؟
-    بله
خندید وگفت :

- نمی دانم شاید

- کی آشنا شده ای ، چرا تا حال نگفته بودی؟این هم مثل آن
  دوتای دیگه نباشه

مه ست قبلا با دوتا از همکلاسیهایش که هردوهم فرانسوی بودند دوست
وتا پای ازدواج رفته بود اما هر دفعه بدلیل وسواس و اختلاف سلیقه
اخلاقی وفرهنگی موضوع نامزدی وازدواجشان بهم خورده بود .دلیلش
هم خوی و سلیقه و احساسات مه ست بود. اوعقیده عجیبی به عشق و
وفاداری داشت وبیش ازحدشرقی و رمانتیک فکرمی کرد . عشق را
چیزی آسمانی می دانست وتاب تحمل بی توجهی وخیانت را نداشت.
به همین دلیل من همیشه نگرانش بودم ، مه ست گفت:

- نه این یکی فرق داره ایرانیه ، مدت زیادی نیست یعنی بهار
  گذشته در خانه دوستم مری با او آشنا شدم. مرد با سواد و
  خوبیه. ما همدیگر را دوست داریم

- پس چرا نگفته بودی ؟

- خجالت می کشیدم چون زیاد مطمئن نبودم

- گفتی ایرانیه؟

- بله ایرانیه

- اسمش چیه؟

- منوچهر، منوچهرفخریاری. از خانواده خوب وثروتمندیه ،
  حقوق خوانده اما تو کار تجارته

- چه تجارتی

- نمی دانم. من فقط یکبار به آپارتمانی که دارد رفته ام. آپارتمان
  بزرگ و شیکیه

- خوب حالا کجاست ؟ کجا باید اورا ببینیم . چرا نگفتی باید
  خونه؟

حرفها وتصمیم مه ست غافلگیرم کرده بود . فهمیدم که چرا صبح هنگام لباس پوشیدن آن همه دقت و وسواس داشت که من لباس مناسبی بپوشم و چند بار مجبورم کرد لباسهایم را عوض کنم و به آرایش صورت و موهایم برسم .

- می آید بعدا . اول خواستم با تو آشنا بشه بعد. حالا تو رستوران منتظر ماست

به رستوران رفتیم . منوچهر فخریاری کنار میزی که رزرو کرده بود نشسته و منتظر ما بود. ما را که دید بلند شد و به پیشواز آمد. مرد جوانی بود سی ویا سی ودو ساله ، بلندقد بسیار خوش سیما با پیشانی بلند ، موهای مجعد،چشمانی بغایت گیرا ونگاه نافذ وبسیار حراف وخوش زبان. بطوری که سیمای جذاب و هیکل خوش تیپ او وکلماتی که بکار می برد نظرمرا جلب کرد. در دلم سلیقه وانتخاب خواهرم راتحسین کردم.آن طورکه او می گفت از خانواده قدیمی و ثروتمند ومعروف فخرالسطنه در تهران است .می گفت کارش تجارت بین المان وفرانسه وایران است. آن روز ما با او ناهار خوردیم و او بعد از ناهار مارا در خرید همراهی کرد . بعد از آشنایی در آن روز . او یک بار بطور رسمی به خانه ما آمد و چند بار در مهمانی ما وهمین طور در مهمانی اسدخان که در خانه ما آشنا شده بود شرکت کرد. رفتارش بسیار صمیمی وتوام با ادب ونزاکت بود . روز ها گذشت خواهرم مه ست هم که به مدرسه هنرهای پاریس می رفت. هر چندگاه با او قرار ملاقات ودیدار داشت و با گذشت هر روز بیشتر صمیمی ودلباخته هم می شدند. در آن روزها نه چندان خوب که همه جا شایعه شروع جنگ و نا بسامانی بود دلباختگی و ماجرای عشق آنها تنها مایه دلگرمی وامید خانواده ما بود. یک بار که منوچهر فخریاری برای مدتی در رابطه با کار تجاریش به سفر رفته بود خواهرم بسیار دلتنگ و دلواپس او بود. از شدت دلتنگی هر شب ساعتها

۲۳۸

با من حرف می زد .تصمیم داشت بعد از بازگشت منوچهر با او عروسی کند اما از زندگی خصوصی وخانواده منوچهر چیزی نمی دانست . بعد از چند ماه که منوچهر از مسافرت برگشت .رسما ازخواهرم خواستگاری کرد بخاطرشخصیتی که داشت واز خود نشان داده بود .برادرم وهم چنین اسدخان باتوصیه من با از ازدواج آنها موافقت کردندوآنها بعد از ماه ها دوستی و دلدادگی در یک مراسم خیلی با شکوه ازدواج کردند. ماه ها گذشت مه ست خواهرم که بسیار حساس بود هرچندگاه در صحبت با من از پنهانکاری منوچهر می گفت وگله می کرد. منوچهر که بعد از عروسی با خواهرم در خانه ما ساکن شده بود. هم چنان آپارتمانش را در پاریس حفظ کرده بود .بسیاری از نامه ها ومدارک و وسائل شخصیش را آن جا نگهداری می کرد وبا وجود تمایل و درخواست خواهرم ، هرگز حاضر نشد که حتا یک روز هم آن جا زندگی کنند . تنها کاری که کرد یعنی بغیر از جواهر وهدیه ازدواج در روزهای جنگ وحمله به پاریس خواهرم را از پاریس به شهر کلرمونت فران که شهر زیبا وآرامی در وسط فرانسه است برد و آن جا برای اقامت مه ست که من هم مدتی کنارشان بودم. آپارتمانی برایش خرید .که فکر می کنم اکنون دختر ش سارا آنجا ساکن است. روزها وماه ها گذشت. جنگ به پایان رسیده بود که خبر حامله شدن مه ست هم زمان با خبر پیروزی متفقین وپایان جنگ برای همه ما شادمانی همراه آورد. یعنی ظهر روزی که مه ست از مطب دکتر برگشت و خبرش را داد .همه از شادی نمی دانستیم چه بکنیم. اما منوچهر چندان شاد نبود. انگار از چیزی رنج می برد. تا این که در روز جشن آزادی و رژه پیروزی آن اتفاقی که انتظار نداشتیم افتاد وراز منوچهر فاش شد . در روز جشن پیروزی وپایان جنگ که بعداز مدتهامردم به خیابان آمده وبه تماشا ایستاده بودند. ما نیز یعنی من وخواهرم همراه با منوچهر چون بسیاری از مردم پاریس به خیابان

شانز لیزه نزدیک طاق پیروزی رفتیم وبه تماشای موسیقی ، رقص وآواز مردم و رژه نظامیان ایستادیم. در اواخر جشن نزدیک شامگاه بود که یک مرد میانسال ایرانی که از دوستان منوچهر بود وفریدون نام داشت بطرف منوچهر آمد وبدون این که توجهی به ما بکند . دست منوچهر را با صمیمیت گرفت وگفت:

- سلام منوچهر ،آقا تو کجائی!؟

منوچهر که از دیدن او یکه خورده بود و انتظار نداشت در آن شلوغی دوستی را ببیند درحالی که با لبخند زورکی خوشحالیش را از دیدن او نشان می داد .دست اورا گرفت و با چرخشی پشتش را به ما کرد وگفت:

- سلام چطوری ؟

- خوبم . خیلی نگرانت بودم پسر . الان شش ماهه که من دنبال تو می گردم . به آپارتمانت آمدم . آن جا نبودی . گفتند چند ماهیه که تخلیه کرده ای. نگرانت بودم .معلومه که تو کجایی؟

- جایی نرفته ام همین جاهستم .آن آپارتمان کوچک بود تخلیه کردم. الان در یک جای خوب و آپارتمان بزرگی هستم

- پس چرا نگفته بودی .من الان شش ماهه که دنبالت می گردم تا نامه خانومت را بدم . ایران که بودم همه نگرانت بودند. خانواده ات می گفتند دوساله که از تو بی خبرند. خانومت خیلی نگرانت بود.بیچاره خیلی غصه می خورد.نامه وعکس بچه هایت داده که آورده ام.بچه هایت را دیدم. دخترت ماشاالله بزرگ شده شده پسرت هم داره راه میره. چه شده ؟ چرا گذاشته ای وآمده ای این جا، چرا با آنها تماس نمی گیری. نامه نمی نویسی. حالا کجاهستی؟ آدرست رابگو نامه و عکسها را بیارم ویا بیا بریم بدم .

- حالا نمی توانم ، باشه برای بعد

- چرا نمی تونی من دارم برمی گردم. می فرمائی آنها را چه کنم
به کی بدم؟برگشتم به خانواده ات به خانم بیچاره ات چه بگم ؟

- فریدون میشه یک کمی آرام صحبت بکنی ؟

فریدون که آدم بی غل وغش وراحتی به نظر می رسید. نگاهی به اطراف
انداخت وگفت:

- این جا که آشنا نیست این ها که زبان ما را نمی فهمند

ازطرز وجهت نگاه وحالت چهره منوچهربه طرف ما برگشت . چشمش
که به ما افتاد لبخندی زد وگفت:

- شما ایرانی هستید؟

من با تکان سر گفتم : بله

- ببخشید خانمها من شش ماه بیشتره که دنبال این دوست نامردم
می گشتم. آخه نامه و عکس خانوم وبچه هاش پیش منه وباید به
اش بدم . این آقا الان چندساله زن وبچه اش را ول کرده وآمده
تو این خراب شده . ببینید آخه این انصافه ؟

من باکمی تعلل پرسیدم:

- گفتید خانم و بچه هایش را ول کرده ؟

فریدون با تاکید گفت:

- بعله . دوساله

بعد انگار متوجه چیزی شده باشد . گفت:

- شمامنوچهر رامی شناسید . یعنی آشناش هستید؟

- بله

فریدون که رخساره عصبی رنگ پریده و نگاه منجمد مه ست را توی
صورت منوچهردید. انگار متوجه مسئله شده باشد. حرفش را برید

ومتحیر سکوت کرد و به طرف منوچهر برگشت . منوچهر که همه چیز
را بر ملا می دید گفت آشنا شوید

-   فریدون دوست و هم شهری و هم دانشکده من

مه ست با حال دگرگون پرسید:

-   راست می گوید؟ . تو زن و بچه داری ؟ چندسال است که
گذاشته ای و آمده ای این جا ؟

منوچهر رنگ و روباخته و درمانده گفت:

-   باید توضیح بدهم

-   تو زن و بچه داری؟

-   بله اما چیزهایی است که باید توضیح بدهم

-   چرا نگفته بودی ؟

-   ببین

-   چرا نگفته بودی؟

-   آخه

مه ست که حالش دگرگون شده بود . لحظه ای ایستاد و با نگاه خاصی
که تحقیر و تنفر از آن می بارید با لحن محکمی گفت:

-   برو نامه و عکسهات را بگیر، برو پیش بچه هات

-   ولی باید

-   برو ، برو

بعد برگشت و راه افتاد و من متعجب از کار منوچهر و حال دگرگون
خواهرم گفتم :

-   آقای فخریاری این چه کاری بود که کردید؟

او همانطور نگاهم کرد و جوابی نداد و من دنبال خواهرم مه ست راه
افتادم و آمدم . مه ست از آن روز آرامشش را از دست داد . می توانم
بگویم بسیار آسیب دید. تنها مسئله ازدواج و یا بارداری نبود . تحقیر شده

بود. احساس می کرد کسی با نیرنگ ودروغ از او و وجود او سواستفاده کرده و ازاین که چنان فریب خورده بود در هم شکسته بود. منوچهر فردای آن روز وهفته بعد به دم در خانه ما آمد. سعی کرد با التماس و آوردن دلایل مسئله را توجیه کند. اما مه ست حاضر نشد اورا ببیند و حرفهایش را بشنود.. وسائل ولوازم شخصی منوچهررا دم در گذاشت و او را راند و او رفت و ما دیگر هرگز اورا ندیدیم . مه ست که افسرده و شکسته شده بود. مدتی خودش را در خانه حبس کرد وبعد به سیگار والکل روی آورد . تلاش و صحبت وحتی دعوا وبگو مگوی من چاره ساز نشد در ماه های آخر حاملگیش بیمارشد و دکتر برای ترک الکل وسیگار در بیمارستان بستریش نمود. بسیار حال بدی داشت . متاسفانه. روح حساس وپاک او شکسته وکدر شده بود و دیگر چندان شوق زندگی نداشت . ماه دوم زمستان هنگام زایمان وقتی به بیمارستان بردیم انگار می دانست که نخواهد ماند. یاداشتی را به من داد که قبلا نوشته بود و از من خواست مطابق آن چه که نوشته عمل کنم . نوشته بوداگر برای او اتفاقی افتاد از بچه اش نگهداری ومراقبت کنم و به بچه اش نگویم که پدرش که بوده ومادرش کیه ؟ نوشته بود. نگذار روح و خاطر او بد وتیره شود. هرگز خاطرم نمی رود وقتی روی تخت بیمارستان خوابیده وخونریزی داشت و از درد زایمان رنج می برد. دست مرا در دستتش گرفته بود ومرتب می گفت :

- اولجای اگر برای من چیزی شد تو مادرش هستی . نگذار تنها
    بماند

من که سعی می کردم به او روحیه وامید بدهم . می گفتم چیزی نمی شود. بچه ات را بدنیا می آوری و خودت بزرگ می کنی .. اما انگار او وضع خودش را می دانست وفهمیده بود که نخواهد ماند . همانطور هم شد . زایمانش بصورت طبیعی انجام نشد نا گزیر مجبور به سززارین

شدند. اما روز بعد از زایمان در اثر عفونت و لخته شدن خون در
گذشت .البته به هوش آمد وبچه اش را دید و اسمش را سارا گذاشت و
من از این که بچه اش را دید راضی وخوشحالم.. بعد از مرگ او، واقعا
در مانده شده بودم. نمی دانستم چه باید بکنم واز سرنوشت شومی که
خانواده ام گرفتارش است به کی وکجا پناه ببرم ؟ . اورا در گورستان
ورسای بخاک سپردیم .

از خیابان آلبرت دمون که مدتی بخاطر بارداری وبیماری خواهرم آنجا
آپارتمانی اجاره کرده بودیم. مستقیم به طرف پائین که بروی به رود سن
می رسی .کنارسن درخت کهنسال بیدی است با تنه قطور وبلند وپرشاخه
که به سمت ساحل رود سن خم شده . نمی دانم که حالا هم هست
ویانه. در تمام آن ماه های تنهایی و سرخوردگی وبیماری، مه ست می
رفت زیر آن بید می نشست به تنه درخت تکیه می داد. چشم به قایقها و
جریان رود می دوخت . بارود وقایقها وپرنده ها حرف می زد. انگار همه
آنها با او ومسائل او آشنا بودند و یا جریان زمان بودند که حرفهای اورا
باید با خود می بردند وبه آینده می سپردند . همیشه هم بعد از لحظه های
طولانی حرف زدن . حرفهایش را می نوشت وگاه که نمی توانست
بنویسد طرح می زد . تابلویی می کشید از فضا و اشیا بهم ریخته که بعدها
همه آن طرحها را به سارا سپردم. بی آن که بگویم این ها مال مادرت
است. بعد از مرگ مه ست که دیگر کاملا تنها شده بودم .گاه به همان
جا کنار آن بید می رفتم و ساعتها آن جا می نشستم ویاد اورا با رود
وگذر قایقها و نسیمی را که می وزید تکرار می کردم .
عشق چیست؟ . مفهوم دوست داشتن چیه ؟ چه کسی آن را فهمیده ؟
چرا عشق را فقط با غم آفریده اند. چرا تنهایی با عشق همراه است ؟ و
من تنهایی را کنار رود بعد از مرگ خواهرم مه ست یافتم .

به او قول داده بودم که بچه اش را بچه خود بنامم و چون مادری ازش مراقبت کنم و من به قولم عمل کردم. همان کاری را کردم که او خواسته بود اما من تجربه بچه داری آن هم بچه نوزاد را نداشتم. چند روز اول بسیار سختی کشیدم تا این که با راهنمایی یکی ازخانمهای همسایه که می آمد و کمک می کرد وباد می داد که چطور به بچه نوزاد شیر بدهم . چطور بخوابانم و چطور کهنه اش را عوض کنم. آگهی دادم و مادموازل رزا را برای نگهداری سارا دختر خواهرم استخدام کردم و چه شانسی آوردم. مادموازل رزا آمد و از او چون مادری مراقبت وپرستاری کرد و از آن زمان هم چنان نزد ما و عضوی از خانواده ما وکنار من است ، سرت را دردآورم پسرم نه ؟

-    نه اما چه سرنوشت تلخ وغم انگیزی . اصلا باور کردنی نیست

بله سرنوشت شوم تلخی بود اما تلختر هم شد

-    یعنی بدتر از این؟

بله بدتراز آن چه که فکر بکنی. گاه خودم هم باور ندارم .می گویم آیا این سرنوشت بد وباین همه مصائب وحادثه در خانواده ماحقیقت دارد؟ سرنوشت چیزی نیست که از آن بگریزی اماقبول کردن و سرسپردن به آن سخت است. یک شب در خواب به باغی رفتم . یک شب در خواب باد مرا میان گلها برد. چه لذتی داشت .اولین بار در زندگیم طعم لذت آرامش را می چشیدم. درخواب در باغ بودم. من، اولجای بهمن . دختر مجیدسلطنه افشار سرداری. می خواستم با نسیم وباد همه جا بروم . می خواستم تمام گلهای را ببویم . زیباترین گلها را بچینم. می خواستم دوباره لبخند را بیابم . با سارا همه چیز را از نو واز اول بسازم.اما نتوانستم من دیگر تمام شده بودم .

تا چند سال در پاریس بودم . بعد از سال سی دو وسقوط دولت مصدق و آرام شدن اوضاع به ایران و شهر خودمان برگشتم. خانه اجدادیم را که

خراب شده بود بازسازی کردم و این جا ماندگار شدم .. سالها گذشت .
سارا به مدرسه رفت .درس خواند ، دیپلم را که گرفت. گفت که می
خواهد به پاریس برود وآن جا هنر بخواند. همان تصمیم وکاری که
مادرش گرفت وانجام داد. گاه احساس می کنم که زندگی همه چیزش
تکرار است. حتا سرنوشت آدمها هم مشابه هم وتکرار وتکراراست .البته
بعد از بازگشت ما به ایران ، از همان کودکی سارا هر سال همراه
مادموازل رزا به پاریس می رفت و چند ماهی آن جا می ماند و بسیار
شیفته آن جابود . ما آن جا خانه و زندگی داریم .من هم چندین بار
همراه آنها رفته ام . نمی توانستم تصمیمش را عوض کنم. روح حساس
وهنرمند او نیاز به آموختن داشت ومی خواست هنر نقاشی بیاموزد.
تابستان سالی که دیپلمش را که گرفت .همراه مادموازل رزا رفت
ودردانشسرای عالی هنر پاریس مشغول تحصیل شد.سال سوم دانشسرا
بود که برای تعطیلات زمستانی آمد.آمدن او درآن زمستان در آن وقت
سال همراه با مادموازل رزا. اگر چه باعث خوشحالی من که همیشه تنها
بودم شده بود. اما بسیار تعجب آور وغیر معمول بود. چون نه تنها کمتر
دانشجوی ایرانی در آن فصل از سال از تعطیلات کوتاه زمستانی برای
سفر به کشور وشهر ودیار خود ودیدار با خانواده اش استفاده نمی کرد.
سارا هم در مدت سه سالی که در پاریس مشغول تحصیل بود هرگز در
تعطیلات زمستانی وژانویه که بسیار کوتاه است. نزد من نیامده بود. او در
مدت تحصیلش تا آن زمان فقط دوبار آن هم تابستان آمده بود. البته
یک تابستان هم من نزد او رفته بودم. با این همه من بسیار خوشحال بودم
و می خواستم با ترتیب دادن مهمانی ودعوت از دوستان برای او و خوش
بگذرد اما گویا او بخاطر چیز دیگری آمده بود. چون صبح فردای
آمدنش هنگام صرف صبحانه که روبروی من نشسته بود در حالی که

خجالت می کشید و شرمگین بود وسعی می کرد نگاهش را از من بدزدد
گفت:

- مامی من مدتیه که با یک آقایی آشنا شده ام او الان   در
تهرانه .هم زمان وهمراه با هم به ایران آمدیم. اگر اجازه بدهید
می خواستم از او دعوت کنم . یعنی او خودش خواسته که بیاید
وبا شما آشنا بشه

با شنیدن حرفهایش یک لحظه دلم لرزید با کنجکاوی،پرسیدم:

- بایک آقایی آشنا شده ای !؟ این آقا کیه ؟ چه کاره است ،

- اسمش مازیاره ، دانشجوی دکتراست ، حقوق می خونه, اهل
تهرانه از خانواده خوب وثروتمندیه خیلی با سواد وبا فرهنگه

- ثروتش مهم نیست. مهم شخصیتشه، چطور آدمیه ، چه شکلیه ،
چند سال داره ؟

- گفتم که خیلی با فرهنگ وبا سواده ، بیست و شش سالشه ،
بلند قد و خوش تیپه ، می آید ومی بینید

چون خاطره بد خواهرم هنوز مقابل چشمم بود و هرگز انتظار آشنایی و
دوستی سارا با مردی را درپاریس نداشتم با تلخی وتندی پرسیدم:

- چند وقته که با او آشنا شده ای ، روابطتان تا چه حده ؟

ساراکه از تندی من یکه خورده وکمی ترسیده بود گفت:

- سال پیش با هم آشنا شدیم.اما چندماهیه که با هم خیلی
صمیمی شده ایم. ،مامی بخدا مادموازل رزا شاهده رابطه من با
او فقط یک دوستی عاشقانه پاکه. ما به هم علاقمندیم

سرم را پائین انداختم .نمی دانستم چه بگویم. دلم شور می زد .سارا دست
از صبحانه کشید بود ونگاهش رابه صورت من دوخته بود ومنتظر تصمیم
وجواب من بود. نمی توانستم قبول نکنم . سرم را بلند کردم وگفتم :

- اگر به او علاقه داری حتما دعوت کن بیاید .

بعد پرسیدم :

- اهل کجاست ؟
- گفتم که اهل تهرانه ؟
- تو می خواهی با این آقا ازدواج بکنی
- اگر شما بپسندید و قبول کنید. مازیار می خواهد نامزد شویم.
  بعد از تمام کردن درسهامان عروسی کنیم
- من خانواده اش را نمی شناسم باید تحقیق کنیم وببینیم خانواده
  اش کی اند ؟
- خانواده خیلی خوبی داره ، اما پدرش مریضه وتو رختخوابه.
  سکته کرده و حواسش سرجایش نیست . نمی تونه حرف بزنه.
  عصر روزی که به تهران رسیدیم همراه مازیار بدیدن خانواده
  اش رفتیم .مادر وخواهر خیلی خوبی داره
- پس بدیدن خانواده اش هم رفته ای
- بله

با شنیدن آخرین جملاتش فهمیدم رابطه او ومازیار بسیار عاطفی و
جدیست . زمستان بود ومن خوشحال بودم که در آن سرمای زمستان و
برف . سارا و مادموازل رزا کنار من هستند و مهمان خواهیم داشت اما
دل نگران اتفاقی بودم. نمی دانم چرا آن همه دلم شور می زد وهیچ مایل
نبودم مازیار را ببینم . آرزو می کرد که می توانستم این رابطه و آشنایی
را بگونه ای فیصله بدهم و تمام کنم و هیچ امیدی به آینده این آشنایی
نداشتم . ظهر همان روز سارا بعد از تماس تلفنی وصحبت با مازیار .آمد
وگفت که مازیار آخر هفته برای چند روزی به شهر ما وبرای دیدن شما
می آید. چاره ای نداشتم جز سکوت و پذیرش او .از مادموازل رزا
خواستم که اطاق مناسبی را در طبقه دوم آماده کند . آخر هفته یعنی روز
چهارشنبه بود که مازیار آمد. سارا به پیشوازش رفته و آورده بود .وقتی

وارد اطاق شدند. نتوانستم باور کنم . هرکس دیگری هم بود. نمی توانست باور کند . پشتم تیر کشید. سرم به دوران افتاد ، دهانم از تعجب خشک شد. یک لحظه دیدم منوچهر فخریاری وارد اطاق شد.گفتم نمی توانستم باور کنم. باور کردنش برایم مشکل بود. می گویند زندگی تکرار است. بله تکرار است اما تکرار فقط در سرنوشت و حوادث نیست . تکرار در شکل وقیافه آدمها هم هست ، در روابط و عاطفه ها هم هست . در نوع وحالت نگاه هم هست. در بودن و عاشق شدن هم هست . لحظه ها همانطور مات مثل طلسم شده ها نگاهش کردم. بطوری که همه متوجه نوع نگاه تغییر رنگ و رخسارمن شدند . سارا پیش آمد و گفت :

- مامی حالتان خوبه ؟

گفتم :

- چیزی نیست انگار فشارم افت کرده

در حالی که سعی میکردم بخودم مسلط شوم لبخندی زدم و خوش آمد گفتم و دستم را بطرفش دراز کردم .نزدیکتر آمد و دستم را بوسید تعارف کردم ودعوت کردم که بنشینند .نشستیم بعد از احوال پرسی و خوشحالی از آشنایی با ایشان و بازگویی تعریفهایی که سارا از او کرده پرسیدم:

- بابا ومامانتان خوبند ببخشید. من نام فامیل بابا ومامان شما را نمی دانم

مازیار که بسیار خوشرو و خوش لحن بود گفت :

- نام فامیل ما فخریاریست

- فخریاری !؟

- بله فخریاری می شناسید

- بله انگار قبلا این اسم را شنیده ام باباتان چکاره اند؟

- بابام منوچهر فخریاری ست از خانواده فخرالسطنه . سالها پیش در فرانسه حقوق خوانده اند. اما کار تجارت کرده اند. البته الان خانه نشینند. مدتیست بیمارند یعنی سکته کرده اند .الان دیگر حافظه اشان را از دست داده اند.همه وقت در رختخواب هستند اما سارا راکه دیدند عجیب بدقت نگاهش می کردند

با خنده برگشت بطرف سارا و گفت:

- دیدی سارا بابا چه با دقت تو را نگاه می کرد اسم سارا را قاطی کرده بود مرتب چشم تو صورت سارا دوخته بود ومی گفت مه ست، مه ست. معلوم نبود منظورش از مه ست چیه ؟ مادرم می گفت منظورش یعنی خانم ماه ، زیبا

با شنیدن نام مه ست و احوال منوچهر فخریاری نمی دانستم چه بگویم دلم می لرزید. ویران شده بودم . به هر صورتی بود حفظ ظاهر کردم وتغییرحالم را با تظاهر و بهانه این که حالم خوش نیست. فشارخونم افت کرده . زودتر از هرشب دیگر به اطاق خوابم رفتم .در را بستم و روی رختخواب افتادم .لحظه ها گریستم .نمی توانستم باور کنم . باورکردنش برایم مشکل بود ونمی دانستم که چه بکنم ؟. شوکه شده بودم.این چه سرنوشتی بودکه مادچارش شده بودیم ؟سارا با برادر ناتنیش دوست وعاشق هم شده بودند.باورکردنی نبود. اما حقیقت داشت.و باید حقیقت آشکار و برملا می شد ومن باید هر طور شده حقیقت را می گفتم اما چگونه ؟ . چطور می توانستم آن چه را که این همه سال از سارا پنهان کرده بودم. برملا کنم . آخ ای زندگی با من چه کردی ؟

اولجای خانم این را گفت دوباره گریست . بعد از آرام شدن دوباره شروع بگفتن کرد

-می دانید شوم بختی چیزی نیست که بخواهی انتخاب نکنی . بخت بد با آدم زاده می شود و با آدم بسر می برد. نمی خواستم سارا گرفتار شوم

بختی خانواده من شود . ما همه با بخت وتقدیر بد زیسته بودیم. اما او نباید مثل ما اسیر این تیربختی می شد . من بخواست خواهرم عمل کرده بودم. اونوشته وهنگام مرگ از من خواسته بود که نگذارم دخترش هرگز نام پدرش را بداند. او خواسته بود که بچه اورا دختر خودم بنامم و چون مادری نگهداری کنم و من نمی خواستم او جزیی از ماشود . صبح روزی که گفت با مرد جوانی بنام مازیار آشنا شده تمام تنم لرزید. یک آن سرنوشت تیره وسیاه مادرش مقابل چشمم ظاهر شد. ساعتها در تنهایی باخود همه چیز را کاویدم . چطور می توانستم جلو اورا بگیرم و چطور می توانم حقیقت را بگویم؟ . همیشه سعی کرده بودم که از اتفاق وحادثه بگریزم اما اکنون اتفاق داشت روی می داد. نمی دانستم با این مسئله چه کنم. این چه سرنوشتی بود که ما داشتیم؟ وقتی مازیار را دیدم. فهمیدم که باز گرفتار شده ایم. برای همین تصمیم گرفتم.همه چیز را به اوبگویم تاجلو هر اتفاق دیگر را بگیرم . او باید می دانست که سارا خواهر اوست وتصمیم گرفتم از اوبخواهم که بی سر وصدا از زندگی سارا خارج شود.طوری که سارادیگر هرگز اورا نبیند.روز بعدمسئله را با مادموازل رزا که تا حدودی از گذشته ما با خبر بود. در میان گذاشتم واز او خواستم برای ساعتی سارا را به بهانه خرید بیرون ببرد تا من با مازیار تنها باشم . . بعداز ظهر روز بعد مادموازل رزا به بهانه خرید سارا را مجبور کرد که با او به بازار بروند .بعد از رفتن آنها ازمازیار خواستم که بیاید کمی باهم صحبت بکنیم . جوان بسیار مودب و متینی بود با خوشروئی وکمی غربت آمد ونشست . تشکر کردم وگفتم :

- اگر دعوت کردم که ساعتی با هم صحبت کنیم. مجبور بودم. چون می خواهم رازی را با شما در میان بگذارم و انتظار دارم این راز بین من وشما بماند

گفت :

-    بله حتما اما چه رازی؟

-    راز زندگی مادر وپدر سارا را

مازیار که از شنیدن حرفهای من کمی متعجب و کنجکاو شده بود گفت:

-    مگر شما مادر سارا نیستید؟

گفتم : نه

رفتم آلبوم عکسهای مه ست ومنوچهر را که کنار هم در پاریس گرفته بودند وهمین طور عکسهای عروسیشان که قبلا از کمد بر داشته و آماده کرده بودم. آوردم و باز کردم و جلو مازیار گذاشتم. مازیار با دیدن اولین عکس یعنی عکس پدرش کنار مه ست با تعجب وحیرت گفت:

-    این عکس جوانی بابامه، این خانوم کیه ؟ چقدر شبیه ساراست

گفتم:

-    آن خانم (مه ست) مادر سارا ست

-    ماد ـ مادر سارا !؟

-    بله

مازیار که گیج ودرمانده شده بود و مرتب آلبوم عکسها راورق می زد و نگاه می کرد با ناباوری و واماندگی که انگار پی به مسئله برده بود. سرش را بلند کرد و گفت:

-    پس پدرم من با مه ست مادر سارا عروسی کرده بود. مادرم می گفت وهمیشه شکایت داشت که پدرم مدتی در پاریس بوده وبا خانمی ازدواج کرده بوده

-    بله

-    پس سارا

-    سارا خواهر شماست

یک لحظه دیدم همان مرد جوان شاد وخوشرو در هم فرو ریخت.رنگش پرید. لرزشی خفیف بر جانش افتاد.درمانده و فروریخته سرش را میان

دستانش گذاشت. لحظه ها همانطور ماند. بعد بلند شد بطرف پنجره رفت نمی دانست که چه بکند ؟، چگونه آن حقیقت را بپذیرد؟ پس او در این مدت عاشق خواهرش بوده. نمی توانست قبول کند وبپذیرد.البته پذیرفتنش هم سخته . مرتب می گفت :

- وای خدا حالا چه باید کرد؟

بعداز لحظاتی کمی که آرام شد آمد و نشست وگفت :

- نمی توانم باور کنم. آن عکس بابام نیست. عکسی یکیه که شبیه بابامه

سند عقد منوچهر ومه ست در شهرداری ورسای همین طور نوشته های پشت عکسها را که نام منوچهر و مه ست و روز وتاریخ ومکان عکسها نوشته شده بود نشانش دادم وگفتم :

- متاسفانه من هم نمی توانم باور کنم اما حقیقت دارد. باید قبول بکنی

وبعد تمام ماجرا را بطور کامل برایش تعریف کردم .نامه های پدرش را نشانش دادم و یاداشت پیش از مرگ خواهرم را نیز همین طور و از او خواستم که کمکم کند. تا سارا پی به مسئله نبرد. گفتم در این سالها خون دل خورده ام .حقیقت را از او پنهان نگه داشته ام . تمنا کردم که کمکم کند. پیچاره مازیار در مانده و پریشان قبول کرد وگفت:

- حالا می فهمم که بابام وقتی سارا رادید مرتب می گفت مه ست ، مه ست . اما من چه باید بکنم ؟

گفتم :

- بهانه بیاور و از این جا برو ، برو وبعد بگو که فکرت عوض شده و از سارا دور شو. یک نقشه ای بکش و برای همیشه از زندگی سارا بیرون برو طوری که او حقیقت را نفهمد

- ولی بهتر نیست حقیقت را به او بگوئیم

با وحشت گفتم :

- نه ، نمی خواهم اورا از دست بدهم ، نمی خواهم او هم آسیب
  ببیند. من فقط بخواست مادرش عمل کرده ام. بگذار حقیقت را
  نداند ونفهمد که پدرش مرد خوبی نبوده و او با برادرش دوست
  شده بوده . خواهش می کنم کمکم کن

مازیار گفت : باشه

بیچاره مازیار نمی دانست چه بکند. از لحظه که مسئله را فهمیده بود و
پی برده بود که با خواهرش دوست و دلباخته هم شده اند. احساس گناه
ورنج می کرد . نمی توانست بنشیند و یک جا ساکن شود. بلندشده بود
و قدم می زد. می رفت کنار پنجره می ایستاد و از نگاه کردن به صورت
من پرهیز می کرد. بعد از دقایقی آمد و دوباره روبروی من نشست و
گفت :

- باشه هر چه شما مصلحت می دانید. ای کاش هرگز با سارا آشنا
  نشده بودم ای کاش . من گناه کرده ام

شروع به گریستن کرد . من هم گریه ام گرفت . مرتب همراه با گریه می
گفت :

- این چه اتفاقیست که افتاده . وای خدای من حالا چه باید کرد؟

ومرتب پدرش را سرزنش می کرد.سعی کردم که دلداریش دهم و
گفتم:

- تقصیر تونیست اتفاقیست که افتاده . شاید سرنوشتش این بوده
  چه بهتر که مسئله را زود فهمیدی

کمی که آرام شد. تصمیم گرفتیم که سارا که بر گشت . با وجود این
که از دانستن مسئله بسیار ناراحت بود . خودرا بیشتر ناراحت وبی تاب
جلوه داده و بگوید که با تهران تماس گرفته حال پدرش خوب نیست.
باید فورا برود وچندروز بعدبه سارا اطلاع دهد که بخاطر مشکلات نمی

تواند به دوستی وروابطش با او ادامه دهد. مازیار همین کار را کرد. سارا
که برگشت با چهره ای گرفته گفت :

- با تهران تماس گرفته ، گفته اندحال پدرش خوب نیست باید
هر چه زودتر به تهران باز گردد

مرد جوان شتاب داشت وطاقت ماندن و دیدن سارا را که فهمیده بود
خواهرش است ونگاه من و خیلی چیزهای دیگر را نداشت . احساس می
کردم که او و تقصیر و گناه پدرش را بر دوش می کشد وبه جای پدرش
مجازات می شود اما سارا چرا باید مجازات می شد ؟. مازیار همان روز
عصرباچهره ای گرفته وحالتی شرمگین وگناه آلود از سارا وما
خداحافظی کرد و رفت. . روز بعد که سارا زنگ زد مازیار با اوبسیار
سرد گفتگو کرده . گفته بود که از وخامت حال پدرش بسیار ناراحت و
گرفتار است . چند روز بعد یعنی در آخر هفته هم که سارا باز تماس
گرفت. مازیار در یک گفتگوی کوتاه و بسیار سردگفته بود که گرفتاره
و چند روز بعد به پاریس بر خواهد گشت . سارا که از برخورد و
صحبتهای سرد او بسیار متعجب و ناراحت بود.چند بار از من پرسید :

- این جا برای مازیار چیزی شده ، شما چیزی گفته اید ؟

گفتم : نه چطور مگه ؟

گفت : طرز صحبتش عوض شده با من خیلی سردصحبت می کند . الان
هم که زنگ زدم .خیلی سرد جوابم را داد و گفت که فراموشش کنم.
هرچه پرسیدم چه شده حوابم را نداد. فقط گفت دیگه دوست ندارد با
من دوستی ورابطه داشته باشد. بهتره که فراموشش کنم

من با نارحتی گفتم :

- شاید گرفتاره . از بیماری پدرش ناراحته؟ وشاید هم از ما
خوشش نیامده

سارا چیز نگفت . ناراحت به اطاقش رفت . چند روز بعدیعنی یک روز مانده به بازگشت سارا به پاریس نامه ای راکه مازیار برای سارا نوشته وفرستاده بود.پست آورد اما من از سارا پنهان کردم .نامه مازیار بسیار احساسی و تاثر انگیز بود و با (خواهر من سارا) شروع می شد. مازیار برخلاف وعده اش حقیقت ماجرا را به سارا نوشته بود و شرح داده بودکه در آن بعدازظهر با من چه گفتگویی داشته وبا شنیدن حرفهای من ودیدن عکسها فهمیده که خواهر وبرادر هستند ودر آخر هم از سارا خواسته بودکه بهترست او را وگذشته را فراموش کند وفکر کند که هرگز اورا ندیده و چنین گذشته ای نداشته و دیگر بدیدن او نرود واو هم مایل نیست که دیگر سارا را ببیند وخواهش کرده بودکه چون این ماجرا رابه مادر وخواهرش نگفته .بهتر است او هم نگوید وبخاطر پدر بیمارش موضوع را فراموش کند وپدرش را ببخشد . در پایان نوشته بودکه ازشدت گناه ورابطه ای که با خواهرش داشته احساس شرم وتقصیر می کند . دیگر حال خوشی ندارد . گاه احساس می کند که ای کاش می مرد و چنین نمی شد

همانطور که گفتم نامه مازیار بسیار عاطفی و مالامال از احساس تقصیر وگناه بود. من نامه را به سارا نشان ندادم .پنهان کردم. البته اشتباه کردم ای کاش نشانش می دادم .. سارا ناراحت از رفتن وقطع تماشش با مازیار.با بهت وشک به پاریس برگشت .گویا آن جا بسیار تلاش کرده بود که مازیار را ببیند. اما مازیار نبوده وشاید هم بوده ونخواسته بوده که سارا را ببیند و شایدهم درست بوده و به فرانسه برنگشته بوده .بعد از مدتی خبر تصادف ودر گذشت مازیار را می شنود. یعنی نخست دوستان مازیار به او خبر می دهند .سارا با خانواده مازیار که تماس می گیرد به او می گویند که تصادف کرده و کشته شده و خواهر مازیار که با سارا صحبت می کرده می پرسد وقتی مازیار نزد شما آمد چه شد . آن جا چه

۲۵۶

گفتند؟ ، چه اتفاقی افتاد؟ چون مازیار بعد از برگشت از نزدشما حال و روز خوبی نداشت. خیلی آشفته و بد حال بود . بعد می گرید ومی گوید تصادف مازیار تصادف نبود خودکشی بود . همیشه این جمله خواهر مازیارکه تصادف او تصادف نبود خودکشی بود. در گوش و دل من زنگ می زند وبر دلم زخم می زند .احساس تقصیر می کنم و فکر می کنم که مازیار نه تنها از کارپدرش بلکه ازرابطه وعشقی که نادانسته با خواهرش یافته بود احساس گناه وتقصیر می کرد و همین مسئله باعث تصادف ویا رفتن وراندن عامدانه او به تصادف شد. یعنی خودکشی بود. سارا با شنیدن خبر مرگ او وهمین جمله خواهر مازیار تا چند ماه افسرده و غمگین وسالها بیاد اوعزادار و سیاهپوش بود. درسش را نا تمام رها کرد و برگشت تادر این جا آرامشش راباز یابد و تا حدودی هم یافت. آتلیه اش را تشکیل دادودرآرامش کنار ما نقاشیهایش را می کشید.دوستانی مثل تو یافته بود و من در آرزوی این بودم که ازدواج کندو زندگی وخانواده ای تشکیل دهد. اما گویا بخت با من نبود. یک روز در اواخر اردیبهشت ماه که خانه را نظافت می کردیم . سارا خواست که کتابخانه و کمدهای مرا هم گرد گیری ومنظم کند. من که همیشه هوشیار و مراقب بودم .یک لحظه غفلت کردم واو درحین همین کار متاسفانه آلبوم عکسهای پدر ومادرش ونامه مازیار را در کمد من یافت و خواند . نزدیک ظهر بود که آلبوم عکسها ونامه در دست آمد و با چشمان اشکبار مقابل من ایستادو گفت :

-    چرا نگفته بودی چرا؟

وقتی چشمم به آلبوم وکاغذ نامه افتاد فهمیدم آن اتفاقی که نبایدمی افتاد افتاده و آن راز پنهان سالها فاش وآشکار شده. زبانم بند آمده بود ، نمی دانستم که چه بگویم . سارا فقط جیغ می کشید و می گفت :

-    جرا، چرا نگفته بودی ، چرا پنهان کرده بودی ؟

وبعد از لحظه ها جیغ کشیدن که همه اش از درد واقعیتی بود که فهمیده بود. نشست وگریست و به حرفها و دلیلهای من توجهی نکرد وبعد بلند شد وبه اطاقش رفت ودیگر با من و مادموازل رزا وهیچ کس حرفی نزد و روز بعد وسایلش را جمع کرد و در چمدانش گذاشت وبا قهر از این جا رفت. تا دم در دنبالش دویدم. التماس کردم. گفتم که بخواست مادرش عمل کرده ام وتمام عمرم را پایش گذاشته ام. اما پاسخ نداد. و هیچ حرفی نزد. فقط می گریست وبا چشم اشکبار گذاشت ورفت و دیگر تماس نگرفت و به تلفن ونامه من ومادموازل رزا و دوستان پاسخی نداد . بعداز رفتن او در این مدت بارها سعی کردم با او تماس بگیرم وحرف بزنم. به پاریس رفتم مادموازل رزا را فرستادم. دوستانش را واسطه قرار دادم. فایده نداشت فقط یک دوست صمیمیش یعنی صوفی که باسارا در تماس است .چند ماه پیش به من گفت که سارا سعی دارد با گذشته اش وفامیل و با همه چیز قطع رابطه کند و سالهاست که به شهر دیگری رفته و آن جا انزوا وعزلت گرفته و به عرفان گرایش پیدا کرده وبیشتر در تنهائیش روزهارا سیر می کند . من می دانم که او به شهر کلرمونت رفته به آپارتمان مادرش و حالا که تو به فرانسه می روی تمام امیدمن به توست. چون سارا تورا قبول داشت و در مورد تو طور دیگری فکر می کرد. می خواهم بدیدنش بروی وببینی چطور است؟ و اگر شد برایم بنویسی تا بدانم حال واحوال و زندگیش چطوره و چه می کند ؟ خیلی دلم برایش تنگ شده . خیلی .

اولجای خانم صحبت وسرگذشت غم انگیز خود وخانواده اش را تمام کرد و با دستمال اشک گوشه چشمش را پاک کرد ونگاهش را در نگاهم دوخت . در نگاه پیر وخسته اش اندوه روزها ویادها موج میزد. گفت:

- این سرگذشت خانواده من بود

از تاثیر نمی دانستم که چه بگویم . لحظه ها همانطورمات در فضای تاثیر گفته ها وسرنوشت او وسارا گم بودم. بعد از لحظه هاگفتم:
- اصلا باور کردنی نیست .نمی توانم باور بکنم،. چه سرنوشتی
اولجای خانم لبخند تلخی زد وگفت:

- هیچ کس باور نمی کند . حقیقت را بخواهید گاه خودم هم باور
  نمی کنم . اما چه بگویم سرنوشت ما این بوده . ای کاش سارا
  دیگر روز بد نبید.

- با این سرگذشتی که تعریف کردید خیلی دلم می خواهد
  ببینمش . حتما با ایشان تماس می گیرم وبدیدنش می روم و
  خبرش را به شما می دهم ومی نویسم

تشکر کرد و بعد بلند شد ورفت و مثل سالهای پیش کتابی را از میان کتابهای قفسه کتابخانه برداشت و آورد و گفت :

- پسرم ، امروز صبح که به بازار رفته بودم این کتاب را برای تو
  خریدم . رمان جالبیست بخوان.

تشکر کردم و کتاب را گرفتم. (جوانی از دست رفته) نوشته دفنه دوموریه بود. صفحه اول را که گشودم دیدم با خط کمی کج ومعوج به من تقدیم و با نام اولجای بهمن امضا کرده بود

باز تشکر کردم و پرسیدم :

- ببخشید اسم شما اولجای چه معنایی دارد وچرا اولجای بهمن
  امضا کرده اید

خندید وگفت:

- نام اصلی من پوراندخت است پسرم . اما نامزدم بهمن به اصالت
  وتبارترک بسیار علاقمند بود ومرا اولجای یعنی پرشکوه صدا
  می کرد واز آن زمان همه مرا درخانواده با اسم اولجای صدا

زده اند ومن همیشه اسمم را همراه با نام او اولجای بهمن می نویسم.
با شنیدن حرفهایش یک لحظه حقیقت دیگری ازعشق ودلبستگی را یافتم و دیدم او هم چنان بیاد نامزدش بهمن است واین معنای دیگری از دلباختگی بود. بلند شدم اجازه خواستم که بروم . مرا برای خداحافظی بغل کرد وبوسید وبوسید و در حالی که دستم را می فشرد. نگاهش را در نگاهم دوخت وگفت:

-   از عشق نمی توان فرار کرد پسرم . بدیدنش برو، برو سارا ببین

دستش را بوسیدم وگفتم چشم حتما بدیدنش می روم. با بدرقه او ومادموازل رزا بیرون آمدم . هوا رو به تاریکی بود وبرف هم چنان آرام می بارید. از میان درختان کهنسال باغ قصرش گذشتم. به دم در باغ که رسیدم . چشم برگرداندم. دیدم هم چنان پشت پنجره ایستاده ونگاه می کند. احساس کردم او عین یک شاهزاده تنهاییست . که در تنهائیش دارد تمام می شود. در گشودم وبیرون آمدم با اندوهی روان در ذهن وتنم وخاطره سارا و روزهای سخت اولجای سلطنه . نخواستم سوار تاکسی بشوم. می خواستم راه بروم و فکر بکنم .یاد و خاطره وسرنوشت سارا تمام ذهن و فکرم را دربر گرفته بود. برف می بارید و من در میان برف به این فکر می کردم که چطور می توانم با او تماس بگیرم و ببینمش . وقتی به دم درخانه مان رسیدم تمام سر وتنم پوشیده از برف بود.

۱۵

روزهای غربت من

صبح روزی که به پاریس رسیدم. خواهرم سیمین همراه با همسرش فرهاد در فرودگاه منتظرم بودند. اگر چه خواهرم از تصمیم من برای تحصیل در فرانسه چندان راضی نبود. اما چیزی نگفت جز یک بار که با تلخی گفت :

-       می دانم برای چه این جا آمده ای .عاقل باش . اون از تو بزرگتر. بین اون و تو فرق زیاده .

قبلا باکمک دوستانشان برای من آپارتمان کوچکی درخیابان ویکتورهوگو اجاره کرده بود و اجاره سه ماه آن را پرداخت کرده وبه صاحبخانه گفته بود که همیشه اجاره را او پرداخت خواهدکرد ..در طول یک هفته ای که در پاریس بودند. وسائل ولوازم مورد نیاز مرا تهیه وآپارتمان کوچک مرا مبله ویخچالم را پراز آذوقه کردند. در نهایت روزی که قصد ثبت نام در دانشکده را داشتم .خواهرم آن چه راکه تصمیم گرفته بود انجام داد. بر خلاف عشق وعلاقه من به تحصیل فلسفه و هنر .مرا در دانشکده معماری که ازقبل از آن جا برایم پذیرش گرفته بود. ثبت نام کرد وهزینه دوره کلاسهای زبان را یک جا پرداخت و به

۲۶۱

اعتراض من که می خواهم هنر وفلسفه بخوانم نه معماری توجه نکرد و با همان خوی وروحیه مستبد اما مهربانی که داشت گفت:

- نمی خواهد هنر و فلسفه بخوانی در معماری هم فلسفه و هنر است.وقتی برگردی ایران باید برای خودت شغل مناسبی داشته باشی . فلسفه در ایران به درد نمی خوره ،برات   شغل خوب نمی سازه

نتوانستم چیزی بگویم . اگر می گفتم هم قبول نمی کرد و نمی خواستم ناراحت و رنجیده خاطرش کنم. او برایم عزیز بود و من ازکودکی همیشه تابع نظر او بودم. چند روز آخر هفته را همراه من به دانشکده آمد. مسیر دانشکده و کلاس زبان را یادم داد ومرا با پاریس تا حدودی آشنا کرد .محلهای خرید بلیط اتوبوس ومترو را نشانم داد. روزی که به لندن باز می گشتند. نگران بود .مرا روبرویش نشاند و فرمانهایش را یک به یک صادر کرد:

- این جا کشور دیگریه. تو این جا را نمی شناسی ،غریبی باید خیلی مراقب باشی

- زیاد قاطی هم کلاسیهات نشو و با آنها هرجایی نرو

- کلاست تمام شد. بیا خونه بنشین به درسهات برس. حوصله ات سر رفت تلویزیون تماشا کن . برای زبانت خوبه

- هر صبح و عصر باید به من زنگ بزنی . باید بدونم چه می کنی اگر زنگ نزنی من زنگ خواهم زد .

- مشکلی برات پیش آمد تا من بیام با وفا تماس بگیر(منظورش همکلاسی دوره مدرسه اش منصوره وفامنش بودکه وفا صدایش می کرد. البته زن بسیار فضولی بود و من هیچ وقت با او تماس نگرفتم)

- قاطی این نقاشها وهنر مندها نشو

- من نگرانتم دادش من. تو باید درست را بخوانی و موفق بشی ،
می دونی که بابا ومامان چقدر دل نگران تو هستند
- آخرین توصیه ام هم اینه که دنبال او نخواهی گشت
من که سرم را پائین انداخته بودم ، دست بر پیشانیم نهاد وبلند کرد و
گفت :
- گوشت به حرف منه. سراغ او نخواهی رفت ،من می دونم تو
برای چه اومده ای به این جا . عاقل باش
شوهر خواهرم فرهاد که کنار پنجره ایستاده بود گفت:
- راحتش بزار شاید واقعا دوستش داره
سیمین بر گشت با تحکم گفت:
- شما لطفا دخالت نکنید. این برادر منه ، من خوب می شناسمش
بعد رو به من کرد و گفت:
- تو یادت موند چه گفتم؟
با تکان سر گفتم : بله
فرمانهایش تمام شده بود. بغلم کرد وبوسید و بلند شد کیفش را برداشت
و روبه شوهرش فرهاد کرد و گفت :
- بریم
خواستم تا ایستگاه قطار همراهشان بروم. قبول نکرد. برای بدرقه شان تا
خیابان وسوار شدن به تاکسی رفتم. وقتی سوار تاکسی شدند و تاکسی از
پیچ خیابان گذشت .یک لحظه احساس خلا و تنهایی وغربت شدیدی
بر دل و وجودم نشست . خیابان شلوغ بود. ماشین ها و آدمها در رفت و
آمد بودند. اما من احساس می کردم هیچ کس در اطرافم نیست .خیابان
خلوت و بی رفت وآمد و تعطیله . جاده ایست دراز و غریب . احساس
گزنده تنهایی و غربت چون سرمایی بر وجودم نشست . تمام ذهن و دلم
را گزید. به شتاب به آپارتمان کوچکم برگشتم و خودم را روی

تختخوابم انداختم . دلم می خواست در شهرمان درخانه مان بودم . آرزو
می کردم که ای کاش نیامده بودم . لحظه ها گریستم . نشستم و چشم به
اطراف به دیوارهای اطاق کوچکم که تنها جا وپناهم بود ودر آن جا
احساس امنیت و ایمنی می کردم. دوختم. ناگهان حرفها وسفارش پدرم
یادم آمد که روز قبل ازسفر از چنین لحظاتی که در جوانیش درغربت در
استانبول قبل از آشنائیش با مادرم گذرانده بود . گفت و سفارش کرد که
اگر دچار چنین احساس تنهایی وغربت شدی . تنها چاره اش مشغول
شدن به یک کار و یا مطالعه است. گفت وتاکید کرد . به چیزی که
بیشتر علاقه داری بپرداز وخودت را مشغول کن.بنویس و یا مطالعه ویا
نقاشی کن. اگر از آنها هم حوصله ات سررفت فیلم سینمایی تماشا کن.
ومن مطابق سفارش پدرم کتابی را از قفسه کتاب برداشتم ومشغول
مطالعه شدم وندانستم که کی خوابم برد . وقتی چشم گشودم عصر بود.
تلفن زنگ می زد . گوشی را که برداشتم . خواهرم بود. حالم را پرسید و
گفت که در لندن هستند .

صبح دوشنبه هفته بعد بود که به دانشکده رفتم . اگر چه محیط برایم نا آشنا
بود اما تجربه خوبی بود. با گذشت روزها کم کم بامحیط دانشکده
وشهر پاریس بیشتر آشنا شدم و خوی گرفتم . در دانشکده دوستانی
یافتم که چند تن از آنها آدمهای خاصی بودند . نخستین کسی که آشنا
شدم. پسر لاغر اندام و عینکی با دماغ باریک و موهای فر بود . ته ریش
داشت ومعلوم بود . چند روزیست حمام نکرده است. نامش علی بود.
علی اسپهبد . که دوستانش مخصوصا دانشجویانی ایرانی دانشکده علی
دودی صداش می کردند . چون همیشه ته سیگاری میان انگشتان ویا
لبش بود. من با او در فاصله دو کلاس درس که معمولا نیم ساعتی وقت
استراحت و یا آف داشتیم آشنا شدم . صبح روز دوشنبه اول هفته بود
که از کلاس در آمده وتنها درگوشه ای کنار نرده ها پائین پله های

ساختمان ایستاده بودم که علی با همان تیپ یعنی کت وشلوار مشکی با پیراهنی سفید وته سیگاری به لب با دو لیوان قهوه آمد . لیوانهای قهوه را روی لبه پله کنار دست من گذاشت و گفت بفرما وبعد دستش را بطرفم دراز کرد و خودش را معرفی کرد وگفت : علی .

اولین بار بود که می دیدمش . دستش را فشردم و خودم را معرفی کردم :

- سهراب هستم
- خوشوقتم . بفرما بفرما قهوه بخور
- ممنونم
- نه بخور برای تو گرفته ام
- ممنون
- تازه اومده ای
- بله
- معلومه که تازه اومده ای. منو باش که چه سوالی می کنم، چرا این همه تنها هستی ، کناری می ایستی ، نترس ما هوات را داریم
- ممنون
- خونه و جای گرفته ای ؟ یا نزد بچه ها برات تو خوابگاه جا باز کنیم ؟
- نه یه جای کوچک اجاره کرده ام . البته خواهرم برام اجاره کرده
- کجا ؟
- بلوار هو گو . کوچه سوم نزدیک میدون
- هو شو هو (صوتی کشید) معلومه وضعت خوب که نه عالی پسر، باید بیام ببینم

-   باشه

به دختری که نیم تنه ی تنگ و رنگ ورو رفته قهوه ای رنگ پوشیده و موهایش را دم اسبی بسته بود و متفکر از فاصله نزدیک ما می گذشت صوتی زد وبا دست اشاره کرد وبا صدای بلند صدا زد و گفت:

-   اوهو خره خنگ خدا این طرف . دیدی مارا؟

من با تعجب از طرزصحبت او با یک دختر خانم. همانطور مات نگاهش می کردم. دختره که اهل ترکیه بود. فارسی می دانست و مثل علی لاغر وتکیده بود.برگشت و به طرف ما آمد. علی ما را به هم معرفی کرد. دختره یعنی همان نیلوفر ته سیگاری لای انگشتان علی را گرفت وپکی زد که برای من تازه گی و تعجب داشت . علی سیگاری در آورد و از وسط نصف کرد و یکی را به طرف من گرفت . تشکر کردم و گفتم :

-   ممنون من سیگار نمی کشم

علی سیگاررا تو جیبش گذاشت و به نرده تکیه داد ومشغول نوشیدن قهوه اش شد. من بسته شکلاتی راکه در کیفم داشتم. برای جبران قهوه و تعارف سیگار او از کیفم در آوردم وبطرفش گرفتم. بدون هر گونه تعارف بسته را گرفت. دو نیم کرد و بعد نصف نیمه خودش را به نیلوفر داد ودر حالی که قهوه اش را می نوشید به پسر نسبتا چاق و خوشپوشی که از مقابل ما می گذشت. نگاهی انداخت وبا حالت تمسخر گفت :

-   بنازم شانسو . یارو از کون آورده

بعد برگشت به من و گفت :

-   این لشه را بعدا خواهی شناخت . جز اون عده آدما ست که از هوا می آرندها، ولی این لامذهب یهودی از ماتحتش آورده . یک سال نیست که از اسرائیل اومده. لاکردار دو ترمو پاس نکرده بورسیه شده . می بینی اوضاع را، حالا ما تو این سوراخ

شب را بگذرانیم و یا تو اون سوراخ مونده ایم ، پول هم برای شهریه و واحد درسی بیشتر نداریم . سه ساله تو این خراب شده بیست درس هنوز پاس نکرده ایم . هر روز هم می خواند و زر می زنند. علی وضعت خرابه ، وضعت خرابه . آی لا مذهبها.

علی اگر چه بسیار راحت و رها و کوچه بازاری حرف می زد ولی پسر صادق و پاک و لوطی منش بود . من در طول یک هفته ای که با او آشنا و رفیق شدم . این را فهمیدم . عصر چند روز بعد که به خانه من آمد. تا وارد شد و وضع آپارتمان مرا و وسائلم را دید و به او گفتم که چطور خواهر و شوهر خواهرم در طول یک هفته ای که اینجا بودند. این آپارتمان را برایم اجاره و وسایل را برایم جور کرده اند گفت :

- بله دیگه شازده ای ، می دونی پسر رسم روزگار اینه . شانس و خوشبختی یا مادرزادی میاد و یا از غیب وارد میشه ، بعضی هم از ماتحت می آرند . ولی تو پسر مادرزادی آورده ای . عشق است. بابا سهراب جان عشق است

نمی دانستم چه بگویم و جواب حرفهایش را چطوری بدهم ناگزیر گفتم :

- علی کمی رعایت کن. ناسلامتی ما رفیقیم

- چیزی نگفتم شازده . عشق است بابا عشق است

ساندویج کباب دونری که از رستوران و ساندویج فروشی نزدیک خانه ام که دو جوان اهل ترکیه دایر کرده و با من در آن مدت کم آشنا و صمیمی شده بودند. تهیه کرده بودم همراه با نوشابه آوردم و روی میز کوچک کنار آشپزخانه چیدم و مشغول شدیم. علی بسیار گرسنه بود . بعد از خوردن ساندویج و نوشیدن نوشابه . نصف یک بسته کیک را با چایی خورد و بلند شد و با این حرف که :

- ما احترام تو را وهوای خونه ات را داریم

رفت به بالکن وسیگاری دود کرد . برگشت دید . من کتابهایم را گشوده ومشغول مطالعه درسهایم هستم. گفت:

- تو که بابا خیلی دانشجویی

گفتم :

- بیا بنشین تو هم کمی مطالعه کن. بعد خواستی می ریم قدم می زنیم

گفت :

- نه بابا ، من اهل درس خواندن توشب نیستم . تو مشغول باش . من می خوام حمام کنم. چون چنین امکان وفرصتی کم گیرم می آد

بعد رفت حمام. پرسیدم .چه می خواهی ، چه لازم داری ؟ گفت هیچی . فقط شامپو وصابون. حوله هم قبول نکرد. حمام گرفت وبا پیراهن چرکش خودش را خشک کرد و از من لباس خواست و یکی از پیراهنها وپولیورهای تازه مرا پوشید و لباسهای زیر و پیراهنش را شست و در جارختی پهن کرد و آمد چای دیگر نوشید و گفت :

- آقا تو مشغول درست باش

از کمد پتویی را بر داشت و در گوشه ای پهن کرد و گرفت خوابید .

علی جا وخانه مشخصی نداشت.بیشتردرنزد دوستان روزوشب می گذراند و هر چند شب هم به خانه من می آمد . چون پسر پاکی بود. همه هوایش رو داشتندوبرای گذران زندگیش کمک می کردند. من هم هر ماه مقداری کمکش می کردم واو سخت حامی من بود و بسیار در رفقاتش درست و درستکار. علی در دانشکده مرا با اکثر دانشجویان ایرانی آشنا کرد و همراه خود نزد تیمهای هنری برد .

الیکساسیس دانشجوی پسری بود از اهالی آتن یونان. قدی کوتاه با جثه ای لاغر و ضعیف ، چشم راستی لوچ وگردنی کج داشت . هنگام راه رفتن کمی پای راستش را می کشید وکج بر می داشت . به همین دلیل قامتش مثل کمانی خم می شد. یعنی برای حفظ تعادل بدنش را به سمت چپ می داد وسر وگردن وشانه اش را به سمت مخالف خم می کرد . اما بسیار فرز و سریع راه می رفت . صورت کوچک با دماغ باریک و داندانهای ناهماهنگ و زرد وناجور با موهای بلوند فرش دیدنی بود . همیشه وقتی نگاهت می کرد می خندید . کمی عقب مانده بود. البته به قول علی (زوار در رفته یک خرده پاره سنگ برمی داره) . همه بخصوص دانشجویان ایرانی تو دانشکده او را چیول ویا آلکس چپه صدا می کردند. اکثر وقتها برای خرید چیزی ویا آوردن کتابی او را می فرستادند. بخصوص دخترها که دم به ساعت به الکس ارد(سفارش) می دادند وپی کاری وخرید سیگاری ونوشابه ای می فرستادند. علی که با آلیکساسیس میانه خوبی داشت . بر خلاف همه هرکول صدایش می کرد . تا وارد دانشکده می شد و آلیکساسیس را می دید . صدایش می کرد:

- آهای بیا بینم هرکول چپولی

بعد کیف سنگینش را که تمام وسائل یعنی زندگی علی توی آن بود برای نگهداری به او می سپرد . معلوم نمی شد که آلیکساسیس آن را به کجا می برد و در کجا ، کمد خودش ویا کمد کدام یک از دانشجویان قرار می داد. چون هر وقت علی لازم داشت. فورا می آورد و تحویل می داد. وقتی می گفتم علی این چه برخوردی که با الیکساسیس داری ؟ می گفت :

- مگر چه برخوردی ؟.
- چرا چپول ، هرکول صدایش می زنید

- خوب هر کوله دیگه ببین خره چقدر خوشش میاد
آخر هر هفته دانشجوها تو رستورانی ویا خانه یکی جمع می شدند .
یکی از دانشجویانی که خانه اش اتراق اکثر دانشجویان بخصوص
دانشجویان ایرانی بود. بهرام مجتهدی گیلانی بود. بهرام پسری چاق و
کوتاه قد اما بسیارزیرک وبا هوش بود.خانواده بسیار ثروتمند داشت .
دانشجوی سال سوم پزشکی بود و میان تمام دانشجویان ایرانی پاریس
معروف. خانه اش به رودخانه سن نزدیک بود . عصر هر روزی که به
خانه ای او می رفتی. چند تن از دانشجویان ایرانی پسر ویا دختر آن جا
بودند. یعنی کلید خانه بهرام در دست همه بود . بهرام هم نام و هم قافیه
با نامش بسیار آرام بود. اعصاب پولادین داشت . به خانه اش که می
رسید با همه سلام علیکی می کرد و به تازه واردها خوش آمد می گفت
و بعد به اطاقش می رفت. لباسش را عوض می کرد. می آمد لیوان
بزرگش را از قهوه جوش که همیشه داغ و در جوش وآماده بود پر می
کرد وبه ایوان می رفت و می نشست چشم به بیرون می دوخت. من
نخستین بارهمراه با علی وسیامک همشهری بهرام به خانه او رفتم و همان
شب که در گفتگوی جمعی بهرام هم صحبت من شد . بسیار احساس
همفکری با من کرد و آخر شب هنگام خداحافظی مرا کنار کشید و
گفت :

- این ها بچه های خوبیند اما هم تیپ تو نیستند. تو بهتره دنبال
هدفهای خودت ودرست باشی

بعد شماره تلفن مرا گرفت. یک بار هم بدیدنم آمد . چندی از این
دیدار نگذشته بود که میان بچه ها پیچید بهرام درس پزشکی را رها کرده
و خانه اش را هم تخلیه کرده ورفته چون کلید خانه اش که نزد بسیاری
از بچه ها بود . بدلیل تعویض قفل دیگر کاربرد نداشت و هیچ کس نمی
دانست که بهرام کجا رفته ؟ شایعه بود که همه اش بخاطر عشق لیز است

. لیز دختر زیبای فرانسوی که در رشته مد بود و به تجارت و پول
بیشتر از هر چیز می اندیشید .مدتی بعد خبر رسید که بهرام رفته در
مدرسه فنی در رشته مهندسی طلا و جواهر ثبت نام کرده ومشغول
است. خانه ی ویلایی بزرگی در خارج از شهر اجاره کرده . اما نشانی
خانه اش را کسی نمی دانست . بعداز مدتی خبر رسید که بهرام رفته به
موسسه کارتیه و گردبند طلایی را که طراحی کرده بوده به آنها فروخته
واکنون جز تیم کارتیه است . خبر که بخش شد. همه از کار وپشتکار
بهرام واماندند . علی که مطابق معمول جملات قصاری بار همه می کرد
. گفت :

-      جانمی این هم از معجزات عشقه . بنازم مارا خاکسترنشین کرد
، آقا را کجا برد؟

با شنیدن این حرف از علی فهمیدم که او آسیب دیده از عشق و
دلباختگیست . علی هرگز از زندگیش صحبت نمی کرد و کسی جز
دوستان نزدیک قدیمش نمی دانستند که بر او چه گذشته. جز مهرنوش
دختر ایرانی اهل تهران و هم محله او که هم زمان با او به پاریس آمده
بود وشاهد ماجرای عشق ودلباختگی علی بود. مهرنوش نقل می کرد که
علی در همان سال اول اقامتش در پاریس دل به دختر زیبای فرانسوی
داد و با او ازدواج کرد وصاحب دختری شد اما خانمش به زندگی
محدود ومختصر دانشجویی قانع نشد و با وجود علاقه بی حد علی به او
و دخترشان از علی جدا شد واکنون علی ناگزیر است. ماهی مقداری از
هزینه زندگی دخترش را تامین کند وبرای همین هر چه از ایران می رسد
به حساب خانمش برای هزینه زندگی دخترش می ریزد و خودش گاه با
کار پاره وقت وکمک دوستان روزگار می گذراند . علی چیزی نداشت
جز همان کت وشلوار مشکی با چند پیراهن و مقداری وسائل شخصی
دیگر با تعدادی دفتر وکتاب که همیشه در کیف کوله پوشتی ماندندش

قرار داشتند و آن را با خود هر جا می برد و همانطور که قبلا گفتم به دانشکده که می رسید آن را به آلیکساسیس می سپرد و باهمان کت وشلوار مشکی وتیپ همیشگیش می رفت قهوه ای به حساب یکی ازبچه ها وچندنخ سیگار ازیکی ازدانشجو ها هر کی که درمسیرش بود می گرفت ومی آمد روی پله های نزدیک باغچه گلهای دانشکده می نشست وقهوه اش که درحقیقت صبحانه اش بود می خورد و سیگارش راروشن می کرد ومی نشست و با دغدغه های درونش کلنجار می رفت . در چنین لحظه هایی بود که در می یافتی علی بر خلاف ظاهرش باطنی دیگر دارد. در همان روزهای اوایل دانشکده و آشنایی با علی بود که یک روزعصر که به خانه من آمد ومرا در حالی دیگر دید گفت :

- پس تو هم گرفتار دلی

و وقتی فهمید که من در جستجوی سارا هستم. تشویقم کرد که برای دیدنش به نشانی که دارم بروم. امامن قبول نکردم. چون شهر کلرمونت رانمی شناختم و نمی دانستم که سارا را حتما در آن جا که نشانیش را دارم. خواهم یافت یانه قبول نکردم. یعنی نمی توانستم و امکانش هم نبود. علی وقتی امتناع مرا دید. گفت پس نامه بنویس . به همان آدرسی که داری نامه بنویس . اگر بود جوابت را می دهد .گفتم نوشتم اما جواب نداد . علی ایستاد کمی فکر کرد و بعد گفت :

- حتما می دانی که آدرسش همانه ،

- نه نمی دانم ولی تنها نشانی که از او دارم همینه

- پس دوباره بنویس این بار مفصل بنویس اگر جوابت را نداد دیگه بی خیالش . روز اول که دیدمت حدس زدم که توهم از قماش دیگری یه چیزیته. آسیب دیده ای ، گفتی که خیلی وقته که می شناسیش نه ؟

- بله .

- از کی ؟
- از چند سال پیش که او معلم نقاشی من شد
- زکی ، پس او باید از تو بزرگتر باشه
- بله
- چند سال
- چهار پنج سال
- په ،خوب این هم یک مسئله است. گفتی تو پاریس درس
خونده؟
- بله
- پس لابد کسی را داشته ، می خواسته ، دلباخته بوده
- بله
- بله !؟
- بله
- پس بیهوده علافی پسر
- ولی الان نیست ، چون کسی را که دوست داشته در تصادف
اتومبیل کشته شده
- بعد اون کس دیگه ای نبوده
- نه
- گفتی درپاریس و کلرمونت خونه داره
- بله
- باید از خانواده پولداری باشه که می آید ومیره ، به تنهایی
زندگی می کنه.؟
- بله خیلی پولداره ، از خانواده های قاجاره . مادرش ازنواده های
ناصرالدین شاه بوده .
- هوشوهوشو (علی صوتی کشید)

- در همین پاریس فوت کرده .خاله اش اولجای سلطنه اورا
بزرگ کرده. با مارفت آمد خانوادگی دارند. او درپاریس تاریخ
هنر ونقاشی تحصیل کرده وقتی برگشت . روزی مادرم ازاو
خواست که به من که علاقه به هنر وادبیات دارم کمک کند
ودرس هنرونقاشی بدهد ومن دو روز در هفته با او درس داشتم
که بهترین لحظه های عمرم است .آن روزها در طول هفته فقط
به او و درس او فکر می کردم . وروز وساعت و ثانیه شماری
می کردم که کی سه شنبه وپنجشنبه می رسه . اصلا برای من
روزهای هفته و زندگی فقط سه شنبه وپنجشنبه بودند. نمی دانم
چطور تعریف وتوصیفش کنم . او کسی دیگریه . تنها زیباییش
، نگاهش ، عطر وجودش نیست. او یک نیرو ،یک روح زیبای
دیگر داره. روزی که اولین بار برای شروع درس نقاشی به خانه
شان رفتم. وقتی دستم را گرفت . تمام تنم لرزید ، وحالم
دگرگون شد

- و تو گرفتارش شدی، پیچاره، وقتی به ش گفتی چی گفت؟
- چه چیزی را ؟
- خوب عشقتو ، دوست داشتنو ؟
- من چیزی به او نگفته ام
- چیزی به او نگفته ای !؟. یعنی بین تو او هیچ چیزی نیست؟
- نه

- زکی ، پس چه عشقی ، چه کوفتی ، دردت چی پسر؟
- من عاشق اوهستم

- ولی اون هم باید تورا دوست داشته باشه یانه؟ میگی که ازت
بزرگتره، سیاهپوش یکیه که دلباخته اش بوده. الان هم تو

فرانسه است. لطفا حل کنید مسئله را ، نسبت خودت را با این خانم

- ولی اون می دونه که من اورا دوست دارم

- گفته ای ، اعتراف کرده ای ؟

- نه ولی

- ولی ؟ ولی چی ؟

- بامن خیلی صمیمی بود.قبل ازآن که معلم نقاشی من بشه. مرا به شاگردی قبول کنه.با من خیلی صمیمی بود. اصلا نگاه وبرخورد دیگه ای داشت. هرجا که بودیم در دیدارهای خانوادگی ، مهمانیها، می آمد کنارم می نشست .بیشتر با من هم صحبت بود. بعدکه قبول کرد که به من درس هنر ونقاشی دهد. در مدت یک سال وچند ماهی که معلم من بود. همیشه مثل یک دوست در هرجاکنار من بود.دوست داشت همیشه با من باشه در همه مهمانیها بخصوص مهمانیهای شبانه همراه من می آمد . هر جا دعوتش می کردند ویا مرا دعوت می کردند. با هم می رفتیم همیشه دستش در دست من بود و فقط با من می رقصید. آن قدر با من دوست و صمیمی بود که همه متوجه رابطه دوستی من و او شده بودند.

- خوب تو بی خطر بودی می خواسته از دست مردای دیگه دور باشه

- نه آن طوری نبود. ما با هم خیلی صمیمی بودیم . بغیر از کلاس درس هر روز با هم تلفنی صحبت می کردیم ویا بیرون می رفتیم. خیلی وقتها که کنار هم می نشستیم با هم از خیلی چیزها صحبت می کردیم من شعر می خواندم و او تصحیح می کرد و از عشق و دوست داشتن می گفت و .

- و

- خوب آدم از لحن صحبت ونگاه طرف مقابل احساسش را می
  فهمد

- چرا به اش اعتراف نکردی ؟

- احتیاج نبود. فکر می کنم می دانست. چون دوبار هم بصورت
  شعر برایش نوشتم

- خوب چه پاسخی داد

- هیچی ، تشکر کرد

- تو تنهایی ویا موقع رقصدن نبوسیدیش ؟

- یک بار، نه نه دوبار ، یک بار وقتی با هم می رقصدیم . یک
  بارهم تو خونه شون اول اون بوسید بعد من.

- خوب بعد

- یک بار هم که من مریض وبستری بود آمد و تمام روز کنار
  بسترم نشست . موقع رفتن گونه ام را بوسید وخداحافظی کرد
  و گفت که فردا باز می آید که نیامد

- چه شد که آمد به فرانسه

- بخاطر مسائلی قهر کرده وآمد

- چه مسائلی ؟

- خانواد گی

- چرا با تو که این همه صمیمی بود خداحافظی نکرد

- درست درهمان ایامی بود که من مریض بودم . دو سه روز
  قبلش از من خداحافظی کرده بود . البته دلتنگ وچشم براهش
  بودم. چون گفته بودکه باز بدیدنم خواهد آمد .که نیامد. البته با
  هیچ کس خدا حافظی نکرد. گویاصبح روزی که باکمک
  مستخدمها کمد وکتابخانه خاله اش را تمیز ومرتب می کرده

تصادفا چند تا عکس و مدارکی را از مادر وپدرش می بیند
وپی به حقایقی می برد و از این که از او مخفی نگه داشته شده
بوده با خاله اش دعوا می کند وفردای آن روز با قهر خانه شان
را ترک می کند و به این جا می آید و از آن به بعد ارتباطش را
با همه قطع کرد.

- ندانستی مدارک مربوط به چی بود
- مربوط به پدرش بوده که قبل از ازدواج با مادر او زن وفرزند
  داشته و مربوط به نامه مازیار نامزدش که در حقیقت برادرش
  بوده
- برادرش !؟
- بله او بدون این که از گذشته و خانواده اش خبر داشته باشه با
  پسری آشنا و دوست میشه که در حقیقت برادر ناتنی او بوده
- اوه ه هوم چه ماجرایی ،خوب بعدش
- هیچی همین مخفی نگهداشتن مسائل و گذشته باعث رنجش
  وقهر او شده ، خاله اش اولجای سلطنه که نشانی آپارتمان و
  محل زندگیش را داشت به من داد وگفت تنها کسی که
  اودوست داشت وشاید حاضر بشه که اورا ببینه تو هستی. برو با
  اوصحبت کن شاید برگردد
- خوب
- من هم تا رسیدم نامه ای نوشتم وپست کردم اما جواب نداد.
- خوب دوباره بنویس. این بار مفصل ، باز اگر پاسخی نداد.
  برای بار سوم با گلایه وبسیار مفصل بنویس ، خواستی به عشقت
  هم اعتراف کن
- باشه می نویسم

- حتما بنویس ، خواستی یک روز می چیم تو قطار، میریم دم
خونه اش، آن وقت یا باید تو را بپذیره ویا برای همیشه باید
فراموشش کنی
- نه نمی خواهم بی خبر بدیدنش بروم. شاید دوست نداشته باشه .
نامه می نویسم اگر پاسخ داد چه خوب واگر نداد دیگر تکلیف
من روشنه باید کم کم فراموشش کنم
- آره بنویس اما خودت را اسیر عشق نکن
- ممنون

. حقیقت این بوده که بعداز اقامت درپاریس ، من بی تاب برای دیدن
سارا سرداری بودم . اگر چه قولی که به اولجای سلطنه داده بودم
وتوصیه او بهانه ام بود. اما اشتیاق دیدن او چیز دیگر بود. من به عشق او
و دیدن و بودن در کنار او به پاریس آمده بودم و می خواستم هر طور
شده اورا بیابم و بدیدنش بروم. برای همین در همان هفته اول اقامتم در
پاریس نامه ای به نشانی که از اوداشتم واولجای سلطنه داده بود. نوشته
وپست کردم اما هر چه روزها وهفته ها انتظار کشیدم. هیچ نامه وجوابی
ازاو نرسید .یعنی دریافت نکردم. ماه بعد   باز نامه دیگری نوشتم
وخواستم که با من تماس بگیرد اما او هیچ جوابی به نامه من نداد. کم
کم امید وانتظارم را بریدم و از امکان دیدن دوباره او چشم بستم وسعی
کردم نامه و جواب ندادن او را فراموش کنم و بخود بقبولانم که
آدرسش عوض شده. او رفته ودیگر نیست و یا نمی خواهد نامه مرا
پاسخ دهد. به این شق ونظر دوم بیشتر اعتقاد داشتم .چون اگر آدرسش
عوض شده بود نامه مرا پست پس می آورد .اما یک روز بعداز گذشت
سه ماه در اوج نا باوری پستچی نامه ای از سارا آورد . نامه اش کوتاه اما
پراز ستایش وتاسف بود واز این که بدلیل مسافرت دیر به نامه های من
جواب می داد پوزش خواسته بود . نوشته بوداز این که به فرانسه آمده ام

و معماری می خوانم بسیارخوشحال است. می داندکه موفق خواهم شد وحدس می زند مردجوان برازنده ای شده ام .اگر چه خیلی علاقمند است و دوست دارد مرا ببینید و کنارم باشد. اما متاسفانه در حال حاضر نمی تواند. چون در یک شرایط روحی دیگر است و می خواهد روح و ذهن و فکرش راتزکیه دهد و از آلودگی صاف کند

نامه سارا را بیش از ده بار خواندم. احساس شکست از جواب سارا دلم رامالامال از اندوه کرده بود. بیشتر در خودم بودم. علی وقتی از موضوع باخبر شد و نامه سارا را خواند. کمی متغییر شد. بعد به پشت من زد و گفت:

- بی خیال پسر. دختر ای بهتر از او که سن کم هم دارند. منت تورا می کشند . بی خیال . امشب می برمت خوشگذرانی ، یاد می گیری که چطور فراموشش کنی

تمام روز کنار من بود وشب همراه هم با چند دوست دیگر به رستوران رفتیم و همیشه در حال گردش و سرگرمی وبی خیالی بودیم . ژانویه گذشت بهار نزدیک بود که یک روز بچه هاخبر دادند که بهرام همکلاسیها و دوستان وآشنایانش را برای جشنی که عصرروز شنبه در ویلایش برگزار می کند دعوت کرده . من هم که آن روزها بخاطر غربت و نامه سارا بسیار ناراحت و افسرده بودم .همراه منیر و نیلوفر و سیامک وعلی به خانه بهرام رفتم. دیگر دوستان وبچه های ایرانی هم بودند. تعدادی حدود بیست پنج ویا سی نفر . چند تا از پسرها. کباب درست می کردند و تعدادی از دخترها سالاد درست کرده ومیز ها را می چیدند و بقیه هم در حال پذیرایی و خوردن بودند. ماهم کمک کردیم . مجلس دوستانه گرم وصمیمانه ای بود. تمام دوستان دور هم جمع شده بودیم . می گفتیم و می خندیدیم. موزیک ورقص بود و شوخی وشادی. دم غروب که سرمان گرم وداغ بود وبچه ها سیگار می

کشیدند . یکی از بچه ها سیگاری روشن کرد وبعد داد به دست دیگری
وهمینطورگردش می کرد به من که رسید نخواستم . فریبرز که یکی از
دانشجویان سال بالا گفت :

-   تواگر این همه بچه بودی . چرا قاطی ما شده ای. چرا با ما
اومده ای ؟. ادا در نیار همه می کشیم

علی به اعتراض گفت :

-   چکارش داری . نمی خواهد بکشه

من برای این که حال گیری نشود و اختلافی بروز نکند. گفتم :

-   باشه می کشم

بعد سیگار دست پیچ مخصوص را گرفتم و ناشیانه پوکی عمیق زدم .
پوکی که دودش ازگوشهایم در آمد. بطوری که سیامک از شدت
تعجب گفت :

-   او هو.

نفسم برای لحظه ای بند آمد وبعد به سرفه افتادم. سرفه های شدیدی که
امانم رابریدندطوری که نزدیک بود بالا بیاورم. فرزانه یکی از دخترها
گفت :

-   بابا این که زه زد

از اطاق   بیرون رفتم .تلو تلو می خوردم. اما سعی می کردم خودم را
کنترل کنم .کمی در فضای باز وهوای آزاد وتمیز ایستادم. با این که هوا
سرد بود برای من مطبوع بود. دم حوض نزدیک انباری شیر آبی بود. باز
کردم وصورتم را شستم. روی پله های انباری نشستم تا هوا بخورم
وحالم درست شود. بهرام که همیشه گوشه ای می نشست و ناظر
وتماشاگر بود. همراه من بیرون آمده بود. آمد کنارمن نشست و حالم را
پرسید. گفتم خوبم سری تکان داد وگفت :

- دفعه پیش در همان روز اول دیدار وآشناییمان گفتم. از اینها دور شو. تو از تیپ این ها نیستی برو دنبال هدفهات .
- دنبالش هستم اما آشنایی ندارم ومحیط های هنری را نمی شناسم
- پیدا می کنی :بجای روز گذراندن با این ها برو به نمایشگاه ها ی نقاشی ، برو به کتابخانه ها . موزه ها، بالاخر یک روز هم صحبت خودت را پیدا می کنی ، می دانم گرفتار عشقی
- از کجا می دانی ؟
- رفتار وبرخورد و روحیه ات نشان میده
- نه آن طور که تو فکر می کنی شدید نیست
- چرا هست ، من هم مثل تو بودم . بالاخر تصمیم را گرفتم وانتخاب کردم وبه اش رسیدم و سال آینده باش عروسی می کنم.
- من می دانستم تو موفق می شی تبریک
- تو هم موفق خواهی شد
- معلوم نیست
- چرا حتما موفق خواهی شد
- ممنون

بلند شدم واز بهرام بخاطر مهمانی وتوصیه اش تشکر کردم وبرای این که مجلس دیگردوستان بهم نخورد. بی آن که چیزی بگویم واز آنها خداحافظی کنم.با راهنمایی بهرام به ایستگاه راه آهن رفتم و به خانه ام برگشتم . از آن زمان به بعد بهرام ومن بیشتر به هم نزیک ودوست شدیم و هر چندگاه هم دیگر را می دیدیم. بهرام دید زیباشناسی وسواد وشناخت هنری خوبی داشت واهل مطالعه بود ومرا به بسیاری از دوستان

هنرمندش معرفی کرد .علی که ترم بعد نتوانست در درسهایش موفق
شود ترک تحصیل کرد و در قسمت تدارکات یک فروشگاه بزرگ
مواد غذایی کاری پیدا کرد و کم کم زندگیش روبراه شد وبرای خودش
آپارتمانی دست وپاکرد .دیگر دوستان دانشکده هم همان طور بودند اما
من که دوستان تازه ای یافته بودم . بیشتر غرق در مسائل خودم بودم .

۱۶

دیدار با او

پی یر ماژه هنرمند نقاشی بود از نورماندی فرانسه که همراه با زن ایرانی مهربان ودانشمندش صفورا نخجوانی که همه صوفی صدایش می کردند دربن بست ماترای درخیابان پل دومر (Paul de Moumer) پاریس زندگی وکار می کرد. پی یر درس آموخته مدرسه هنرهای پاریس و انجمن فلسفه کیور و زنش صفورا دکترای تاریخ وفلسفه هنر از سوربن بود. من در چهارمین ماه اقامتم با آنها آشنا شدم. دکتر صفورا نخجوانی استاد تاریخ فلسفه وهنر دانشکده بود . اگر چه با او درس داشتم اما نخستین بار با ایشان در کتابخانه دانشکده آشنا شدم. هنگامی که دنبال کتابی در خصوص سبکهای نقاشی می گشتم و ایشان که به هانری کربن بسیار ارادت و از شاگردان او و مشغول تهیه مقاله ای در فلسفه خسروانی شهاب الدین سهروردی از نگاه کربن بود.وقتی آشنایی کم و لکنت مرا در صحبت کردن به فرانسه دید و فهمید که از دانشجویانی هستم که تازه برای تحصیل آمده ام . آمد و راهنمائیم کرد و کتاب مورد نظر مرا گرفت وبه من داد و بعد برای آشنایی بیشتر اسمم را وشهر ودیارم و خانواده ام را پرسید و علت علاقه ام به سبکهابی نقاشی را سوال کرد . خودم را معرفی کردم وگفتم که مدتی درکلاس نقاشی یک استاد بوده

ام. اما بیشتر شعر وادبیات علاقمندم .شعر می گویم . وقتی پاسخهای مرا شنید و از علاقه من به هنر و ادبیات و شاعر بودنم مطلع شد. . گفت که همسر او پی یر ماژه نقاش است. اگر مایل باشم با او صحبت می کند. اگر قبول کرد مرا برای شرکت در کلاسهای نقاشی او معرفی می کند واز علاقه ودلبستگیش به عرفان وادبیات ایران گفت واز من خواست تعدادی از شعرهایم را برایش بخوانم وقتی   چند نمونه از شعرهایم را خواندم. بسیار پسندید و آنهارا گرفت تا ترجمه کند واز این که مرا شاعر علاقمند به هنر وادبیات می دید. خوشحال بود. شماره تلفن منزلش را نوشت وبه من داد و شماره تلفن منزلم را گرفت و گفت که اگر مشکلی داشتم حتما با او تماس بگیرم .

مدتی گذشت تا این که یک روز عصردکتر صفورا نخجوانی زنگ زد وگفت که چند بار تماس گرفته و من گوشی را برنداشته ام وحدس زده که در خانه نیستم. دعوت کرد که بدیدنشان بروم و با پی یر شوهرش آشنا شوم و چون می دانست که چندان با پاریس آشنایی ندارم گفت : که نشانیت را بده تا دنبالت بیاییم و ساعتی بعد او با اتومبیل رنومدل قدیمیش دنبالم آمد . وقتی برای اولین بار کنار او پی یر را دیدم. سرشار از صمیمیت ومهربانی بود. انگار سالها بامن آشنا بود.پی یر در همان لحظه اول دیدار با من شروع به شوخی و مزاح گویی کرد که برای من غیر مترقبه بود ویکه خوردم . صفورا که متوجه تعجب من از برخورد پی یر شده بود گفت :

- سهراب پی یر عادتش اینه با همه بخصوص با آنهایی را که احساس خوبی از دیدنشان می یابد. شوخی ومزاح می کنه . مگه نه پی یر؟

پی یر با همان لحن و چهره بشاش گفت: معلومه اما حرفش را قطع کرد نگاهی به چهره خجالتی من انداخت و گفت:

- اما این سهراب خیلی خجالتیه
بعد دست به شانه من زد و گفت . بفرمائید. بفرمائید سوار شوید. سوار
شدیم و راه افتادیم و پی یر در راه از من درخصوص بعضی احساس و
علایقم سوالاتی کرد و با من بیشتر آشنا شد.
از آن روز مطابق برنامه در بعداز ظهر روزهای جمعه هر هفته به کلاس
نقاشی پی یر می رفتم . پی یر عمدا برنامه کلاس مرا به بعدازظهرهای
جمعه انداخته بود . که به درس و برنامه دانشگاهم لطمه نزند. آنها که
اشتیاق و علاقه مرا به هنر و فلسفه و شعر وادبیات دیده بودند. همیشه
مرا به مجلس و جلسه هایی که با حضور بعضی از هنرمندان سرشناس
داشتند. دعوت می کردند. در این نوع جلسات صفورا همیشه کنار من
می نشست وبعضی از موضوعها را برایم توضیح می داد .باید این را هم
بگویم که من علاوه بر کلاس نقاشی و شرکت در جلسات هنری پای
ثابت تمام مهمانیهای آنها بودم. هنوز هم بعداز گذشت سالها هم چنان
دعوت می شوم .آنها دوستان خوب من هستند. درگالری آنها بود که
شنیدم تابلوی (دیار هرگز) نقاش بزرگ معاصر ایران ، خانم ایران
درودی برگزیده بینال پاریس شده .آن روزها برای من جوان دانشجو
دیدار هنرمندانی چون او آرزویی بود. اما من نتوانستم ایشان را از نزدیک
ببینم.
خانه صفورا وپی یر همان طور که گفتم در دربن بست ماترای درخیابان
پل دومر(Paul de Moumer) ساختمان دو طبقه کوچکی بودبا سقف
شیروانی که نمای آن را با الهام از خانه هایی ایرانی آراسته و پنجره ها
چوبیش را رنگ آبی زده و پرده های ساتن سفید بر پشت هر لنگه پنجره
آویخته و با روبان از وسط جمع کرده وبسته بودند. آنها در طبقه دوم
ساختمان زندگی می کردند. طبقه اول ساختمان منزلشان که یک سالن
بزرگ برای برگزاری نمایشگاه و دو اطاق یکی اطاق کار ودیگری که

بزرگتر و مشرف بر ایوان وحیاط کوچک وسبز خانه بود. محل نشست و گفتگو وکلاس درس پی یر بود.این راهم بگویم که آتلیه ی بزرگ پی یر همیشه پاتوق نقاشان ،نویسندگان وشاعران معروف فرانسه وجمع زیادی از دوستان قدیم واهل فکر او بود و بگفته پی یر آتلیه اش پاتوق خیلی از بی مخان دل از دست داده است و درتوضیح بیشتر به مزاح می گفت :

- چه می توان کرد ما این جا را پاتوق بی دلان کرده ایم نه ذهنهای اسهالی

بعد می خندید و می گفت :

- تعجب نکن خیلیها ذهنشان مثل شکمشان اسهال دارد. باور کن این جا کسانی هستند. که ذهنش اسهال گرفته از صبح تا شام تولید می کنند. یعنی می رینند. اما همه اش آبکیه. نقاشانی هستند که در روز سه تا چهار تابلو تمام می کنند. شاعرانی که درسال چند کتاب شعر انتشار می دهند. اما همه شعرها و تابلو هایشان مثل همند وبا هم چندان فرقی ندارد. نه سوژه ای در کار نیست و نه فضا ونه زبان ونه رنگ با هم فرقی ندارند همه شبیه هم هستند . آثار سرطانی ذهنهای اسهالی

بعد باز می خندید. صفورا که تعجب مرا می دید . می گفت:

- پی یر کمی رعایت کن سهراب با این مسائل آشنا نیست

پی یر با می خندید و می گفت :

- قصدم اینه که آشنا بشه

پی یر مرد لاغر اندام و بلند قد با چهره ای جوان وبشاش بود. چشمانی به رنگ سبز روشن داشت که در آنها برق شینطت همراه با صمیمیت موج می زد.دماغش باریک بود با سبیل نازک که انتهایش را روغن زده و صاف و مستقیم در موازات صورتش قرارداده بود .صورتش را تراشیده

و فقط در انتهای چانه اش ریشی بلند داشت که از وسط با نخی قرمز و دانه تسبیح فیروزه گره زده بود همانطور که موهای قهوه ای روشن بلندش را   در پشت سر از وسط گره زده وبسته بود. همیشه شلوار لی تمیز با پیراهن آستین بلند و جلیقه ای برنگ سبز وگاه سیاه ویا آجری به تن داشت و سیگار برگ نازکی به لب که انگار جز رفتار و بودنش بود. بسیار صمیمی و اهل مطالعه وبا سواد بود و معمولا همه چیز را به مزاح خلاصه می کرد. اما هنگام بحث در مسائل فلسفی و هنر بسیار جدی و سرشار از ذوق و عشق وعلاقه بود و به رنگ بسیار معتقد بود وآن را حاصل زایش نور می دانست و از این رو بر در آتلیه اش نوشته بود. (این جا همه چیز رنگ است . اگر رنگ را دوست ندارید پس زنده نیستید .چون نور را دوست ندارید.)

بر عکس او زنش صفورا که فلسفه وهنر خوانده بود. آرام و تو دار بود. نوعی سکون و آرامش عرفانی در نگاه و وجودش موج می زد .کنارش که می نشستی سکون وآرامش درونی او در تو سرایت می کرد. من هروقت که کنار صفورا می نشستم . صفا وسکون وآرامش درون او به نوعی صفا وسکون و آرامش موقرانه ی سارا سرداری را برایم تداعی می کرد و من از آن حس در اندوه فرومی رفتم . صفورا بر خلاف پی یر چندان بلند قد نبود. قدی متوسط با چهره ای گرد و پوستی گندمگون داشت. با لبخند کم رنگی به لب ، بسیار مهربان وخوش برخورد بود و با اشتیاق به صحبت همه وهرکس بخصوص دانشجویان وهنرمندان گوش می سپرد و هم صحبت بسیار مهربان وبی دریغی برای من در آن روزها وماه های اول غربت بود . در همان روزهای اویل آشنائیمان از دلباختگی وعشق من به سارا سرداری با خبر شد . او سارا را می شناخت. یعنی از سالهاپیش با او آشنا بود. اما وقتی در یک گفتگوی صمیمانه . مرا به گفتن و درد دل وادشت. برخلاف خواهرم نه تنها نکوهشم نکرد. بلکه

تحسینم کرد . صفورا برخلاف پی یر با آن گرایش عرفانی وذهن فلسفی با وجود ستایش وپذیرش عقیده شوهرش در خصوص رنگ می گفت:

- تمام رنگها در نهایت کنارهم به سپیدی وبی رنگی می رسند و من بی رنگی را می پسندم وبی رنگی بسیار بهتر از رنگین بودن است

با شنیدن این جملات بود که می فهمیدم .سارا هنگام توصیف رنگ به من چه می گفت و او در این جا میان این انسانها چه فضاهایی را تجربه کرده بوده؟

گفتم آنها در طبقه دوم خانه شان زندگی می کردند و طبقه اول خانه شان .گالری ویا بهتر بگویم محل نمایش کارهای پی یر وشاگردانش بود. البته آثار دیگران را هم برای فروش می گذاشتند.اکثر دوستان پی یر و صفورا در اطاق بزرگ مشرف بر ایوان حیاط برای دیدار وصحبت و بحث جمع می شدند.همیشه و هروقت بدیدنشان می رفتی. چند نفری آن جا بودند که هرکدام در فضا و هوای دیگری به سر می بردند. در عصر وغروبهای بهار وتابستان که هوا گرم می شد به ایوان حیاط می رفتند و آن جا گفتگویشان در فضای باز وخنک حیاط گل می انداخت و شور می گرفت. صفورا که در روزهای اول نگاه کنجکاو واشتیاق مرا از آن فضا و گفتگوه دید نه به مزاح بلکه خیلی جدی گفت :

- اینها همه شان ساز بی کوکند.اگرکوک بشوند. ذهنت را می برند .زیاد در بحث این خراب شده ها نرو. چیزی نخواهی یافت

و بعد توصیه کرد که فقط از تجربه آنها استفاده کنم

بعد از گذشت سه سال یعنی در روزهای پایانی ترم پائیزی سال سوم دانشکده بود که یک جمعه عصر که مشغول مطالعه و آماده شدن برای امتحانات ترم بودم . صفورا که معمولا از چند روز پیش برای مهمانیش دعوتم می کرد.. زنگ زد وگفت :

- امشب حتما بیا به خانه ما چند مهمان خوب داریم. سعی کن و برای اولین بار بود که اصرار کرد که کمی زود بیا . اگر چه گرفتار بودم اما شوق دیدار آنها را به همه چیز ترجیح می دادم . بلند شدم. حوصله ریش زدن نداشتم . دوش گرفتم و موهای درهمم را شانه کردم ولباس مناسب مهمانی پوشیدم و به خانه آنها که چندان از خانه من دور نبود رفتم . خاطرم است برف آرام می بارید ومن که همیشه برای رفت وآمدم از دوچرخه استفاده می کردم. نتوانستم دوچرخه ام راسوارشوم . قسمتی از راه را با اتوبوس وبقیه را پیاده رفتم درتمام طول راه شوری در دلم بود. احساس دیگری داشتم. حس می کردم که اتفاقی خواهد افتاد. البته حس خوبی بود . فکر می کردم. حتما مهمانها از آن هنرمندان معروف وبرجسته اند . به سر کوچه بن بست کوتاهی که خانه وآتلیه پی یر وصفورا آن جا بود تا رسیدم. صدای موسیقی آشنایی را شنیدم.آهنگ آوازی که با ویولون سل نواخته می شد وتمام عرصه وفضای کوچه راکه بیشتر یک کوچه و بن بست کوچک وکوتاه بود پر کرده بود .ایستادم و زیر بارش ریز وآرام برف گوش به موسیقی سپردم. احساس می کردم این موسقی وآهنگ برایم آشناست. احساسی مالامال از خاطره ویاد گذشته با انعکاس نوای ویولون سل در درونم می شکفت .چیزی انگار دلم رامی فشرد ،سینه ام را می خراشید. احساس می کردم ملودی موسیقی، ملودی ترانه ایست که من آن را بسیار شنیده و از گذشته وکودکی بیاددارم . نمی دانستم ویقین نداشتم که صدای آهنگ از خانه صفورا وپی یر می آید. به جز دوبار که آن هم رسیتال گیتار توسط گیتاریستهای معروف و سرشناس بود. کمتر در خانه و آتلیه آنها نواختن ساز ویا اجرا موسیقی توسط نوازنده ای را هم زمان با برگزاری نمایشگاه دیده بودم . لحظاتی کنار کوچه زیر بارش برف به دیوار تکیه

دادم و گوش سپردم .حال دیگر یافته بودم . نگاهم را به بالا به نور چراغ تیربرق که روشنایی لامپ چراغ دراطراف آن بیشتر بود .دوختم . انگار دانه های برف در ریتم وچرخش رقصی منظم و هماهنگ با نوای موسیقی چرخان و رقصان فرو می ریختند و درهمه جا می نشستند. ناگهان یادم آمدکه من این موسیقی را در کودکی ام شنیده ام . بله آن، آهنگ آواز دختر زیبایی بودکه با اسبها می آمد وبا اسبها به جانب دریا می رفت .همانطور که چشم به بارش برف دوخته بودم . یک لحظه در آغوش باد آرامی که می وزید دانه های برف تبدیل به اسبهایی شدند که از میان کوچه می گذشتند و به جانب ساحل دریا می رفتند.چشمانم رابستم و یاد کودکی ، یاد آغوش مادرم که مرا کنار پنجره میان دستانش می گرفت و کمک می کرد که از بالای دیوار سمت راست حیاط خانه که مشرف بر خیابان بود گذر اسبها و دختر زیبای آواز خوان را همراه با دختران وپسران جوان ببینم و گوش به آواز اوبسپارم در ذهن وخاطرم مرور کردم . صدای ویولون سل در متن کوچه با آن نوای غم انگیز ش می گشت و انعکاس می یافت و از گذشته ها ی دور و از عشقها و دلدادگیها می گفت و از رفتنها و دلتنگیها و جدائیها وانتظار.صدای صحبت دختر وپسری جوانی که ازکنارم گذشتند. مرا به خود آورد. از دیواری که به آن تکیه داده بودم جدا شدم . گیج و گم شده در نوای ویولون سل با یاد خاطرات گذشته به طرف در خانه پی یر وصفورا رفتم. دم در که رسیدم. دیدم برخلاف همیشه که مهمانی کوچک شبانه آنها در طبقه بالا خانه اشان برگزار می شد. جمع زیادی درسالن بزرگ گالری جمع شده اند. صفورا به اسقبالم آمددر نگاهش چیزی دیگر بود. نوعی شگفتی و ذوق و اشتیاق از رازی ویا مسئله و چیزی که گویی می داند ویا تازه فهمیده و کشف کرده است وانتظار دانستن مرا هم دارد. دستم را گرفت گفت :

- چرا دیر آمدی؟

گفتم:

- نتوانستم با دوچرخه بیایم. مقداری از راه را با اتوبوس ، بقیه را پیاده آمده ام

سرش را به تاسف ودریغ تکان داد وگفت:

- ای کاش دیر نمی کردی بیا بنشین وگوش کن

همراه او تو رفتم برخلاف معمول مهمانان زیادی که بیشتر آنها را اولین بار بود می دیدم و اکثرا هم نقاش ونویسنده واز دوستان دانشگاهی وآشناهای قدیمی آنها بودند.. بعضی نشسته و بعضی ایستاده . گوش به موسیقی سپرده بودند .نور ضعیف شمعها و دو آباژور کناری و نور زرد ضعیف لامپهای لوستر سقف سالن روشنایی کم اما شاعرانه ای بوجود آورده بودند. نگاه که کردم .سارا را دیدم در لباس رسمی مشکی بلند روی صندلی باریکی نشسته بود و ویلون سل می نواخت. موهایش را پشت سرش جمع کرده. فقط تره ای از آن را جلو ریخته بود. که نیمی از صورتش را که نور شمعها روشن می کردند گرفته بود. کمی لاغر وشکسته به نظر می رسید.اما حالت و شخصیت عرفانی و متفکر وآرامی داشت. نگاهش به پائین به سویی ناپیدا بود وغرق در موسیقی . یک آن دلم لرزید درگوشه ایستادم .در حالی که گوش ودل به موسیقی سپرده بودم به اطراف نظر انداختم. چشمم به تابلوی بسیار بزرگی در اندازه ی یک ونیم دردو مترخورد.موضوع وسوژه تابلو برایم آشنا بود. داستان موسیقی آوازی بود که نواخته می شد. صحنه گذر و یا بهتر بگویم عبور اسبها را ازوسط کوچه با کف سنگ چین شده نشان می داد که دختر آواز خوان در پیراهنی آبی و روسری بنفش کم رنگی که به پشت سر انداخته ودو سر آن را زیر گلو گره زده بود بادختران و پسران جوان دیگر در پی اسبها بود. اسبهای سفید ، سرخ خاکستری با یالهای بلند

وچشمهایی بغایت زیبا که بسمت ساحل دریا می رفتند . طرح ورنگ و فرم وساختار تابلو تاحدودی نیو سورئال وبسیار شگفت انگیز ترسیم شده بود . بخصوص مهارتی که در انتخاب و به کار گیری رنگها شده بود حسی از عشق را در ترسیم وآفرینش تابلو نشان می دادکه به تمام ارکان آن دمیده شده بود.دقیق که می نگریستی احساس می کردی آواز دختر آوازخوان راهمراه باصدای نعل اسبها برروی سنگ فرش کوچه می شنوی واشتیاق و عشق وعلاقه جاری در نگاه وصورت مردمی که کنار در ویا بر آستانه در خانه ویا مغازه ویا از پنجره وبالکن خانه ها به تماشا وگوش ایستاده اند. همان طور که دقیق به تابلویی که جدا از ترسیم وطراحی دقیق واستادانه ، یک فکر واحساس دیگری ورای نبوغ و توانایی طرح وترسیم آن را فراهم کرده بود تا یک آفرینش دگر سان هنری شکل بگیرد .احساس می کردم که نمی توان آن را فقط تماشا کرد وستود ، آن را باید فهمید و حس کرد. یاد حرف های سارا دریکی از جلسه های درس نقاشی که با او داشتم افتادم .درست چند ماه قبل ازرفتن ناگهانیش بود، در یک بعداز ظهر در اطاق کار ومطالعه اش مثل همیشه به کار طراحی و نقاشی با هم نشسته بودیم که در میانه درس طراحی ناگهان مداد طراحی را کنار نهاد ، دفتر طراحی مرا بست ، مقابلم نشست و گفت خوب گوش کن . در نگاهش رنگ وحالت دیگر بود که مرا مسحور وناتوان از واکنش کرد . چند لحظه ای چشمانش را بست و بعد شروع به گفتن از تاریخ هنر و فلسفه زیبا شناسی در آفرینشهای هنری کرد. ازنقاشهای کلیساها گفت .ازسبکهای دوره رنسانس وگوتیک از رافائل،ماله وخیلهای دیگر اما بیشترین تاکیدش بر نقاشی محراب نمازخانه کلیسای آبزهای آلزاس اثر شگفت انگیز نقاش آلمانی آلبریش دوره بودکه می گفت آناتومی وهویت رنج رامی شناخته وبه زیبایی تمام ترسیم کرده .چنان که دیگر نیاز به هیچ تفسیری نیست. هر

کسی با دیدن تابلوی نقاشی مسیح، رنج را احساس می کند و تاکید کرد که باید حس کنی با آن به سر ببری تا بتوانی بیافرینی . مثل عاشقی که در عشق به سر می برد وبعد برای من از فلسفه هنر بودن گفت و به تکرارتاکید کرد که هنر یعنی زندگی یعنی بودن وقتی شعر می نویسی و یا طرحی می کشی و یا می خواهی تابلویی بکشی باید آن رابیافرینی و گفت:

-	یادت باشه هرکس در این دنیا نقش خود را بازی می کند. حتا مرده ها هم نقش خود را بازی می کنند تا لحظه آخر خاکسپاری . بعد از آن نامشان و سنگ قبرشان نقش آنها را در غیابشان بعهده می گیرند. پس سعی کن هر چه و هرکه می خواهی باشی ، باش اما نقش خودت را درست بازی کن

و من اکنون احساس می کردم او دارد نقش خودش را باز می کند در حقیقت به نقش و مفهوم حقیقی بودن و زیستن خود عمل می کند . او در زندگی وعشق گرفتار یک حادثه ویک بدشانسی که اولجای سلطنه آن را تقدیر وبخت بد می گفت شده بود و من می دانستم که در حال ستیز وجدال با آن است تا رها شود. اما نقش من در این میان چه بود ؟ هر چه بود باید به آن عمل می کردم ومن آن را در عشق و وفاداری به عشق او یافته بودم

نگاهم را از تابلو گرفتم و برگشته و در جای اولم به دیوار تکیه دادم وبا سوالهایی در خود فرو رفتم. چرا این همه شیفته او هستم ؟این عشق تا کی ادامه خواهد یافت وبا من از چه خواهد کرد؟ این ها سوالاتی بود که با خود ودر درونم مرور می کردم. اما پاسخی نداشتم. جز خواستن ودوست داشتن او که می خواستم تمام عمر کنارش باشم اما چنین نبود واو از من دور بود و حسرت او با من ودر دل من.

سرم را که بلند کردم دیدم سارا در حال نواختن ویولون سل نگاهش را با یک حالت دیگری به من دوخته. در نگاهش چیز دیگری بود. حسی دیگر،چقدر آن نگاه و آن حجب وشرم زیبای زنانه اش را دوست داشتم و می پرستیدم. برای من نه یک زن بلکه عشقی بود که می خواستم تمام عمر به ستایشش بنشینم . او سالها در کنار درس نقاشی به من تواضع وپاکی درعشق و دوستی را آموخته بود واکنون سالها بود که در ریاضت و گذار مرارت آن بود تا بگفته ونوشته خودش وجودی تازه گردد.

.کار نواختن را که تمام کرد. صدای کف زدن و تشویق و تحسین همه بلند شد. با تواضع و وقار خاصی بلندشد واز همه تشکر کرد وبه میان دوستان و همه افراد آشنایی که آن جا جمع شده بودند. رفت و بعداز تشکر وصحبت کوتاه وپاسخ به تحسین و ستایش وسوال حاضران از میان جمع راه باز کرد و به طرف من که عقب وکمی دوراز دیگران غریبانه ایستاده بودم. آمد.لحظه ای ایستاد و نگاهش را در نگاهم نهاد. اعتراف می کنم که از شوق وعشق می لرزیدم . گفت :

- سلام سهراب ؟

گفتم:

- سلام

دستانش را گشود و بغلم کرد وصورتم را بوسید و درحالی که نگاهش را بر نگاهم نهاده بود گفت :

- خوبی؟

- خوبم .شما چطورید ؟

- من هم خوبم. خیلی دلتنگت بودم آقا. چقدر عوض شده ای

- بد شده ام

- نه یک مرد جوان وخوش تیپ

دستش را بصورتم وته ریشی که داشتم کشید و با محبت خاصی گفت:

- اگزی شدی آقای من ؟ چرا ریشت را نزدی ؟

(اگزی به گروهی از دانشجویان ودیگراندیشانی می گفتندکه معتقد وطرفدار مکتب فلسفی اگزیستتانیسیالیست. (هستی گرای) سارتر بودند .این گرایش درآن روزها بسیار مد بود. اگزیستانیستها معمولا چندان در بند ظاهر خود نبودند وهمیشه با قیافه ای متفکر ظاهر می شدند. یعنی ریش خودرا زیاد نمی زدند با موهای درهم وبلند و سر و وضع نه چندان آراسته ومرتب، بیشتر در محیط هایی چون دانشگاه ، کتابخانه ، سالنهای تئاتر وموسیقی وکافه رستوران درحال بحث وگفتگو ومطالعه و یا سکوت وتفکر بودند. در مشی و مکتب آنها که بعدی عرفانی هم داشت (پدیدارگرها) انسان موجود خودآگاهیست که بر هست و هست بودن خود واقف است و دنیا را نه در بند نیستی که در هستی ودانایی ولذت می دانند)

- مشغول درسهام هستم

خندید و گفت:

- اتفاقا بهت می آید

پرسیدم :

- این موسیقی که می نواختی آهنگ آواز دختر زیبایی نبود که همراه با اسبها می آمد ؟

با تعجب گفت:

- تو مگر آن را شنیده ای ؟

- بله بچه که بودم شنیده ام .اما هنوز هم بیادم دارم ، صبح زود که می آمد همه پنجره هایشان را می گشودند تا آواز او را بشنوند . آواز دختر زیبایی را که با اسبها می آمد

- من هم دیده ام البته قبلا مامی برایم نقل کرده بود . فکر می کردم که یک داستان و یا افسانه است ،بعد ها یک روز صبح که با اسبها آمد دیدمش . راستی داستان عاشق مراد را شنیده بودی او چه شده ؟

- نمی دانم . اما این تابلو شما یک شاهکاره ، فرم و فضای تازه و دیگرسانی داره . در خط و طرح و رنگ هم بسیار موفق در آمده ، فوق العاده زیباست . تبریک می گویم. آهنگ آواز را هم خیلی محشر می نواختید. جادویی بود .. نمی دانستم که ویولون سل هم می نوازی.

- ویولون سل مال مادرم است . بعد از آن جریان و مسائلی که پیش آمد به فرانسه که برگشتم

- می گفتند قهر کردی ورفتی ؟

- آره برای این که خیلی سخت بود . نمی توانستم باور کنم . داغون شده بودم . چاره ای نداشتم که بروم .می خواستم از همه دور شوم . می دانی باید مدتی با خودم تنها می شدم تا خودم را باز بیابم . یک روز که خانه را منظورم خانه ویلایی ورسای را الان اجاره اش داده ام ، نظافت و گرد گیری می کردم. خواستم تعدادی از تابلو ها و خرت پرت های اضافی را تو اطاق زیر شیروانی بگذارم. بالا که رفتم روی همه چیز گرد وخاک نشسته بود. البته روی بعضی چیزها را پوشانده بودند اما نه همه را . ویولون سل راتوی قاب چرم بزرگش آن جایافتم. اسم مادرم روی قاب بود .فهمیدم مال مادرم است . از مادموازل رزا پرسیدم چیزی نمی دانست بعدا مامی نوشت مادرم ویولون سل می نواخته . من هم که با موسیقی آشنا بودم . قانع نشدم خواستم آرزو و خواسته مادرم را برآورده کنم . فکر کردم شاید مادرم آرزو داشته که یک ویولون سل نواز ماهر وبرجسته شود ، در مدرسه موزیک پاریس ثبت نام کردم و نواختنش را کامل یاد گرفتم و الان گاه در ارکسترها که دعوت می کنند می نوازم گاه با چندتن از دوستان بمناسبتی رسیتالی می گذارم وبیشتر

موسیقی هایی که ساخته ام. اجرا می کنم .مثل همین موسیقی که با الهام و آن چه که از آهنگ آواز دختر آواز خوان یادم بود ساخته ام . بیشتر برای خودم می نوازم وقتی تنهایم برای دلم وخاطره مادرم و خیلی چیزهای دیگر می نوازم. برای تو هم می نوازم آقا.

جمله اش را که تمام کرد . دستم راگرفت وگفت بیا تورا به دوستانم معرفی کنم ومرا همراه خود برد وبه دوستانش معرفی کرد . آن شب تا نیمه های شب با من از خیلی از مسائل صحبت کرد اما از گذشته اش چیزی نگفت .فقط پرسید که نشانیش را از کجا یافته بودم؟. گفتم که اولجای سلطنه داده بود وبسیار دلش برایت تنگه لطفا با او تماس بگیر وبدیدنش برو پیرشده و مریضه منتظر دیدن توست . با نگرانی پرسید :

-    گفتی مریضه

-    بله با مادرم که صحبت می کردم . ایشان گفتند

سرش راپائین انداخت وچیزی نگفت ودر فکر فرو رفت .کمی بعد گفت:

-    سعی می کنم تماس بگیرم ، شاید بدیدنش رفتم

بعد پرسید:

-    از این جاخوشت آمده. این جاراحتی ؟

-    بله . شهر متفاوتی .

-    دیگه چه کار می کنی ، همه اش درس می خوانی؟ عاشق نشده ای ، دوست دختری نیافته ای ؟

خندید ومن هم خندیدم .گفتم :

-    بله بیشتر سرم تو درس و کتابه. هر چند وقت هم این جا نزد پی یر وصفورا می آیم .

-    خوب می کنی اینها آدمهای دیگرند . فوق العاده اند

دوباره با خنده اما باکمی کنجکاوی پرسید:

- دوستان تازه ای نیافته ای بادختری دوست وعاشق نشده ای؟

- نه

- چرا؟

- چون به کسی که عاشقم کنارم نشسته.

برگشت با معنی خاصی نگاهم کرد وچیزی نگفت . تمام آن شب که کنارش بودم با هم حرف زدیم .من از همه چیز و خواسته ها وبرنامه هایم گفتم وخیلی چیزهای دیگر واو بیشتر در سکوت پر معنایش گوش کرد

روز بعددر خرید همراهش بودم. می خواست کیف تازه ای بخرد و چند قلم لوازم آرایشی وبهداشتی .می گفت به پاریس که می آیم هوس خرید به سرم می زند . بعدازخرید با هم به کافه دماگو در سن ژرمن پاره رفتیم. البته من قبلا دوبار به آن کافه همراه با پی یر وصفورا رفته بودم. ژان پل سارتر نویسنده و فیلسوف معروف وسیمون دوبوار را که پاتوقشان کافه دماگو بود. بار اول در عصر روز چهارشنبه ای که به دعوت صفورا برای صرف عصرانه به دماگو رفته بودم درگوشه دیگر کافه نزدیک پنجر دیدم . سارتر همانطور بود که در عکسها دیده بودم با قیافه سرد ومتفکر و نگاه عمیق و پوست سفید با موهای کم پشت لاغر باجثه ای ضعیف وقدی متوسط اما بسیار سنگین می نمودوشاید من چنان تصور داشتم. چون وقتی نگاهش کردم . احساس کردم بار بزرگ وحجیمی از علم وفلسفه وریاضی برسر و وجودش سگینی می کند. احساس می شد وجود دیگر از ذهن و جهان دیگریست . بر عکس او سیمون دوبوار با چشمان بادامی پف کرده اش. بسیار گرم و صمیمی به نظر می رسید. وقتی کنار میزشان رفتم و تقاضا کردم که کتاب جنس دوم را برایم امضا کند. نام و شغل وحرفه ام را پرسید.آن روزها من

نوزده سال بیشتر نداشتم. وقتی فهمید دانشجویی شاعر و نویسنده ونقاش هستم با لبخند حاکی از محبت و احترام از صندلیش نیمه خیز شد و با من دست داد . اکنون که با سارا به دماگو آمده ام. سارتر نیست. فوت کرده. سیمون دوبوار نه ، هنوز زنده است . اما من به آنها نمی اندیشم. چون اکنون در مقابلم سارا نشسته. چقدر دلم می خواست لحظه ها را در اختیار می گرفتم و حرکت زمان را کند   و یا متوقف می کردم. دماگوکافه ایست که پاتوق خیلی از نویسندگان و شاعران و هنرمندان بوده . از سارتر تا سیمون دوبوار از ناباکوف و همینگوی تا آندره مالرو ، آلبر کامو   تا فرانسواز ساگان .   ده ها سالست که محل وپاتوق روشنفکران وهنرمندان وعاشقان است با تزئینات ساده اما صمیمیش محیطی گرم و ملموس دارد . وقتی در گوشه ای نزدیک پنجره   می نشینم . سارا می پرسد .

-    قبلا به این جا آمده بودی ؟

-   بله دوبار همراه پی یر وصفورا

-   از فضا ومحیطش خوشت می آید

-   بله بخصوص که محل وپاتوق خیلی از هنرمندها و نویسنده ها مخصوصا سارتر و سیمون دوبوار بوده. اولین بارکه همراه پی یر وصفورا به این جا آمدم سارتر که آن زمان زنده بود همراه با سیمون دوبوار آن جا در آن گوشه نشسته بودند. من از خوش شانسی کتاب جنس دوم راهمراه داشتم . دادم خانم دوبوارامضا کرد . زنی بزرگیست

-   بله زن بزرگیست اما با خیلی از عقایدش چندان موافق نیستم . من بر عکس نظر اومعتقدم هر کس و هر جنس جایگاه خودرا دارد. زن ،زن آفریده وبدنیا می آید ومرد هم مرد .مهم این است که ما چگونه با مسئله برخورد کنیم. فکر می کنم گاه تندروی

زیانش بیشتر است . سیمون دوبوار هم خیلی تندروی می کند باید کمی تامل کرد. جهان را باید با این سرزمینها و فرهنگهای گوناگون شناخت و عشق و پیوند وازدواج و خانواده را درست تعریف کرد بعد گفت جنس دوم

- یعنی تو معتقد نیستی که در طول تاریخ به زن ظلم شده و عنصر دوم است

- به کی ظلم نشده ؟ در طول تاریخ شکل نوع تفکر و سیستم حاکم بر جوامع و زندگی و ما همینطور بوده . من معتقدم که هر کس وهر جنس باید در جایگاه خودش قرار بگیرد وتعریف شود . زن ، زن است با تمام خصوصیاتش و مرد هم مرد

تمام مدتی که درکافه کنارش نشسته بود . بیشتر سعی داشتم از او بشنوم در نگاه و رفتار وحرکات او نوعی سکون وآرامش بود که مرا بیشتر به سکوت وآرامش می برد . اما در عمق نگاهش غمی بود که نمی شد درست معنی و تعریف کرد. .حس می کردم در عمق نگاهش در درون وجودش توفانی را گرفته وبسته و حبس کرده اند . کنارش که قدم بر می داشتم احساس می کردم که دریایی از حرف و احساس ناگفته را با خود حمل می کند و می کشد . در تمام روز دستش در دستم بود و با محبت ومهر با من هر جا که خواستم آمد و روز را تا شب به مهر وشادی گذراند

صبح فردای آن روزکه به شهر محل سکونتش بر می گشت. برای بدرقه اش تا ایستگاه قطار همراهش رفتم . هنگام خداحافظی پرسیدم:

- کی دوباره به پاریس می آیی؟

- به این زودیها نه

- پس من کی باز تورا می بینم

کمی سکوت کرد و با چهره درهم ومتفکری گفت:

- نمی دانم

- ولی من به تو احتیاج دارم

- می دانم ولی

- ولی چی ؟

- ببین تو برای من خیلی عزیزی ، نمی خواهم زندگیت را بخاطر
من خراب بکنی. دیروز که با هم صحبت کردیم .گفتم که من
گرفتار یک اشتباه وگناهم

- ولی خودت گفتی که آن مال گذشته بوده وتمام شده .دیگه
باید فراموشش بکنی

- سعی می کنم ، اما

- اما چی ؟

- باید یک مدتی بگذره ،من باید این مسئله را برای خودم حل
بکنم

- من منتظرت می مانم

نمی دانست چه جوابی بدهد. احساس کردم اگر چه نمی خواهد مرا
امیدوار کند. اما دوست ندارد با دادن جواب رد. مرا برنجاند. او گرفتار
غم و اندوه سرنوشتی بود که تمام ذهن و وجود و هستیش را در خود
پیچیده وگرفتار کرده بود و از احساس گناهی که داشت عذاب می
کشید. برای همین تصمیم گرفته بود و می خواست تنها باشد و در
تنهاییش ،روح و ذهن وروانش را از هر چه که هست پاک سازد.
همانطور که سالها در انزوای تنهائیش عمل کرده بود . اوسخت به مسائل
عرفانی وذن و بودئیسم گرایش یافته بود ودر آن فضا و ذهنیت به سر می
برد . اما بر خلاف او در من احساس وشوقی دیگر بود . او برای من
تمامیت پاکی وعشق بود و من می خواستم کنارش باشم و تنهایش

نگذارم ولی او خود را انتخاب کرده بود و باید می رفت. دست بر
بازویم نهاد و فشرد و گفت :

-   ممنونم سهراب ،توعزیزترین کسی هستی که دارم. شایدیک
     روز برگشتم . یعنی سعی می کنم

-   من منتظرت می مانم

-   ممنون ، خدا حافظ مراقب خودت باش

-   تو هم همین طور خداحافظ

سوار قطار شد و رفت ، قطار رفت و انتظار را بر من و بر دل من نهاد .
کنار نرده های ایستگاه ایستادم و دور شدن قطار واورا تماشا کردم .

۱۷

آرزویی که هیچ شد

در زندگی همیشه آرزوی آن را داشتم که بیماری ورنج وناراحتی هیچ کس بخصوص نزدیکانم را نبینم ، آرزو داشتم که تمام عمرم چون ایام کودکی و نوجوانی بی دغدغه به شادی بگذرد .اغلب وقتی فکر می کنم. می بینم آن روزها ، ایام کودکی و نوجوانی درخانه وشهر ودیارم کنار پدر ومادرم بهترین ایام زندگیم بودند. اما آن ایام نماند .زمان تند گذشت و خبر بد بیماری مادرم دلم را زخم زد . در سال آخر دانشکده سرگرم آماده نمودن پروژه پایاننامه ام بودم که مادرم بیمار شد. بیماریش سرطان سینه بود. مادرم از من مخفی می کرد. چیزی نمی گفت. پدرم خبرش رابرایم داد. خواهرم سیمین نزدشان بود. یک سالی بودکه او وشوهرش درس وکارشان را تمام کرده برگشته ودرخانه عمه که اکنون مال آنها بود. ساکن شده بودند. وقتی خبر بیماری مادرم را شنیدم. یک آن دنیا بر سرم خراب شد. چند روزی غمگین و آشفته بودم .بعد که به اندوهش عادت کردم . نزد پی یر و صفورا رفتم و موضوع بیماری مادرم را با آنها گفتم. آنها با پزشکان زیادی آشنا بودند. توسط دوستان پزشکشان در بیمارستان فوق تخصصی نزدیک پاریس امکان بستری ودرمان مادرم را فراهم کردند .. مادرم مدت دوماه دربیمارستان بستری و سه ماه خارج ازبیمارستان درآپارتمانی که در نزدیکی بیمارستان اجاره

کرده بودیم تحت نظر پزشک معالجش بود. در جلسه دفاع از پروژه ام با وجود این که بسیار لاغر شده وضعف داشت . همراه پدرم آمد با چه شعف واحساس غروری آمد ونشست و دوهفته بعددر جشن فارغ التحصلی من با انرژی و روحیه بسیار خوبی همراه پدرم وخواهرم و شوهر خواهرم فرهاد وعمو سعید و پریسا خانم شرکت کرد و تمام دوستان مرا از جمله صفورا و پی یر را برای شام و جشن خانوادگی ودوستانه به رستوران دعوت کرد. من آن شب مادرم را در حال و فضای دیگری دیدم . همان شب درجمع دوستان بلند شد و صحبت کرد ومن صحبتهایش را ترجمه کردم .گفت که امیدوار است بزودی میزبان همه آنها در عروسی من باشد. که مورد استقبال وکف زدن جمع مهمانان و دوستان شد و بعد گفت که دوست دارد. برای آخرین بارکه شده به رادگاهش استانبول سفر کند وخاطره های گذشته اش را زنده کند .یک ماه بعد که دوره معالجه مادرم تمام شده بود و من نیز تحصیلم تمام شده وقصد بازگشت همیشگی را داشتم. با موافقت پزشک معالجش به استانبول رفتیم و من همراه با مادرم دریادها وخاطره های کودکی و جوانی او ، عشق وعاشقیش با پدرم سفر کردم. با او در خیابان استقلال (استقلال جادسی) سوار تراموا شدم. درمحله(بی اوغلی) از میان کوچه های کودکیش گذشتم . به پنجره های آبی خانه اشان نگاه کردم. به بازار رفتم. به مغازه های عطاری و ماهی فروشی و کنار ساحل مرمره او و پدر را ساعتی کنار هم تنها گذاشتیم که خاطراتشان را تکرارکنند . در استانبول بود که یک روز مادرم پرسید که قصد ازدواج نداری ؟ گفتم :

-    نه مامان هنوز نه

با همان مهربانی همیشگیش نگاهم کرد وگفت:

-    سارا دختر خوبیه . اگر چه ازتو بزرگتر ولی من با ازدواج تو واو مخالف نیستم . اگر دوستش داری برو به دنبالش پسرم

چیزی نگفتم سکوت کردم ، مادرم که نگاهش را بصورتم دوخته بود با همان لحن مهربانش گفت :

- بالاخره تو باید ازدواج بکنی . خوب چه بهتر که با کسی که دوست داری ازدواج بکنی. بابات هم بخاطر شخصیت خود سارا و اصالت خانواده اش خیلی موافقه

- ولی من باسارا تماس ندارم مامان، بجز یک بار، دیگر او را ندیده ام . چند بارهم که نامه نوشتم. خواستم ببینمش. پاسخی نداد

- شاید گرفتار بوده وشاید هم می خواسته مدتی تنهاباشه .من سارا سرداری را می شناسم. او دختر بسیار فهمیده وخوبیه ، بر خلاف همه است . فکر وروح دیگه ای داره ، پر از عاطفه است. شاید می خواسته از یک چیز مثلا گذشته اش خلاص بشه

- شما مگر از اتفاقی که برای او افتاده خبر دارید؟
- تا حدودی، من همیشه پاکی و صداقت او را تحسین کرده ام .
- من هم همین طور ، ولی
- برو بدنبالش پسرم
- ولی مادر

- می دانم عاشقشی . اگر واقعا اورا دوست داری پس بدنبالش برو ، برو بدستش بیار. عشق یعنی فداکاری پسرم ، یادت باشه زمان خیلی بی رحمه. خیلی تند می گذره ،آدم یوهو می بینه زمان گذشته واوخیلی ازکارهایی که می خواسته انجام بده ، نداده. من آرزو دارم عروسی و سروسامان گیری توراببینم.

- فرصت برای ازدواج همیشه هست مامان، الان مسئله مهم من
سلامتی شماست. چندماه بعد که شما کاملا خوب شدید
صحبت می کنیم

نگاهش را با حالتی در نگاهم دوخت که انگار می دانم که خوب
نخواهد شد. بعد سری تکان داد و گفت:

- معلوم نیست ؟ من بیشتر نگران تنهائی تو هستم
- نگران نباشید تا شما هستید من تنها نیستم
- من که همیشه نخواهم بود
- خواهید بود

دستش را گرفتم و بوسیدم. لبخند زد وبا مهربانی شانه ام رافشرد و گفت :

- با اولجای سلطنه که صحبت می کردم خیلی موافق بود. خیلی
دوست داشت عروسی تو با سارا را ببینه

- اولجای سلطنه !؟
- بله

- او هم می دانست ؟
- بله

- حالش چطوره ؟
- مدتی مریض بود . سارا که از مریضیش با خبر شده بود از
فرانسه برگشت و کنارش بود اما متاسفانه فوت کرد

- فوت کرد ؟
- بله

- حیف
- بله حیف زن بسیار دانا و با شخصیتی بود

- پس سارا آمده و آن جا ست ؟
- بله آن جاست در همان خانه. البته می آید ومی رود

از ترکیه که برگشتیم مادرم حالش خوب بود وروزها به شادی و خوبی می گذشت. اما بعد از گذشت چندماه ناگهان حالش رو به وخامت گذاشت . نخست با تک سرفه های عمیق که انگار از ته سینه اش بیرون می زد شروع شد. به پزشک که مراجعه کردیم .گفتند که بیماریش عود کرده ، دوباره با عجله به پاریس برگشتیم . سه ماه بستری ، جراحی و شیمی درمانی هیچ کدام جواب ندادند.

هرگز پائیز پاریس را چون آن روزها غمگین ندیده ام .هرگز پائیز پاریس را با همه زیبائیش دوست ندارم .نزدیک ظهر دومین روز آذر ماه بود که وقتی وارد حیاط بیمارستان شدم. ناگهان باد سرد و هراسانی هر چه برگ بود از زمین و از شاخه های درختان بر داشت و بر سرم ریخت. یک لحظه احساس کردم در میان توده ای از برگ زرد و سرد گرفتارم وتوفان برگ زرد است که می وزد. ایستادم و چشم بر اطراف وهوا دوختم . هوا پریشان بود و از همه جا از میان درختان برگ می بارید. برگ زرد وخسته . داخل ساختمان بیمارستان شدم در طبقه دوم به دم در اطاق مادرم که رسیدم . دیدم خواهرم با چشمهای پر اشک ، دم در اطاق ایستاده . دلم فروریخت. فهمیدم آن چه راکه پزشک معالجش پیش بینی کرده بود. اتفاق افتاده. هراسان پرسیدم :چه شده ؟
گفت : دارد تمام می کند. خواست که با پدر تنها باشد

از بالای شیشه در دیدم .پدرم به زانو نشسته و سرش را روی دستهای مادرم گذاشته . گویی چیزی می گفت و می گریست .بی تاب دیدنش بودم . در راکه گشودم مادرم چشمش به من افتاد. انگارچشم به راهم بود. با نگاهش صدایم کرد.دیگر نمی توانست حرف بزند. دستم را گرفت ودر سینه اش فشرد و نگاهش راکه سر شار از ناگفته ها بود. در نگاهم دوخت وبعد بست. با بستن پلکهایش گویی دردی درجانش پیچید.که آژیر دستگاه های کنترل بصدا در آمدند . پرستار آمد وما را

بیرون کرد. مادرم به کما رفته بودوساعتی بعد درگذشت و مارا وبیشتر از همه پدرم را تنها گذاشت . اورا به شهرمان آوردیم و آن جا طی مراسمی به خاک سپردیم. بعد از درگذشت مادرم . برای مدتی از فرانسه برگشته همدم تنهایی پدرم شدم. اما پدرم بسیار افسرده ودلتنگ مادرم بود . بین او و مادرم یک پیوند و بستگی عجیبی بود. روزی که مادرم درگذشت آن مرد که بسیارقوی و مقتدر بود. ناگهان فروریخت واز دست رفت . فکر و توانش را از دست داد. فقط به مادرم فکر می کرد وبیاد او بود. انگار برای هر کاری هر تصمیمی حتا غذا خوردن ، قدم زدن به مادرم نیاز داشت وبی او چراغ دلش پژمرده بود . از خانه بیرون نمی رفت . دوست داشت که تنها باشد ودر تنهاییش گذشته وخاطراتش را مرور کند. اطاق ها را می گشت .هر جا که خاطره ای از حضور مادرم بود. می ایستاد و آن را در ذهن و خاطرش مرور می کرد. درچنین لحظه هایی اگر کنارش بودی آن لحظه و خاطره آن روز از مادرم را برایت نقل می کرد. هر صبح به ایوان می رفت به گلدانهای مادرم می رسید. به باغبان سفارش می دادکه به گلدان ها برسد. می گفت:

-     خانم اگر ببینند پژمرده اند. ناراحت می شوند

و باغبان با تعجب نگاهش می کرد و می گفت :

-     چشم آقا می رسم .

هر چه من وخواهرم تلاش می کردیم که با حقیقت مسئله آن طور که هست روبرو شود وحقیقت را بپذیرد . چندان توجهی نمی کرد . گویی بی وجود مادرم زندگی و بودن معنایش را برای او از دست داده بود ومی خواست که دیگر نباشد . شش ماه بیشتردوام نیاورد. در ششمین ماه از درگذشت مادرم او نیز از پای درآمد . سکته کرد ودر گذشت ومرابا تمام تنهائییم تنها گذاشت .

ماه دوم بهار بود که پدرم درگذشت. هنگام خاکسپاریش که کنار خواهرم کمی پائین تر از عمو سعید ایستاده بودم. دستی بازویم را گرفت . برای هم دردی فشرد وکنارم ایستاد .برگشتم دیدم ساراست. تسلیت گفت واظهار تاسف کرد. تشکر کردم . بعد ازمراسم همراه با مابه منزل ما آمد .ساعتی کنار ما بود و بعد رفت . هفته بعد برسم تشکر از هم دردی بدیدنش رفتم. می دانست که بدیدنش می روم. چون قبلا تماس گرفته بودم . وقتی تلفن کردم گوشی را که برداشت گفت :

- چه خوب کرده ای که زنگ زده ای چون می خواستم برای
خدا حافظی زنگ بزنم

درهمان خانه بزرگ اجدادی قصر مانندش بود. مادموازل رزا دررا برایم گشود . وقتی وارد حیاط شدم. دیدم حیاط همان است که بود اما درختانش پیر شده بودند. بعضی شکسته و بعضی خشک شده بودند و بر روی شاخه های خشکشان که دراثر وزش باد جرجر صدا می کردند. هنوز کلاغها لانه داشتند. کلاغهایی که همدم تنهایی اولجای سلطنه بودند. شاید هیچ کس به اندازه او به تماشای کلاغها از پنجره اطاقش ننشسته بود . به پای پله های ایوان ساختمان رسیدم . دیدم چند جا آجرها و سنگهای پله ها و دیواره ها کناری فروریخته اند. احساس کردم ساختمان هم فرسوده وپیر شده و در حال ریزش است و خانواده ای تبارش دارد تمام می شود . نگاهم به اطراف بود. متوجه ساراکه کنار مادموازل رزای پیر به پیشوازم آمده بود نبودم .. چشمم که بصورتش خورد. لبخندش مرا بخود باز آورد. فهمیدم بخاطرمن آمده و منتظر است. دستش را بوسیدم واحوال پرسی کردم. . نگاهش و رفتار آرام وموقرش همان بود. اما نسبت به سالهای گذشته کمی شکسته و اندوهگین می نمود. تعارف کرد که برویم تو.وقتی وارد آن خانه قصر مانند شدم. دیدم دیگر آن شکوه گذشته نیست. در های اطاقها باز بود و وسائلشان را در

گوشه ای جمع کرده ورویشان ملافه و روکش کشیده بودند . نگاهم بیشتر به اطاق نشمین محل نشستن وبودن همیشه الجای سلطنه بود. دیدم که مستخدمها مشغول جمع کردن وسائل و روکش کشیدن روی مبلها و دیگروسائل هستند . پارچه های سفید بلند روی تمام وسائل و مبلمان اطاقها کشیده می شد. به اطاق بزرگ پذیراییشان فکر کردم به پرده های زیتونی رنگ زری بافت ابریشمین به مبلهای گرانقیمت سلطنتی وخیلی چیزهای دیگر،غمم گرفت ، فصلی از زندگی یک خانواده ویک تبار داشت تمام می شد وشاید این نشان تمام شدن فصلی از زندگی یک نسل ، یک طبقه از مردم شهری بود. که من هم یکی از آنها بودم . سارا که نگاه متعجب مرا دید گفت :

- خانه را همانطور که مامی خواسته و وقف کرده بودند به اداره موزه ها داده ایم. تعداد کمی از وسائل را به آن خانه کوچک پائین حیاط می برند، بقیه می ماند

- تو می خواهی آن جا بمانی. در آن خانه کوچک

- من که نه، من دارم می رم . مادموازل رزا می ماند که به همه ی کارها نظارت بکند

- آن جا کوچک نیست ؟ .

- حیاطش کوچکه اماساختمانش بد نیست، خوبه ، دوطبقه است تازه تعمیر اساسی شده . آقا ضیا و سلیمه خانم پائین می مانند ومادموازل رزا هم در طبقه بالا

- پس شما چی ؟

- گفتم من دارم میرم

- برنمی گردید؟

- به این زودیها نه اما مثل همیشه می آیم ومی رم

از دیدن وضعیت بهم ریخته آن خانه با شکوه دگرگون شده بودم.
همانطور ایستاده بودم و نگاه می کردم. سارا که متوجه حال دگرگون
و تعجب من شده بود لبخندی زد و گفت:

- بیا بریم بالا هنوز اطاق مرا جمع نکرده اند.

- وسائل اطاق تو را کجا می برند؟

- می برند طبقه دوم همان ساختمان .چند اطاق بزرگ داره تو
یکی از آنها می چینند.

- شاید جا نشه ؟

- میشه مادموازل رزا جابه جا می کنه

- اگر جا نبود. مایل بودی بفرست به خانه ما، قول می دهم در
جایی مناسب برایت نگهدارم

- ممنون

- این را جدی گفتم

- ممنون اگر جا نبود. حتما این کار را می کنیم . اتفاقا فکر می
کردم . شاید یک عده از وسائل ، کتابها و تابلوها را به شما
بسپارم

- چه خوب خوشحال می شم آنها را برایت نگه دارم

- پس حتما این کار را می کنم

- کی می ری؟

- روز جمعه

از پله ها بالا رفتیم در همان اطاق بزرگش که محل کار ومطالعه اش بود
همان اطاقی که من از نوجوانی می شناختم و روزهای بسیاری کنار او
نشسته ودرس نقاشی گرفته بودم. قبل از نشستن چشمم به تابلوی تازه او
افتاد. اندازه تابلو بزرگ بود و فضای خشک و فاجعه آمیز و اندوهگینی
داشت. انسان سایه واری را نشان می داد که در دشت خشک وزرد

۳۱۱

وسرخ رو به افق محو خونین وآسمانی سیاه وسرخ مه آلود بدور دست دور محو در مه سرخ نگاه می کند . تابلو بیانگر یک بی سرانجامی و تمام شدگی و تنهایی آدمی در بیکران این هستی پراز درد ودریغ بود. ساراکه کنارم ایستاده ونگاه و دقت مرا می دید . منتظر نظرم بود . چشم که بر گرفتم پرسید:

- چطوره؟

- فوق العاده است. تنهایی عظیم آدمی

خندید و گفت :

- انگار من وتو ذهن و فکر مشترک داریم، عاشق همین فکر وذهنتم. اتفاقا اسمش نزدیک به همینه

- اسمش چیه ؟

- برهوت تنهایی

- برهوت تنهایی ؟

- بله اما اسمی که تو گفتی بد نیست . تنهایی آدمی ویا برهوت آدمی

- یا برهوت زندگی ، نه برهوت عشق

خندید و با مشت به بازویم آرام زد و گفت :

- همه اش به این مسئله فکر کن.

بعد خواست که بنشینیم . نشستیم، مادموازل رزا که قبلا تدارک ، چای وقهوه وشیرینی را دیده بود با یک سینی پر آمد. من میل به قهوه نداشتم فنجانی چای نوشیدم . سارا که کنجکاو این بود که بداند من روزهایم را بعداز درگذشت پدرم چگونه می گذرانم پرسید:

- دیگه چه خبر چه می کنی، خوب هستی ؟

- خوبم در فکر کارم به دانشگاه در خواست داده ام ، شما چطورید؟ کی می رید ؟

- گفتم که جمعه آینده، با قطار می رم ، می رم تهران و از آن جا پرواز می کنم . پس تو قصد داری این جا بمانی نمی خواهی بیایی پاریس

- اگر تو بخواهی می آم. اما من می خوام این جا بمونم

- این جا !؟ خیلی خوبه اگربتونی بمونی اما می ترسم تنها بمونی مگر این که ازدواج بکنی. والاتنها خواهی شد . این جا در تنهایی در این شهر کوچک چه هست ؟ این جا می خواهی چه بکنی .؟

- این جا همه چیز است .خانواده وتبارم ، گذشته ام ، خاطرات پدر ومادرم ، تو هستی وهمه . می خواهم این جا بمونم و کار کنم ، می خواهم زندگیم را بسازم

- چه خوب ، عالیه ؟ اگر چنین فکر و قصدی داری ، حتما این کار را بکن

- کمکم می کنی؟

- من !؟

- بله

- من چه باید بکنم؟

- می مانی ؟

- بمونم! ؟

- بله پیش من می مانی . با من زندگی می کنی؟

نگاهم کرد با حالتی شرمگین گفت:

- می دونی که نمی تونم .من هنوزگرفتارم.میرم اما برگشتم می آم پیش تو.

- قبلا هم این را گفته بودی

- درسته قبلا گفته بودم وبرگشتم اما همه گرفتار بودیم

- ولی داری بازهم می ری ، کی برمی گردی؟
- نمی دونم چون دیگر کس وچیزی ندارم.جز یک مقدار وسائل و اسباب و اثاثیه و چندتا خانه وملک ، مادموازل رزا که دوست داره و می خواهد این جابمونه . باکمک آقاضیاوسلیمه خانم به آنها می رسه.احساس می کنم همه چیز عوض شده. متوجه هستی چه می گم همه چیز عوض شده. دیگه دوران ما تمام شده . آدمهایی که من می شناختم ودوست بودم یا همه رفته اند و یا پیر شده اند یا گرفتار زندگی و مسائل خودشانند.خیلیها هم مرده اند.دیگه جز تو کسی نمانده . اگه روزی برگردم به امید توبرمی گردم اما نمی خوام تو زندگیت را بخاطر من خراب بکنی. من هنوز مشکل دارم. نمی خوام غم و ناراحتیم را وارد زندگی تو بکنم. می دونی آدم که یکی را دوست داره می خواد اورا شاد وخوشبخت بکنه نه شریک غم و گرفتار مشکلاتش
- ولی دوست داشتن فقط برای شادی و خوشبختی نیست. شریک غم و مشکلات همدیگه هم است
- می دونم

ساکت شد و سرش را پائین انداخت ومن هم همین طور. چند لحظه ای هر دو ساکت بودیم. سارا که سکوت مرا دید. برای این که صحبت و فضارا عوض بکند. زد به شوخی و از راه مزاح گفت.:
- خوب بگذریم این مسائل را ول کن . شاید در آینده یه اتفاقی افتاد و همه چیز عوض شد . تو می خواهی این جا بمونی و کار بکنی ، زندگیت را بسازی ، شاید یه روز یه دختر خانم خوب زیبا وخوشگل دلت را دزدیدو خواست که با او عروسی بکنی . اگر چنین شد لطفا مرا هم دعوت کنید

- حتما دعوت می کنم اما

- اما چی؟ ببین خیلی دوست دارم عروسیت را ببینم

- اگر بخواهی می بینی امافکر می کنم مادرم راست می گفت

- چه می گفت؟

- می دونی او می دونست که من دلبسته توام

- می دونم

- از کجا می دونی ؟

- با من صحبت کرده بود

- کی !؟

- وقتی مامی مریض بود .من برگشته و کنارش بودم. یه روز
بعدازظهر به عیادت مامی و دیدن من اومد. با من در رابطه باتو
صحبت کرد و از آرزویش دیدن عروسی من و تو گفت ، البته
قبلا با مامی صحبت کرده بود و هر دو به توافق رسیده بودند.

- تو چه گفتی؟

- من مشکلاتم را گفتم از فاصله سنی خودم و تو و خیلی چیزهای
دیگه . بخصوص آن چه که اتفاق افتاده بود ووقت خواستم تا
از لحاظ روحی خودم را آماده بکنم . خیلی خانم با فرهنگی بود
روحشان شاد. انگار از خیلی از مسائل من خبر داشت اما اصلا
بروز نداد. فکر می کنم مامی قبلا با ایشان صحبت کرده بود. با
من خیلی صحبت کرد . هیچ به فاصله سنی ومسائل دیگر اعتقاد
نداشت. بیشتر به عشق و قبول کردن همدیگر وگذشت معتقد
بود.

- پس مادرم با تو صحبت کرده بود. ؟

- بله اما به تو چه گفته بود؟ که می گفتی راست می گفت ؟

- چی ؟ هان چند ماه قبل از درگذشتش یک روز در استانبول که با هم صحبت می کردیم . گفت پسرم عشق تنها ستایش نیست گاه فداکاری هم می خواهد . اگر واقعا عاشقشی برو بدنبالش .

- که این طور ؟

- بله و من فکر می کنم او حق داشت

- چه حقی؟

- این که من دنبال تو نیامدم . گاه فکر می کنم باید سماجت می کردم و دنبالت می آمدم. حتا همی الان که می خواهی بری یا باید مانعت بشم ویا همراهت بیایم و مجبورت بکنم که عشق وتقاضای مرا بپذیری

- ولی تو این کاررا کرده ای . من بودم که همیشه از تو فرصت خواسته ام

- نه این کار نکرده ام . نمی دونم چرا این کار را نکرده ام ونمی کنم. شاید بخاطر احترام و عشق وایمانیست که به تو دارم والا باید نگذارم که تو بروی . اگر می خواهی با من زندگی بکنی باید بمونی . برای برگزاری نمایشگاه آثارت و دیگرکارهابعدا با هم می ریم و یا این که تو نمی خواهی وحقیقت هم اینه که تو نمی خواهی و نمی خواهی با گفتن حقیقت وجواب رد مرا برنجانی

- نه اصلا این طور نیست . من هم تو را خیلی دوست دارم اما نمی خوام تو راگرفتار بکنم.نمی خوام بعد از مدتی تو پشیمون بشی و از من بدت بیاید. با یک قلب زخمی و روح گرفتار که نمیشه زندگی کرد

- میشه. من ایمان دارم .

نگاهش را به پائین به گلهای قالی دوخت کمی فکر کرد وبعد سرش را بلند کرد و گفت :

- باشه ، مطمئن باش اگر کار نداشتم و مجبور نبودم .اما نمی رفتم . مجبورم .می رم موفق شدم بر می گردم. می آیم پیش تو چون تو با احساس خوبت برام خیلی ارزش داری می خوام همیشه دوست و کنارنم باشی

- منظور من هم همینه . اما می خواهم تو همسر وبانوی من باشی

- من همیشه کنارتو خواهم بود. اما مثل یک دوست

- یک دوست یا یک همسر و عشق ؟

نگاهم کرد و لبخندزد و گفت:

- باشه حالا که تو اینطوری می خواهی هم دوست هم عشق.

- ممنونم

خوشحال از حرفهای او و آرامشی که از حالت نگاهش یافته بودم مشغول نوشیدن چای شدم . ساعتی در کنارش بودم واز همه چیز وهمه کس صحبت کردیم . بعداز ساعتی خداحافظی کردم و بیرون آمدم. از میان درختان که می گذشتم آواز پرندگان در هم آمیخته بود و باد آرام می وزید. برگشتم دیدم بالای ایوان ایستاده و دور شدنم را تماشا می کند..

۱۸

آواز دختری که با اسب ها رفت

سالهاست که از رفتن او می گذرد. سالهاست که درخودم نیستم. سالهاست که تنهایم . امروز عصر مثل عصر روزهای دیگر در خانه بودم. بعد از بارانی که بارید به حیاط رفتم و زیر درختان حیاط قدم زدم. هوا خنک ولطیف بود . طراوتش ذهن وجان را صاف و تازه می کرد . در حین قدم زدن یک لحظه به خودم ، اطرافم به همه چیز نگاه کردم. هر گوشه و هر جا و هر درخت و هر چیزی یاد آور خاطره ها ویاد یکی بودند

در حیاط ، مقابل ایوان نزدیک حوض بزرگی که در کودکی بسیار کنار آن بازی می کردم و اکنون در لبه اش می نشینم و به آب زلال آن که از لبه هایش آرام می ریزد و به باغچه ها می رود چشم می دوزم. سه درخت است. یکی درخت یاسمنی ست که بر دیوار و نرده های ایوان تکیه داده وکاشته مادرم است . مادرم آن را بعد از تجدید بنای ساختمان خانه در روزهایی که من هنوز متولد نشده بودم کاشته و همیشه در بهار هر سال چشم بر شکوفه های آن داشت . دیگری درخت بلوط تنومند و بلندیست کناردیوار سمت شرقی حیاط که کاشته دوران جوانی پدرم

۳۱۸

است و یادگار اوست ، سومی درخت سیب سرخیست که سالها پیش
هنگامی که سارا معلم نقاشی من بود. در حاشیه باغچه گل سرخ کاشته
ایم .. یادم است . اول بهار بود. با او در ایوان ایستاده بودیم واو از نور و
طرز نگاه به افق و نوع برداشت از محیط اطراف صحبت می کرد که
حیدرآقا باغبان با نهال بسیار کوچک ونازک سیبی آمد و گفت:
-    آقا بفرمائید این درخت را این جا بکارید. هرکسی باید درختی
    داشته باشد
قبلا جایش را در حاشیه ی باغچه گل سرخ کنده وآماده کرده بود .
سارا خندید و گفت :
-    خوش بحالت .درخت خواهی داشت . ای کاش من هم یکی
    می کاشتم
گفتم :
-    بیا با هم بکاریم
خندید و گفت : باشه
همراه من از ایوان پائین آمد و با هم در همان جایی که حیدرآقا تعین
کرده بود. کاشتیم و آب دادیم. بعد ازکاشتن درخت سیب ، سارا به
خنده گفت:
-    پس در سیبهایش هم شریکیم
گفتم :
-    باشه
حیدر آقا خندید و گفت:
-    حالا کو تا میوه بده ، این خیلی کوچکه ، شش و هفت سال
    بعد.
از آن روز سالها می گذرد. درخت قد کشیده و درخت سیب بلند
وتنومند پیری شده. هر روز عصر که به حیاط می آیم. برتنه و شاخه

وبرگ آن درختها دست که می سایم. احساس می کنم بر تن پدر
ومادرم و سارا دست می سایم. وبا این خاطره ها دلخوشم.
سالها از آن روزها می گذرد. دیگر از آن همه افراد خانه و خانواده جز
من وخواهرم وتعداد اندکی ازخدمتکارهاکسی نمانده. به درختان
ودیوارها که نگاه می کنم. احساس می کنم که آنها هم چون من روبه
پیری گذاشته اند.سالها از درگذشت پدر ومادرم می گذرد و چند
سالیست که از مرگ غم انگیز سارا می گذرد.روزی که رفت. منتظر به
امید بازگشتنش ماندم . گفته بود که شاید برگردد وبرنگشت تا خبر
تصادف و کشته شدنش رسید ومن آرزو و امیدم را از دست دادم .
حضوراو جزیی از زندگی من بود نه خاطره . من دوبار او را بدرقه کردم
و هر بار به امید بازگشتنش نشستم . یک بار درپاریس در ایستگاه قطار،
باردیگرسالها پیش در بندر گلمانخانه که باکشتی می رفت تا در آن
سوی دریاچه اورمیه در بندر رحمانلو سوار قطار شود . به تهران برود
وبعد به پاریس پرواز کند. آن روز صبح که به بندر گلمانخانه اورمیه
رفتم دریاچه مشوش بود. باد نسبتا تند سردی می وزید. سارا همراه با
مادموازل رزا آمد.کت سرمه ای با بلوز سفیدپوشیده بود . روسریی به
رنگ بنفش با گلهای نارنجی به سر داشت . چهره اش گرفته ونگاهش
غمگین بود. انگار دلش از همه چیز گرفته بود. بخصوص از رفتن و
وضع پیش آمده .ولی همانطور که گفته بود بخاطر بعضی ازکارها
وتعهداتی که داشت. ناگزیر بود که برود .وقتی مرا منتظردید. با همان
وقار و چهره مهربان وتبسمی که همیشه در بدترین شرایط به لب داشت
پیش آمد و گفت:

- خیلی وقته که آمده ای؟
- نه پنج شش دقیقه بیشتر نیست
- ببخشید که کمی دیر کردم

بعد نگاهش را به دریاچه انداخت و گفت :

-   چه متلاطمه؟

-   از باد سرد وتندیه که می وزه

-   تو که به این زودیها پاریس نمی آیی ؟

-   به این زودیها نه ، تو هم که کارهایت تمام کردی . زود برگرد.

-   باشه حتما، دلم خیلی برات تنگ خواهد شد آقا

-   من هم همین طور خانم . روز شماری می کنم که برگردی

از حرف من که با تاکید گفتم خانم خنده اش گرفت و گفت:

-   چه خانمی گفتی ، باشه حتما ،کارم که تمام شد. برمی گردم آقا

اکثر مسافرها سوار شده بودند . کشتی آماده حرکت بود. نگاهی به کشتی انداخت و گفت :

-   مثل این که همه سوار شده اند. من هم باید سوار شوم. اما نمی دانم چرا این همه دلم گرفته

-   به خاطر سفره

-   نمی دانم شاید.اما این بار فرق می کنه . احساس دیگه ای دارم

-   چه احساسی

-   دلشوره ، غم ، غم جدایی

-   سعی کن بهش فکر نکنی .

-   سعی می کنم .، خوب دیگه باید برم

دستش را برای خداحافظی دراز کرد.خم شدم که دستش را ببوسم .بغلم کرد و شانه ام را بوسید و سرش را بر شانه ام نهاد. انگار می خواست

اشکهایش را پنهان کند. چون وقتی سرش را بر داشت . چشمانش پراز
اشک شده بود. با صدای گرفته ای گفت :

-   مواظب خودت باش آقا

-   تو هم همینطور خانم

-   خدا حافظ

-   خدا حافظ

با مادموازل رزا و راننده پیرشان هم خدا حافظی کرد وسوار کشتی شد ..
و مانندبسیاری از مسافرها بر عرشه کشتی آمد . کمی بعد که کشتی
حرکت کرد دستش را برای خداحافظ تکان داد. کشتی حرکت کرد و با
حرکت کشتی اغلب مسافرها از عرشه کشتی پائین رفتند   اما او
همچنان بر عرشه ایستاده بود ونگاهش در ساحل به ما بود..باد سردی که
از سینه دریاچه می وزید روسریش را تکان می داد .کشتی رفت و او از
دید ما ناپدید شد.

بعد از رفتنش تا مدتی با هم تماس تلفنی داشتیم اما بتدریج تماسش را
کم و بعد قطع کرد ودیگر به تلفن و نامه های من پاسخی نداد .می
دانستم که او گرفتار رنج یک گذشته ، یک سرنوشتیست که سعی در
زودن آن از روح و جانش دارد .امید داشتم که روزی بر گردد اما چه
امید بیهوده ای .انگار سرنوشت تلخ نه تنها اورا رها نکرد. مراهم گرفتار
غم او وتنهایی کرد.یک سال بعد ازرفتنش اوایل پائیز بود که یک روز
عصر صفورا زنگ زد وخبر تصادف و کشته شدنش را داد. صفورا
صدایش گرفته بود .ناراحت وغمگین در جملاتی کوتاه خبرتصادف
اتومبیلش را با درخت کنار جاده وکشته شدنش را گفت ومرا بسیار
تسلی داد و خواست که به پاریس بروم . وقتی پرسیدم کجا تصادف
کرده ؟ . گفت : در کمربندی نزدیک ورسای .

پاریس . ورسای . اسمهایی بودند که مثل پتک بر ذهن وجانم می
خوردند   .نمی توانستم باور کنم . باورکردنش برایم سخت بود. انگار
دنیا بر سرم خراب شده بود .تا چند روز نه بهتراست بگویم روزها در
خودم نبودم . صفورا گفت که پلیس علت تصادف و برخورد اتومبیل
اورا بادرخت کنار جاده و پرت شدنش را به حاشیه جاده در اثرسرعت
زیاد و ناهوشیاری و نبود دید کافی دانسته اما گمان بر این است که به
عمد زده.

(به عمد زده). این کلمه برای من معنی دیگری داشت. معنایی به عمق
تصمیم و عمل او که نتوانسته بود از شومی آن اتفاق و سرنوشت بد و
رنج گناهی که برجانش نشسته بود رها شود. درنهایت خودرا با مرگ
رهانده بود . وقتی به پاریس رسیدم به خاکش سپرده بودند. نتوانستم
برای آخرین بار صورتش را ببینم . او را کنار گور مادرش در گورستان
کوچک نزدیک ورسای بخاک سپرده بودند. برای من فقط این فرصت
بود که برسرخاکش بروم ،بنشینم و بگریم .. ، حرفهایم را، راز دل و
دوست داشتنم را زمزمه کنم ..اگرچه دیگر فایده ای نداشت وبسیار
دیرشده بود . از آن زمان به بعد هر سال در روز درگذشتش که به
ورسای می روم. برمزارش دسته گلی از میخکهای سفید وسرخ که
دوست داشت   می گذارم وساعتی می نشینم با او حرف می زنم . از
همه چیز می گویم . از پاریس . از دوستان و آشنایان و مسائل مردم شهر
ودیارمان ودر آخر از خودم و کارهایم. او اگر چه دیگر نیست اما برای
من همیشه هست . او برای من وجود مقدیسیت از یک عشق و یک
دوست و آموزگاری که به من، همه چیز بخصوص عشق ، وفا و
چگونه بودن را آموخت.. اعتراف می کنم که هرگز نتوانسته ام یک
لحظه هم اورا فراموش کنم .یعنی او نگذاشته ، همیشه هر لحظه در
کنارم ، در ذهن و وجودم حضور دارد.اکنون که این سطرها را می

نویسم. سالها از درگذشت او می گذرد ومن همچنان بیاد او هستم .گاه رویا می بینم که او زنده است و با او زندگی می کنم .گاه احساس می کنم که او در طبقه دوم خانه مان کنار پنجره نشسته ونگاهم می کند ..تابلوی دختر آواز خوان او را بر دیوار اطاقم کنار پنجره آویخته ام که از بیرون از حیاط هم دیده می شود . هر روز هنگام قدم زدن ضبط صوت را روشن می کنم و به صدای ویولون سل او موسیقی آواز دختر آوازخوان همراه اسبها که سالها پیش در خانه صفورا وپی یرنواخته بود.گوش می سپارم و در لذت عطر یک خاطره یک یاد و یک موسیقی محض غرق می شوم . هر بار هنگام گوش سپردن به این موسیقی احساس می کنم موسیقی او در همه جا جاریست . از عمق زمان بر می آید و در همه جا انعکاس می یابد. گاه هم زمان با نوای موسیقی ، صدای نعل اسبها را می شنوم . در حیاط خانه را که می گشایم .اسبهای را می بینم که می گذرند. اسبهای جنگل دور ، اسبها پای کوه، اسبهای سرخ و سفید وسیاه وخاکستری با قامت بلند،ستون پاهای باریک و محکم وچشمهایی به غایت زیبا . اسبها می آیند از خیابان مقابل خانه می گذرند و به سمت دروازه شرقی روی می نهند . هنگام گذر صدا نعلشان بر سنگ فرش خیابانها همراه با آواز دختر آواز خوان طنینی دیگر دارد. آنها می گذرند و می روند و من می دانم که آنها هرگز باز نمی گردند.

ساعت ۱۱و ۴۰ دقیقه شب
۱۴ شهریورسال۱۳۹۳
اورمیه –ایران

آثار دیگر نویسنده:

شعر:

۱. نیار (منظومه) چاپ زمستان ۱۳۴۹

۲. کوزه (مجموعه شعر)، چاپ تابستان ۱۳۵۰

۳. مرثیه‌های کولی، چاپ پائیز ۱۳۵۳

۴. غربت پاییز، چاپ ۱۳۵۵

۵. شب هفتم، چاپ ۱۳۵۷

۶. خیمه در پائیز، چاپ ۱۳۶۹ نشر رودکی

۷. آبی در آشوب، چاپ ۱۳۷۰ نشر رودکی

۸. ترانهٔ آبی، چاپ ۱۳۷۸ نشر یوشیج

۹. اورمیای بنفش، چاپ نشر یوشیج ۱۳۷۹

۱۰. در ویرانی صبح، چاپ نشر قصیده سرا ۱۳۸۰

۱۱. چیزی به خواب زمین نمانده است، نشر قصیده سرا چاپ ۱۳۸۲

۱۲. آوازهای اورمیا، چاپ بهار نشر فرزان روز ۱۳۸۴

۱۳. یاسمن در باد – انتشارات نگاه ۱۳۹۲

۱۴. شب بوی سرخ برگزیده اشعار زیر چاپ

رمان:

۱۵. خزان (خلاصه رمان کشتن آهوان به شامگاه)چاپ ۱۳۷۷

۱۶. آنجا که زاده شدم، نشر فرزان روز چاپ اول تابستان ۱۳۸۴

۱۷. رای ورعنا آماده برای چاپ ۱۳۹۰

آثار تحقیقی:

۲۴. پدیده‌شناسی انسانی (در سه جلد) از ۱۳۵۴ تا ۱۳۶۱

۲۵. جامعه‌شناسی روستایی

۲۶. بررسی رخساره اجتماعی آذربایجان غربی، چاپ ۱۳۶۵

۲۷. دولتمداری شرق، دولتمداری غرب، ۱۳۶۴

۲۸. مقدمه‌ای بر کلیله و دمنه، چاپ ۱۳۶۴

۲۹. فکری دیگر (تحلیلی در مسائل تاریخ هنر و ادبیات و شعر امروز ایران) ۱۳۷۴

۳۰. تبارشناسی قومی و حیات ملی (جلد اول)، چاپ ۱۳۸۰ نشر فرزان روز

۳۱. تبارشناسی قومی و حیات ملی (جلد دوم)، زیر چاپ

۳۲. مبانی حسی زبان و شعر، چاپ ۱۳۸۴ . نشر فرزان روز

Unknown Lovers
My Town
(Novel)

Esmail Yourdshahian (Urmia)

www.yourdshahian.com

Sep 2014
Urmia – Iran

اورمیا

اسماعیل یوردشاهـیان مخلص به اورمیا شاعر، نویسنده و پژوهشگر می‌باشد. نویسنده ایست انسانگرا که نوشته‌های او در فضای حسی و مفهومی دگرسان شکل می‌گیرند و همه را تحت تأثیر قرار می‌دهند.

ایشان دکترای پژوهشی روانشناسی-اجتماعی را در سیون، سوئیس گرفته‌اند و بیشتر از ۱۷ مجموعه اشعار و ۸ رمان و ۳ کتاب پژوهشی تا کنون از ایشان منتشرشده است.

انتشارات KPH هم افتخار دارد آثار ایشان را در سطح بین الملل منتشر کند

برای تهیه کتاب ها از آمازون یا وبسایت انتشارات می توانید بارکدهای زیر را اسکن کنید

kphclub.com

Amazon.com